萬葉集訓読の資料と方法

池原陽斉
Ikehara Akiyoshi

笠間書院

萬葉集訓読の資料と方法◆目次

第二部　萬葉集の訓読と本文校訂

第三部　萬葉集訓読の方法

凡例

一、『萬葉集』の引用は原則、木下正俊校訂『萬葉集　CD-ROM版』(塙書房・二〇〇一)により、適宜表記をあらためた。なお、他のテキストなどを参照し訂正をくわえた場合には、その旨を逐一注記する。

一、『萬葉集』以外の和歌の引用は「和歌&俳諧ライブラリー」(日本文学web図書館)により、適宜表記をあらためた。散文の引用に関しては、その都度引用元を明示する。新旧の日本古典文学大系などの叢書類による場合は大系、新大系のように略称をもちい、それ以外は略記しない。

一、引用文中の傍線・傍点などは原則筆者による。原文に傍記等がある場合はその旨を注記する。

一、『萬葉集』のテキスト・注釈書類は略称により、詳細は以下にしめす。

『仙覚抄』:仙覚『萬葉集註釋』(『萬葉集叢書』八)

『代匠記初』、『代匠記精』:契沖『萬葉代匠記初稿本』、『同精撰本』(『契沖全集』一～四・岩波書店)

『童蒙抄』:荷田春満『萬葉集童蒙抄』(『荷田全集』二～五・名著普及会)

『萬葉考』:賀茂真淵『萬葉考』(『賀茂真淵全集』一～五・続群書類従完成会)

『玉の小琴』:本居宣長『萬葉集玉の小琴』(『本居宣長全集』六・筑摩書房)

『略解』:橘千蔭『萬葉集略解』(現代思潮社)

『金砂』:上田秋成『金砂』(『全集』二)

『攷證』:岸本由豆流『萬葉集攷證』(『萬葉集叢書』五)

『古義』:鹿持雅澄『萬葉集古義』(国書刊行会)

『美夫君志』:木村正辞『萬葉集美夫君志』(勉誠社)

『新考』：井上通泰『萬葉集新考』（國民圖書）
『口訳』：折口信夫『口訳萬葉集』（『新版全集』九〜十）
『校本』：佐佐木信綱ほか『校本萬葉集』（新増補版・新増補追補版もふくむ）
『講義』：山田孝雄『萬葉集講義　覆刻版』
『全釋』：鴻巣盛廣『萬葉集全釋　改訂版』
『總釋』：武田祐吉ほか『萬葉集總釋』
『精考』：菊池寿人『萬葉集精考』
『金子評釋』：金子元臣『萬葉集評釋』（覆刻版）
『秀歌』：齋藤茂吉『萬葉秀歌　改版』
『窪田評釋』：窪田空穂『萬葉集評釋　新訂版』
全書：日本古典全書『萬葉集』
『全註釋』：武田祐吉『萬葉集全註釋　増訂版』（改造社版はその旨明記する）
『佐佐木評釋』：佐佐木信綱『評釋萬葉集』（『全集』一〜七）
『私注』：土屋文明『萬葉集私注　新訂版』
大系：日本古典文学大系『萬葉集』
『注釋』：澤瀉久孝『萬葉集注釋　新装普及版』
『本文篇』：木下正俊ほか『萬葉集　本文篇』
全集：日本古典文学全集『萬葉集』
『訳文篇』：木下正俊ほか『萬葉集　訳文篇』
旺文社文庫：櫻井満『現代語訳対照万葉集』
集成：新潮日本古典集成『萬葉集』

『新校』：澤瀉久孝ほか『新校萬葉集　新訂再版』
講談社文庫：中西進『万葉集全訳注原文付』
『全注』：伊藤博ほか『萬葉集全注』
新編全集：新編日本古典文学全集『萬葉集』
和歌大系：和歌文学大系『萬葉集』
新大系：新日本古典文学大系『萬葉集』
『釋注』：伊藤博『萬葉集釋注』〈机上版〉
『全歌』：阿蘇瑞枝『萬葉集全歌講義』
『新校注』：井手至ほか『新校注萬葉集』
『全解』：多田一臣『万葉集全解』
新版岩波文庫：佐竹昭広ほか『万葉集』〈岩波文庫〉

序論　本書の目的と構成

はじめに

本書は筆者の『萬葉集』を対象とした研究のうち、本文校訂と訓読についての論考、またにそれと密接に関連する論考を一冊にまとめたものである。多岐にわたる『萬葉集』研究のうち、いわゆる「基礎研究」に属する内容が中心となっている。本文校訂が古典作品、少なくとも写本でつたわっている古典作品に共通する基礎研究であることは言を俟たないが、漢字専用文献である『萬葉集』の場合、それにくわえて漢字をどう訓むのか、どのような日本語として理解するのかも根本的な問題となる。訓みを確定できなければ萬葉歌の漢字表記をうたとして読むことは不可能だからである。

本文校訂と訓読は連動することも多いが、常に対の関係にあるわけではない。たとえば格助詞ノは集中で「之」、「乃」、「能」などと表記され、伝本間での異同も、巻一・五〇番歌第四句の「日乃皇子」（元暦校本・類聚古集など）、「日之皇子」（神宮文庫本・西本願寺本など）、巻二・八九番歌第三句の「奴婆玉能」（金沢本・廣瀬本など）、「奴婆玉乃」（神宮文庫本・西本願寺本など）のように例は多いが、この場合、どちらの字を妥当と認定しても訓みに変化は生じない[1]。逆に、まったく本文異同がなくとも訓読が揺れる場合もあり、その意味では両者の関係を不可分とみることはできない。

しかし、本文校訂を経ずには訓みを確定することのできないうたが少なからず存することも事実で、そのような場合に、本文校訂は訓読の基底として位置づけることができる。また、そもそも本文校訂とは現存する伝本の本文を少しでも原典にちかづけるための手続きであり、さらにいえば、原典のことばの復元を目的とする行為でもあろう。『萬葉集』の場合、漢字表記を復元しただけではその目的を達したとはいえず、どうしても、どのような日本語文に置き換えるべきかを思索しつつ、本文校訂はなされることになる。簡潔に整理すれば、『萬葉集』の本文校訂は訓読を念頭においての行為である、といえるだろう。

また、精確な本文校訂をなすためには、本文自体や校勘資料の研究、いわゆる本文研究を欠かすことができない。本文研究をふまえることで本文校訂は精確となり、本文校訂と補完しあってこそ訓読研究も説得性を増すはずである。本書が「訓読の資料と方法」と題しながら、本文研究と本文校訂に関する論考を多くふくむのは、以上のような筆者の判断にもとづく。この判断の妥当性については、個々の論証に即して縷々述べていくことになろう。

一　古典本文研究のなかの萬葉集

さて、本書では訓読の基底としての本文校訂を考察対象にふくめるわけであるが、原典遡及を目的とする、本文校訂という文字どおり「古典的な」研究手法に対しては疑問符がつく場合も多い。もっと明確にいえば、原本がつたわらない古典作品において、原典遡及は不可能ではないかという批判がある。[2] たしかに、作者自筆本をほぼ復元しうる『土左日記』などは例外的な作品で、[3] その本文校訂の手法を『萬葉集』[4] に即適用することもできない。しかしこの点を是認しつつも、それでもなお『萬葉集』は本文校訂に適した作品と、いちおうは言いうるというのが筆者の判断である。どうして適していると判断できるのか、なぜ「いちおう」と留保を附したのか、本書の目的の整理も兼ねて、まずはこの点を明確に述べておきたい。[5]

適す・適さないという判断は、当然ながら他作品との比較を前提とするわけだが、古典作品の本文校訂が、基本的には複数の伝本を対照し、書写年代の新旧や書写態度などを勘案したうえで、もっとも適切な本文を選択するという工程をたどる以上、[6]『平仲物語』、『更級日記』、『とはずがたり』[7] といった、伝本が一本（一系統）しか現存しない作品がもっとも適さぬ作品ということになる。これらのいわゆる孤本の作品と比較すれば、複数の伝本が、とくに零本ばかりとはいえ、平安・鎌倉時代の古写本（次点本）が十本以上現存する『萬葉集』は、本文校訂に適した作品といえる。

さらに本文校訂との関係で注意すべきは、これら現存伝本のなかに異本が存在しないという点である。もちろん、類聚古集や古葉略類聚鈔という類纂本があり、本文の意図的改変も少なくないことは、先行研究が縷々指摘するとおりである。[8] 大矢本などの、いわゆる「巻七錯簡本」のような排列に異同のある伝本も存する。しかし、こういった本を異本と呼ぶことは、かならずしも適当でないようにおもう。

『萬葉集』とおなじく韻文作品で、[9] 異本の山積とでもいうべき私家集と比較するとわかりやすい。たとえば、十世紀後半に原形が成立したと推測される『人麿集』を例にとってみよう。[10] 当該歌集は大きく五系統に分類でき、さらに第一類本は三種に区分されるが、煩雑になるので、ここでは系統ごとの異なりについて確認するにとどめる。『人麿集』諸本のうち、原型と目される第一類本上巻の六十三首に、[11] 下巻の一七八首をくわえた二四一首本が、この系統の代表本文・書陵部蔵五一一・二本である。第二類本、第三類本はこの第一類本に萬葉歌などを増補したものであるが、三系統を対照すると、共通歌よりも各系統の独自歌の方が数が多い。

しかも、第二類本は六四四首（書陵部蔵五〇一・四七本）、第三類本は七六六首（時雨亭文庫蔵義空本）と著しく歌数が増加し、排列や本文にもかなりの異同がみられる。第四類本は二九六首（時雨亭文庫定家様本）、第五類本は一四五首（大東急記念文庫本）で、入集歌をみるといずれも比較的第一類本にちかいが、排列に大きな異なりがあり、とくに第五類本は歌数が極端に少ない。以上のような系統間の顕著な相違は、『萬葉集』の伝本に見慣れた目からすると、同一の歌集と認定することをためらわせるほどである。

もっとも、平安私家集のなかでも『人麿集』の異本乱立ぶりはかなり特異なのだが、『貫之集』、『躬恒集』、『能宣集』、『忠見集』等々、『人麿集』ほどではなくとも、系統ごとに本文が著しく相違する私家集の例は枚挙に暇がない。また散文にも目配せすれば、中世の戦記物語はいうにおよばず、『枕草子』や『狭衣物語』、『和泉式部日記（物語）』といった作品にも多くの異本が存している。これらの作品の場合、ときに本文の順序や分量すらも系統によって大きく異なることがあり、単一の原本への遡及を目的とする、本文校訂という手法の有効性に疑義が寄せられるきらいがあるのも当然であろう。(12)

一方『萬葉集』の場合、「完本」(13)である西本願寺本を基準とすると、既述のとおり零本として現存する伝本は数多く、脱落歌もままあるが、『人麿集』のようにほとんど別の歌集かと見紛うような異本は存在しない。類纂本二種（類聚古集・古葉略類聚抄）はその性格上、排列の相違こそ著しいが、『萬葉集』以外の歌集から題にふさわしいうたを増補するようなことはしておらず、大局的にみれば同一系統のなかにおさまる相違といってよい。というよりも、『人麿集』や『枕草子』、『狭衣物語』における異本群を「系統」と呼称するならば、『萬葉集』には系統という考えかた自体がなじまないといえる。

『萬葉集』に系統が存在しないというのではない。『校本』や佐佐木信綱『萬葉集事典』（平凡社・一九五六）をはじめ、『萬葉集』の工具書にはたいてい伝本の系統図が掲載されている。散逸本が多いこともあり、かならずしも衆目の一致する系統の把握はなされていないが、奥書などにもとづき、書承関係がある程度判明している場合も多い。

また次点本の伝本に関しては、①漢字本文の左に本文にちかしい大きさの平仮名で訓を書く本（桂本、藍紙本、元暦校本、類聚古集など）と、②訓を片仮名で書く本（春日本、廣瀬本、紀州本、古葉略類聚鈔など）[14]に大別できる。しかも①がほとんど長歌に訓を附さないのに対して、②は相当数の長歌に訓を附すという明確な相違のあることを、近時田中大士があきらかにしている。[15]田中が提示した区分の基準は明瞭で、次点本に二種の系統が存することは疑うべくもない。

しかし、両者のあいだに異本関係をみとめうるような本文異同は存在しない。また、附訓形式の相違は現存伝本を区分するにあたって非常に有効な指標であるが、原典遡及を目的とする本文校訂に即しては、かならずしもそうではない。一般に『萬葉集』の附訓のはじまりは、梨壺の五人による天暦古点とされる。『本朝文粋』巻十二所収の「禁二制撰和歌所闌入一文」や、書陵部本『順集』一一七番歌の詞書によれば、天暦五年（九五一）以降の数年間の事業である。[16]もっとも、この通説には承平年間（九三一〜三八）に編纂された『和名類聚抄』に萬葉歌が訓点ともども引用されることなどを根拠とする築島裕の批判もあり、『萬葉集』の加点の嚆矢をいつと考えるべきかは問題もある。[17]

始発に関しては不明な点をのこすが、注意したいのは、次点本のうち平安時代の伝本が総じて平仮名別提訓で書かれており、この書き様が「日本紀竟宴和歌」などの例に照らして、ふるい形式をつたえていると判断しうることである。[18]つまり、附訓を片仮名で記す鎌倉時代以降の写本も、さかのぼれば平仮名訓本に行きつく可能性がたかく、平仮名訓本と片仮名訓本はまったく異なる系統ではないとみられる[19]。広義には同一系統内におさまる古写本が複数現存する『萬葉集』は、本文校訂に適した作品ということができる。

二　仮名文献活用の意図と意義

ここまで述べてきたとおり、ちかい系統の伝本が複数現存する『萬葉集』は本文校訂に適した作品であるといってよい。しかしこのメリットは、同時にデメリットも抱えこんでしまっている。つまり、内容の近似した伝本ばかり存在するということは、とりもなおさず、誤りも共有される可能性がたかいと見做せるからだ。異本不在の功罪といってよい。もちろん現存伝本の精査だけで本文に関する問題がすべて解決するのであれば、異本が不在であろうといっこうに差しつかえない。しかしそうではないことは、はやく一九五〇年代に佐竹昭広が「萬葉集本文批判の一方法」（一九五二）、「本文批評の方法と課題」（一九五五）で、『萬葉集』の本文研究に「訓讀資料」の活用が欠かせないことを指摘した点からも容易に察することができる[20]。佐竹はその価値と利用方法を以下のように述べている。

正統の萬葉學が、訓讀資料をもつて、「本文が無いのであるから（中略）校勘資料としても、價値の少いものであることは疑はれぬ」（校本萬葉集首巻三五五頁）と斷じてゐるのも無理はないのである。だが、「價値の少い」といふことは、勿論「價値の皆無」であることに置き換へることはできない以上、理論的に可能性を認め得る、これらの多くの資料を全然無視してかかることは許されない。果して價値が少い、或いは全く無いか、もしくは些かなりとも有るか、それを實地に検討して後に、資料の價値は定めらるべきであつて、怠りながら資料性を云爾するのは太平樂でしかない[21]。

「價値が少い、或いは全く無いか、もしくは些かなりとも有るか、それを實地に検討して後に、資料の價値は定めらるべき」という提言に、異論をさしはさむ余地はおそらくあるまい。しかしこの佐竹の提言が、以降の研究に充分に咀嚼されてきたかといえば、かならずしもそうはいえない。もちろん、『注釋』が随所で平安和歌集に引用された萬葉歌を例示するのは佐竹の見方を追認するものといってよいだろうし、「本文批評だけは他の領域と異なり、目にふれる論文はじつに寥々たるもの」[22]と工藤力男が述べるように、『萬葉集』研究のうち、そもそもこの分野の研究が少ないという点も勘案すべきではあろう。また、近年になって佐竹説を批判的にみなおす論考が数点発表されていること[23]も、「資料の價値」を「實地に検討し」たものとして注目できる。

だが一方で、佐竹論が発表されてから半世紀以上が経過し、当然ながらその間に「訓讀資料」の過半をしめる平安時代以降の和歌集の研究は大きく進展したにもかかわらず、この点をふまえる論考が少ないという感も否めない。「訓讀資料」と関連する平安和歌研究の進展を具体的に述べれば、なんといっても、一九七三年から七六年に『私家集大成』が刊行され、それまでは利用のむずかしい場合が少なくなかった私家集の本文が[24]、容易に閲覧できるようになったことがあげられる。

この刊行を『萬葉集』研究の側からみた場合、貫之、順、好忠、賀茂保憲女等々、平安歌人の萬葉歌享受[25]に関する調査が容易になった点も重要であるが、本文校訂との関係からいえば、萬葉歌人の名を冠した三集、『人麿集』、『赤人集』、『家持集』各系統の本文が提供されたことが大きい。この三集がとりわけ重要なのは、多量の萬葉歌が採取されており、成立が十世紀後半ごろと目されているためである。

対して、仮名書きの断簡（下絵萬葉集抄切）を別にすれば、この時期の『萬葉集』の伝本は現存していない。しかも、十一世紀中葉書写の最古写本・桂本は巻四のみの零本、これにやや遅れる藍紙本も巻九だけの零本と[26]、現存古写本は偏在が著しい。右の私家集群はその缺をおぎなう可能性を秘めた資料であり、その本文が『私家集大成』の刊行によって簡便に利用できるようになったことは、佐竹が「訓讀資料」を活用すべきと提言した一九五〇年代時分よりも、研究環境がととのったことを意味している。さらに一九九二年から刊行がはじまった冷泉家時雨亭叢書にも『人麿集』などの善本が収載され、その成果をもふまえた『新編私家集大成』が二〇〇八年に登場したことは記憶に新しい。

なお私家集以外では、やはり十世紀後半に編纂されたとおぼしく、所収歌約四千五百のうち、およそ四分の一を萬葉歌がしめる『古今和歌六帖』に関しても、佐竹論以降の研究環境の整備は著しい。一九六七年に図書寮本との校異をともなって近世初期書写の桂宮本の翻刻が、一九八二年には現存最古写本（文禄四年〔一五九五〕書写）である永青文庫本の影印が刊行された。こういった善本の提供が『六帖』自体の研究に資することはもちろんであるが、『萬葉集』研究の側からみれば、『萬葉集』伝本の本文や附訓と対照することが可能となった点が重要であろう。これらの諸文献は、往時の萬葉歌の姿を検証する際の貴重な資料となる可能性がある。また、この観点からみると院政期の歌学書なども有用な資料といえるが、本書の考察範囲を逸脱することになるので、ここでは省略にしたがう。

[27] [28]

三　萬葉集研究からみた赤人集の位置

佐竹の提言を受け、また以降の研究環境の整備もふまえ、本書では従来の『萬葉集』研究でほとんど注目されることのなかった私家集『赤人集』を考察対象としている。本節では数多い「訓讀資料」のうち、『赤人集』をとりあげた理由を説明する。

『赤人集』には、『萬葉集』研究の側から注目できる理由がいくつかある。一点は前節でも述べたとおり、十世紀後半という成立のふるさだが、この点は『人麿集』や『六帖』も同様だから、本集のみをとりあげる理由にはならない。特筆すべきは『赤人集』の排列で、本集は『萬葉集』の巻十の前半部（一八一二〜二〇九二）を、題詞・左注もふくめてほぼ『萬葉集』の順序どおりにならべている。この特徴は、後藤利雄がいうように、本集が巻十抄本を母体として成立したことを指示する。(29)

しかも萬葉歌人私家集のうち『人麿集』と『家持集』、とくに前者が系統によって大きく所収歌・歌数・排列などを異にするのに対して、『赤人集』の場合、系統によって歌数や排列に多少の異同こそあるものの、まず同一の歌集と見做すことができる。その伝本系統は以下のように分類するのが一般的となっている。(30)

第一類本　西本願寺本系　西本願寺蔵三十六人集「あか人」　三五四首
第二類本　正保版本歌仙歌集本系(31)　書陵部蔵（五一〇・一二）「赤人集」　二五一首
第三類本　陽明文庫本系　陽明文庫蔵三十六人集（サ・六八）「赤人集」　二四一首

第一類本の西本願寺本は天永三年（一一一二）以前に書写されたとおぼしく、現存する『赤人集』伝本のなかでもっとも古い。(32)一方、第二類本の最古写本・資経本の書写は十三世紀末、陽明文庫本は近世初期までくだる。(33)このうち、最古写本である西本願寺本のみ百首ほど歌数が多いが、これは前半（一〜一一六）に『千里集』所収歌が混入しており、巻十抄本歌群と合冊されているためである。ただし、『千里集』の特徴にあたる句題は存在しないため、一般には句題が脱落し、『赤人集』の一部と誤認された結果、合冊されたと考えられている。(34)その当否は本論で検討する（第一部第二章）が、この『千里集』相当箇所をのぞけば西本願寺本も二三八首であり、ほぼ他系統に等しい。(35)

さらにこの三系統には、複数の脱落箇所（一八九一〜九九番相当歌など）の一致や、二首の萬葉歌（一九六〇、六一）を一首にするといった共通項がある。いずれも三系統の祖本が同一であることを示唆する徴証といってよく、この点に関しては、山崎節子の論証[36]に疑問の余地はない。つまり、『赤人集』はたんに多数の萬葉歌を採取するというにとどまらず、十世紀後半以前に成立した巻十抄本を原型に持つ仮名歌集という、『萬葉集』伝来史のなかで重要な位置をしめる資料と認定しうる。さらに本書の目的とかかわって問題としたいのは、このような資料的性格を持つ『赤人集』が、『萬葉集』享受との関係だけではなく、本文校訂や訓読研究に活用しうるのかということであるが、これは本論で具体的に検証すべき内容であるので、ここでは言及しない。

なお、もう二点『赤人集』に関して述べておきたいことがある。一点は、近時冷泉家時雨亭叢書から刊行された異本赤人集についてである。[37]葉室光俊（真観）周辺で書写されたと推定される私家集群、[38]いわゆる真観本の一本で、鎌倉中期の古写本である。巻十の前半部のうたが排されている点は従来の系統と同様であるが、歌数が一四五首と第二類本、第三類本よりも百首ほど少ない、巻十・一八四三番相当歌「昨日こそとしはくれしか　はるかすみかすかのやまにはやたちにけり」（西・一四一、書・二四、陽・二七）からはじまる、他系統の伝本にみえないうた（『萬葉集』巻八・一四三三の類歌）が存する等々、三系統のいずれにも属さない本文を持つ。[39]『赤人集』の伝本系統の再編をうながす内容を持つ本といってよい。

しかし『萬葉集』巻十の側からみると、従来の三系統以上に脱落歌の多い伝本である。書写年代こそふるいものの、後発的な内容の本文といってよく、『萬葉集』巻十との関係を考えるうえでは俎上に載せにくい。この真観本に関しては別に論じる必要があるだろうから、本書では従来の三系統の関係に対象をしぼって検討する。

もう一点は、どうして巻十抄本が『赤人集』と認定されるにいたったのかということだが、残念ながらこの問題は明解を得がたい。平安時代中期に山部（辺）赤人の歌集が編纂されたのは、『古今和歌集』の仮名・真名両序が人麻呂とともにこの歌人を顕彰したことに起因するのであろう。このうち、『人麿集』に関してはその原型と推定される第一類本の上巻六十三首中、三十三首までが『萬葉集』の人麻呂歌であることを考慮すれば、『人麿集』

を人麻呂歌蒐集の結果と見做すことも、いちおうは可能である。[40] しかし、巻十は作者未詳歌巻だから、その抄本が赤人の歌集に転じた理由を想定することは難しい。[41] この問題に関しては島田良二の以下の解説がまとまったものだが、不徹底の感は否めない。

以上の万葉集巻十の古点歌がどうして赤人集になったかについて考えると、後撰集の編集された時代は、源順訓点の万葉集として通用しておったのであるが、それがいつのまにか赤人集と認識されるようになったのである。それは拾遺集頃であろう。[42]

『赤人集』が古点にもとづくかどうかにも疑問はあるが、[43] そのことは等閑に付すとしても、変遷の理由が「いつのまにか」では説明になっていない。しかし、既述のとおりどうして巻十抄本が『赤人集』と呼称されるにいたったのかは不明というほかないから、如上の記述となるのもやむを得ないというべきだろう。本書ではこれ以上解決の困難なこの問題に踏みこむことはせず、あくまでも巻十抄本から派生した私家集『赤人集』の『萬葉集』伝来史における位置づけはどのようなもので、『萬葉集』の本文校訂や訓読とどのようにかかわるのかを検討する。[44]

四　本書の構成

ここまで、『萬葉集』の研究書を標榜する本書が、平安私家集である『赤人集』を考察の対象とする理由を述べてきた。この点はそのまま本書の特徴にもあたるため、同集の資料的性格に言及しつつ、できるだけ丁寧に縷述した次第である。本節では以上の記述をふまえ、本書全体の構成をまとめておきたい。本書は以下の三部からなる。

第一部　萬葉集抄本としてみた赤人集
第二部　萬葉集の訓読と本文校訂
第三部　萬葉集訓読の方法

第一部「萬葉集抄本としてみた赤人集」の主たる論点は『赤人集』の『萬葉集』伝来史における位置づけとなる。同集の性格や『萬葉集』との関連についてはここまで述べてきたとおりであるので、以下では個々の章について概説する。

第一章「萬葉集伝来史上における赤人集の位置」では、『赤人集』三系統の共通本文をとりあげ『萬葉集』との「本文異同」を確認するとともに、次点本の附訓のうち本文からの独立性のつよい例をとりあげ、『赤人集』と比較することで両者の関係をさぐっていく。以上の論証をとおして、従来「その訓（赤人集の本文を指す――筆者注）の状態からみて相当早い時代」(45)、「本来は源順らのつけた古点歌」(46)などと指摘されつつも、やや不透明であった『萬葉集』伝来史における『赤人集』の位置づけを明確にする。

第二章「西本願寺本赤人集の成立」では、本集の現存最古写本である西本願寺本をとりあげ、巻十抄本の伝来のありようを検討する。既述のとおり、西本願寺本は前半が千里集相当歌群、後半が巻十抄本歌群で構成された『赤人集』のなかでももっとも特異な形態の伝本であるが、その特異性が注目されることは少ない。三系統に共通する巻十抄本歌群に議論が集中しており、千里集相当歌群に関心が寄せられなかったためであろう(47)。また萬葉歌でもないため、『萬葉集』の伝来とかかわっては価値がとぼしく感じられるが、この印象が盲点であることを、両歌群の関係から検証する。

第三章「赤人集三系統の先後関係」では、三系統の成立順序を考察する。伝本ごとの書写年代に即せば、三系統は西本願寺本・書陵部本（資経本）・陽明文庫本の順にならぶわけだが、散逸した親本の存在を念頭におくと別の様相がみえてくる。親本への追究は想像に頼らざるを得ないことが多く、本文研究においては敬遠される向きもあるが、『赤人集』の場合には『萬葉集』（巻十抄本）という母体が存するため、この難点はある程度まで解消可能である。排列や本文などを巻十と比較することで、成立順序を検証するとともに、『萬葉集』校勘資料としての位置づけについても言及する。

補説「赤人集と古今和歌六帖」では、『六帖』所収の赤人歌をとりあげる。『六帖』で作者を赤人とするうたには、『萬葉集』赤人作歌と非赤人作歌があるが、後者のうち巻十所収歌の引用元を『赤人集』と認定する説がある。(48) この説は『萬葉集』伝来史における『赤人集』の位置づけという本書の課題のひとつと密接にかかわっており、萬葉歌の流布という観点からも看過できない内容である。その論拠の是非を検証することで、『赤人集』と『六帖』の関係をどのように把握すべきかを論じる。

附録「萬葉集巻十および赤人集三系統対校表」は、題目のとおり『萬葉集』巻十前半部（一八一二〜二〇九二）と、『赤人集』三系統の対校表である。番号のみの一覧については山崎に先蹤があり、(49)『校本』には西本願寺本の本文が引用されているが、萬葉歌と『赤人集』三系統すべての本文を掲載したものは例がない。『赤人集』は、排列はともかく本文には相当な異同があるので、一本のみを参照しても校勘資料として充分に活用することはむずかしい。また単一の本から派生した歌集とみられるので、三系統の共通本文を指摘することも、萬葉歌との関係を考えるうえで重要である。本対校表はそういった研究に際しての基本資料にあたる。

第二部「萬葉集の訓読と本文校訂」では、『萬葉集』の本文校訂と、校訂をふまえた萬葉歌の訓読に関して、仮名文献の活用、写本の字形、共通する缺陥本文といった、いくつかの方向から論を展開する。

第一章「赤人集による萬葉集本文校訂の可能性」では、第一部での『赤人集』の研究成果にもとづき、本集が校勘資料としてどのように活用しうるかを検証する。巻十の本文校訂・訓読研究における『赤人集』の活用の嚆矢は、契沖『代匠記精』であり、その歴史はふるい。『校本』が同集を引用するのも、このような研究史を念頭におくためであろう。しかし、その後追従する論考はほとんどないため、本章では基本的な論点を確認し、現在の通説を再検証することで、「(漢字)本文が無い[50]」という校勘資料としての難点を克服できる場合があることを述べる。

第二章「萬葉集の本文校訂と古今和歌六帖の本文異同」では、『六帖』に引用された萬葉歌を『萬葉集』の本文校訂に活用する際の留意点を検討する。巻七・一〇九九番歌の結句「陰尓将比疑」を『六帖』所収の萬葉歌を根拠に「陰尓将化疑」と校訂する佐竹説は現在通説となっている。しかし、この通説は佐竹論以降に進展した『六帖』の本文紹介を考慮していないきらいがあるので、「(仮名文献の——筆者注)引用に際しての改竄とか本文の流動は心すべき[51]」という佐竹自身の警鐘にしたがい、再検証をおこなう。

第三章「「御名部皇女奉和御歌」本文異同存疑」では、前章までとは逆に「正統の萬葉學[52]」の手法に立ち返り、『萬葉集』伝本間の本文異同をとりあつかう。多くの校訂テキスト、注釈書が刊行されている『萬葉集』の場合、これら活字テキストにもとづいて研究されるのが普通である。もちろん、校訂テキストこそ本文研究の最たる成果であり[53]、活字本を利用すること自体はなにも不当でない。しかし、写本、つまり手書きのテキストの文字に、活字化することによって零れ落ちてしまう情報があることも事実である[54]。本章ではその情報のうち、写本による字形の通用という点に着目し、「御名部皇女奉和御歌」(巻一・七七)の本文異同の是非を問いなおす。

第四章「類聚古集と廣瀬本の関係」では、伝本の信頼性という問題に言及する。複数の伝本に存在する本文に妥当性をみとめ、それを採用するというのは本文校訂の基本的な手法のひとつであるが、この手法に蓋然性をもたせるためには、その伝本同士の関係を精査し、受容の痕跡がないことを証しておく必要があろう。本章では平仮名訓本の類聚古集と片仮名訓本の廣瀬本[55]をとりあげ、両者のつながりを検討する。とくに、共通する缺陥本文に着目することで、その関係を明示する。

第五章「「雪驪朝楽毛」の本文校訂と訓読」では、前章での本文研究の成果が、本文校訂と訓読、またそれを起点とする作品解釈にどのように寄与しうるのかを実践する。巻三所収の「献新田部皇子歌」は人麻呂作歌のなかでは比較的研究の手薄な作品であるが、反歌（二六二番歌）第四句の本文校訂と訓読に関しては例外で、議論百出しており定説をみない。しかし、一九九四年に『校本』の別冊によって廣瀬本が紹介されて以降は、その本文「雪驟」が採用されるケースが増加している。本章ではこの判断の妥当性を検証したうえで、本文校訂と訓読を再吟味する。

第三部では、研究史において訓に揺れがありながら、現在ではほぼ定訓を得たとみられる萬葉歌を検討対象とする。訓決定の根拠となった資料や論拠を再検証し、その不備を指摘し、合わせてより妥当な訓みを提示する。

第一章「「戯嗤僧歌」の訓読と解釈」では、巻十六・三八四六、四七番歌の贈答歌の訓読と解釈について考察する。二首の結句に共通する表記「半甘」は、ナカム（泣かむ）と音訓混用で訓む説が、『全註釋』の提唱したハニカムと訓む音仮名説を――和歌大系に追認をみるとはいえ――圧倒しているというのが現状である。また、三八四六番歌の第三句「馬繫」は「馬を繫ぐ」の意に解され、ほとんど疑われることがないが、この通説には、構文からみて疑問符のつくことが既に指摘されている[56]。通説と少数説のいずれに妥当性をみとめることができるのか、文法と資料から再検証する。

第二章「「献新田部皇子歌」訓読試論」は、借訓に焦点をあてた論考である。巻三所収の「献新田部皇子歌」の長歌（二六一番歌）には、「高輝」、「茂座」という人麻呂作歌のみならず、『萬葉集』全体でもほかに例をみない表記が使用されている。このうち、前者をタカヒカルと訓む近時の通説[57]にはほぼ疑問の余地がない。しかし「茂」を借訓とみとめ、「茂座」を人麻呂讃歌の常套句シキイマスを表記したとするもう一方の通説には、集中の表記傾向に照らして疑問が多い。関連する表記・用語例を蒐集し検討すると、むしろ「茂」は正訓字と認定できることを論じる。

第三章「「籠毛與　美籠母乳」の訓読再考」では、あまりにも著名な『萬葉集』の巻頭歌、そのなかでもさらに人口に膾炙した冒頭二句の訓読を検討対象とする。この冒頭二句の通訓コモヨミコモチは、現存伝本によるかぎりでは廣瀬本を端緒とし、仙覚本に継承される。近世期には一端下火となるものの、『古義』や『美夫君志』によって復権し、以降は定訓として通用している。しかし、吉永登が「異状な出だし」(58)と指摘するとおり、冒頭二句の三・四音はほかに類をみない特異なものである。その特異な訓がどうして通説とみとめられているのか、注釈史をさかのぼってその論拠を吟味し、ありうべき訓みを追究する。

第四章「萬葉集の「風流士」」では、『萬葉集』の「風流」の訓み、とくに巻二・一二六、一二七番歌にみえる「風流士」をミヤビヲとする通訓は妥当か否かを論じる。「風流」をミヤビと訓むことに違和感をおぼえるひとは現在ほとんどいないであろうが、注釈史をさかのぼると、『童蒙抄』が『伊勢物語』を参照してそう訓んだのが発端で、その論旨にさしたる根拠はなかった。むしろ重要なのは、この通訓が現代になってから『遊仙窟』の古訓を証左に裏づけされたことで、争点もここに帰着すべきであろう。訓点語研究の進展をふまえ、通訓は立証可能であるのか、異訓は考えられないのかを検討する。

第五章「「みやび」と「風流」の間隙」では、前章との関連から「風流士」＝ミヤビヲ説の発端となった『伊勢』初段の「いちはやきみやび」の語義を検討する。「いちはやきみやび」は『伊勢』の性格を規定する鍵語としてあつかわれることが多いが、作品中一度しか出てこない語であり、実のところ語義の認定は容易でない。そのこともあってか、『萬葉集』の「風流士」の後継と捉えることで語義を把握しようとする論考が少なくない。しかし、『萬葉集』の「風流士」から『伊勢』の「いちはやきみやび」へという文学史的な把握の仕方は、充分に論証されたものといえるだろうか。この疑問を、「風流」と「みやび」との関係、また「みやび」自体の語義の見直しによって解消することが本章の目的となる。なお、本章のねらいは前章の補完にあるため、萬葉歌に関する私見は提示していない。

以上の三部十五章（「第一部補説」、「同附録」をふくむ）が本書の内容となる。

おわりに

以上で構成については述べきたったので、最後に「はじめに」を振り返る形で概括をしておきたい。本書では『萬葉集』の訓読を研究対象とする。その訓読の精度をあげるためには、厳密な本文校訂が缺かせない。同時に、どのように訓読するかを念頭におかないで本文校訂をなすことはできないだろう。そして本文校訂と訓読の成果を少しでも堅牢なものにするためには、伝本や校勘資料の検証が不可缺である。

本書の内容は、右の研究手法のすべてにおよんでいる。そのうえで、書名に「訓読」を選択した理由はなにかと問われれば、「本文研究・本文校訂の目的は、その作品を精確に読むためにあるから」ということになろう。平安時代の仮名作品とは異なり、『萬葉集』を読む際には「訓読」という工程が缺かせない。『萬葉集』には「読む」ことと連動して「訓む」ための研究が必要ということであり、本書はその研究領域に少しでも寄与すべくまとめたものである。小さな橋頭堡となることができれば、これに過ぎたる喜びはない。

注

（1）問題が訓みに波及しない場合でも、本文校訂は原典遡及のために缺かせない作業であろう。参照、工藤力男「孤

立する訓仮名――憶良「老身重病」歌の「裳」――」（『萬葉集校注拾遺』笠間書院・二〇〇八、初出一九八八）。

（2）片桐洋一「平安時代における作品享受と本文」（『原典をめざして　古典文学のための書誌（新装普及版）』笠間書院・二〇〇八、初出一九七四）、加藤昌嘉『揺れ動く『源氏物語』』（勉誠出版・二〇一一）など。

（3）前掲（2）橋本不美男『原典をめざして　古典文学のための書誌（新装普及版）』

（4）池田龜鑑『土左日記原典の批判的研究』（岩波書店・一九四一）

（5）以下の内容は、拙稿「『萬葉集』伝本と本文の問題――本文異同の実例から」（『萬葉写本学入門　上代文学研究法セミナー』笠間書院・二〇一六）と重なる部分がある。また、小島憲之「萬葉集原典批評一私考」（『國語・國文』第十三巻第三号・一九四三）、高松寿夫「山部赤人の作品と『万葉集』巻三・巻六の性格」（『文学（隔月刊）』第十六巻第三号・二〇一五）を参照している。

（6）「基本的には」とことわったのは、現存伝本の本文に寄らない、いわゆる誤写説によって本文校訂をなしうる場合もあるからで、以上の記述はあくまで原則は、ということである。誤写説による校訂を排除しようという意図はない。

（7）『とはずがたり』には数種の断簡が存するため厳密には孤本とはいえないが、写本としては桂宮本のみが現存するので、便宜上孤本に分類する。参照、田中登「『とはずがたり』の新出古写断簡」（『汲古』第四十三号・二〇〇三）

（8）井手至「類聚古集の換字――表音仮名の場合――」（『遊文録　国語史篇』二・和泉書院・一九九九、初出一九六六）、北井勝也「類聚古集の本文改変――独立異文の検討から――」（『国文学（関西大学）』第七十三号・一九九五）、同「類聚古集における意改」（『美夫君志』第五十二号・一九九六）など。

（9）押韻を規則としない和歌を韻文と呼ぶのは不正確であり、たとえば工藤「上代における格助詞ニの潜在と省略」（『日本語史の諸相　工藤力男論考選』汲古書院・一九九九、初出一九七七）の提唱する「律文」という術語の方が実態に即しているが、今は混乱を避け慣例にならう。

（10）島田良二「人麿集の本文とその成立について――第一類本を中心に――」（『王朝和歌論考』風間書房・一九九九、初出一九九七）。なお、以下の記述は藤田洋治「人麿集」（『和歌文学大辞典』日本文学 web 図書館）をふまえる。

（11）前掲（10）島田、藤田、景井詳雅「『人麿集』の『万葉集』享受――一類本上巻の場合――」（『和歌文学研究』

第九十五号・二〇〇七）など。

（12）近年、中古散文の研究においては異本をそれぞれ独自の「作品」として再評価すべきとの指摘が相次いでいる。代表的な論考に前掲（2）加藤、中川照将『『源氏物語』という幻想』（勉誠出版・二〇一四）などがある。一方で、工藤重矩「国冬本源氏物語藤裏葉巻の本文の疵と物語世界――別本の物語世界を論ずる前提として――」（『中古文学』第九十二号・二〇一三）のように、この方向を抑制する見方もあるため、なお議論の余地は少なくない。

（13）現存する伝本のなかでもっとも歌数の多いことから、一般に西本願寺本は完本と呼ばれるが、巻一末尾のようにあきらかに所載歌を逸した箇所があり、ほかにも脱落歌が数例あるとおぼしき（第一部第一章）ことをも考慮すると、適切な呼称とはいえない。本書では便宜的に「完本」と呼ぶ。

（14）片仮名訓本は、さらに本文左に片仮名で書く本（廣瀬本など）、本文右に傍書する本（紀州本など）に区分できるが、ここではおおまかな傾向を提示する。

（15）田中大士「長歌訓から見た万葉集の系統――平仮名訓本と片仮名訓本――」（『和歌文学研究』第八十九号、二〇〇四）

（16）下限については通説をみない。奥村恒哉「古點の成立と後撰集の萬葉歌」（『古今集・後撰集の諸問題』風間書房・一九七一、初出一九五四）は康保三年（九六六）、熊谷直春「秘閣における源順――後撰集と古点作業完成の時期――」（『平安朝前期文学史の研究』桜楓社・一九九二、初出一九七二）は天暦十年（九五六）正月以前、山口博「後撰和歌集の成立」（『王朝歌壇の研究 村上・冷泉円融朝篇』櫻楓社・一九六七、初出一九六三）、新大系『後撰和歌集』の「解説」（執筆は片桐）は天暦七年（九五三）以前とそれぞれ推定する。

（17）築島裕「万葉集の古訓点と漢文訓読史」（『著作集』第二巻・汲古書院・二〇一五、初出一九七二）。小川靖彦「天暦古点の詩法」（『萬葉学史の研究（第二刷）』おうふう・二〇〇八、初出一九九九）、鐵野昌弘「家持集と万葉歌」（『ことばが拓く　古代文学史』笠間書院・一九九九）は築島説を追認し、とくに小川は天暦古点を「国家事業としての萬葉集訓読の成果」の嚆矢と見做す。

（18）築島「万葉集の訓法表記方式の展開」（前掲（17）『著作集』第二巻、初出一九七九）。廣岡義隆「訓の独立」（『上代言語動態論』塙書房・二〇〇五、初出一九七六）は、片仮名訓傍訓から平仮名別提訓への変遷を想定するが、築島の提示する漢文訓読史の展開と、現存伝本のうち古写本は多く平仮名別提訓であるという事実を重んじ、平仮名訓から片仮名訓に変遷したとの理解にしたがう。なお、この点については第一部第二章の「補」においてあらためて私見をしめす。

(19) 平仮名本と片仮名本の接点については、その一斑を第二部第四章で検証した。

(20) 佐竹昭広「萬葉集本文批判の一方法」(『萬葉集抜書』岩波書店・二〇〇〇、初出一九五二)、同「本文批評の方法と課題」(『萬葉集大成』第十一巻・平凡社・一九五五)

(21) 前掲(20)佐竹「本文批評の方法と課題」

(22) 工藤「孤字と孤語――萬葉集本文批評の一視点――」(前掲(1)『萬葉集校注拾遺』、初出一九八八)。なお、工藤論は約四半世紀まえに発表されたものであり、乾善彦「学会時評――・上代」(『アナホリッシュ國文學』第四号・二〇一三)が「諸本研究や訓詁といった基礎的な作業に立ち返る研究が、近時勢いを取り戻してきているようにみえ」ると述べるとおり、事情は近年になっていくらか変化してきている。

(23) 八木京子「笠女郎の文字「為形」と「面景」――万葉集巻四・六〇二番歌――」(『国文目白』第四十三号・二〇〇四)、菊川恵三「「面就」は「面影」か――巻七・一二九六番歌、佐竹説を検証する――」(『叙説』第三十七号・二〇一〇)、垣見修司「万葉集巻七訓詁存疑――面就・色服染・耳言為――」(『高岡市万葉歴史館紀要』第二十三号・二〇一三)

(24) このあたりの私家集本文のあつかいに関するいきさつについては、藤田「島田良二　三十六人集の本文を拓く」(『戦後和歌研究者列伝　うたに魅せられた人々』笠間書院・二〇〇六)が参考になる。

(25) 平安歌人の萬葉歌および『萬葉集』の享受に関する研究は膨大であり、逐一提示することはできないが、中期ごろまでの歌人にしぼり、比較的近時のものに限定しても、水谷隆「紀貫之にみられる万葉歌の利用について」(『和歌文学研究』第五十六号・一九八八)、加藤幸一「紀貫之の作品形成と『万葉集』」(『奥羽大学文学部紀要』第一号・一九八九)、西山秀人「源順歌の表現――万葉歌との関連をめぐって――」(『日本大学人文科学研究所紀要』第四十四号・一九九二)、新谷秀夫「『萬葉集』を見た公任――『四条大納言歌枕』・『公任卿古今集注』の逸文を例に――」(『日本文藝研究』第四十八巻第二号・一九九六)、渦巻恵「賀茂保憲女集における万葉歌摂取」(『日本古典文学の諸相』勉誠社・一九九七)、服部一枝「貫之の歌――万葉歌の影響を受けたもの――」(『源氏物語の時空　王朝文学新考』笠間書院・一九九七)、南里一郎「恵慶百首と『万葉集』――表現摂取を中心に――」

（『恵慶百首全釈』風間書房・二〇〇八）、新谷「能登守源順と中務――『萬葉集』伝来をめぐる臆見・余滴――」（『叙説』第三十七号・二〇一〇）、小川『万葉集と日本人　読み継がれる千二百年の歴史』（KADOKAWA・二〇一四）、古田正幸「曾禰好忠「毎月集」序が伝えるもの」（『日本文学』第六十四巻第五号・二〇一五）等々がある。
(26) 藍紙本は巻九、十、十八の断簡もつたわる。参照、小川・池原「伝本一覧」（前掲（5）『萬葉写本学入門』所収）。
(27) 『古今和歌六帖』所収の萬葉歌の歌数については、具廷鎬「古今和歌六帖の万葉歌――万葉集からの直接採取をめぐって――」（『文化継承論集』第二巻・二〇〇五）に整理がある。
(28) 宮内庁書陵部編『圖書寮叢刊　古今和歌六帖』上（養徳社・一九六七）、永青文庫編『細川家永青文庫叢刊　古今和謌六帖』上・下（汲古書院・一九八二～八三）。平野由紀子を代表とする古今和歌六帖輪読会が、永青文庫本を底本とする『古今和歌六帖全注釈』一～三（お茶の水女子大学附属図書館 E-book サービス・二〇一二～）を電子媒体で公刊しはじめたことも重要である。『萬葉集』をふくめた典拠についても言及する。
(29) 後藤利雄「假字萬葉と見た赤人集及び柿本集一部――私家集の成立に関する考察――」（『國語と國文學』第二十七巻第二号・一九五〇）。なお、歌川卓夫「万葉集巻十と赤人集・古今和歌六帖との間」（『古代ノート』第一号・一九六六）はこの通説を疑い、『赤人集』を伝誦歌の集積とみなす。しかし歌川の論述は歌詞の異同に終始し、詞書や排列に関する言及を欠くので、この見方を追認することはできない。
(30) 竹下豊「解題（赤人集）」（『新編私家集大成』日本文学 web 図書館）、藤田「赤人集」（『和歌文学大辞典』）
(31) 第二類本は書陵部蔵本の親本にあたる資経本「山辺集」が存するので、「資経本系統」とすべきであるが、前掲（30）竹下の分類にしたがう。
(32) 久曾神昇『三十六人集』（塙書房・一九六〇）、新藤協三「三十六人集」（『和歌文学大辞典』）
(33) 小林一彦「資経」（『和歌文学大辞典』）
(34) 国文学研究資料館編『陽明文庫　王朝和歌集影』（勉誠出版・二〇一二）
(35) 後藤「赤人及び両千里集の研究」（『万葉集成立新論』桜楓社・一九八六、初出一九五〇）
(36) 山崎節子「陽明文庫（一〇・六八）「赤人」について」（『和歌文学研究』第四十七号・一九八三）。具体的な三系統の排列については本書第一部附録を参照されたい。

（37）『冷泉家時雨亭叢書』第九十一巻（朝日新聞社・二〇一五）

（38）田中登「三たび真観本私家集について」（前掲（37）所収）

（39）竹下「赤人集　唐草表紙本」（前掲（37）所収）

（40）前掲（11）景井は上巻六十三首の採取元を『萬葉集』そのものではなく「抄出本万葉集」と推定する。そのうえで景井は、上巻六十三首は抄出本が人麻呂歌とするうたを蒐集した可能性がたかいとしており、そうであれば、ますます『赤人集』とは対照的となる。

（41）西本願寺本、書陵部本は『萬葉集』の赤人歌四首（巻三・三二五、巻六・九一九、巻八・一四二四、二七）をふくむが、陽明文庫本はこの四首を欠き、巻十所収歌のみで構成されている。この四首が増補されたとみられることは、前掲（30）藤田に指摘があり、また現存伝本はともかく、「陽明文庫系」が他系統に先行する可能性がたかいことは、第一部第三章で検証する。また、引用のありようについては第一部補説でふれる。

（42）島田「赤人集」（『平安前期私家集の研究』桜楓社・一九六八、初出一九六六）

（43）小川「萬葉学史の研究とは何か」（前掲（17）『萬葉学史の研究（第二刷）』）は、『赤人集』を古点とは別系統と見做す。

（44）発端を突き止めることは困難であるが、『萬葉集』巻十所収歌の作者を赤人と認定するはやい文献は『赤人集』、『六帖』、『拾遺和歌集』で、このうち『拾遺集』はやや成立が遅れるので、『赤人集』と『六帖』の先後関係が問題となる。この点は第一部補説で検討するが、今後の課題となる部分も少なくない。

（45）上田英夫「赤人集・後撰集・拾遺集」（『萬葉集訓點の史的研究』塙書房・一九五六）

（46）前掲（42）

（47）前掲（35）はこの点を論じた希少な研究であるが、本書とは見解を異にする。

（48）滝本典子「古今六帖と赤人集」（『皇學館論叢』第一巻第四号・一九六八）

（49）前掲（36）。前掲（29）後藤、前掲（42）島田、山崎「赤人集考」（『國語國文』第四十五巻第九号）にも一覧があるが、陽明文庫本を欠くため、前掲（36）によるのが適当である。

（50）『校本』首巻

（51）前掲（20）佐竹「本文批評の方法と課題」

(52) 前掲(20)佐竹「本文批評の方法と課題」
(53) 筆者は、古典作品の本文校訂に関して、石田穣二「ことばの世界としての源氏物語」(『源氏物語攷その他』笠間書院・一九八九、初出一九七七)の「校訂によってこそ、古語の正しい世界を定着しなくてはならぬ」という態度に賛同する。
(54) この指摘は、乾「文字の異同と通用」(『漢字による日本語書記の史的研究』塙書房・二〇〇三、初出一九九一)の論述をふまえる。
(55) 附訓にもとづく次点本の系統区分については、前掲(15)など田中大士の一連の論考を参照のこと。
(56) 前掲(9)
(57) 橋本達雄「タカヒカル・タカテラス考」(『万葉集の時空』笠間書院・二〇〇〇、初出一九九二)
(58) 吉永登「「籠」の訓みについて」(『万葉――その探求』現代創造社・一九八一、初出一九七八)

第一部　萬葉集抄本としてみた赤人集

第一章　萬葉集伝来史上における赤人集の位置

はじめに

十世紀後半に編纂されたとおぼしい私家集『赤人集』が、『萬葉集』巻十冒頭の一八一二番歌から二〇九二番歌までを、ほぼ『萬葉集』とおなじ排列に並べている歌集であることは、はやく『校本』が西本願寺本の排列に即して指摘するとおりである。さらに後藤利雄はこの事実から一歩進んで、『赤人集』は『萬葉集』を抄出した歌集であり、次点本以前の古訓をつたえるものと認定した。(1)後藤が調査したのは、西本願寺本・流布本（書陵部本系統）・群書類従本の三本である。後者二本はかなり年代がくだるものの、(2)諸本間における排列の異同は——たとえば『人麿集』が系統によってはほとんど別の歌集かと見紛うほど、歌数・排列に相違のあることと比較すれば——さほどでもない。

また、山崎節子は流布本の親本系統にあたる書陵部本、さらに新出の陽明文庫本も調査し、諸本間で排列の異同がほとんどなく、『萬葉集』巻十の形態にほぼ忠実なことをあきらかにしている。(3)とくに『萬葉集』の一八九一〜九九番相当歌を、西本願寺本・書陵部本・陽明文庫本が三本そろって脱落させるなど、脱落箇所の多く一致する点は、山崎のいうとおり『赤人集』諸本が同一祖本から派生したことを示唆していよう。

そして、現在『赤人集』は西本願寺本系統・書陵部本系統・陽明文庫本系統の三系統に整理するのが一般的である（『新編私家集大成』など）。山崎の調査した三本は各系統の代表的な伝本と目されているので、本章でもこの三本を検討対象とする。

さて、以上のような研究史をふまえれば、古訓云々の認定はひとまずおくとしても、現存する『赤人集』の三系統は同一祖本から派生したもので、その原型が『萬葉集』、ないしはその抄本であろうという見方はたかい蓋然性を有している。ただし『赤人集』諸本の先後関係については不明な点が多く、研究史においても充分に解明されているとはいいがたい。現存最古写本は天永三年（一一一二）以前に書写されたとおぼしい西本願寺本であるが、この本は前半が『千里集』所収歌（句題部分は欠く）、後半が『萬葉集』抄本という特異な形態であり、古態をとどめているとは考えにくい面がある。

一方、千里集歌と混淆しない二系統のうち、書陵部本系統は歌集末尾に重複歌をふくむ十六首（書・二三五〜五二）を増補するのが特徴である。そして、この増補部分が排列からみて、現存しない陽明文庫本の祖本系統によっている可能性のたかいことは、藤田洋治が指摘するとおりだろう。この指摘をふまえれば、少なくとも書陵部本系統の最古写本である資経本をさかのぼり、陽明文庫本の「祖本」は存在していたことになる。となると、現存本はともかく、系統自体は鎌倉時代まで遡及すると判断できる（この問題については第三章で詳述する）。

しかも山崎が指摘するとおり、陽明文庫本はほか二系統が『萬葉集』の赤人歌四首をふくむのに対して、純然たる巻十所収歌のみで構成されている。さらに『萬葉集』との排列の相違も少なく、同本は『萬葉集』から巻十前半部が抄出された際の形態を、ある程度まで保持しているとも考えられる。つまり書写年代のふるさを基準とするのであれば、西本願寺本が最善本ということになるが、排列等を考慮すると陽明文庫本も注目すべき本とみてよく、どの本にもっとも信を置くべきか、容易には決しえない。

ただ、上述のとおり『赤人集』諸本は排列にいくばくかの異同はふくむものの、基本的にはおなじ本から派生しているとおぼしい。諸本の先後関係は不明でも、三系統を対比し共通本文を中心に検討することで、諸本に展開する以前の『赤人集』の姿をとらえることは、ある程度可能と考える。

もちろん、系統間の本文の相違についても検討する必要があるが、この点は次章以降に譲り、本章では以上のような立場から『萬葉集』巻十前半部と『赤人集』三系統をみあわせ、その関係をさぐっていく。より具体的には、抄出された『萬葉集』を原型にもつらしいこの歌集が、『萬葉集』伝来史においてどのような位置をしめる資料であるのかという点を検証する。

一　排列と脱落歌をめぐって

『萬葉集』伝来史における『赤人集』の位置づけを考えるうえで、まず注目すべきは一九三六〜三七番歌の排列である。この点については夙に後藤の指摘があるので[12]、氏の指摘をふまえつつ、両者の関係を確認したい。問題を明確にするため、『萬葉集』は新点本の西本願寺本により、訓については割愛した。一方の『赤人集』は諸本にほとんど異同がなく、いずれの本によっても大差はないので、便宜上陽明文庫本によった。なお、同集の引用は以降も原則同本による（別の本による場合は、その旨を明示する）。

○『萬葉集』一九三六〜三七番歌

A相不ㇾ念　将有兒故　玉緒　長春日乎　念晩久　（一九三六）

B夏雑歌
C詠鳥
D大夫之　出立向　故郷之　神名備山尓……　（一九三七）

○『赤人集』一〇七～一〇九番歌
Aあひおもはすあらむかゆへに　たまのおのなかき春日をなかめくらしつ　（陽・一〇七）
たとへ哥
春かすみたなひくのへに我ひける　つはまおつなたえんと思な　（一〇八）
B・Cなつのさうの哥ともゐいす
Dますらおのいてたちむかふ　しの、めの神なひやまに……　（一〇九）

歌詞に多少の変容はあるものの、『萬葉集』と『赤人集』のA～Dが対応していることは一目瞭然である。このうちやや問題があるのはBとCだが、『萬葉集』の部立と題詞がひとつの詞書と誤認され、統合されたのが『赤人集』の姿であろう。『萬葉集』の「とり」が『赤人集』に「とも」あるのは、「り」と「も」の字体の近似もさることながら、Bと接続されたことによって「さうの哥とも（雑の歌共）」と誤認された結果と判断できる。

問題は、『赤人集』をみるとAとBのあいだに「たとへうた」という詞書と「春かすみ」の一首が存在することである。この部分が『赤人集』のみだりな改変ではなく、『萬葉集』のふるい形態をつたえることは、木下正俊の以下の指摘によって了解できる。

〔一九三七〕の前に「夏雑歌」の部立があるのは（『萬葉集』の――筆者注）全古寫本に共通するが、その前に題詞とおなじ高さで「譬喩歌」の一行がある。神田本（紀州本をさす――筆者注）にも全く同じようになっている。元暦校本には〔一九三六〕の平假名別提訓と「夏雑歌」との行間やや下方に緒で「譬喩哥」と書かれており、元赭の原文には神・廣とおなじようにあったことが推測され、また元暦校本の目録には「譬喩歌不見」とある。このことはかつて〔一九三六〕の次、即ち春相聞の最後に譬喩歌の一首(?)があったことを物語っている。(13)

木下のいうように、紀州本・廣瀬本および元暦校本代赭書入ではBのまえに、また元暦校本の目録に「譬喩歌」という文言がある。巻十をつたえるうち、次点本のみに総じて「譬喩歌」に関する情報がある以上、これを排除したのは仙覚である可能性がたかい。(14)もともと『萬葉集』には譬喩歌の部立と「一首(?)」があったとみられる。そして、すでに後藤や山口博が指摘するとおり、その「一首(?)」とは『赤人集』にみえる「春かすみ」のうたとみていいだろう。(15)巻十の最古写本は、藍紙本のわずかな断簡をのぞけば寛治年間(一〇八七〜九四)書写とおぼしき元暦校本であるが、以上のような徴証によれば、『赤人集』が材料とした『萬葉集』は同本をさかのぼる現存しない古写本である可能性がたかい。

なおこの脱落歌に関しては、山口がさらに以下のような例もくわえるべきことを指摘している。(16)陽明文庫本は脱落歌が多いので、氏の挙例を西本願寺本(最後の一首は西本願寺本脱落につき、書陵部本による)によって掲出し、同集の排列から想定される『萬葉集』の番号をしめす。(17)

①わかやとのはるさくはなの　としことにおもひますともわすれめやわれ　(西・一八二、萬・一九〇〇番歌前)
②あをつゝらいもをたつぬと　はるのひのかすみたちもちこひくらしつゝ　(西・一九二、萬・一九一一番歌前)
③あまのかはむかひたちてこふるとき　ことたにつけよいもこと、は、　(西・三三四)
④こひしきはけなかきものを　いまたにもみしかくもかなあひみるよたに　(西・三三五、前歌とともに萬・二〇七三番歌前)
⑤あまのかはうちはしわたすいもかいゑを　へてわかおもふいもにあへるよは　(書・一九七、萬・二〇五六番歌前)

以上の五首を山口は『萬葉集』からの脱落歌と指摘する。ただし、山口が指摘した時点では紹介されていなかった陽明文庫本とも対照すると、西本願寺本にない⑤はもちろん、③と④も脱落していることには注意すべきだろう。前述のとおり、西本願寺本と書陵部本は『萬葉集』の赤人歌四首のような増補部をふくむので、これら三首が増補された可能性も、いちおうは考えておかねばなるまい。すると問題が煩雑になるので、この③〜⑤に関する問題については後述することとして、ひとまず確実に脱落歌と認定できる「春かすみ」のうたと、①・②の二首について、『萬葉集』との関係を確認しておきたい。

①は『萬葉集』の排列からみると、「寄花」の一首である。「春咲く花」を詠み、直後の一九〇〇〜〇四番歌には「梅の花」、「藤波」、「咲く花」、「馬酔木」と春の花を詠むうたが並ぶので、不自然な点はない。②も「寄霞」の一首だから、第四句の「かすみ」と照応し、やはり違和感はない。

このような脱落歌、とくに次点本に部立だけがのこる「春かすみ」の例は、『赤人集』が現存諸本よりもふるい『萬葉集』を母体とする可能性をつよく示唆している。[18]

二　次点本訓との関連性

さて、ここまで排列と脱落歌という視点から、『赤人集』が現存する『萬葉集』の諸本よりも古態をとどめる場合があることを確認してきた。この点をふまえ、以下では一首ごとに『萬葉集』と『赤人集』の関係をさぐっていく。

『赤人集』には、一見すると『萬葉集』の漢字本文と照応しない例が多い。その原因の一端は「本文が乱れに乱れている赤人集においては、どの本をとっても、一本だけでは意味が通じない[19]」と評される本文の錯乱にあるのだろう。三系統間での語句の異同も少なくないので、書写の過程において、誤写や訂正などによって本文が改変される場合も相当数あったと推測できる。

しかしその一方で、平安時代における『萬葉集』の訓読自体が、そもそも漢字に即応するとはかぎらない場合のあることにも留意すべきだろう。小川靖彦は桂本などの調査結果にもとづき、古点・次点の傾向を「平安朝の人々にとってわかりやすい歌意や違和感のない言い回しを訓の上で実現するためのもの」とみとめ、また「漢字と和語との対応が比較的緩い平安時代の漢文訓読に習熟した目」によって、「意味の上で平安朝の人々にとって許容し得る〝和歌〟として、平仮名で書き下した」ものと総括している。[20] この指摘をふまえ、『赤人集』と次点本の加点をみあわせていくと、以下のような例に遭遇する。

巻向之　檜原丹立流　春霞　欝之思者　名積米八方　（一八一三）

まきもくのひはらにたてる春霞　はれぬおもひは名につまめやは　（陽・二）

第四句は現在「おほにしおもはば」と訓まれるが、「欝」を元暦校本・類聚古集・紀州本・廣瀬本といった次点本諸本は、いずれも『赤人集』とおなじく「はれぬ」とする。

小川は平安時代の加点に「行毛不去毛」（巻四・五七一）を「ゆくもとまるも」と、「寿母不有惜」（同七八五）を「いのちもまされ」と訓むような、「不」をともなう漢字本文を意味のちかい肯定形に解す例のあることを指摘するが、右のうたは、漢字本文に否定の助辞がないにもかかわらず否定形に訓むという、小川の挙例と逆の形になっている。特異な次点本訓と『赤人集』が一致するケースである。

また、つぎの一首なども顕著な例といっていい。

梓弓　春山近　家居之　續而聞良牟　鶯之音　（一八二九）

あつさゆみ春山ちかく家ゐして　たえす聞覧鶯の声　（陽・一五）

第四句の「續而」は助辞「而」がある以上、「つぎて」以外の訓みは考えにくい。当然ながら、近年とくに異訓も提出されていないが、『赤人集』には「たえす」とあり、[21] 次点本をみると類聚古集と廣瀬本は「たえて」、紀州本左傍訓は「タエス」とする。句末に否定表現をともなわない以上、類聚古集・廣瀬本の「たえて」を副詞と解すのは無理だから、「たえで」と濁点をおぎなうべきだろう。「而」を「ず」や「で」とは訓めないはずであるが、意味からおして否定形に解したものとみられる。

あるいは、以下の例も特徴的である。

打靡　春去来者　小竹之末丹　尾羽打觸而　鶯鳴毛　（一八三〇）

うちなひき春さりくれは　さゝの葉におはうちふれて鶯なくも　（陽・一七）

現在「しののうれに」と訓まれる第三句を『赤人集』は「さゝのはに」と訓み、漢字本文とかなり相違するようであるが、元暦校本・類聚古集・紀州本もほぼ同様に訓んでおり、[22] 平安時代の訓みとしては一般的であったとおぼしい。

「末」を「は（葉）」と訓むのは少々不自然だが、『説文』に「木上曰末」、あるいは「謂木杪也」とあり、また『新撰字鏡』の「木乃枝」を「木末也」の意とする説明をも考慮すると、木の先端部分を「末」とみとめ、そこにつく葉も「末」と認定したらしい。特異な義訓といってよく、このような加点が複数の次点本と『赤人集』で共通しているのは偶然ではあるまい。ふるい『萬葉集』の加点を反映するとみるべきではないか。

さらに、つぎのような例も指摘できる。

朝戸出乃　君之儀乎　曲不見而　長春日乎　戀八九良三　（一九二五）

あさとあけて君かすかたをよくみにて　なかき春ひを恋やわたらん　（陽・九六）

まず第三句だが、次点本の加点に異同がある。類聚古集・紀州本が「まけみすて」と漢字に対して素直ではあるが意味不通であるのに対し、元暦校本は「よくみすて」とする。平安時代の訓みに揺れがある例だが、『赤人集』は最古写本である元暦校本にちかい。陽明文庫本「よくみにて」、西本願寺本・書陵部本「よくみずは」とそれぞれ小異こそあるものの、前者は「に」と「す」の字体の近似による誤写であろうし、後者も「ずて」が平安時代以降、一般的な語法でなくなったことをうけて、書写の過程のなかで変容した可能性がたかい。

さらに注意すべきは初句「朝戸出乃」で、萬葉歌は現在「あさとでの」と訓まれる。漢字列に照らして妥当な訓である。しかし次点本をみると、紀州本こそ「アサトイテノ」とするが、他本には以下のようにある。

・元暦校本「あさとあけて」（「あけて」の右に代赭で「イテノ」あり）
・類聚古集「あさとあけて」
・廣瀬本「アサトアケノ」（「アケノ」の右に「イテ」あり）

廣瀬本の句末に小異があるものの、「出」を「あけ」と訓む点は三本に共通する。そして、引用したとおり『赤人集』の初句も「あさとあけて」であり、[23] 次点本の加点と一致している。「あなたがお帰りになる際、朝の戸を開けてお姿をよく見ず別れてしまって」（和歌大系）と解釈したのだろうが、漢字表記との相違はあきらかである。『萬葉集』の本文と距離を置く次点本の加点と『赤人集』の本文は、それぞれ独自に生成されたものではあるまい。また、結句も『赤人集』は「恋やわたらん」とあり、「戀八九良三」という本文とは距離があるようだが、類聚古集をみると「こひやわたらむ」の加点がある。やはりふるい萬葉歌の訓みをふまえるとみてよいだろう。

これらは萬葉歌を逐語的に訓まず、歌意を推定して意訳した結果とおぼしいが、その最たる例はつぎの一首であろう。重要な例なので、次点本諸本の加点と『赤人集』三系統の本文をすべて掲出する。

春雨尓　衣甚　将レ通哉　七日四零者　七日不レ来哉　（一九一七）

【次点本】

はるさめのこゝろはきみもしれるらむ　なぬかしふらはなゝよこしとや　（元暦校本）
はるさめのこゝろはきみもしれるらむ　なぬかしふらはなぬかこしとや　（類聚古集）
ハルサメニコヽロハキミモシレルラム　ナヌカシフラハナヽヨコシトヤ　（廣瀬本）
ハルサメニコロモハイタクトホラメヤ　ナヌカシフラハナヌカコシトヤ　（紀州本）

【赤人集】
はるさめにこゝろも人もかよはんや　なぬかしふらはなゝよこしとや　（西・二〇〇）
春雨のこゝろもひとはしれるらむ　なぬかしふらはなゝ夜こしとや　（書・八一）
春雨のこゝろも君はしりぬらん　なぬかしふらはなゝよこしとや　（陽・八八）

まず次点本から確認する。問題は第二・三句で、紀州本のみは「コロモハイタクトホラメヤ」と本文に即して訓むが、以外の本には「こゝろはきみもしれるらむ」とあり、漢字列との乖離は著しい。しかも紀州本は、次点本のなかでも片仮名傍訓という比較的あたらしい形式である。鎌倉時代書写という以上の精確な書写年代は不明だが、おなじ附訓形式の春日本が寛元元年（一二四三）写であることから、田中大士は紀州本についてもこの前後に書写されたと推測している。(25) 元暦校本や類聚古集といった平仮名別提訓本や、廣瀬本の親本にあたる定家本より後発の本文とみてよく、ふるく当該歌は「こゝろはきみも……」と訓まれていたとわかる。(26)(27)

一方の『赤人集』は、書陵部本と陽明文庫本に小異こそあるものの、ほぼ紀州本以外の次点本にひとしい。(28) ただし、西本願寺本だけは第三句を「かよはんや」としており、萬葉歌の「将レ通哉」に即した形となっている。この例などは、『赤人集』諸本の異同を真名本訓読の相違にもとづくとする山崎説の有力な傍証ともなりうるが、これはまた別の問題となるので、ここでは踏みこまない。

さて、この「こころはきみも……」が誤訓であることは『注釋』や大久保正が指摘するとおりであろうし、そ(29)

の発端が「ころも」と「こゝろも」の誤写にあったことも、『注釋』の詳論に附言すべきことはない。問題は、萬葉歌の本文と乖離する「こゝろはきみも……」という形が、次点本訓と『赤人集』に共通して存在する事実である。(30) 個別に「衣甚　将ㇾ通哉」を訓んだ結果、たまたま一致したとは考えづらい。「こゝろはきみも……」には、現存しない共通の出所があると考えていいだろう。その出所を特定するすべはないものの、ふるい『萬葉集』の加点を保存していることは確実だから、この例などは『赤人集』の古態性を保証する、もっとも顕著な材料と判断できる。

三　萬葉歌の異同から

さて、ここまで『萬葉集』、とりわけ次点本の特異な訓と『赤人集』に共通する例のあることを根拠に、同集が『萬葉集』伝来史の古層に位置する可能性を指摘した。さらに類例をおさえていくが、以下では、とくに『萬葉集』諸本の異同や訓の揺れという点に着目し、『赤人集』との関係を検証する。まずは本文異同との関係に注目すると、つぎの一首は興味ぶかい例である。

春去者　散巻惜　梅花　片時者不ㇾ咲　含而毛欲得　（一八七一）

このうたは結句に異同があり、「含」を類聚古集は「食」に、紀州本は「告」に作る。このうち紀州本は、前述のとおり次点本のなかでも鎌倉時代中葉と書写年代が遅れ、比較的あたらしい形態の本とみられる。平安時代における『萬葉集』の伝来を考えるうえで、さほど重要な本文異同ではないだろう。

一方の類聚古集の「食」はどうか。類聚古集は本文を独自に改訂するという欠陥の指摘される本ではあるが、(31) この結句に関しては、類聚古集にも「食」と対応するような訓は附されておらず、意図的な改変とみる必要はあるまい。ここでは『赤人集』との関係から、この誤写の来歴に注目したい。

　はるさめはちらまくおしきむめのはな　しはしさかむをおしみてしかも　（書・四四）

肝心の結句に、陽明文庫本「ほしめてし哉」（五二）、西本願寺本「をしみてしかな」（一六二）といささかの異同が存する。前者は「お」と「ほ」の字体の近似が誤写を誘引した可能性がたかく、後者は「お」と「を」の仮名違いである。また、陽明文庫本の歌詞では意がとおらないから、もともとは「おし」、あるいは「をし」であったとみられる。

そして、「食國乎」（巻一・五〇）、「食國」（巻六・九七三）や、真福寺本『日本霊異記』下巻・第三十八縁の「食國上字乎師志」のような例を引くまでもなく、「食」は「をし」と訓みうる字であり、『赤人集』の結句は「食而毛欲得」を訓読した結果である可能性がたかい。おそらく、「惜しみてしかな」の意に解したのであろう。

もちろん、『萬葉集』で忍びないの意のヲシムは、正訓字「惜」をあてるのが原則だから、この『赤人集』の「訓み」は、類聚古集が正当な本文をつたえることを支持してはいない。しかし、類聚古集の特異な本文が恣意的な改変の結果ではなく、少なくとも十世紀後半にさかのぼる誤写を継承する可能性は指摘しうる。

おなじく本文異同とのかかわりに気をくばると、以下の例も注目できる。

　霊寸春　吾山之於尓　立霞　雖レ立雖レ座　君之随意　（一九一二）

　あやしきはわか宿のうゐにたつ霞　たてれゐよとも君か心に　（陽・八二）

萬葉集の初句は現在「たまきはる」と訓まれ異説がないが、この訓は紀州本以前にさかのぼることができない。他の次点本をみると、第二句までを元暦校本は「かすみたちかすかの山に」、類聚古集と廣瀬本は「かすみたつかすかの山に」と訓む。元暦校本以下の「かすみたち（つ）」は一見するとかなり異様な訓といってよいが、これは三本ともに初句を「霞寸」と誤写するための過誤である。この過誤によって「霞寸／春吾山之於尓」と句切れも誤り、如上の加点が附されたとみられる。

一方『赤人集』の初句「あやしきは」[32]は、『観彌勒上生兜率天経賛』や『大唐三藏玄奘法師表啓』の平安初期点など九世紀ごろの訓点資料や、『類聚名義抄』（観智院本）が「霊」をアヤシと訓むから、「霊寸春」という本文を訓読した結果とみてよい。「春」を係助詞ハに訓むのはかなり無理があるようだが、字余りをおかさぬよう、訓みにくい本文をなんとか解釈しようとした結果とみられる。

さて、一八七一番歌の例は類聚古集の誤写がそれ以前にさかのぼることを示唆するだけであったが、当該例の場合、『赤人集』が「霞寸」とする元暦校本以下の諸本よりも正当な本文に依拠して訓まれたことをしめしている。ただし『古今和歌六帖』（六二六）をみると、桂宮本・永青文庫本などが紀州本とおなじく「たまきはる」とし、『袖中抄』（四一二）にも同様の形でみえる。現存する『萬葉集』の伝本からは確認できなくとも、「霊寸春」につくる諸本が、平安時代前中期にも存した可能性はたかい。平安時代には「あやしきは」と「たまきはる」が併存し、誤写によって「かすみたつ」と訓まれるなど、さまざまに理解される場合があったと見做せる。すると、即『赤人集』の古態性を保証する材料とはいえないが、排列などとの兼ね合いから考えれば、古態本文を反映するとみとめてよいのではないだろうか。

また、訓の揺れという点に注意すると、以下の例なども同類とみてよさそうである。

隠耳　戀者苦　瞿麦之　花尓開出与　朝旦将レ見　（一九九二）

ひとしれすこふれはくるし　なてしこの花さきいてよあさなゝゝみん　（書・一四六）

問題の初句は、通訓「こもりのみ」でとくに異説はない。しかし、次点本に徴するかぎり、平安時代には訓みの一定しない句であったらしい。紀州本が引く江家本は「かくれのみ」で現行訓にちかいが、類聚古集・紀州本は「したにのみ」、紀州本の左傍訓は「ヒトシレズ」としており、相違がいちじるしい。江家本の「かくれのみ」

はともかく、ほかの二種はかなり無理のある義訓であるが、なかでも紀州本の左傍訓ヒトシレズは『赤人集』と一致している。現存する『萬葉集』の諸本によるかぎり、紀州本の傍訓以前には遡行しえない「ひとしれず」であるが、『赤人集』と照合すれば、十世紀後半には存した訓であったとみられる。ふるい萬葉歌の姿をとどめると考えていいだろう。

なお、こういった諸例の存在は、『赤人集』を材料に『萬葉集』の誤写を訂せる可能性があることをおもわせるが、本章ではそこまでふみこまず、『赤人集』が『萬葉集』の古態本文や古訓を伝存させている場合があることを指摘するにとどめたい(33)。

四　萬葉伝来史における赤人集の位置づけ

ここまで研究史をふまえ、排列からみて『赤人集』が現存諸本よりもふるい段階の『萬葉集』から派生した歌集であることを確認した。また、次点本の特異な訓や——その本文が妥当かどうかは別として——、『萬葉集』伝来史のはやい段階における本文異同を反映する場合があることも指摘した。このような徴証は、部分的ではあっても『赤人集』の本文が古い『萬葉集』の姿を維持することを示唆していよう。

しかし、以上のような徴証がある一方で、この見方からでは説明しえない問題点も『赤人集』には散見する。その理由の一端は、『新編国歌大観』の解題が指摘するような書写過程における過誤に帰せられるべきであろうが、以下のような事例については、別の観点を必要とするだろう。

⑥春之在者　妻乎求等　鶯之　木末乎傳　鳴乍本名　（一八二六）
春なれはつまやもとむる　鶯のこすゑをつたひ鳴きつゝはふく　（陽・一一）

⑦相不レ念　妹哉本名　菅根乃　長春日乎　念晩牟　（一九三四）
あひおもはぬ人もやつねに　すかねのなかき春日を恋しくらさん　（陽・一〇五）
⑧黙然毛将レ有　時母鳴奈武　日晩乃　物念時尓　鳴管本名　（一九六四）
たゝならん折になかなん　うつせみの物思ふおりに鳴つゝはふる　（陽・一三三）

萬葉歌三首は「みだりに」、「やたらと」の意の副詞「もとな」をふくむ例で、「本名」という表記は、この語を知っていれば、とくに訓みに困ることもなさそうである。しかし『赤人集』をみると、傍線部のようにまったく異なる語となっている。

まず⑥と⑧であるが、⑥は陽明文庫本が「はふく」、ほか二本が「はふる」（書・一三、西・一三〇）とする。この「はふる」は⑧の陽明文庫本と同様だから、二首は同様の態度で「訓まれ」ている。[34]『和名類聚抄』をみると、「翥」に注して「波布流……飛挙也」とあり、『赤人集』編者は⑥・⑧の結句を「鳴きながら飛んでいく」の意に解したのであろう。また、「はふく」は『萬葉集』に「春まけてもの悲しきに　さ夜ふけて羽振き鳴く鴫誰が田にか住む」（巻十九・四一四一）と、くだって天理大学附属図書館蔵『曾禰好忠集』にも「鴛鴦の羽振きやたゆき　さゆる夜の池の汀に鳴く声のする」（五一六）とある。

前者を新編全集が「はばたき鳴く鳥」と、後者は『曽禰好忠集全釈』[35]が「羽ばたきをすることが」と解している。『岩波古語辞典』の「フキは振リの古語」という指摘もふまえれば、両者はほぼ同義とみてよいだろう。書写の過程で変遷があったのか、あるいは山崎のいうような訓読の異なりによるものか、細部は不明であるが、この差異にさほど注意をはらう必要はなさそうだ。

一方の⑦は、「本名」を「つねに」とする。掲出の陽明文庫本は三句が字足らずであるなど誤脱が目立つので、西本願寺本「あひおもはぬひとをやつねに　すかのねのなかきはるひをこひやくらさん」（西・二一六）によると、一首の歌意は「私を思ってもくれない人なのに、ずっと菅の根のように、長い春の一日を恋い暮らすことでしょうか」（和歌大系）となる。単独の和歌としてみた場合とくに違和感はないが、萬葉歌の「本名」と対峙させると「つねに」は異様である。

この現象自体は、上代特有語であり、平安時代以降の使用が皆無となる「もとな」を『赤人集』編者が知らなかったため、過誤が起きたのだと考えていいだろう。問題は、この過誤が『赤人集』や『六帖』といった十世紀後半ごろに編纂されたとおぼしい萬葉歌所収文献にみえる[36]一方、現存する『萬葉集』諸本が「本名」を例外なく「もとな」と訓めているという点である。

ここまで『赤人集』に、現存する『萬葉集』の伝本と踵を接す部分が少なくないことを述べてきたが、このような例は以上の趣旨と相反するものといっていい。ほかに、以下の例なども注目に値する。

⑨香細寸　花橘乎　玉貫　将レ送妹者　三礼而毛有香　（一九六七）
かうはしき花たちはなをはなにぬひて　おちこむいもをいつとかまたん　（陽・一三六）
⑩天漢　水左閇而照　舟竟　舟人　妹等所レ見寸哉　（一九九六）
あまのかはみなそこまてにてらす舟　つひにふな人いもとみしあや　（陽・一六一）

⑨の初句は、掲出した陽明文庫本こそ音便化しているが、書陵部本・西本願寺本には「かくはしき」とある（書・一二四、西・一二四四）。「かうはしき」は書写過程における変遷とみてよさそうで、とくに問題はないようにみえる。しかし、当該訓は元暦校本に「このほそき」、同代赭書入や類聚古集、紀州本に「かのほそき」とあり、しかも大矢本以下の新点本が「かくはしき」の傍線部を青で書く以上、「かくはしき」は仙覚の改訓である。また、⑨は部分的なものだが、⑩は元暦校本・類聚古集の無訓歌であるから、現存諸本によるかぎり、平安時代には訓まれていなかったということになる。

しかし、こういった例を単純に『赤人集』に新訓が混入した結果と考えるわけにはいかない。十二世紀前半書写の西本願寺本に⑨の「かくはしき」と⑩の本文がある以上、仙覚訓の影響をこうむる可能性は皆無だからである。文永本の奥書にみえる仙覚が参観した本と異なる系統の本には、こういった加点も存したのではないか。

さらに留意すべきは長歌の存在である。巻十の『赤人集』相当部分には三首の長歌（一九三七、二〇八九、二〇九二）がある。このうち一九三七番歌こそ元暦校本に平仮名別提訓がみえるが、のこり二首は元暦校本、類聚古集ともに平仮名訓を欠いている。元暦校本には代赭書入（片仮名訓）が附されており、類聚古集も数箇所にやはり片仮名の訓をおぎなうから、加点時期は平仮名訓よりもくだる。

そして、『萬葉集』長歌訓の偏在が平仮名別提訓の諸本間でほぼ一致することは、すでに田中によってつまびらかにされており、(37)平仮名別提訓本が特定の本から派生したとする氏の推測はつよい説得力をもつ。すると、現存する平仮名別提訓本の祖本にあたる『萬葉集』は、二〇八九、二〇九二番歌に訓を附していなかったと考えられるわけだが、既述のとおり『赤人集』にはこの二首が存する。(38)

無訓の長歌を編者が独自に訓んだ結果が、現行『赤人集』の本文であると見做すことも可能ではあろう。しかし、前節までで次点本の特異な訓や本文異同との関係から検証したとおり、『赤人集』と次点本の加点が無縁であるとは考えにくい。『赤人集』は附訓本の影響を受けているとおぼしく、同集の原型となった『萬葉集』には長歌訓が存した可能性がたかいのではないか。畢竟『赤人集』の原型にあたる『萬葉集』は、現存する平仮名別提訓本と近似する一方、相違もふくむ本ということになる。

以上のような本を想定する場合、考えねばならないのは平安時代における『萬葉集』の伝来事情であろう。同集の伝来については、当初からそもそも複数の本があったのではないかとみる木下の説があり、(39)近時も新沢典子が『六帖』や『伊勢物語』に引かれる巻十二所収歌への検討から、平安時代中期に異本『萬葉集』が存した可能性を指摘している。[40]

そもそも田中が論じるとおり、平安時代の伝本である平仮名別提訓本は同一祖本を端緒としている可能性がたかく、系統は多岐にわたっていない。しかし、抄本などもふくめれば、この時代にはもっと多様な形の『萬葉集』が流布していたのだから、以上のような『赤人集』の二面性を考慮すると、同集が現存諸本と相違する異本を原型とするという見方は、想定されてよいのではないだろうか。[41]

このように考えると、第一節でふれた最低三首、場合によっては六首まで増加する脱落歌についても、納得しやすくなる。「春かすみ」の一首は詞書「たとへうた」という残滓がある一方、のこり五首はそのような痕跡すらみいだせないが、既述のように、少なくとも①・②の二首はほぼ確実に『萬葉集』所収歌であろう。

そして、問題の③〜⑤についても、『萬葉集』脱落歌である蓋然性は、かなりたかいのではないだろうか。『赤人集』所収歌を鳥瞰すると、西本願寺本の『千里集』相当部分をのぞけば、『萬葉集』巻十所収歌を基本とし、諸本によって『萬葉集』赤人歌をおぎなうという構成であり、非萬葉歌は原則とられていない。また、巻十歌排列箇所に非萬葉歌をおぎなう理由も想定しづらい。「あまのかは」（③・⑤）、「こひしきはけなかきものを」（④）といった歌句からみても、③〜⑤は一九九六番歌以降の七夕歌群に排されていた可能性があろう。

あるいは、前節で指摘した「霊寸春」を『赤人集』が「あやしきは」とする例についても、現存する平仮名別提訓本がことごとく「霞寸春」と誤写する一方、かえって仮名萬葉文献の背景に正当な本文が看取できるという実態は、現存諸本とはいくらか相違する異本が存したことを想像させる。[42] 現存諸本がいずれも「春かすみ」歌をのぞき、脱落歌、無訓歌の徴証をのこさず、独自の誤写も散見する理由は、異本『萬葉集』が『赤人集』の原型に相当するからではないだろうか。しかも、『赤人集』と次点本の特異な加点に一致する例がみとめられる以上、異本は現存諸本を直接さかのぼる附訓本から派生したと見做せる。その附訓本を具体的に特定することはできな

いが、『赤人集』成立に関する諸説や『萬葉集』諸本の残存状況を勘案すれば、十世紀なかばごろの本と判断できる。(43)

そして、この異本を原型にもつ『赤人集』は、「春かすみ」の一首をとどめ、さらに元暦校本が誤写する以前の本文をもつなど、『萬葉集』伝来史において、ちいさからぬ価値を有していると推断しうる。それは、とりもなおさず同集が『萬葉集』の伝来史研究に資する材料たりえることをも示唆していよう。

おわりに

以上、内部徴証を具体的に検証することで、『萬葉集』伝来史における『赤人集』の位置づけについて論じてきた。排列の一致や脱落歌の存在からみて、『赤人集』の原型が巻十抄本であることは通説であるが、本章ではさらに次点本訓や『萬葉集』の本文異同との関係に留意することで、現存する『萬葉集』諸本との関係がみとめられることを指摘した。同時に、『赤人集』が現存諸本——とりわけ平仮名別提訓本——の祖本から派生したのではなく、異本を原型にもつ可能性がたかいことも述べた。

さて、このように『赤人集』を『萬葉集』伝来史のなかに位置づける以上、今後はその内容が現存する『萬葉集』の伝本とどのようにかかわるのか、たとえば本文校訂などの観点から、より具体的に検証する必要があろう。そういった諸問題を、次章以降で改めて検討したい。

注

（1）後藤利雄「假字萬葉と見た赤人集及び柿本集一部——私家集の成立に関する考察——」（『國語と國文學』第二

十七巻第二号・一九五〇）

（2）『萬葉集』巻十とおおきく排列をたがえる『赤人集』も存在するが、それらは近世以降に編纂された本で、本書でとりあつかう『赤人集』とは別内容の歌集である。参照、藤田洋治・朝比奈英夫「近世期の人麻呂・赤人の一面――河野美術館蔵『柿本朝臣・山部宿禰歌集』について――」（『東京成徳短期大学紀要』第四十六号・二〇一三）、朝比奈・藤田・池原「近世期の人麻呂・赤人受容の一端――鶴岡市郷土資料館蔵の二歌集について――」（『京都光華女子大学京都光華女子大学短期大学部研究紀要』第五十三号・二〇一五）

（3）山崎節子「赤人集考」（『國語國文』第四十五巻第九号・一九七六）、「陽明文庫（一〇・六八）「赤人」について」（『和歌文学研究』第四十七号・一九八三）

（4）この系統の現存最古写本は資経本であるので、「資経本系統」とする方が精確だが、『新編私家集大成』にならう。また新出資料である真観本を検討対象としない理由については序論に述べたので、ここでは割愛する。

（5）久曾神昇『三十六人集』（塙書房・一九六〇）

（6）藤田「三十六人集の本文改訂 試論――陽明文庫（サ・六八）本を中心に――」（『和歌　解釈のパラダイム』笠間書院・一九九八）

（7）資経の活動時期をふまえれば十三世紀末の書写（小林一彦「資経」『和歌文学大辞典』日本文学 web 図書館）とおぼしい。

（8）前掲（3）山崎「陽明文庫（一〇・六八）「赤人」について」

（9）巻三・三二五、巻六・九一九、巻八・一四二四、一四二七番歌に相当する四首。いずれも『古今集』「仮名序」の古注や『拾遺集』などに赤人歌としてみえるもので、十世紀後半当時、赤人の作品として著名であったらしい。

（10）『萬葉集』のうた番号でしめすと、西本願寺本・書陵部本の冒頭部が一八一二・一八二九・一八三二・一八三四・一八一三番歌……という順序で、『萬葉集』と排列を異にするのに対し、陽明文庫本は脱落個所をのぞけばほぼ『萬葉集』と同様に排されている。

（11）（9）の四首が増補された可能性がたかいことは、はやく島田良二「赤人集」（『平安前期《》私家集の研究』（桜楓社・一九六八、初出一九六六）に指摘があり、近時も藤田「赤人集」（『和歌文学大辞典』）が「（陽明文庫本は――筆者注）他系統が補充したと推定される『万葉集』赤人歌を一首ももたないという特徴をもつ」と述べている。

(12) 後藤「古点期以前の万葉集――赤人集と万葉集巻十――」(『万葉集成立論』至文堂・一九六七)
(13) 木下正俊「廣瀬本萬葉集解説」(『校本』十八)
(14) とくに、紀州本の前半十巻が仙覚寛元本の底本にちかいとみる田中大士「万葉集仙覚校訂本の源泉」(『アナホリッシュ國文學』第一号・二〇一二)の説をふまえれば、紀州本にあった「譬喩歌」を新点本段階で落としたのは仙覚ということになる。
(15) 前掲(12)、山口博『万葉集形成の謎』(桜楓社・一九八三)
(16) 前掲(15)山口
(17) くわしい排列については、第一部附録を参照のこと。
(18) 問題はこの古態本がどのような『萬葉集』なのかという点であるが、この点は第四節以降で検討する。
(19) 『新編国歌大観』の「解題」(執筆者は片桐洋一、山崎)。
(20) 小川靖彦「天暦古点の詩法」(『萬葉学史の研究〔第二刷〕』おうふう・二〇〇八、初出一九九九)
(21) ただし、西本願寺本のみは「つきて」(一一八)とする。前掲(3)山崎「赤人集考」は西本願寺本と書陵部本の差異を、『萬葉集』の漢字本文を訓みわけた結果とみるので、この説によれば「たえす」と「つきて」は『赤人集』の訓読のヴァリエーションということになる。大きな問題であるので、別途検討する必要があるだろう。ただし、『赤人集』三系統のなかでも、排列などからみて西本願寺本と書陵部本が密接な関係にあり、陽明文庫本はやや距離のある本である。すると、書陵部本と陽明文庫本に共通する本文は、三系統分裂以前の古態をとどめている可能性がある。
(22) 元暦校本のみ「さゝのはにに」とするが、字余りとなるうえ意味もとおらないので、衍字とみていいだろう。
(23) 書陵部本は「あさといて」(八七)とするが、前掲(21)と同様に考える。
(24) 『校本』一
(25) 前掲(14)
(26) 平仮名別提訓本の古態性については、田中「長歌訓から見た万葉集の系統――平仮名訓本と片仮名訓本――」(『和歌文学研究』第八十九号・二〇〇四)にくわしい。
(27) 廣瀬本の元奥書から、定家本は建保三年(一二一四)正月十一日から三月二十八日までに書写されたと判断できる。また、寺島修一「御子左家相伝の『万葉集』の形態」（『武庫川国文』第六十五号・二〇〇五）は、定家本が父俊成の所持本を模した可能性を指摘する。この指摘によれば、廣瀬本の原体は少なくとも院政期までは遡及することになる。

(28) なお、第二句の人称にも相違があるが、人称を逆転させる例は次点本の訓にも少なからず存在するし、『赤人集』や『六帖』に引用される萬葉歌にもかなりの例がある。両者のつながりを考えるうえで、さほど注意すべき現象ではない。

(29) 大久保正「古今和歌六帖の萬葉歌について」（『萬葉の伝統』塙書房・一九五七・初出同年）

(30) 『古今和歌六帖』（第一帖・四四四）も「こ、ろはきみも……」とする（桂宮本、永青文庫本）。それぞれ宮内庁書陵部編『圖書寮叢刊　古今和歌六帖』上（養徳社・一九六七）、永青文庫編『細川家永青文庫叢刊　古今和謌六帖』上・下（汲古書院・一九八二〜八三）によった。

(31) 北井勝也「類聚古集の本文改変――独立異文の検討から――」（『國文學（関西大学）』第七十三号・一九九五）など。

(32) 書陵部本は初句を「みわたせは」（七五）とするが、これは直後の一九一三番相当歌の初句が混入したものである。なお、書陵部本はこの一九一三番歌を脱落させる。

(33) 第二部第一章参照。また、以上のような傾向を考慮すると、『赤人集』の原型を真名本とみる山崎説を全面的には承認できない。原型が訓を附した本であったろうことは、以降の章でも検討する。

(34) ⑧を書陵部本・西本願寺本は「はをる」（西・二四一、書・二一二）とするが、「鳴きつゝはをる」では不通なので、「を」は「ふ」の誤写とみる。

(35) 神作光一・島田『曽禰好忠集全釈』（笠間書院・一九七五）。この語の訳については、川村晃生・金子英世『曾禰好忠集』注解』（三弥井書店・二〇一一）もほぼ同様である。

(36) 『六帖』（桂宮本）をみると、『萬葉集』で「本名」をふくむうたが十首（長歌を改変する一例は除く）とられており、うち八首までが「もとな」以外の語となっている。ただし、ほか二首（三二四七、三五七五）は「もとな」とあり、「もとな」が皆無である『赤人集』との関係に問題をのこすが、この点については別途考えたい。

(37) 前掲（26）など。

（38）『赤人集』に長歌が存在することが『人麿集』、『家持集』と比して特異であることは藤田「赤人集歌仙歌集系統の本文について」（平安文学の会・平成二十六年度三月例会発表資料）に指摘があり、十世紀後半の『萬葉集』の長歌に訓の存した可能性に関しても示唆があった。
（39）木下「巻十七に見られる対立異文の発生」（『萬葉集論考』汲古書院・二〇〇〇、初出一九六三）
（40）新沢典子「古今和歌六帖と万葉集の異伝」（『日本文学』第五十七巻第一号・二〇〇八）
（41）前掲（15）山口、小川『万葉集と日本人　読み継がれる千二百年の歴史』（KADOKAWA・二〇一四）など。
（42）五月女肇志「藤原定家の万葉摂取歌」（『藤原定家論』笠間書院・二〇一一）でも、現存諸本から平安時代における『萬葉集』、とくに訓読の流布をさぐることの限界が指摘されている。
（43）年代的には天暦古点が合致するが、築島裕「万葉集の古訓点と漢文訓読史」（『著作集』第二巻・汲古書院・二〇一五、初出一九七二）、同「万葉集の訓法表記方式の展開」（『著作集』第二巻、初出一九七九）などが指摘するとおり、天暦古点は『萬葉集』加点の嚆矢ではあるまい。あくまでも「国家事業としての萬葉集訓読の成果」（前掲（20））の嚆矢と考えるべきだから、『赤人集』の原形たる巻十抄本の特定は困難である。

第二章　西本願寺本赤人集の成立
――萬葉集巻十抄本からの展開を中心に――

はじめに

平安時代、特に院政期以前における『萬葉集』の伝来や流布に関しては、現在でも不明な点が多い。その理由としては、院政期のごく初期、寛治年間（一〇八七～九四）に書写された元暦校本以前の『萬葉集』伝本が総じて現存する巻の少ない零本であること、また萬葉歌を引用する歌学書なども、この時期以降にまとめられたものがほとんどで、十二世紀以前のありようをつたえる材料が少ないことなどがあげられる。[1]

その点、入集歌の詠歌年代から推して『拾遺集』成立以前に編纂されたとおぼしい『古今和歌六帖』[2]や、同時期には成立していたとみられる『人麿集』[3]、『赤人集』、『家持集』といった萬葉歌人の名を冠した私家集は多くの萬葉歌を採取しており、平安時代における『萬葉集』の伝来や流布を考えるうえで重要な資料といってよい。この点に注目する研究は長く手薄であったが、近時ようやく活況の兆しがみえはじめている。[4]

これらの資料のなかでも、本書が検討対象とする『赤人集』は『萬葉集』との関係が密接である。前章の論旨と重複することとなるが、この点もふくめた『赤人集』の特徴を、あらためて概括しておきたい。(5) いずれも三系統に共通する特徴となっている。(6)

1、『萬葉集』巻十前半部（一八一二〜二〇九二）に相当する仮名書き歌集であり、脱落は多いものの、題詞、左注等もふくめ、ほぼ『萬葉集』とおなじ排列をもつ。

2、大きな脱落箇所（一八九一〜九九番相当歌など）がある。

3、一九六〇、六一番相当歌二首が一首に誤認されている。

4、一九三六、三七番相当歌の間に『萬葉集』の現存諸本にみえない一首がある。しかも当該歌の詞書「たとへうた」に相当する「譬喩歌」という題詞が、元暦校本代赭書入、紀州本、廣瀬本にあり、元暦校本目録にも記載のあることからみて、『萬葉集』からの脱落歌である可能性がたかい。(7)

この四点から推して、三系統の共通祖本は『萬葉集』巻十の前半部自体か、あるいは前半部を抜き出した抄本であり、それを仮名歌集に仕立てたものが『赤人集』であると判断できる。しかも4の脱落歌の存在は、『赤人集』が現存する『萬葉集』伝本以前の姿を、部分的とはいえ保持していることを示唆する。なお、西本願寺本のみ歌数が百首以上多いが、これは同本が『千里集』相当歌群と合冊されている（巻頭から一一六番歌までが『千里集』相当歌群、一一七番歌以降が巻十相当歌群）ためで、この点については二節で詳述する。

さて、以上の概略をふまえて本章で検討したいのは、その『赤人集』祖本がどのような形態で伝来されていたのかという点である。現在、『赤人集』祖本は真名本であったという山崎節子の説が通用しているが、(8) この理解の妥当性を検証するとともに、三系統のうち西本願寺本の特異な形態に注目することで、『赤人集』、ひいては平安時代中期における『萬葉集』の伝来と流布の一端をあきらかにしたい。

一　赤人集三系統の共通本文

まずは、『赤人集』祖本が真名表記で伝来されていたと推定する、山崎説の根拠を確認しておきたい。具体例として二首引用し、説明をくわえる。(9)

①風交　雪者零乍　然為蟹　霞田菜引　春去尓来（萬葉集・一八三六）
②寒過　暖来良思　朝烏指　滓鹿能山尓　霞軽引（萬葉集・一八四四）

①に相当する赤人集歌の上二句は、西本願寺本（一三五）に「ふゝきつゝゆきはふりつゝ」、書陵部本（一八）に「風ませにゆきはふりつゝ」とあり、大きく相違している（陽明文庫本（一二）は「ふゝきする」）。山崎はその理由を以下のように述べる。

現在、初句は普通「カゼマジリ」と読まれているが、「校本万葉集」によると書陵部本と同じ、『類』「かせませに」神「カセマセニ」の例がある。問題は西本願寺本の例であるが、これも第二句との関連から大いにあり得るといえよう。（傍線原文ママ）

また、②に相当する赤人集歌の第四句は、西本願寺本（一四二）に「しかの山へに」、書陵部本（二五）に「かすかの山に」とあり、やはり別の句かと見紛うほど歌詞が異なっている（陽明文庫本（二八）は西と同）が、山崎はその事情を次のように説明する。

万葉集の第四句は他の歌との比較上からも「カスカノヤマニ」と訓ずべきであろう。だが、「春日の山」を指すこの表記が他に例のないものであり、「滓」の音が「シ」である以上「シカ」と訓ずる可能性は大である。氏は、以上のように『赤人集』の本文異同の要因を真名本の訓みわけにもとめ、このような訓みわけがなされている以上、現在の三系統以前の段階において、『赤人集』は真名本であった可能性がたかいと推定する。たしかに、右のような例から訓みわけがなされたと想定することも可能ではあろう。しかし右の例であれば、書陵部本の本文が比較的『萬葉集』の漢字に忠実な点を考慮すると、西本願寺本系の本文を『萬葉集』などの別資料によって、部分的に校訂したものが書陵部系の本文であると考えられないでもない。(10)

実際、『赤人集』三系統の本文をつぶさに検討してみると、『赤人集』が一定期間真名本として存在し、それが別個に訓みわけられた結果、現在のような本文異同が生まれたとは考えにくい例が散見するのである。以下丸数字で萬葉歌を、その後に各萬葉歌と対応する各系統の赤人集歌（西本願寺本は「西」、書陵部本は「書」、陽明文庫本は「陽」とそれぞれ略記する）を掲示し、具体的に検証する。

③足日木之　山間照　櫻花　是春雨尓　散去鴨　（萬葉集・一八六四）
あしひきのやまのはてらすさくらはな　このはるさへにちりにけるかな　（西・一五五）
あし曳のやまのはてらすさくらはな　このはるさめに散にけるかな　（書・三七）
あしひきの山のはてらす桜花　この春さへもちりぬへきかも　（陽・四五）

④姫部思　咲野尓生　白管自　不レ知事以　所レ言之吾背　（萬葉集・一九〇五）
をみなへしさくのへにおふるしらつゝし　しらぬこともていひしわかこと　（西・一八八）
をみなへしさくのへにおふるしつゝし　しらぬこともていひしわかこと　（書・六九）
おみなへしさく野へにおふるしらつゝし　しらぬこともていひしわかこと　（陽・七六）

⑤紫之　根延横野之　春野庭　君乎懸管　鶯名雲　（萬葉集・一八二五）
むらさきのねはひよちよのはるののに　きみをこひけるうくひすそなく　（西・一二六）
むらさきのねひよちよのはるのゝに　きみをこひつゝうくひすそなく　（書・九）

むらさきのねはひて千よの春の、に　きみをこひつゝ鶯そ鳴　（陽・一二）

⑥天漢　安川原　定而　神競者　磨待無　（萬葉集・二〇三三）
あまのかはやすのかはらにさたまりて　かゝるわかれはとくとまたなん　（西・二九七）
あまのかはやすのかはらにさたまりて　かゝるわかれはとくとまたなむ　（書・一七七）
あまの河やすのかはらのさたまりて　かゝるわかれはとくとまたなむ　（陽・一九二）

⑦玉蜻　夕去来者　佐豆人之　弓月我高荷　霞霏霺　（萬葉集・一八一六）
かけろふのゆふさりくれは　かりひとのゆみえ《め》かたにかすみたなひく　（西・一二五）
かけろふのゆふさりくれは　かり人のゆみいるかたにかすみたなひく　（書・八）
かけろふのゆふさりくれは　かり人のつきゆきたかみ霞たなひく　（陽・四）

⑧春霞　流共尓　青柳之　枝喙持而　鶯鳴毛　（萬葉集・一八二一）
はるかすみわかれてともに　あをやきのえたくひもちてうくひすなきつ　（西・一二四）
はるかすみわかれてともに　あをやきの枝くひもちてうくひすなきつ　（書・七）
春かすみわかれてともに　青柳の枝くひもちて鶯なきつ　（陽・八）

③の第二句は現行訓「やまのまてらす」が本文に即して適切であるが、『赤人集』は三本ともに「やまのはてらす」とする。当該句は、たとえば類聚古集が「やまへをてらす」と訓むように、平安時代の伝本の訓すらかならずしも本文に忠実ではないから、漢字に即応しない本文が『赤人集』にみえること自体は問題とするにあたらない。しかし、三種の本文を個々に訓まれた結果と考える場合、漢字と即応しない「やまのは」は不審である。

④の結句「所言之吾背」を赤人集歌がいずれも「いひしわかこと」と訓むのも、偶然の一致とは見做しがたい例である。何故末尾が「こと」に変化したのか、明解はえがたい[11]が、歌意は「おみなえしが咲いている野辺に生

えている白つつじではないが、身に覚えのないことで私のことを言い立てたよ」（和歌大系）と解してとくに無理はない。しかし、訓読の結果とみると不自然であり、このような本文が個別に生成される可能性はひくいだろう。⑤の第三句「春野庭」を「はるののに」とするのも、個々人の訓読がたまたま一致した結果とは考えにくいものである。

⑥はさらに特異な例といっていい。下二句の訓が定まらない難訓歌であり、妥当な訓みを提示することは困難であるが、赤人集歌が漢字と即応していないという点だけはたしかである。もっとも結句の「とくと」については、『類聚名義抄』（図書寮本、観智院本）(12)や『大唐西域記』平安中期点(13)に「磨」を「トグ」と訓む例もあるから、訓読の結果がたまたま一致したと考えられないこともない(14)。しかし、第四句「かゝるわかれは」を「神競者」の訓読とはみとめがたく、「意訳」された本文といっていい。漢字を「意訳」すること自体は『萬葉集』の附訓にも例があるが(15)、『赤人集』各系統の編者がそろっておなじ「意訳」に行きつくとは、やはり考えにくいのではないか。

⑦は猟師の意である「佐豆人」を、意味から推して「かりひと」と訓んだ例である。「かりひと」ということばは『和名類聚抄』の「獵師」の訓に「加利比度」（真福寺本）、「加利比止」（伊勢本、元和本）とある。また『名義抄』（観智院本、蓮成院本、高山寺本）にも「獵者　カリヒト」とみえる(16)。歌語の例としても、「かり人のたづぬる鹿はいなび野に逢はでのみこそあらまほしけれ」（『後撰和歌集』恋六・一〇〇九・読人しらず）とあり、ある程度、平安時代に通用していたことばらしい。対して「さつひと」はこの時代にほとんど例のないことばであるから(17)、義訓「かりひと」が生じたこと自体は理解できる。しかし、「佐豆」という萬葉仮名表記に対する訓としては順当でなく、奇異の感は否めない。

最後の⑧は「流」を「わかる」と訓む例である。訓読という観点からみると赤人集歌は異様であるが、平安時代の和歌に霞を「ながる」と詠む例がとぼしいこと[18]を考慮して、「意訳」したと考えられる。対して、「かへる山ありとはきけど　春霞立別れなばこひしかるべし」（『古今集』離別・三七〇・紀利貞）、「春霞はかなくたちてわかるとも　風より外にたれかとふべき」（『後撰集』離別・一三四二・読人しらず）、「春霞たちわかれゆく　山みちは花こそぬさとちりまがひけれ」（『拾遺集』春・七四・読人しらず）のように、霞を「わかる」と詠む例は、三代集に見出すことができる。

もちろん、いずれも「立ちわかる」の例であり、直接には「たつ」が霞と対応しているとみるべきだが、それでも「わかる」とある点は見逃せない。おそらく『赤人集』編者はこのような例により、「ながる」よりも「わかる」の方が霞の述語としてふさわしいと判断したのであろう。しかし「意訳」されたことは事実であり、複数人がおなじ結論にいたる可能性は低いといってよい。他にも以下のような例が散見する。

⑨「欝之思者[19]」（一八一三第四句）……「はれぬおもひは」（陽・二）、「はれぬ思ひに」（書・五）

⑩「戀八九良三」（一九二五結句）……「恋やわたらん」（陽・九六）、「こひやわたらん」（西・二〇六、書・八七）

⑪「藤者散去而」（一九七四第二句）……「藤はちりにき」（陽・一四二）、「ふちはちりにき」（西・二四九、書・一二九）

⑫「隠耳」（一九九二初句）……「ひとしれす」（西・二六六、陽・一五九、書・一四六）

このように、『萬葉集』の漢字と即応しない本文が『赤人集』三系統に共通してみとめられる場合は少なくない。三系統間の本文異同が真名本を個別に訓読したことにもとづくとすると、これらは不審な例である。『赤人集』祖本に仮名文が存し、現行本文はそこから展開したと考えないと、説明のつかない例といってよいのではないだろうか。

二　西本願寺本の形態

それでは『赤人集』の祖本はどのような形態であったと考えるべきなのだろうか。ここまで、『赤人集』三系統の本文が訓みわけの結果成立したとする説に対して疑義を呈してきたが、その一方で、『赤人集』と『萬葉集』巻十前半部の排列等が一致する以上、『赤人集』（ないしはその原型）は、いずれかの段階までは確実に真名本であったとみられる。とくに西本願寺本の「滓鹿」を「シカ」とする例などは、愚直に真名本文を訓読した結果とみると、非常に理解しやすいこともたしかである。

同本は天永三年（一一一二）以前に書写された現存最古写本であるから[20]、現存本以前の段階を考えるにあたってとくに重要な伝本といってよい。また、西本願寺本と書陵部本には巻十相当歌以外に『萬葉集』の赤人作歌四首が増補されている[21]、巻頭附近をはじめ『萬葉集』と排列の異なる部分が六ヶ所あるなど[22]、三系統のなかでも共通点が多いが、その一方で、西本願寺本は書陵部本末尾の重複歌をふくむ増補歌群（二三五～二五一）を欠いており、巻十相当歌群の排列については比較的古態をとどめていると考えられるから、同本と『萬葉集』真名本文とのつながりを検証する価値は充分にあるだろう。

ただ、既述のとおり『千里集』と巻十前半部に相当する二種の歌群で構成された特異な伝本でもある。書陵部本、陽明文庫本には存しない『千里集』相当歌群をどのように把握するかが、西本願寺本の古態性を考えるうえでやはり問題となろう[23]。また、従来の『赤人集』研究では、どちらかといえば巻十相当歌群が注目される場合が多く、『千里集』相当歌群は充分に検討されていない感もあるので[24]、『和歌文学大辞典』（日本文学web図書館）によって『千里集』の概略を確認し、検討をくわえたい。

寛平六894年の自序によれば、「宇多天皇から和歌を献じるよう勅命を受け、漢詩の名句を探して、それによる和歌を新作し、最後に自詠十首を加え、献呈する」とある。現存伝本は一二五首。「不明不暗朧々月／てりもせずくもりもはてぬ春の夜のおぼろ月夜ぞめでたかりける」（『千里集全釈』七二）のように、五言または七言の詩句と、和歌が交互に示される。……なお、平安期に、題を除いた和歌だけのかたちの集積があり、その断片百首余りが『赤人集』として伝わる（西本願寺本赤人集）。(25)

右記のとおり、『千里集』は「五言または七言の詩句と、和歌が交互に示」される特異な形態をもつ歌集である。この点も『赤人集』との関係で重要だが、まずは、従来あまり注意されることのなかった『千里集』の部立について考察する。

秋部
天漢迢々不可期
あまの川ほどのはるかに成ぬれば　あひみることのかたくもあるかな（書陵部蔵（五一一・二三）本・三六）

『千里集』をみると、右の「秋部」のような部立が六ヶ所に冠されている。そして、西本願寺本を確認すると、この部立が句題とは異なり、二ヶ所のみとはいえ残存しているのである。

イ、秋　部（『千里集』三五、三六の間）……『赤人集』ナシ
ロ、冬　部（同五六、五七の間）……同ナシ
ハ、風月部（同六八、六九の間）……同「かせのふく」（西・九一、九二の間）
ニ、遊覧部（同七九、八〇の間）……同ナシ
ホ、離別部（同九二、九三の間）……同「わかこふ」（西・四四、四五の間）
ヘ、述懐部（同一〇四、一〇五の間）……同ナシ

まず『赤人集』に部立が残存するハとホをみると、文言は大きく相違している。とくにホの相違が著しいが、「本文においてももちろん欠陥が多い」、「本文が乱れに乱れている赤人集」[26]と指摘されるとおり、『赤人集』はきわめて誤写の多い歌集であり、ここもその一斑と考えることは可能であろう。なによりも、二ヶ所にかぎって部立を後補するとは考えにくく、排列も『千里集』と一致する以上、「離別」が「わかるる」などと訓読され、それを誤写したとみるのが妥当である。あるいは、この部立の直後に排された西本願寺本の四五番歌の上二句「なくなみたこふるたもとに」に誘引された可能性もあるだろうが[27]、いずれにせよ、後補されたとは考えにくい。また、脱落する四例についても事情を推察できる場合が多い。まずニとへに関しては、以下のように『赤人集』が前後いずれかのうたを缺いている。

ニ、千　里　集……76・77・78・79・遊覧部・80

西本願寺本……30・ﾅｼ・ﾅｼ・ﾅｼ・部立ナシ・31

へ、千　里　集……104・述懐部・105・106

西本願寺本……95・部立ナシ・ﾅｼ・96

この脱落状況をかんがみると、ニは七七～七九番相当歌、へは一〇五番相当歌に巻き込まれ、脱落してしまった可能性が高いだろう。さらにロに関しても、排列と部立の脱落が密接にかかわっていると考えられる。ロの部立を冠する『千里集』五六、五七番歌の前後は、西本願寺本で以下のような排列となっているのである。

西本願寺本……77（千55）・78（千56）・79（千23）・80（千57）・81（千58）

部立の存在が期待される七八、八〇番歌（傍線部）のあいだに、『千里集』二三番相当歌が七九番歌として入り込んでいる（波線部）のが、西本願寺本の排列である。右の挿入がいかなる事情にもとづくかは不明であるが、部立の脱落はこの排列の移動によるのではないか。あるいは当該例については、歌意が脱落をうながした可能性もある。

なくせみのこゑたかくのみきこゆるは　のきふくかせのあきそしるらし　（西・七九）

「秋ぞ知るらし」と晩夏を詠む当該歌が、「冬部」という部立の文言とつりあわないことはあきらかで、このロに関しては、脱落の理由は排列、内容のいずれとも考えられる。残るイには脱落する積極的な理由を想定しえないが、四例中三例までに脱落する蓋然性が想定できる以上、『千里集』相当歌群は本来、部立をともなっていたと考えていいだろう。すると、『千里集』相当歌群は『千里集』から「題を除いた和歌だけのかたちの集積」というよりも、「部立、句題、和歌のうち句題を削除した歌群」と認定できる。

以上のように『千里集』相当歌群の成立を再検証したうえで、あらためて前節までの巻十相当歌群の検証結果を確認しておきたい。『赤人集』には『萬葉集』の真名文を「意訳」したと判断しうる、訓みわけの結果とは考えにくい共通本文が複数存在しており、三系統の背景には原形にあたる仮名文の存在を想定すべきとみられる。しかしその一方で、『赤人集』が本来真名書きである『萬葉集』の巻十前半部と、題詞等もふくめ同様の排列を持つ以上、『赤人集』が真名本に由来することもたしかである。

それでは、『赤人集』における仮名と真名の関係をどのように把握すべきか。この『萬葉集』巻十から『赤人集』への変遷を考えるにあたっての重要な問題を解く徴証は、最前まで検討してきた、最古写本である西本願寺の形態、より具体的には『千里集』相当歌群と合冊されていることにあるようにおもう。従来、巻十相当歌群と合冊されている歌集が『千里集』であるという点に関して、それほど注意は払われていない。しかし、『千里集』が句題と和歌をとりあわせるというめずらしい形式であることは、『赤人集』との関係を考えるうえでもっと注目されてよい事実ではないだろうか。

さきに結論から述べれば、『千里集』相当歌群と巻十相当歌群がひとつの歌集と誤認された大きな理由は、両者の外観の近似によるのではないか、ということである。つまり、西本願寺本は部立と和歌だけを残した『千里集』と、仮名書きの巻十相当歌群がたまたま接合されたのではなく、『千里集』は句題を、巻十抄本は真名文を、それぞれ保持した状態であったために外観が似通っており、同一の歌集と誤認されたのではないだろうか。さらに推定をすすめれば、漢詩と和歌を組み合わせる句題和歌と混同されたとすると、その巻十抄本は附訓本であった可能性がたかい。だからこそ誤認されたのだろう。

近時の『萬葉集』附訓形式の研究からも、この推定は補強できる。漢文訓読史[28]と『萬葉集』の附訓形式の研究史[29]をふまえると、平安時代のはやい段階における附訓は平仮名別提訓形式であったとみられるからである[30]。右から左に題詞、真名文、附訓の順でならび、しかも訓が平仮名で書かれるこの形態は、部立、句題、和歌の順で並ぶ『千里集』の形態と符合する。西本願寺本の合冊は偶然の結果などではなく、外観の近似する『千里集』だからこそ、巻十相当歌群とむすびついたと考えてよいのではないか。

両者は如上の事情によってひとつの歌集と誤認され、さらに和歌集としては不要な句題と真名文を削られることで、現在の姿にいたったのであろう。題詞や部立もおなじ折に訓読された可能性がたかい。その編集をおこなったのは底本のとおりであることをしめす「本」、「本マヽ」といった注記を十三箇所にわたって施す慎重な書写態度から判断するに、西本願寺本書写者ではあるまい。いつとは不明だが、それ以前の段階で現在の形態に改訂されたとおぼしく、西本願寺本自体は合冊された後の写本を忠実に書写したとみられる。そして、合冊される以前の段階では、『赤人集』は平仮名別提訓本として流布していたのであろう。そうであるからこそ、『千里集』と取り合わされるという奇妙な事態を招くことになったと考えられる。

三　西本願寺本の漢字使用率

ここまで、西本願寺本の形態が元来『赤人集』が平仮名別提訓本として伝来していたことを示唆しており、またそうであるからこそ、句題形式の歌集である『千里集』と合冊されるにいたったのではないかと論じてきた。

この推測をさらに補強するために、本節では西本願寺の漢字使用率に注目する。『赤人集』をふくむ西本願寺本三十六人集の漢字使用率を網羅的に調査した松本暎子の研究(31)によると、三十六人集全体の漢字使用率が六・六％(32)であるのに対して、『赤人集』は一％とひくい。三十六人集には、『興風集』(一％)、『業平集』、『忠岑集』(二・五％)、など、ほかにも漢字を頻用しない歌集がいくつかあるが、なかでも『赤人集』は極端に少ない(33)。また、その漢字の使用傾向は以下のように説明される。

一体に複雑な文字を避ける傾向があり、漢字においても山・人・月など画数の少ない、ごく簡略な文字しか使用していない。一般に歌中でもよく使用される「花・春」などの単語自体は赤人集でも頻出するにかかわらず、ほとんどが仮名で書かれ、漢字は上記の使用数にとどまっている。

指摘されるとおり、『赤人集』にはごく簡単な漢字しか使用されない。しかも、漢字が使用されている個所を確認していくと、実際の漢字使用率は、松本の調査よりもさらに低下するとおぼしい。さきに松本の調査結果を提示する。

人・山(18)　秋(14)　日・本(13)　花(6)　丸・集(5)　心・月(4)

風・身(3)　君(2)　河・木・霧・昨・立・給・中・野・春(1)

合計二十二種一一七字あるが、この数量を額面どおりには受け取れない。まず「日」を十三例とするが、この字は墨水書房の複製本で確認しても、漢字か仮名の字母か判定しがたい場合が多い。実際、『新編私家集大成』では六字、『新編国歌大観』では九字と認定されており、認定者如何によって、多少の揺れを避けることのできない例といってよい。ここでは、ひとまず『新編私家集大成』によって六字でカウントしておく。

この「日」についてはややあいまいさを残すが、以下は、西本願寺本の巻十相当歌群が平仮名別提訓から生じた可能性を検証するという本章の目的からすると、確実に除外しておくべき例である。

A、『萬葉集』巻十の詞書、左注相当個所での使用例……五字

B、『千里集』相当歌群の使用例……二十一字

C、「本マ、」、「本」という書写者による注記中の使用例……十三字

D、一九五、二六〇、二六五、二六八、三三三番歌に附された「人丸集」注記の使用例（『萬葉集』巻十にない

巻十相当歌群漢字使用数一覧

漢字	漢字数	A	B	C	D	E	巻十相当歌
人	18		4		5		9
山	18		6				12
秋	14		4				10
本	13			13			0
日	6	1				1	4
花	6		1				5
丸	5				5		0
集	5				5		0
心	4	1	3				0
月	4	1					3
風	3						3
身	3		3				0
君	2						2
河	1						1
木	1						1
霧	1						1
昨	1					1	0
立	1						1
給	1						1
中	1	1					0
野	1	1					0
春	1						1
計合	110	5	21	13	15	2	54

注記)[34]……十五字

E、萬葉集赤人作歌中の使用例……二字

Aは『萬葉集』の漢文に相当する箇所であり、B～Eは巻十抄本に増補された部分と判断できるから、いずれも除外すべき例である。このA～Eの五種五十六字を除外し、巻十相当歌のみの漢字使用数を計算すると、右の表のとおりとなる。

以上の計算にもとづく五十四字を、西本願寺本のうち、巻十相当歌群（詞書、左注をのぞく）の総字数約七四五〇字で割ると、約〇・七二％となり、松本の提示した数字よりもかなり低減する。仮名書き歌集のなかでも極端にひくい数字で、特異な傾向をしめしているといっていい。この数字の傾向は『赤人集』は本来平仮名別提訓本ではなかったかという本章の仮説にとって興味ぶかい。それは、『萬葉集』の附訓も、当然といえば当然ではあるが、漢字をほとんどもちいずに記されるからである。もちろんこの徴証のみならば、西本願寺本書写者が漢字を好まなかっただけとも考えられる。しかし、前節でもふれたように、「本ノマヽ」という注記からは、書写者の親本の形態を保持しようとする意識を看取できるから、表記にそれほど手が加わっているとは考えにくい。

また、実際に平仮名別提訓本と比較しても、使用率の近接は確認しうる。平仮名別提訓本のうち、類聚古集附訓の漢字使用率については、総字数一一万二五九三字に対して、漢字数が四八一字、漢字使用率は〇・四三％であると木村雅則に報告があり、[35]この率は西本願寺本にちかしい。[36]前節までの論証をふまえれば、この使用率の接近は『赤人集』が平仮名別提訓を抜き出したことに由来する可能性がたかいといってよいのではないか。極端な仮名偏重の表記は、それを示唆していると見做せよう。

おわりに

ここまで、①『赤人集』三系統に仮名文の潜在をうかがわせる共通本文が存在すること、②句題形式である『千里集』と平仮名別提訓本『萬葉集』との外観の近似が、西本願寺本合冊の要因であろうこと、③西本願寺本の漢字使用が類聚古集の附訓に比するほど低率であることの三点から、『赤人集』が西本願寺本ような形態となる以前の段階では、平仮名別提訓本であった可能性がたかいと論じてきた。

以上の論証は、『萬葉集』の伝来や流布という面からみれば、巻十前半部の抄本が附訓本としてある程度流布していたことを示唆している。(37) しかも前章で確認したとおり、次点本の附訓と『赤人集』の本文は、『萬葉集』の真名文と乖離する例でも一致をみる場合があるから、その抄本は現存する『萬葉集』の伝本とおなじか、関係する訓(38)を附された『萬葉集』から抜き出された可能性がたかいと見做しうる。『赤人集』は『萬葉集』の伝来にかかわって重要な文献であるとともに、『萬葉集』の校勘資料としての価値をも主張しうるのではないだろうか。(39)

この点を明確にするためには、『赤人集』本文への仔細な検証が欠かせない。とくに、本章で俎上に載せた西本願寺本が『千里集』相当歌群という増補部をふくむ、善本(40)とは見做しにくい伝本であることも考慮すると、この本だけを対象としてもおぼつかない考察となる可能性がたかい。書陵部本・陽明文庫本も射程に入れて、別途論じる必要がある。

本章では、三系統に共通する本文を取りあげ『赤人集』の性格を探ったが、次章では三系統の本文異同に注目し、『萬葉集』巻十抄本から『赤人集』への変遷の痕跡をさぐることで、如上の点をあきらかにしたい。

注

（1）元暦校本の書写年代については、小川靖彦「天暦古点の詩法」（『萬葉学史の研究〔第二刷〕』おうふう・二〇〇八、初出一九九九）の指摘による。

（2）後藤利雄「古今和歌六帖の編者と成立年代に就いて」（『國語と國文學』第三十巻第五号・一九五三）。『六帖』の成立時期に関しては、後藤が入集歌にもとづいて提示した貞元元年（九七六）をさかのぼるとの見方もある（山岸徳平「平安時代の文学と萬葉集」『萬葉集講座』第四巻、春陽堂・一九三三、など）が、『拾遺集』成立以前の編とみる点は共通するので、とくに穿鑿しない。

（3）『人麿集』は諸本間の相違が著しく、系統によって成立の推定時期は相違する。しかし諸本中もっともはやく成立したと考えられる上巻六十三首（藤田洋治「人麿集」『和歌文学大辞典』日本文学web図書館）をふくむ一類本系統を『拾遺集』以前の成立とみることは、後藤『人麿の歌集とその成立』（至文堂・一九六一）、片桐洋一『柿本人麿異聞』（和泉書院・二〇〇三）、阿蘇瑞枝『人麻呂集　赤人集　家持集』（明治書院・二〇〇四）、島田良二『人麿集全釈』（風間書房・二〇〇四）といった先行諸研究に共通している。

（4）竹下豊「冷泉家時雨亭文庫蔵第四類本『人丸集』について――『万葉集』次点本としての『人麿集』――」（『百舌鳥国文』第十七号・二〇〇六）、田中大士「久世切と万葉集抄出本」（『汲古』第五十一号・二〇〇七）、景井詳雅「『人麿集の万葉集享受――一類本上巻の場合――』（『和歌文学研究』第九十五号・二〇〇七）、新沢典子「古今和歌六帖と万葉集の異伝」（『日本文学』第五十七巻第一号・二〇〇八）、福田智子「『古今和歌六帖』と嘉暦伝承本『万葉集』――『万葉集』の訓の生成と流布について――」（『社会科学』第一〇二号・二〇一四）、新沢「赤人集と次点における万葉集巻十異伝の本文化」（『上代文学』第一一四号・二〇一五）、新沢「本文批評における仮名万葉の価値」（『萬葉写本学入門　上代文学研究法セミナー』笠間書院・二〇一六）など。

（5）以下の記述は、後藤「假字萬葉と見た赤人集及び柿本集一部――私家集の成立に関する考察――」（『國語と國文學』第二十七巻第二号・一九五〇）、山崎節子「赤人集考」（『國語國文』第四十五巻第九号・一九七六）、同「陽明文庫（一〇・六八）「赤人」について」（『和歌文学研究』第四十七号・一九八三）をふまえる。

（6）三系統の詳細については、序論第三節に詳述した。

（7）４の脱落歌に関する先行研究等については、第一章に詳述した。

（8）前掲（5）の山崎「赤人集考」、同「陽明文庫（一〇・六八）「赤人」について」

（9）山崎説の引用は前掲（5）山崎「赤人集考」による。また、以下の萬葉歌の本文、附訓は『校本』を参観した。なお、引用歌①〜⑫のうち、④以外に特筆すべき本文異同はない。その④の第三句「白管自」は元暦校本、類聚古集が「白菅自」、廣瀬本が「自管」に作り、紀州本以下の片仮名傍訓本と相違する。元暦校本以下は「しらすげの」と訓むが、「自」を「の」と訓むこと、廣瀬本が「自」を「しろ」と訓むのはいずれも適切でなく、書写年代は下るが、紀州本以下の本文が妥当であろう。『赤人集』は、元暦校本以下が誤写する前段階の本文を反映している可能性がたかい。詳しくは第二部第一章で述べる。

（10）たとえば義空本『人麿集』をみると、山崎の引く二首が書陵部本と同形で存する（二、一六）。『赤人集』自体、本文に問題の多い歌集で、どれと特定することは困難だが、①・②のような徴証だけを問題とするのであれば、別資料を参照した可能性も想定できてしまう。

（11）現行訓「いはれしわかせ」では変遷の過程が理解しにくいが、旧訓「いひしわかせこ」（元暦校本、類聚古集など）ならば、「世已（せこ）」から「古止（こと）」への誤写を想定することは比較的容易である。

（12）草川昇編『五本対照類聚名義抄和訓集成』㈢（汲古書院・二〇〇一）

（13）築島裕編『訓點語彙集成』第五巻（汲古書院・二〇〇八）による。

（14）元暦校本、紀州本が「ときまたなくに」と訓むように、清濁を無視すること自体は、平安時代の訓読のありようとしてさほど特異でない。

（15）前掲（1）

（16）馬渕和夫編『古写本和名類聚抄集成』（勉誠出版・二〇〇八）、前掲（12）

（17）次点本の附訓をのぞくと平安時代の和歌に「さつひと」の確例はない。

（18）『萬葉集』の訓点をのぞけば、十二世紀初頭の『肥後集』まで例をみない。

（19）西本願寺本は当該歌の下二句を缺く。

（20）久曾神昇『三十六人集』（塙書房・一九六〇）、新藤協三「三十六人集」（前掲（3）『和歌文学大辞典』）

（21）巻三・三二五、巻六・九一九、巻八・一四二四、二七の四首。

（22）前掲（5）山崎「赤人集考」に詳論があるので、ここでは指摘するにとどめる。

（23）このうち書陵部本の成立については、西本願寺本から『千里集』相当歌群を削除し、末尾十五首を増補したと考えると理解しやすい。しかし、書陵部本増補部は陽明文庫本祖本系統に依拠するという藤田「三十六人集の本文改訂　試論――陽明文庫（サ・六八）本を中心に――」（『和歌　解釈のパラダイム』笠間書院・一九九八）の指摘を考慮すると、そう単純に結論をくだすことはできない。この増補部が十三世紀末写の資経本（書陵部本系統の現存最古写本）にすでに存在する以上、書陵部本系統も陽明文庫本系統もそれ以前から存していたことは間違いない。しかも陽明文庫本は排列が他二系統よりも『萬葉集』にちかく、『萬葉集』の赤人歌四首も缺く。こういった徴証によれば、この系統の成立が平安時代までさかのぼる可能性も否定できない。すると、どの段階で書陵部本系統に末尾十五首が増補されたのかを判断することは不可能にちかく、現存伝本の書写年代を基準に先後関係を考えることも困難であろう。本文の検討も必要であるので、この問題については次章で改めて検討する。

（24）後藤「赤人集及び両千里集の研究」（『万葉集成立新論』桜楓社・一九八六、初出一九五〇）や前掲（5）山崎「赤人集考」といった先行研究があるが、本章とは観点が異なる。また、黄一丁「西本願寺本『赤人集』における千里歌と『千里集』二系統の関係について」（和歌文学会・平成二十八年度関西七月例会口頭発表）は、西本願寺本の千里集相当歌群が、現存する『千里集』をさかのぼる系統の伝本に由来する可能性を指摘する。排列に関連する問題をはらんでおり注意を要するが、成稿を待って私案との関係を検討したい。

（25）平野由紀子「千里集」（『和歌文学大辞典』）

（26）片桐・山崎「解題（赤人集）」（『新編国歌大観』）

（27）なお、四五番歌に代表されるように、離別歌は一般に別れた相手を恋い慕う内容を持つから、「離別」を「わかこふ」とするのは意図的な「意訳」の可能性もあるが、ひとまず誤写と判断しておく。

（28）築島「万葉集の訓法表記方式の展開」（『著作集』第二巻・汲古書院・二〇一五、初出一九七九）、前掲（1）など。

（29）田中「長歌訓から見た万葉集の系統――平仮名訓本と片仮名訓本――」（『和歌文学研究』第八十九号・二〇〇四）など、田中の一連の諸本研究による。

（30）平仮名別提訓本から『赤人集』が派生した可能性については、第一章でも別の観点から論じた。

（31）松本暎子『西本願寺本三十六人集の字彙』（汲古書院・一九九八）

（32）『躬恒集』三三二以降の漢詩七首をのぞくと、全体の率は六・二%とやや低下する。ただし、以下で詳述するとおり傾向に大きな変化は生じない。

（33）西本願寺本三十六人集は寄合書きであり、『赤人集』書写者（第六筆）と同筆の文献がみあたらない点に問題はあるが、関戸本『古今集』のような代表的な仮名歌集の漢字使用率（二・九％）と比較してもとりわけひくい。なお、関戸本の使用率は川村滋子『変体がな実用字典　関戸本古今集』（同朋社・一九九一）による。

（34）Dの注記に関しては、前掲（4）景井に一類本人麿集との校合にもとづくとの指摘があり、この指摘を追認する。

（35）木村雅則「訓み本文の表記からみた『類聚古集』——漢字表記を中心に——」（『国文学論叢』第四十六輯・二〇〇一）

（36）書陵部本や陽明文庫本は西本願寺本よりも漢字表記が多く、殊に陽明文庫本の使用率は一割を超える。平仮名別提訓本を『赤人集』の原形とみる本章の趣旨と矛盾するようだが、これは二本の書写年代がくだるためであろう。とくに陽明文庫本は近世初期の写本であり、書写の過程で漢字数が増加していったと考えられる。

（37）前掲（4）新沢は、巻十二の異伝歌の調査から、巻十二が抄本として流布した可能性を論じている。巻十に関しても同様に考えられるのではないだろうか。

（38）『赤人集』に前掲（1）小川の指摘する天暦古点の特徴と重なる面があることは、前章や本章で指摘したとおりである。共通する訓は天暦古点の可能性もあるだろうが、築島「万葉集の古訓点と漢文訓読史」（前掲（28）所収、初出一九七二）の指摘するとおり、天暦古点以前にもある程度の附訓はおこなわれていたとおぼしいし、『赤人集』の成立が十世紀末までくだることを考慮すれば、次点期の訓であるかもしれず、特定することは困難である。

（39）佐竹昭広「萬葉集本文批判の一方法」（『萬葉集抜書』岩波現代文庫・二〇〇〇、初出一九五二）は、仮名文献を『萬葉集』の校勘資料として利用するにあたって、資料批判が重要であることを指摘するが、以上の論証はそれに該当しよう。

（40）三系統のいずれかを「善本」と考えること自体に疑問のあることは、『赤人集』の本文的徴証にもとづき、次章で具体的に述べる。

〔補〕『萬葉集』伝本の附訓形式と『赤人集』

第一章・第二章で検証した事柄のうち、『萬葉集』の伝来史との関係でとくに重要な点を列記すれば、つぎの二点に集約できる。

① 『赤人集』の三系統共通本文のなかには、現存する次点本訓と共通する例が散見する（第一章）。

② 『赤人集』諸伝本中の最古写本である西本願寺本の形態から推して、この歌集の原型たる『萬葉集』巻十抄本は平仮名別提訓本であったと想定できる（第二章）。

各章では個々の問題を検討することに焦点をあてたため、これらの結論をふまえて『萬葉集』の伝来に関する展望をしめすところまでは論を展開させることができなかった。以下では、この点についていささか言及しておきたい。

右の①・②の結論を合わせて考えると、『赤人集』が成立したと推定される十世紀後半ごろに平仮名別提本の『萬葉集』が存在していた可能性が浮かび上がってくる。この可能性は、平安時代の『萬葉集』の伝来を考えるにあたって看過しえないようにおもう。

現存する『萬葉集』の伝本は、天暦古点を部分的に保持するとおぼしき桂本をはじめ、総じて十一世紀以降に書写されている。「下絵萬葉集抄切」は十世紀初頭から中葉の筆と推定されている（小松茂美『古筆学大成』第十二巻・講談社・一九九〇）が、これは漢字仮名交じりで書かれた切であるから、附訓形式を考えるにあたっての参考とはならない。すると、『赤人集』は十世紀に平仮名別提訓本が存したことを示唆するほぼ唯一の資料ということになる。

『萬葉集』の附訓形式が、本来平仮名別提訓であったか、片仮名傍訓であったかは、現在でも結論の出ていない問題である。築島裕「万葉集の古訓点と漢文訓読史」（『著作集』第二巻・汲古書院・二〇一五、初出一九七二）、小川靖彦「題詞と歌の高下――レイアウトに見る平安時代の政治史・和歌史・文化史の中の古写本――」（『萬葉学史の研究（初版二刷）』おうふう・二〇〇八、初出二〇〇二）は平仮名別提訓であったろうと推定する。本書の記述はこれらの説を踏まえる場合が多い（序論、注（18）参照）。

しかし、上田英夫「萬葉集訓点における仮名遣」（『萬葉集訓點の史的研究』塙書房・一九五六）や廣岡義隆「訓の独立」（『上代言語動態論』塙書房・二〇〇五、初出一九七六）は、片仮名を平仮名に書き替えた際に起こりうる誤写の推定や、漢字本文に対する訓の忠実さという観点から、片仮名傍訓が先行すると指摘している。これらの見方が、無視しえない論拠をもつことも事実である。

天暦古点本自体が現存しない以上、いずれかに断定することは困難といってよいが、西本願寺本『赤人集』の形態から推測しうる「十世紀後半に存した平仮名別提訓本の萬葉抄本」の存在は、この附訓形式が、現存する『萬葉集』伝本の時代（十一世紀中葉）以前から採用されていたことを示唆する材料といってよい。そしてこの十世紀後半という時代は、天暦古点の折からさほど遠ざかっておらず、関連させて考える余地がありそうである。やはり、平安時代の訓は平仮名別提方式からはじまったのではないだろうか。

天暦古点――あるいはそれ以前から存した訓――の実態を捉えるにあたって、まことに頼りない傍証ではある。しかし、そもそも拠るべき材料が少ない以上、『萬葉集』の附訓形式の始発を想定するに際して、『赤人集』の存在は無視し得ないようにおもう。今後に多く検討の余地を残す仮説ではあろうが、ひとつの視点として提示しておく。

第三章　赤人集三系統の先後関係
——萬葉集巻十抄本の変遷史——

はじめに

前章では、『千里集』相当歌群と巻十抄本相当歌群を合冊する西本願寺本『赤人集』の特異な形態に注目し、現存『千里集』のそなえる句題を相当歌群が缺くのは、巻十抄本の真名本文とともに削除されたためではないかと推測した。この推定が妥当であれば、『赤人集』の原形は附訓本（平仮名別提訓本）の巻十抄本ということになる。

この結論をふまえつつ、本章ではさらに『赤人集』の形成について、本文上の徴証から考察をすすめていく。まずは、前章第一節で取りあげた以下のような諸例の確認を、検討の手始めとしたい。

天漢　安川原　定而　神競者　磨待無　（萬葉集・二〇三三）
あまのかはやすのかはらにさたまりて　かゝるわかれはとくとまたなん　（西・二九七）
あまのかはやすのかはらにさたまりて　かゝるわかれはとくとまたなむ　（書・一七七）
あまの河やすのかはらのさたまりて　かゝるわかれはとくとまたなむ　（陽・一九二）

春霞　流共尓　青柳之　枝喙持而　鶯鳴毛　（萬葉集・一八二一）
はるかすみわかれてともに　あをやきのえたくひもちてうくひすなきつ　（西・一二四）
はるかすみわかれてともに　あをやきの枝くひもちてうくひすなきつ　（書・七）
春かすみわかれてともに　青柳の枝くひもちて鶯なきつ　（陽・八）

既述のとおり、萬葉歌の傍線部「神競者　磨」、「流共尓」に相当する箇所が、『赤人集』では三系統ともに、それぞれ「かゝるわかれは」、「わかれてともに」とある。真名本文と照応しない例といってよい。ほかに、『赤人集』伝本間にも相違があるものの、つぎのような例も注意すべきだろう。

朱羅引　色妙子　數見者　人妻故　吾可二戀奴一　（萬葉集・一九九九）
おほそらにたなひくあやめかすみれは　ひとのつまゆゑいもにあひぬへし　（西・二七二）
おほそらにたなひくあめのかすみれは　人のつまゆへわれにあひぬへし　（書・一五一）
おほ空にたなひく雨のかすみ（マヽ）は　人つまゆゑにわれわひぬべし　（陽・一六四）

第二句も相違が著しいが、この点への追究はひとまず措き、さきに初句をみると、「朱羅引」に対して三系統とも「おほそら（空）に」とある。訓読の結果とは見做しにくい不可解な本文といってよい。

何故このような本文がうまれたのか。次々歌（二〇〇一番歌）の初句が「従蒼天」とあり、元暦校本以来一貫して「おほぞらに」と訓まれていることを考慮すれば、この訓が混入した可能性が考えられる。そこからさらに、二句が「たなびく」へと意図的に改変されたと考えるのが無難であろうか。というのも「ひさかたの空にたなびく　うき雲のうける我が身は……」（陽明文庫本『小町集』六八）、「春かすみたなびく空は　人しれず我が身よりたつけぶりなりけり」（書陵部蔵〔五〇六・八〕本『兼盛集』一六）といった例があるとおり、「そら」から「たなびく」への接続は想定しやすいからである。上句から下句への脈絡もしっくりしないうたで、なんらかの誤認があったとおぼしい。

もっとも、三系統ともに二〇〇〇番相当歌は脱落しておらず、どうして混淆がおこったのか、充分に説明することはむずかしい。確実にいえるのは、三系統の本文が共通祖本から発生したということである。偶然の一致とは考えにくい。二句以降やや小異があるが、おおむね同形である。二句の後半は少し問題で、西本願寺本は「たなびくあやめ」に作るが、「あやめ」が「たなびく」というのは接続が不自然で、ほか二本の「あめ」からの誤写と見做すのが穏当であろう。

「あめ」が「たなびく」というのも決して順当とはいえないが、「雨ふれど北にたなびくあま雲を　君によそへてながめつる哉」（正保版本『貫之集』七八〇）のように、「あま雲」を「たなびく」という例は平安初期の和歌にあり、後代の例として「春雨のたなびく山のさくら花　はやくみましを散りうせにけり」（『和歌一字抄』一〇六一）ともあるので、どうにか対応関係がみとめられる。

つぎの一首も、やはり三系統の背後に仮名文の潜在を予測させる例である。

鶯之　徃来垣根乃　宇能花之　厭事有哉　君之不㆓来座㆒　（萬葉集・一九八八）
ほと〵きすかよふかきねのうのはなの　うきことり《あ》やきみかまさぬ　（西・二六三）
ほと〵きすかよふかきねのうのはなの　うきことあれや君かきまさぬ　（書・一四三）
ほと〵きすかよふ垣ねのうの花の　う《う》きことあれや君かきまさぬ　（陽・一五六）

萬葉歌の初句はあきらかに「うぐひすの」と訓まれることを期待する表記であるが、『赤人集』は例外なく「ほと〵きす」とする。これは、第三句が「うのはな」であるため、取り合わせられることの多い「ほと〵きす」に改変した例とおぼしい[1]。

いずれも漢字に即さぬ本文で、個別に訓読された結果とは見做しがたい。前章で例示したとおりこういった例はほかにも数多く、三系統共通の祖本に仮名文が存在したと考えないと説明に窮する。三系統が真名本巻十抄本から並列的に派生したという理解に再検討の余地が少なくないことも、すでに述べたとおりである。(2)

本章でとくに留意したいのは三系統の先後関係についてである。この点が問題とされることもかつてはあった(3)が、三系統が真名本から個別に派生したと見做す場合には、そもそも「先後関係」という把握の仕方自体が消失することになる。そのため、近年は積極的に論じられる機会もほとんどない(4)。しかし、三系統が個別に派生したという前提に少なからぬ疑義が生じている以上、『萬葉集』の校勘資料としての価値を検証するためにも、この点への追究をなおざりにすることはできないであろう。

もちろん、西本願寺本の古態性に注目した前章の考察も先後関係にかかわる。現存伝本の書写年代(5)を念頭においても、同本のふるさは否定しえない。しかし、『千里集』相当歌群は増補部であるから、形態上は書陵部本・陽明文庫本の方が古態をとどめているともいえようし、伝本の新しさがそのまま系統の新しさに直結するかといえば、必ずしもそうはいえない（この点は後述する）。先後関係を明らめるためには、『萬葉集』との関係も視野に入れた本文の詳細な検証が必要であろう(6)。

そこで本章では、三系統の先後関係について、詞書や注記もふくめた本文的徴証を指摘し、その一端なりともあきらかにする。とりわけ『萬葉集』巻十からの変遷という点に着目し、その痕跡をさぐってゆきたい。

一　書陵部本増補歌群の性格

それでは、『赤人集』三系統の関係はどのように考えることができるだろうか。前章までの記述と重複する箇所もあるが、行論の都合上、三系統それぞれの特徴と、この点に関する研究史をあらためて整理しておきたい。

山崎節子が指摘するとおり(7)、西本願寺・書陵部本と、陽明文庫のあいだには無視しえない相違がある。まずはその点を確認する。

①西本願寺本・書陵部本にある『萬葉集』の赤人歌四首（巻三・三二五、巻六・九一九、巻八・一四二四、二七番相当歌）が陽明文庫本にない。

②『萬葉集』巻十と対照すると、西本願寺本・書陵部本は、巻頭近くをはじめ、六箇所にわたって排列が乱れているが、陽明文庫本にはほとんど乱れがない。

この二点などを根拠に、山崎は西本願寺本と書陵部本がちかい関係にあり、陽明文庫本はやや距離を置く本と判断する。基本的には追認すべき見解であろう(8)。また、比較的ちかい関係にあると目される西本願寺本と書陵部本であるが、この二本にも以下のような相違のあることがすでに指摘されている(9)。

③西本願寺本の冒頭から一一六番歌までは『千里集』の句題を削除した歌群で、一一七番歌以降が巻十相当歌となっている。

④書陵部本の巻末には、同本内部での重複歌六首をふくむ増補歌群十六首が排されている（二三六〜五一番歌）。

どうして排列等の一致する二本に、このような相違が生じているのか。③についてはすでに前章で私見を述べており、また、その詳細は「三系統の先後関係」を検証するという本章の目的とも直接にはかかわらないので割愛する。ここでは先行研究をふまえ、④について検討したい。書陵部本増補歌群十六首の採取元については、排列を根拠に藤田洋治が「陽明文庫本系」の『赤人集』ではなかったかと推定している。

この増補歌群は一体どのような赤人集から増補されたのか、全く不明ながら、西本願寺本系統にはこの十六首のうち七首しか見られず、万葉集から引用したとすると他の万葉集歌三十八首が欠落していることの説明が付かないことになる。しかし、この陽明A本（本章にいう陽明文庫本と同じ——筆者注）のような系統を想定すれば矛盾なく解決することになるのである。確かに、二五一番歌だけ排列を異にするが、他の十五首は陽明A本の排列通りに並んでいるのである。[10]

藤田が述べるとおり、陽明文庫本には書陵部本増補歌群がすべて存しており、排列もほぼ一致する。蓋然性のたかい推定といってよいであろう。すると、現存伝本の書写年代こそ近世初期までくだるものの、「陽明文庫本系」の成立は書陵部本系の最古写本である資経本以前にさかのぼらせることができるとみてよい。

しかし「陽明文庫本系」の古態性は、そのまま現存の陽明文庫本の本文のふるさに直結するわけではないようだ。前掲藤田論文[11]が具体例として提示する「花さきてみはならすとて」（陽・四二）と「はなはさきむめはちらねと」（書・二四一）をはじめ、「うちなひき春立ぬらし　あおやきの」（陽・七）と「うちなひき春たちぬらし　わかやとの」（書・二三八）、「梅の花我はちらさて　あふみにて」（陽・七七）と「さくら花われはちらさて　あをによし」（書・二四四）など、陽明文庫本と書陵部本増補歌群には本文の異同が少なくないからである。

序論に述べたとおり「書陵部本系」の最古写本資経本は十三世紀末に書写されているので、「陽明文庫本系」はそれ以前に存在していたと判断できる。この「陽明文庫本系」の本文は、現在の陽明文庫本とは大きく相違するはずであるから、同本に関しては、本文と排列等の情報とを区別して捉えておく必要があるだろう。

二　西本願寺本の脱落歌

書陵部本増補部と対照すると、「陽明文庫本系」は資経本をさかのぼるが、陽明文庫本の本文に関してはそのかぎりではないということになる。つまり、「陽明文庫本系」は書写の過程で改変（誤写・意改など）されていったとおぼしいわけであるが、この本文の改変という現象は、同一の祖本を持つとみられる『赤人集』三系統の先後関係を考える場合に、看過しえない問題をはらんでいるようにおもう。

というのも、現存最古写本である西本願寺本と『赤人集』の原形にあたる『萬葉集』巻十を見合わせ、かつ他系統の本文とも比較してみると、西本願寺本の本文には古態をとどめていないと見做せる例が散見しているからである。

自レ古　擧而之服　不レ顧　天河津尓　年序経去来
天漢　夜船滂而　雖レ明　将レ相等念夜　袖易受将レ有　（二〇一九、二〇）

むかしわかあけてころもをかへさねは　あまのかはらにとしそへにける
天河よふねうかひてあけぬとも　あはんとおもふたもとかへさむ　（書・一六三、六四）

右の赤人集歌は書陵部本を引用したが、陽明文庫本も小異こそあるものの、ほぼ同形で存している。訓読のありようを検討していけば問題は少なくないが、著しく萬葉歌の形を逸脱しているわけではない。一方、西本願寺本には大きな相違がある。

むかしあけてころもをかさねあまのかは　あまのかはふねうかひあけぬとも　（西・二八六）
心えねはかゝす

西本願寺本の上三句が二〇一九番歌の初句から四句に、下二句が二〇二〇番歌の上三句にほぼ相当することはあきらかで、本来は二首であったものを一首に誤認してしまっている。前者の第四句と後者の初句にいずれも「あまのかは」とあることなどが誤認の理由と考えられるが、この誤認が原因となって、西本願寺本の前段階の『赤人集』に二〇二〇番歌下二句の残存部分がかなり不自然な姿で記載され、そのために西本願寺本書写者は「心えねはかゝす」と注記せざるをえなくなったのではないだろうか。

さらに、同本にはつぎのような例もある。

藤浪　咲春野尓　蔓葛　下夜之戀者　久雲在　（一九〇一）
ふちなみのさくのへことにはふくすの　（西・一八四）

一年迩　七夕耳　相人之　戀毛不レ過者過者　夜深往久毛　一云、不レ盡者　佐宵曽明尓来　（二〇三二）
（五字分空白）つねにあかぬ　（西・二九六）

前者は西本願寺本が下二句を欠く例、後者は原形すらほとんどとどめていないが、排列上は二〇三二番歌に対応している。とくに後者についてこのような奇妙な本文が生まれたのは、どのような理由によるのだろうか。考えられる事態としては、書陵部本に「ひとゝせになぬかのよしもあふ人の　こひもあかねはよふけゆくかも」（一七六、陽明文庫本一九一もほぼ同文）とあるので、その傍線部が部分的に改変され、「つねにあかぬ」としてのこった、というあたりだろうか。

なにぶん残存する文言が僅少であり、たしかなことは不明というほかないが、問題は、「つねにあかぬ」が西本願寺本に記載されているという事実である。和歌としてまったく解釈することのできないこの一文すらも書きとめた西本願寺本書写者に、「心えねはかゝす」と諦観された前掲二〇二〇番相当歌は、意味をとれる文ですらなかったということになろう。同本の本文の混乱を示唆する一例といってよい。

なお、巻十・一九〇一、二〇三二相当歌に欠落があるのは西本願寺本のみで、左記のとおり書陵部本は全形をとどめている（陽明文庫本七二、一九一もほぼおなじ）。

ふちなみのさくのへことにはふくすの　われかよはひはひとしくもあれ　（書・六五）
ひとゝせになぬかのよしもあふ人の　こひもあかねはよふけゆくかも　（書・一七六）

現存する伝本の書写年代を基準とすれば、西本願寺本から『千里集』部分をのぞき、増補歌群十六首を添加した本が書陵部本であると考えることもできるわけだが、如上の例はその可能性を減殺させるといってよい。そして、一度このように捉えなおしてみると、西本願寺本には不審な本文が少なくないことに気付く。

三　長歌の改変

つぎの長反歌なども、『萬葉集』と西本願寺本の距離、また『赤人集』三系統の先後関係を考えるにあたって格好の材料といってよい。

夏雑歌
詠鳥
大夫之　出立向　故郷之　神名備山尓　明来者　柘之左枝尓　暮去者　小松之若末尓　里人之　聞戀麻田
山彦乃　答響萬田　霍公鳥　都麻戀為良思　左夜中尓鳴
反歌
客尓為而　妻戀為良思　霍公鳥　神名備山尓　左夜深而鳴　（一九三七、三八）

なつのうたともをゑいす
ますらをのそてたちむかひ　しめしの丶かみなひ山にかへりかた〱
たひにしてつまこひすらしほと丶きす　かひなひやまにさよふけてなく　（西・二一九、二〇）

夏雑歌ともをゑいす
ますらをの　いてたちむかふ　しめのをに　神なひ山に　あけたては　くは野さひたに　ゆふされは　こちしのすゑに　きすへまうひ　えしさまなかるなに
反歌

たひにいて、つまこひすらし　郭公神なひ山にさよふけてなく　（書・一〇〇、〇一）

なつのさうの哥ともゑいす

ますらおの　いてたちむかふ　しの、めの　神なひやまに　あけたては　くはのさひたに　ゆふされは
かちのしすゑに　きすゑつまん　うひすし　さよなかになく

返哥

旅に出てまつこひすらし時鳥　神なひ山にさ夜中に鳴　（陽・一〇九、一〇）

まず目につくのは、『萬葉集』の長歌が西本願寺本で短歌に改変されていることで、(12)萬葉歌と照応すると、本文の相違も著しい。ただし後者の問題に関しては、その要因を推測することはさほど困難でない。第二句「そてたちむかひ」は他本に「いてたちむかふ」とあり、これならば萬葉歌の「出立向」と対応するだけではなく、「そてたち」では歌意も不通であるから、「い（以）」から「そ（曽）」へ誤写された結果とみてよいだろう。

一方、第三句の「故郷之」を「しめしの、」とするのは不審であるが、書陵部本に「しめのをに」、陽明文庫本に「しの、めの」と小異のある歌句が存することを考慮すれば、現存伝本以前の本文をつたえている可能性がたかい。すると、このような本文が生成されたことには、なんらかの理由があると考えるべきだろう。ここで注目したいのは、小川靖彦が指摘する桂本のつぎのような訓読の例である。(13)

夏葛之　不レ絶使乃　不通有者　言下有如　念鶴鴨　（巻四・六四九）

たまかつらたえぬつかひのかよはねは　こともあることおもほゆるかも

初句はあきらかに「なつくずの」と訓むべき表記であるが、桂本は「たまかつら」とする。小川はこの例を「「絶ゆ」にかかる枕詞として一般的な「玉葛」に意訳したのであろう」と評しており、ときに文字に拘泥しない天暦古点のありようの一斑をしめすものと指摘する。

多くの概説書などにも説明のあるとおり、天暦古点は村上天皇の勅により天暦五年（九五一）にはじまった『萬葉集』の訓読事業（「禁二制撰和歌所闌入一文」『本朝文粋』巻十二）である。この事業は遅くとも同十年には終局したとみられるが(14)、これにやや遅れて成立したとおぼしき『赤人集』にも以下のような例がある。

子等我手乎　巻向山丹　春去者　木葉凌而　霞霏霺　（一八一五）

とくかみをまきもくやまにはるされは　このはるしきてかすみたなひく　（西・一一二三）

鶯之　春成良思　春日山　霞棚引　夜目見侶　（一八四五）

あつさゆみはるになりぬらし　かすがやまかすみたなひくよめにみれとも　（西・一一四三）

前者は陽明文庫本こそ「こらかてを」（三）と萬葉歌に忠実であるが、西本願寺本・書陵部本（六）はいずれも「とくかみを」とする。後者は三本そろって「あつさゆみ」である（書・二六、陽・二九）。当然ながら萬葉歌の初句を、それぞれ「とくかみを」、「あづさゆみ」と訓むことは不可能で、どちらも小川のいう「意訳」に相当する可能性がたかい。前者の「とくかみを」は歌語の類例を缺くが(15)、「梳く髪を（巻く）」という意識で、枕詞として第二句「巻向山丹」の「巻」に冠したのであろう。

また、後者の「あづさゆみ（はる）」という結合は『萬葉集』巻十・一八二九番歌「梓弓春山近く」以降、平安和歌まで無数の例が存するので、同様に解したとみてよい。『赤人集』の「訓読」には桂本（天暦古点）と同様の発想がみとめられる。

このうち、長歌の理解に即してとくに重要なのは、「梳く髪を（巻く）」という即興的な枕詞が『赤人集』に存することだろう。というのも、第四句の「かむなび山に」は「神のいますところ」(16)であるので、この神聖な山に標を張って占有するという意味で、「故郷之」を「しめしの、（標し野の）」という枕詞に改変したと考えることは、右のような例から推してさほど難しくないからである。この例も「意訳」に相当しよう。

また、書陵部本の「しめのをに」は「標の緒に」と解せるから、西本願寺本と同様に「神なび山」にむすびつけることは可能であろう。ただ、「しめのをに神なび山に」と格助詞ニで次句にかかるのは不審なので、この本文を生かす場合には、なんらかの誤写が三句の末尾にあったと考える必要がある。なお、陽明文庫本の「しの丶めの（東雲の）」は「神なび山」との連想が絶たれてしまうので、採用する必然を欠く。語形は類似しているので、他系統のような本文から誤られた可能性がたかい。

以上のように、西本願寺本の第四句までは萬葉歌の本文から派生したものと推定できる。問題は結句「かへりかた〳〵」で、あきらかに訓読された歌句ではない。ここで注目すべきは、『萬葉集』とほか二本に共通して存する「反歌」の二字を、西本願寺本だけが欠くという事実である。二一九番歌が短歌に改変されている以上、当然の措置ではあるのだが、ここは単なる題詞（詞書）の脱落と見做すべきではないとおもう。

というのも、この「反歌」が「かへりうた」と訓読され、それが歌句に取りこまれ、音数律の関係で「かへりうた〳〵」となり、さらに「う」が「か」に誤られた[17]——七音句への改変と誤写のいずれが先かは厳密にはわからず、順序は逆かもしれないが——と考えれば、この不思議な結句のありようは説明することが可能だからである。「反歌」を「かへしうた」と訓読する例が『赤人集』にあり（西・三五〇詞書）、題詞を訓読する例がほかにも多いことを考慮すれば、「かへりかた〳〵」は偶然生まれた本文ではなく、「反歌」が誤認された結果とみてよいだろう。

当該長歌の成立事情を以上のように捉えることができるとすれば、「反歌（返哥）」という詞書を有する書陵部本、陽明文庫本は書写年代の先行する西本願寺本よりもふるい体裁をとどめていると判断できる。このことは、書陵部本と陽明文庫本が長歌形式であることからも裏づけられよう。三本ともに第三句「故郷之」を次句にかかる枕詞とする点も念頭におけば淵源は同一であり、とすれば、萬葉長歌が書陵部本・陽明文庫本のように「訓読」され、それをさらに短歌形式に改変したものが西本願寺本と考えられるからである。[18]

ひとたび短歌に改変されたものが長歌に回帰するとすれば、『萬葉集』を参照したと考えるほかないが、それにしては萬葉歌と歌詞の相違が著しすぎる。陽明文庫本を例にとれば、第六句「くはのさひたに」は本文との乖離が著しいが、第七句の「ゆふされは」までは萬葉歌にまず忠実といってよい。

しかし、以降は結句以外ほとんど整合せず、句数すらあっていない。萬葉歌十六句に対して陽明文庫本が十一句、書陵部本が十句と『赤人集』伝本間でも異同があり、書写過程での混乱も少なくなかったのであろうが、選定された本文とは考えにくく、短歌形式とする西本願寺本を後発的な本文と見做すべきであろう。

四　「詞書」の残存状況

ここまでは、西本願寺本のうた本文に関する問題を中心に指摘してきた。しかし、『萬葉集』や他系統との関係からみて、問題をかかえているのはうた本文だけではなく、詞書（題詞）や左注にも注意すべき点が少なくない。まずは巻十を基準として、三系統の標目・詞書・左注等（以下「詞書」と略記する）の残存状況を表示する。「〇」は「詞書」残存箇所、「×」は脱落箇所である。また、「一九三六・五題詞」は、『萬葉集』の脱落歌[19]「はるかすみたなひくのへにわかひける　つなはまをたえむとなとおもふな」（西・二二八、他二系統にも小異歌あり）に附された「詞書」で、便宜上こう呼称した。太字と「△」に関しては、三系統の残存状況とあわせて説明する。

まずは、『赤人集』各系統の残存数を確認すると、巻十の「詞書」五十三個に対して、陽明文庫本は三十六個をのこしている。このうち、一八一九番歌題詞の「△」は、以下のような例である。

巻十・右柿本朝臣人麻呂歌集出（一八一八左注）

巻十	陽	書	西	巻十	陽	書	西
1812 標目	×	×	×	1925 題詞	○	○	○
1818 左注	○	△	×	1926 題詞	○	○	○
1819 題詞	△	×	×	1927 左注	○	○	○
1832 題詞	×	×	×	1936・5 題詞	○	○	○
1838 左注	×	○	○	1937 標目	○	○	○
1842 左注	○	○	○	1937 題詞	○	○	○
1843 題詞	○	○	○	**1938 題詞**	○	○	×
1846 題詞	×	×	×	1938 左注	○	○	○
1854 題詞	○	○	○	1964 題詞	○	○	○
1874 題詞	○	○	○	1965 題詞	○	○	○
1877 題詞	○	○	○	**1966 題詞**	×	○	×
1878 題詞	×	×	×	**1976 題詞**	○	○	×
1879 題詞	×	×	×	1978 題詞	○	○	○
1880 題詞	○	○	○	**1979 標目**	○	○	×
1884 題詞	○	○	○	**1979 題詞**	○	○	×
1886 題詞	○	○	×	1982 題詞	○	○	○
1887 題詞	○	○	○	1983 題詞	○	○	○
1889 題詞	×	×	×	1987 題詞	○	○	○
1890 標目	×	○	○	**1994 題詞**	○	×	×
1896 左注	×	×	×	1995 題詞	×	×	○
1897 題詞	×	×	×	1996 標目	○	○	○
1899 題詞	×	×	×	1996 題詞	×	×	×
1908 題詞	○	○	○	2033 左注	×	×	×
1909 題詞	○	○	○	2090 題詞	○	○	○
1915 題詞	○	○	○				
1919 題詞	×	×	×				
1922 題詞	○	○	○				
1923 題詞	○	○	○				
1924 題詞	×	○	○				

詠鳥（一八一九題詞）

陽明・柿本の人丸うたをゑいす（六左注）

陽明文庫本「詞書」の前半は、あきらかに巻十・一八一八番歌左注であるが、後半の「をゑいす」は余分で、おそらく一八一九番歌題詞が混入し、「とり」が脱落したのだろう。二種の「詞書」を合体させてしまっている例はほかにもある。先述した長歌の「詞書」の例で、三系統ともにほぼ同様である。

巻十・夏雑歌（一九三七標目）

詠鳥（一九三七題詞）

赤人・なつのさうの哥ともゑいす（陽・一〇九詞書）／夏雑歌ともをゑいす（書・一〇〇詞書）／なつのうたともをゑいす（西・一二九詞書）

こちらは「とも」から「とり」への誤写（ないしは意改）の過程が明瞭である。「△」の例は、『赤人集』が「鳥」に相当する箇所を落とすため、やや不確実な例となってしまっているが、同趣のケースとみられる。この二例は、三系統が同一祖本から派生したとする山崎説を補強する材料ともなるであろう。

つぎに書陵部本であるが、三系統のなかでももっとも多くの三十八個の「詞書」をとどめている。ただし、一八一八番相当歌左注の「△」は増補部にあるので、これをのぞくと三十七個となる。

そして、最古写本である西本願寺本は三十二個と、書陵部本はもちろん、陽明文庫本とくらべても残存数が少ない。とくに注意すべきは太字とした九箇所である。この九箇所は西本願寺のみ「詞書」がない、あるいは他二系統のどちらかには「詞書」があるのに西本願寺本にないという部分である。以下に、二本に「詞書」のある五例を提示する。

A懽逢（一八八六題詞）――あへるをよろこふ（陽・六五、書・五八詞書）

B反歌（一九三八題詞）――返哥（陽・一一〇詞書）、反歌（書・一〇一詞書）

C問答（一九七六題詞）――とひこたふ（陽・一四四）、とひうた（書・一三二詞書）

D夏相聞（一九七九標目）／寄鳥（同題詞）――「なつあひきくとりによす」（陽・一四七詞書、書・一三八詞書）

Aは巻十の題詞をそのまま訓読した例、Dも標目と題詞が一体化しているが、文言はそのままである。Bは三節でとりあげた例で、「返」と「反」の異同があるが、「案ずるに、凡て此反歌をそふる事は、[20]短歌は不レ能二詠吟一が故、短歌のおほよそをつゞめて三十一字に詠むなり。然れば返も故あり。……いはむや返反の音、調によりて不レ可レ改こゝろにある[21]歟」という『奥義抄』の記述をふまえれば、通用をみとめてよいだろう。

Cは書陵部本のみ相違する。陽明文庫本には問題がないので、書陵部本の誤写などを疑うべきであろう。少しあとの「譬喩歌」（一九七八題詞）をみると、書陵部本には「たとひうた」（二三七詞書）とあるのに、陽明文庫本は「とひ哥」（一四六題詞）、西本願寺本は「たひうた」（二五七詞書）と小異があり、この程度の誤写は起こりうることがわかる。

また、巻十・二〇八九番歌は長歌だが、陽明文庫本・書陵部本の相当歌をみると、それぞれ「なか哥」（陽・二三九詞書）、「長歌」（書・二三〇詞書）という詞書が附されていることにも注目したい。巻十は長歌であっても「長歌」という題詞は附さないので、おそらく『赤人集』段階での挿入であろうが、陽明文庫本と書陵部本という、比較的距離のある伝本両方にみえるということは、三系統に分かたれる以前に附された詞書である可能性がたかい。西本願寺本はこの例も欠いており、脱落したとおぼしい。

つまり、西本願寺本は最古写本ではあるものの、本来あるべき「詞書」を、書写年代のくだる書陵部本や陽明文庫本よりも多く脱落させている。このような事態は、二本が西本願寺本以前のふるい内容を保持していることを示唆するのではないだろうか。

逆に、書陵部本や陽明文庫本が「詞書」を増補したと考えることも、理論的には可能であろうが、その場合の校勘資料は『萬葉集』ということになる。しかし、『萬葉集』を参照したとすると「詞書」の増補はいかにも中途半端だし、脱落歌など、ほかにも見直すべき箇所はいくらもあったであろう。二本が西本願寺本をさかのぼる内容を保持していると考える方が、蓋然性のたかい見方ではないだろうか。

おわりに

以上、西本願寺本と書陵部本・陽明文庫の本文を対比し、うたの改訂、「詞書」の残存状況という観点から、その先後関係をさぐってきた。本章で問題とした長歌から短歌への変遷、「詞書」の缺落といった諸要素は、「書陵部本系」、「陽明文庫本系」が、西本願寺本以前にさかのぼりうることを示唆している。もっとも書陵部本増補歌群と陽明文庫本の本文異同が示唆するように、書写がくりかえされるなかで、本文が改変されていく場合もある。その過程についてはまた別に検討する必要があるだろう。

しかし、それと同時に、この二系統が西本願寺本以前から存したであろうことも念頭におかねばなるまい。二系統のうち、「詞書」の残存数からみれば、巻十の姿をよくとどめているのは書陵部本ということになるが、この系統は、先行研究に徴して一節で述べたとおり（第一節①・②）、排列や所収歌に関する問題がある。

その点、巻十の体裁をもっともよく保持しているのは陽明文庫本である。もちろん「詞書」の残存数が書陵部本を下回るといった本文上の難点はあるが、それは近世初期写の陽明文庫本の問題で、「陽明文庫本系」に敷衍する必要はあるまい。「陽明文庫本系」自体の古態性は顧慮されてよく、この系統が『赤人集』の嚆矢にあたる可能性は、充分に想定することができる。

また、巻十の前半部だけとはいえ、『赤人集』は『萬葉集』を訓読したごく初期の文献であるから、『萬葉集』の本文校訂にも利用できる可能性があることを、はやく佐竹昭広が指摘している。(22) その指摘は現在でも有効性をうしなっていないが、(23) 校異に関する基本文献である『校本』では最古写本であるためか、西本願寺のみが採用されている。

しかし、本章の結論をふまえるならば、西本願寺本の本文はかならずしも最善とはいえず、他本も活用してこそ、充分な本文校訂が可能となるのではないだろうか[24]。本来ならば校訂の実態を考察し、その有用性を指摘すべきであろうが、この点に関しては章を改めて別途検討する（第二部第一章）。

なお『赤人集』に関しては、以上の論点とは別に、どうして巻十抄本に赤人の名が冠されることになったのかという成立に関する疑問をはじめ、未解決の問題が多くのこされている。同時期に成立したと推定される『人麿集』[25]や『家持集』[26]とも合わせて、平安時代における『萬葉集』の享受、萬葉歌の利用といった面から言及すべきことがらは少なくないのであるが、そこまでは踏みこむことができなかった。これらが今後の課題であることを確認し本章を終える。

注

（1）「和歌＆俳諧ライブラリー」（日本文学web図書館）による検索のかぎりでは、「うぐひす」と「うのはな」のとりあわせは珍しい。『萬葉集』と同集からの引用歌を除くと、『拾遺集』所収の一例（八九）以外に見えない。一方の「ほと丶きす」は、『後撰集』（一四八）をはじめ、御所本『躬恒集』（八七）や書陵部本『能宣集』（三二三）など、十世紀までに成立した歌集に多くの例をみる。肝心の『萬葉集』でも「うのはな」と「ほと丶きす」は十八例あるのに対し、「うぐひす」との取りあわせは当該例ともう一首しかなく、しかも「鶯之卵の中に　霍公鳥ひとり生まれて　己が父に似ては鳴かず　己が母に似ては鳴かず　宇能花乃咲きたる野辺ゆ……」（巻九・一七五九）という、「うぐひす」と「ほと丶きす」をともに詠み込むうたである。実質当該例以外に「うぐひす」ととりあわせた例はない。あくまでも傾向ではあるが、「うのはな」に対しては「うぐひす」よりも「ほと丶きす」の方が合わされやすかったとみられる。なお、この例は『人麿集』のうち二類本なども「ほと丶きす」（二九）とする。平安和歌の傾向を考慮すれば、偶然の一致と考えられないではないが、二集の関係を考えるうえで注意すべき例ともみられる。

（2）山崎節子「赤人集考」（『國語國文』第四十五巻第九号・一九七六）、同「陽明文庫（一〇・六八）「赤人」について」（『和歌文学研究』第四十七号・一九八三）

（3）後藤利雄「赤人集及び両千里集の研究」（『万葉集成立新論』桜楓社・一九八六、初出一九五〇）。後藤は書陵部本系（後藤は歌仙歌集本に依拠する）の祖本を『赤人集』の原形と見做している。貴重な成果であるが、陽明文庫本紹介以前の論考でもあり、氏の結論をそのまま追認することはできない。

（4）ただし、山崎説が公刊された以降でも、この点にふれた論考はいくらかある。藤田洋治「三十六人集の本文改訂試論――陽明文庫（サ・六八）本を中心に――」（『和歌　解釈のパラダイム』笠間書院・一九九八）は、後述するように書陵部本と陽明文庫本の関係に言及するが、当該論文の目的は書陵部本増補部の採取元の特定にあるので、『赤人集』三系統全体の先後関係にはふれていない。また、新沢典子「赤人集と次点における万葉集巻十異伝の本文化」（『上代文学』第一一四号・二〇一五）は「三系統の関係については未だ未解明な部分が多く、より詳細な本文検討が必要である」と指摘する。本章ではこの新沢の指摘をふまえ、三系統の関係を検討する。

（5）『赤人集』伝本の書写年代に関する詳細は序論第三節で述べた。

（6）前掲（4）新沢

（7）前掲（1）山崎「陽明文庫（一〇・六八）「赤人」について」

（8）また、前掲（1）山崎「陽明文庫（一〇・六八）「赤人」について」では、巻十の「蜻火之」（一八三五）を陽明文庫本が「ほたるひの」（二一〇）、西本願寺本（一三四）・書陵部本（一七）が「かけろふの」と、あるいは「吾恋将居」（二〇三八）を陽明文庫本が「わか恋おらむ」（一九六）、西本願寺本（三〇一）・書陵部本（一八一）が「わかこひをせん」とする例などを根拠に本文も区別できることを指摘する。そのような傾向が見出せることは否定できないが、これとは逆に「續而聞良牟」（一八二九）を、「たえす聞覧」（陽明文庫本・一五）、「たえすきくらし」（書陵部本・二）、「つきてさくらん」（西本願寺本・一一八）と西本願寺本が独自本文をもつ例もあるので、本文の親疎に関してはなお検討の余地がある。

（9）前掲（1）山崎「赤人集考」

（10）前掲（4）藤田

（11）前掲（4）藤田

(12) 長歌を短歌に改変したとおぼしき例は『古今和歌六帖』にも例があるので、この現象自体は平安時代における萬葉歌利用のひとつの方法と考えることができる。ただし、ここでは『赤人集』が伝本によって長歌と短歌とに相違させる場合のあることを問題とするので、短歌に改変する意図に関しては言及しない。

(13) 小川靖彦「天暦古点の詩法」(『萬葉学史の研究〔第二刷〕』おうふう・二〇〇八、初出一九九九)

(14) 熊谷直春「秘閣における源順——後撰集と古点作業完成の時期——」(『平安朝前期文学史の研究』桜楓社・一九九二、初出一九七二)。山口博「後撰和歌集の成立」(『王朝歌壇の研究 村上・冷泉円融朝篇』櫻楓社・一九六七、初出一九六三)は、天暦七年(九五三)終局と下限をさかのぼらせるが、ここでは十世紀中葉と特定できればよいので、これ以上は穿鑿しない。

(15) 「和歌&俳諧ライブラリー」での検索結果による。

(16) 菊地義裕「神奈備」(『上代文学研究事典』おうふう・一九九六)

(17) 誤写ではなく、「帰る方々よ」(和歌大系)と解しての意改とも考えられるが、字体も近似しており、誤写とみるのが穏当であろう。

(18) (12)でも述べたように、どうして短歌形式とされたのかは不明である。しかし当該例に関しては、義空本『人麿集』に「ナツノサウフヲヱイス／マスラヲノイテタチムカフシノ、メニカミナヒヤマニ」(六八六)という例のあることに注意すべきであろう。詞書が『赤人集』と同様に『萬葉集』の標目と題詞を合体させた形となっており、第三句が「シノ、メニ」とされ、しかも短歌形式だから西本願寺本との親近性は疑えない。肝心の結句を欠くこともあり、前掲(2)で指摘した一九八八番歌とおなじく、先後関係は特定しがたいが、一方がもう一方に依拠した可能性はたかいであろう。

(19) 脱落歌に関する先行研究等については、第一章で詳述した。

(20) 『奥義抄』での「短歌」は現在の「長歌」を指す。この呼称が『古今集』の影響をこうむることは、浅田徹「長歌」(『和歌文学大辞典』)に肝要な説明がある。

(21) 日本歌学大系(第一巻)による。

(22) 佐竹昭広「萬葉集本文批判の一方法」(『萬葉集抜書』岩波現代文庫・二〇〇〇、初出一九五二)

(23) 工藤力男「孤字と孤語——萬葉集本文批評の一視点——」(『萬葉集校注拾遺』笠間書院・二〇〇八、初出一九

八八）

(24) 石田穣二「ことばの世界としての源氏物語」（『源氏物語攷その他』笠間書院・一九八九、初出一九七七）が「ある一本の忠実な翻刻で、読むに堪へる本文になり得るやうな本文は存在しない。どの本についても校訂は必要である」と述べるのは、『源氏物語』や『枕草子』の本文校訂に関しての見解であるが、校勘資料としての『赤人集』にもほぼ適用できるとおもう。片桐洋一・山崎「解題（赤人集）」（『新編国歌大観』）が「本文が乱れに乱れている赤人集」と指摘するように、『赤人集』は三系統を対校し、さらに誤写も念頭に置かなければ解釈不能な場合が少なくない。そのような本文は校勘資料として不安定であり、恣意的な解釈はつつしまねばならないが、特定の伝本の本文に固執しすぎる必要もあるまい。

(25) 藤田「人麿集」（『和歌文学大辞典』）

(26) 鐵野昌弘「家持集と万葉歌」（『ことばが拓く　古代文学史』笠間書院・一九九九）は、『家持集』はほか二集よりもやや成立が遅れると推定している。『拾遺集』や『古今和歌六帖』との関係もふくめて、萬葉歌人の名を冠した三集の成立に関してはなお検討すべき問題が多いが、ここでは指摘するにとどめる。

補説　赤人集と古今和歌六帖

——十世紀後半の萬葉歌の利用をめぐって——

はじめに

ここまで『萬葉集』巻十抄本の伝来と変遷という視点からこの巻と『赤人集』とを比較し、考察をすすめてきた。以上の検証の眼目は、仮名萬葉文献の一斑である『赤人集』が、平安時代における『萬葉集』伝来史において重要な位置をしめることを明示する点にあった。本書では『赤人集』のみを検証対象としたが、『人麿集』や『家持集』、『古今和歌六帖』など、同時代や、やや後代に成立したとおぼしき諸文献も調査することによって、伝来史をより精確に描くことが可能となるはずである。

そのためには、当然ながら『萬葉集』と個々の仮名文献所収の萬葉歌との詳細な対照研究が必要となる。他文献については別に論じる機会をもうけるとして、本書でとりあつかった『赤人集』に関して、なお言及しておきたいことがある。それは『赤人集』を『六帖』の撰集材料と認定する滝本典子の論考である(1)。同論の指摘は『赤人集』の流布と享受に関してのみならず、『六帖』所収の萬葉歌の性格を考えるうえでも看過できない。また近時の概説書や論考にも引用され、(2)基本論文と認定されているとおぼしいことも考慮すれば、研究史の整理とかかわっても無視し得ない。同論では、作者名と本文を分析することで如上の結論をみちびいているので、その論拠を検証することで、『六帖』所収の萬葉歌が『赤人集』を撰集材料とする場合があるのかを確認しよう。

一　作者名に関する検証

まずは作者名に関する論拠をみていく。『六帖』の作者名を調査すると、作者を赤人とするうたのうち、『萬葉集』の赤人歌九首（巻三・三一七、二四、六三、七八、巻六・九一九、一〇〇一、巻八・一四二六、三一、七一番相当歌）はおおむね第三帖以降にあり、巻十所収歌、つまり赤人集歌六首（一八二二、三二、四三、七四、七七、および一四二七番相当歌）(3)はほぼ第一帖に集中するという特徴が見出せる。この相違は採取資料が異なることに由来するのではないか、というのが同論の見解である。

また、『萬葉集』の赤人歌が引用される場合には、次歌も萬葉歌が排されるという規則があるという。たとえば『六帖』の一六八〇、八一番歌が『萬葉集』の三七八（赤人）、二七〇七番歌に相当するというような例である。逆に、赤人集歌の場合には、次歌が萬葉歌ではなく、これは『萬葉集』からの引用ではないためという。なお『萬葉集』の赤人歌のうち、一〇〇一、一四二六番相当歌（『六帖』一九二六、七三九）の次歌は萬葉歌ではないが、これは例外とする。逆に赤人集歌のうち一八二二番相当歌は第五帖に排されているが、「あか人きの女郎とも」（三〇四二）と作者に異伝があるため、やはり例外と見做す。

しかし、こういった論拠でもって『六帖』の採取資料に『赤人集』をくわえることは、はたして妥当なのであろうか。同論によれば『萬葉集』から引用される場合は萬葉歌が連続するという。わずか十五首のなかに例外が三首あることは問わないとしても、『六帖』には千百首以上の萬葉歌が採取されていて、その排列も多様であることには注意をはらうべきとおもう。ひとまず同論が問題とする第一帖にかぎっても、一八〇首の萬葉歌がとられているが、そのうち六十二首までは前後が萬葉歌でなく、単独で排されている。そのなかには、二二二六、二二三〇、二二六〇、二三四九番相当歌のような、『赤人集』の範囲外の巻十所収歌もふくまれていることを考慮すれば、第一帖が採取資料として巻十を利用した蓋然性はひくくない。この傾向によれば、次歌が萬葉歌であるか否かは採取元を判断する材料とはならないだろう。(4)(5)

そして同論は次歌にのみこだわるが、この点にも疑問符がつく。赤人集歌五首のうち、一八七四番は『六帖』の三五八番歌に相当するが、前の二首は萬葉歌で（一〇九一、一六九二）、三首連続で排されている。また、一八二二番歌も『六帖』三〇三九〜四二番歌のうち、三〇四二番歌に相当するが、これも四首萬葉歌がつづくうちの最後の一首である。一八七七番相当歌にいたっては、十一首連続で萬葉歌が排される箇所（四四三〜四五三）の最終歌で、しかもその十一首には、上田英夫が「万葉集で隣り合はせの二首（時には三首）がそのままの順序で六帖にも出てゐる」ことを根拠に『萬葉集』からの直接採取を想定した二首（『萬葉集』一九一七、一六／『六帖』四四四、四五）もふくまれている。『赤人集』からの引用とみるのはあたらないのではないか。(6)(7)(8)

さらに、伝本にかかわっても問題がある。同論は流布本、すなわち寛文九年（一六六九）版本の本文に多く依拠するが、『六帖』の伝本としては嘉禄三年（一二二七）源家長書写本の転写本である桂宮本や永青文庫本が善本として存するのだから、本文研究の常道からいえばこちらを重視すべきであろう。この二本をみると、同論が指摘する以外に、四四六三番歌（『萬葉集』一八二八番相当歌）に「あか人」の作者名がある。第六帖所収歌なので、『赤人集』が第一帖の採取資料となったという見方と抵触する。(9)

またもう一首問題となるのが、『六帖』の四三八五番歌（『萬葉集』一八二〇番相当歌）である。直前の四三八四番歌（同一四三一番相当歌）は作者を「あかひと二首」とするので、こちらの作者も赤人と認定されていることになる。巻十所収歌であるので、一見すると赤人を作者とすること自体はとくに問題がないようだが、このうたは『赤人集』三系統に共通する脱落歌であるので、同集から採取されたわけではなさそうである。この点からも『赤人集』が撰集材料という見方には疑問がある。

もちろん『赤人集』が巻十抄本を原型とする以上、一八二〇番相当歌も現存伝本以前の段階では掲載されていたのかもしれず、その本を『六帖』の採取元と想定することは可能であろう。しかし、このうたが第六帖にとられている以上、いずれにせよ『赤人集』が第一帖の撰集資料になったという推定とは齟齬する。四三八五番歌は赤人集歌かどうかの是非にかかわらず、同論の趣旨と抵触する例といってよい。

以上の疑問点をかんがみると、作者名を根拠に第一帖と以外の帖で赤人歌の撰集元が異なるとは断定し得ないであろうし、当然ながら、その一方を『赤人集』と見做すこともできないということになる。

二　本文異同に関する検証

つぎに、本文に関する論拠をみていくことにする。同論では、『赤人集』と『六帖』の本文が一致し、かつ『萬葉集』次点本の附訓とは対立する場合に、六帖歌の撰集材料を『赤人集』と認定する。ただし、一八二二、三三一、四三、七四、七七、および一四二七番相当歌の六首のうち、一八四三、七七番相当歌の二首は萬葉歌、赤人集歌、六帖歌の歌詞が完全に一致し、逆に一八三二番相当歌は三集ともに歌詞が相違するため(10)、検討対象とはされず、実質の挙例は三首にとどまる。同論は萬葉歌本文、次点本訓、流布本赤人集・六帖の順に掲出するので、ここでもそれにならう。

①従二明日一者　春菜将レ採跡　標之野尓　昨日毛今日母　雪波布利管　（巻八・一四二七・赤人）

〔類聚古集〕あすからはわかなつまむとしめしのに　きのふもけふもゆきはふりつゝ

〔流布本赤人集〕春立は若菜摘むと占し野に　昨日の今日も雪は降りつゝ　（二三五）

〔流布本六帖〕春たゝはわかなつまむとしめしのに　きのふもけふも雪はふりつゝ　（四二）

一見してあきらかなとおり、類聚古集の附訓と『赤人集』・『六帖』では初句が大きく相違している。この相違が『赤人集』撰集資料説の根拠となるわけであるが、やはり『六帖』を寛文版本によっていることは留意すべきであろう。また『赤人集』についても流布本（正保版本）に依拠するが、同本には親本系統（書陵部本系統）の善本があるし、『赤人集』には別系統の古写本も現存しているのだから、異同の有無はともかく、それらの本文にまずはつくべきであろう。問題の初句は、写本の本文をみると以下のようにある。

・『赤人集』〔西本願寺本・書陵部本[11]〕はるたゝは（西・三五四、書二三五、陽明文庫本は脱落）

・『六帖』〔桂宮本・永青文庫本〕はるたゝ《あすより》は

当該歌の場合、写本にもどっても『赤人集』と『六帖』は一致し、萬葉歌とは距離がある。ただし、『新撰和歌』に「はるたてば」（二三）、『和漢朗詠集』に「はるたゝは」（三六）とあるのは、十世紀中葉から十一世紀初頭の流布の痕跡とおぼしい。とりわけ『六帖』以前に成立した『新撰和歌』と本文が一致する以上、『六帖』の引用元を『赤人集』と断定することには慎重を期すべきであろう。また、『六帖』の写本二本に共通して「あすより」という傍書のあるところをみると、散逸した伝本には「あすよりは」とするものもあったとみられる[12]。すると、成立段階の『六帖』がどちらの本文あったかも問題となるが、これは結論が出ない問題であるので等閑に附しておく。

しかし、当該歌の認定をめぐってはもうひとつ問題がある。それは、前章まででも幾度か述べてきたとおり、巻八・一四二七番相当歌をふくむ『萬葉集』の赤人歌四首は、『赤人集』三系統をみると陽明文庫本には存せず、『赤人集』が書写される過程で増補された可能性がたかいということである。[13]『六帖』が編纂された段階で、当該歌が『赤人集』にふくまれていたか、判然としない。少なくとも、増補歌を根拠に撰集材料であるかどうかを判断すべきではあるまい。

しかも、この『赤人集』の増補歌四首（巻三・三二五、巻六・九一九、巻八・一四二四、二七。九一九、一四二七は作者も赤人）の場合、いずれも『六帖』に入集している。増補元が『六帖』である可能性も否定しきれず、[14]先後関係について結論を出すことはむずかしい。そこで、つぎには巻十所収歌をみてみよう。

②春霞　田菜引今日之　暮三伏一向夜　不穢照良武　高松之野尓　（一八七四）

〔類聚古集〕はるかすみたなひくけふのゆふつくよ　きよくてるらむたかまつのゝに

〔流布本赤人集〕春霞たなひく今日の夕月夜　きよく照るらむ高圓の山　（五二）

〔流布本六帖〕春霞たなひく山の夕月夜　清く照るらむたかまとの野に　（三五八）

滝本論は右の異同について「かゝる異同はこのまゝでは（六帖・赤人集共に流布本のみを見ていたのでは）解決しない（傍点原文ママ）」と指摘し、流布本『六帖』の第二句に「たなひくけふの」という傍記があることによって、相違は解消できると述べる。さらに、結句にも流布本『六帖』が「たかまとの山」と傍書することから、『萬葉集』の「たかまつのゝに」と『赤人集』、『六帖』の「たかまとの山」という対立をみとめ、『赤人集』が『六帖』を撰集材料となった根拠とする。

ここでも寛文版本を依拠する点が問題となるわけだが、同本に関してはたんに成立が下るだけでなく、『萬葉集』などを校勘資料として利用し、本文を訂正する場合もあることが指摘されている。[15]この指摘をふまえれば、流布本の傍書にどれほど信頼をおくことができるものか、疑問を感じる。また当該歌の場合には『赤人集』も写本と流布本で本文がおおきく相違するので、以下に提示する。

・『赤人集』　　二句　　　　　　　結句

〔西本願寺本〕　たなひくけふの　　たかまつのやま（一七〇）

〔書陵部本〕　うつろふけふの　　たかまとのやま（五二）

〔陽明文庫本〕　たなひく野への　　たか松のうへに（五五）

・『六帖』

〔桂宮本〕　たなひく山の　　たかまとの、に

〔永青文庫本〕　たなひく山の　　たかまとの、に

『六帖』には異同がみられないが、一方『赤人集』をみると、流布本と二句・結句がいずれも一致する写本はひとつもない。また、写本間でも本文異同は著しいが、同集が巻十抄本を母体とすることを考慮すれば、第二句は萬葉歌に忠実な西本願寺本がもっとも原型にちかい可能性がたかく、のこり二本は書写過程で意図的改変がされたとみるべきであろう。(16)なかでも目をひくのは、流布本の親本系統である書陵部本に「うつろふけふの」とあることで、流布本傍書の「たなひく今日の」が後世になって『萬葉集』により校訂された歌句である蓋然性のたかいことをつよく示唆している。『赤人集』の本文は、本来『六帖』の「たなひく山の」とは一致しなかったと考えてよいだろう。

結句も写本の本文には混乱が多い。西本願寺本と陽明文庫本は「たかまつ」までは問題がないが、末尾は「のやま」と「うへに」とあって萬葉歌と食いちがっている。(17)書陵部本「たかまとのやま」は萬葉歌ともっとも遠い。『六帖』は「たかまと」が書陵部本と一致するが、末尾は「の、に」とあり、萬葉歌に忠実である。しかも書陵部本の親本である資経本が「タカマツ」とする以上、『六帖』との親近性はみとめがたい。

ここで注目すべきは『萬葉集』次点本の附訓で、滝本の引くように類聚古集は「たかまつの、に」作り、紀州本も同様である。しかし、新出の廣瀬本をみると「タカマトノ、ニ」としていて、『六帖』写本と一致する。廣瀬本の祖本たる定家本自体は片仮名訓本であり、次点本のなかでも比較的新しい系統の伝本と目されるが[18]、定家本は父俊成の本をふまえているとおぼしく[19]、そこからさらにふるい本の附訓を引き継ぐ場合もあると考えることは可能だろう。第二句は問題だが、『六帖』が『萬葉集』のふるい附訓を残存させている可能性も想定できよう。

後半は臆測をまじえることになったが、②の六帖歌が『赤人集』にもとづくと考えにくいことは、両者の本文の相違からみて首肯しうるはずである。

③吾瀬子乎　莫越山能　喚子鳥　君喚變瀬　夜之不レ深刀尓　（一八二二）

〔元暦校本・類聚古集〕わかせこをなこしのやまのよふことり　きみよひかへせよのふけぬとに

〔流布本赤人集〕我兄子をならしの山の喚子鳥　君呼返せ夜の更けぬ間に　（一〇）

〔流布本六帖〕我背子をならしの山の呼子鳥　君よひかへせ夜の更けぬとき　（三〇四二）

第二句と結句に異同がある。まず二句をみると、二字目が問題だが、平仮名の「こ（己）」と「ら（良）」はときに酷似しており、判別しがたい場合も多い。この一字でもって対立の是非を問うことは困難だろう。問題は結句で、同論では「すなわち赤人集西本願寺本……に「よのふけぬとき」があるに拠」るとし、ここでは西本願寺本を採用している。

②では西本願寺本を排除していることをおもえば、手法にやや得心できぬ部分を感じなくはないが、桂宮本、永青文庫本も「よのふけぬとき」としており、西本願寺本と『六帖』が一致することはたしかである。ただし、廣瀬本に「ヨノフケヌトニ《キ》」とあることは、この本文が萬葉歌の訓点に由来することを示唆しているといえようし、十一世紀前半ごろまでに成立したとおぼしき歌集に、以下のような小異歌が散見することも見逃せない。

我背子をならしの山の呼子鳥　君呼びかへせ夜の更けぬ間に（『拾遺抄』二九七）

我背子をならしの岡の呼子鳥　君呼びかへせ夜の更けぬ時（『拾遺和歌集』恋三・八一九）

我背子をならしの岡の呼子鳥　君呼びかへせ夜の更けぬ時（書陵部本五〇一・四七『柿本集』一四）

我背子をならしの山の呼子鳥　いも呼びかへせ夜の更けぬ時（西本願寺本『伊勢集』三八九）

『拾遺抄』は結句を「夜の更けぬ間に」とし、流布本（および書陵部本）『赤人集』と同様の本文[20]であるが、以外の三本はいずれも結句を「夜の更けぬ時」とする。すると、①とおなじく、当該歌も萬葉歌の本文に即さない形で流布していたとみてよく、結句の一致が『赤人集』を『六帖』の撰集資料とする直接的な証拠となるかは疑問である。かりにこの一首には対応関係をみとめうるとしても、例外とされた三首もふくめ、『赤人集』との関係を主張できるのは、六首のうちこの例だけということになる。そして、この一例の合致のみを根拠に『赤人集』から『六帖』へという先後関係を主張できるかといえば、傍証が不足している感は否めない。「できない」と判断する方が妥当であろう。

また、同論は流布本に依拠するため俎上に載せないが、写本が「あか人」を作者とする『六帖』の四四六三番歌（一八二八番相当歌）についても確認しておきたい。

不レ答尓　勿喚動曽　喚子鳥　佐保乃山邊乎　上下二

〔元暦校本・類聚古集・廣瀬本・紀州本〕こたへぬになきなとよみそよふことり　さほのやまへをのほりくたりに

〔西本願寺本・書陵部本赤人集〕こたへぬによひなをかしそよふことり　さほの山へをのほりくたりに（西一三二、書一五）

〔陽明文庫本赤人集〕こたへぬによひなかへしそよふこ鳥　さほの山へをのぼりくたりに（一四）

〔桂宮本・永青文庫本六帖〕こたへぬによるなとよめそよふこ鳥　さほのかはらをのほりくたりに

第二句が問題で、『萬葉集』附訓、『赤人集』、『六帖』のいずれも異なるばかりか、『赤人集』内部でも異同が生じている。当該句は元暦校本代赭書入が「マヨヒソ」、「マトヒソ」と二種の訓をしめすことをみても、平安時代において訓みが揺れていた可能性がたかい。もっとも『六帖』の「よるなとよめそ」（寄ってきて鳴くな）は不審なので、「ひ（比）」を「る（留）」に誤写した可能性がたかい[21]ようにおもう。しかし、そう考えても「よひな」は『赤人集』と、「とよみそ」は次点本とのみ合致し、いずれとも距離がある。ある伝本の本文を採用すれば、瑕疵なく一致するなどということはない。

この例に照らしても、本文の一致という観点から[22]「『赤人集』から『六帖』へ」という変遷は推定しがたい。『赤人集』と『六帖』はいずれも本文に問題のある作品で、書写の過程で本文が行き違った可能性は否定できないとしても、これほどの相違が存する以上、近世の流布本の本文を採用し、それを平安時代の作品形成に援用すべきではあるまい。

おわりに

以上、『赤人集』が『六帖』の撰集資料として利用されたとする説について、その論拠を検証し、問題の少なくないことを論じてきた。写本の本文を重視し、他出文献にも目をくばってみると、両者に直接的な関係を見出すことは困難ということになる。しかしその一方、巻十が作者未詳歌巻であることは厳然とした事実であるので、『六帖』が同巻所収歌の作者を、数首とはいえ赤人と認定していることはやはり不審である。『赤人集』の介在を想定すれば、この点は説明が容易となることもたしかだろう。

しかし、二百首を超える赤人集歌（増補歌四首は除く）のうち、『六帖』が作者を赤人とするうたは六首に過ぎない。[23]いかに『六帖』の作者名が杜撰なものであるとはいっても、『赤人集』が引用元であるなら、もう少し作者名を附すうたの数が多くてもよいようにおもう。また、『六帖』が『萬葉集』の非赤人歌の作者を赤人とする例が、巻十所収歌のほかに二首ある。二三番歌と九〇九番歌で、前者は『萬葉集』巻八・一四四一番相当歌で作者は大伴家持、後者は同巻三・三二一番相当歌で高橋虫麻呂の歌集歌となっている。[24]この二首の存在を考慮すると、『六帖』における作者誤認の要因を『赤人集』にもとめることはかならずしも説得的でない。

それでは誤認の要因は奈辺にあるのか。現段階で結論を出すことはできそうもない。しかし、『六帖』が平安時代中期以降ひろく流布したことを念頭におくならば、[25]この集が巻十所収歌数首の作者を赤人としたことが、[26]『赤人集』編纂の機縁となったと想定することも決して不可能ではない。この場合、巻十抄本が『赤人集』と呼称されるにいたった理由を説明することが容易となる。本文の相違も、作者名のみの影響を考えるのであれば、それほど問題とはならないだろう。

もっともこう考える場合には、今度はどうして『六帖』は巻十所収歌の何首かを赤人歌と認定したのかという別の疑問が浮上することになり、結局は不明な点はのこる。これ以上の推測は屋上屋を架すこととなるので、ひとまず『赤人集』を『六帖』の撰集資料と考える見方に論拠のとぼしいこと、増補部四首をのぞけば『萬葉集』から引用した可能性がたかいということを確認し、補説を終える。[27]

注

（1）滝本典子「古今六帖と赤人集」（『皇學館論叢』第一巻第四号・一九六八）

（2）近時のものとして、鐵野昌弘「家持集と万葉歌」（『ことばが拓く　古代文学史』笠間書院・一九九九）、朝比

（3）奈英夫「万葉集と平安文学」（『平安文学研究ハンドブック』和泉書院・二〇〇四）、新沢典子「古今和歌六帖と万葉集の異伝」（『日本文学』第五十七巻第一号・二〇〇八）などがある。
（4）一四二七番歌は『萬葉集』の赤人歌であるが、『赤人集』にもとられているため、滝本は赤人集歌と認定する。
（5）『六帖』のテキストは宮内庁書陵部編『圖書寮叢刊　古今和歌六帖』上（養徳社・一九六七）により、永青文庫編『細川家永青文庫叢刊　古今和謌六帖』上・下（汲古書院・一九八二～八三）も参照する。萬葉歌の認定数は中西進『古今六帖の万葉歌』（武蔵野書院・一九六四）を参観した。
（6）それぞれ『六帖』の三一四、四一一、四二二、二八五番歌。
（7）二四七八、二三九五、六三一、一八八二番相当歌の順にならぶ。
（8）六六四、一九一七、一六、一〇九〇、一九一五、二六八五、二六八二、一〇九一、二二六二、五二〇、一八七七番相当歌の順にならぶ。
（9）上田英夫『萬葉集訓點の史的研究』（塙書房・一九五六）
（10）桂宮本、永青文庫本の第一帖奥書による。
（11）この三首は写本本文でも同様の傾向をしめすので、本章でも検討にくわえない。
（12）同系統最古写本の資経本も本文はおなじ。以下の掲出でもとくに異同はない。
（13）写本の傍書が『萬葉集』など別資料にもとづくのではなく、散逸した異本『六帖』に依拠する可能性のたかいことは、別に検証する用意がある。
（14）山崎節子「陽明文庫（一〇・六八）「赤人」について」（『和歌文学研究』第四十七号・一九八三）、藤田洋治「赤人集」（『和歌文学大辞典』日本文学 web 図書館）など。
（15）『萬葉集』を増補元とみると四首はいかにも少ない。また『古今集』の「仮名序」（九一九、一四二四）や『新撰和歌』（一四二七）、『三十六人撰』（三二五）など、『六帖』以外にも他出文献があるので、これら仮名文献が典拠である可能性がたかい。
（16）大久保正「古今和歌六帖の萬葉歌について」（『萬葉の伝統』塙書房・一九五七、初出同年）
（17）「け」（計）と「の」（能）は字体が近似するから、陽明文庫本に関しては誤写を想定することも可能であろう。書陵部本に関しては意改と考えるほかあるまい。

(17) 陽明文庫本に関しては、本来「たか松の、に」とあったものが、書写過程で踊り字が「う」(宇)に誤認され、さらに「へ」をおぎなったとも考えられる。西本願寺本は意改であろう。

(18) 田中大士「長歌訓から見た万葉集の系統——平仮名訓本と片仮名訓本——」(『和歌文学研究』第八十九号・二〇〇四)

(19) 寺島修一「御子左家相伝の『万葉集』の形態」(『武庫川国文』第六十五号・二〇〇五)

(20) 群書類従本『拾遺抄』は結句を「夜の更けぬ時」とするが、同本は拾遺集歌を増補する改編本である(片桐洋一『拾遺抄　校本と研究』大学堂書店・一九七七)ので、この本文も『拾遺集』による可能性がたかい。

(21) なお、流布本六帖には「よひなとよめそ」とあり、推定本文と一致する。

(22) 『赤人集』については、『新編国歌大観』の「解題」(片桐・山崎執筆)、『六帖』については久保木哲夫「古今和歌六帖における重出の問題」(『うたと文献学』笠間書院・二〇一三、初出二〇一二)が参考になる。

(23) 桂宮本・永青文庫本によるので、滝本論の挙例のほかに一八二八番相当歌も追加する。

(24) ただし三二一番歌の場合、排列に問題がある。このうたは三一九〜二一番歌までの長反歌群だが、三一九番歌の題詞に作者名がなく、直前の歌群(三一七〜一八)と直後の三二二番歌が赤人歌であるので、『六帖』編者が『萬葉集』から抜き出す際に作者を誤認したとも考えられる。その場合は単純なミスということになる。なお、ミスとみる場合、同趣の例は近世期の『赤人集』にもある。参照、朝比奈・藤田・池原「近世期の人麻呂・赤人受容の一端——鶴岡市郷土資料館蔵の二歌集について——」(『京都光華女子大学京都光華女子大学短期大学部研究紀要』第五十三号・二〇一五)。

(25) 『六帖』の流布に関しては、品川和子「蜻蛉日記の方法と源泉」(『蜻蛉日記の世界形成』武蔵野書院・一九九〇、初出一九六七)、平井卓郎「古今六帖についての一考察——蜻蛉日記の歌との関連において——」(『武蔵大学人文学会雑誌』第一巻第一号・一九六九)、紫藤誠也「古今和歌六帖と和漢朗詠集」(『和歌文学研究』第二十六号・一九七〇)、同「古今六帖で読む源氏物語『若紫』」(『中古文学』第九号・一九七二)、青木太朗「古今和歌六帖」(『平安文学研究ハンドブック』和泉書院・二〇〇四)、山本淳子『平安人の心で「源氏物語」を読む』(毎日新聞出版社・二〇一四)などの先行研究がある。

(26) 『六帖』の作者名が杜撰であることなどを根拠に、熊谷直春「古今和歌六帖の成立」、同「古今和歌六帖の作者名表記」（『古今集前後』武蔵野書房・二〇〇八、初出はいずれも二〇〇五）は、作者名が『六帖』完成以降に増補されたとみる。そうであれば問題自体が消失する。一方、杜撰の要因は編纂が数度におよんだこと、作者名の記載方法に変遷があったことによると推定する田辺俊一郎「『古今和歌六帖』試論――作者名表記の一問題――」（『人文論叢』第二十二輯・一九八二）、同「『古今和歌六帖』本文攷・序説――〈『古今和歌六帖』切〉集成並びに本文批判試案――」（『文学・語学』第一〇六号・一九八五）の理解もあり、確定は困難といってよい。なお、青木「『古今和歌六帖』の作者記載について」（和歌文学会・平成二十六年度十一月例会発表資料）、同「『古今和歌六帖』の作者記載について・続考」（平安文学の会・平成二十七年度十二月例会発表資料）は、『六帖』の作者名表記が前後のうたにずれる場合の少なくない――作者名表記を一首ずらせば、『萬葉集』や『古今集』等の作者名表記と一致する――ことを詳細な用例によってしめしている。青木の検証は、『六帖』が『和漢朗詠集』のようにうたの後に作者名を附す方針から、勅撰集方針に切り替えたとする田辺説を補強する傍証と見做せよう（『六帖』と『朗詠集』の関係については、前掲（25）紫藤「古今和歌六帖と和漢朗詠集」にも指摘がある）。すると、田辺説の基本的な方向は是認しうるとおもう。しかし、青木の挙例は数十箇所におよんでおり、『六帖』改編時の編者が杜撰であったというだけでは説明しきれない問題をはらんでいるようだ。熊谷説の信憑性もふくめ、なお再検証の余地が多い。後考を期したい。

（27）本章では廣瀬本萬葉集や、陽明文庫本・資経本赤人集など、滝本論の発表以降に紹介された資料を多く利用している。滝本論がこれらに言及できないのは当然のことで、発表時点における同論の価値を蔑すつもりはいささかもない。ただ、資料紹介や研究史が進展している以上、それらをふまえての再検証を経ずに論旨を追認することはできないと考えた次第である。了とせられたい。

附録　萬葉集巻十および赤人集三系統対校表

【凡　例】

一、本表は『萬葉集』巻十前半部（一八一二〜二〇九二番歌）と『赤人集』三系統を対校したものである。歌の順序は『萬葉集』巻十により、『萬葉集』の脱落歌や独自の詞書・左注については『萬葉集』の段に空欄をもうけ、『赤人集』の情報のみを記載した。

一、『萬葉集』の本文は、論考と同様『萬葉集　CD-ROM版』によった。ただし、『CD-R』編者による校訂がなされている場合には、適宜『校本』などを参照し、次点本諸本に即して訂正した。たとえば、一八六七番歌第二句「佐案」（『CD-R』案）を「佐宿木」（次点本諸本本文）にもどした類である。筆者の判断によって『CD-R』の校訂にしたがった場合もある。

一、『赤人集』の本文は『新編私家集大成』（日本文学web図書館）により、それぞれ、第一類本西本願寺本（西本願寺本系西本願寺蔵三十六人集「あか人」）、第二類本書陵部蔵本（正保版本歌仙歌集本系書陵部蔵〔五一〇・一二〕「赤人集」）、第三類本陽明文庫本（陽明文庫本「三十六人集」（サ・六八）系陽明文庫蔵三十六人集（サ・六八）「赤人集」）を利用した。なお、第二類本については書陵部本の親本にあたる資経本が公表されている（『冷泉家時雨亭叢書第65巻　資経本私家集』一・朝日新聞社・一九九八）が、『新編私家集大成』「解題」（竹下豊）の、「校訂本であっても御所本「赤人集」の方が本文的には優れている」との判断にしたがい、書陵部本を利用した。

一、ただし、竹下の校勘記（『新編私家集大成』「解題」）を参考に、書陵部本よりも資経本が原形にちかいと判断した場合については、これを採用した。以下の四例である。

五二番歌結句「たかまとのやま」→「たかまつのやま」／六五番歌結句「ひとしくもあれ」→「ひさしくもあれ」

一〇六番歌結句「なきわたるなり」→「なきこえてなり」／一六一番歌第二句「みつかけくさの」→「水くもりくさの」

一、西本願寺本の『千里集』相当歌群（一～一一六番歌）と、西本願寺本、書陵部本の『萬葉集』赤人歌四首（巻三・三二五、巻六・九一九、巻八・一四二四、一四二七）は巻十との校勘にかかわらないため割愛した。

一、『赤人集』のうち、書陵部本にある重載歌については、「〇番歌重載」として提示し、歌詞に異同のある場合は該当句を掲出した。

一、傍書については、（　）にいれて本文にとりこんだ。補入記号がある場合は記号を「〇」でしめし、その下に傍書をおぎなった。集附については再現しなかった。

一、『新編私家集大成』が附記する「(ママ)」も再現しなかった。

一、論者の注記は、「※」によってしめした。

萬葉集巻十（一八一二〜二〇九二）		赤人集 陽明文庫本		赤人集 書陵部本		赤人集 西本願寺本	
1812	久方之　天芳山　此夕　霞霏霺　春立下	1	久堅のあまのはやまにこのゆふへ　霞たな引春立くらし	1	ひさかたのあまのはやまにこのゆふへ　かすみたなひく春たちくらし	117	ひさかたのあまのはやまにこのゆふへ　かすみたなひくはるたちくらし
1813	巻向之　檜原丹立流　春霞　欝之思者　名積米八方	2	まきもくのひはらにたてる春霞　はれぬおもひは名につまめやは	5	まきもくのひはらにたてる春かすみ　はれぬ思ひにわかなつまめや	121	まきもくかひはらにたてるはるかすみ
1814	古　人之殖兼　杉枝　霞霏霺　春者来良芝					122	いにしへのひとのうへけむすきのはに　かすみたなひくはるはきにけり
1815	子等我手乎　巻向山丹　春去者　木葉凌而　霞霏霺	3	こらかてをまきもく山に春かすみ　このはしのきて霞たなひく	6	とくかみをまきもくやまにはるかすみ　木葉しのきてかすみたなひく	123	とくかみをまきもくやまにはるされは　このはるしきてかすみたなひく
1816	玉蜻　夕去来者　佐豆人之　弓月我高荷　霞霏霺	4	かけろふのゆふさりくれはかり人の　つきゆみたかみ霞たなひく	8	かけろふのゆふさりくれはかり人の　ゆみいるかたにかすみたなひく	125	かけろふのゆふさりくれはかりひとの　ゆみ（め）えかたにかすみたなひく
1817	今朝去而　明日者来牟等　云子鹿丹　旦妻山丹　霞霏霺	5	けさゝりてあすはきなむといひしかと　かつらき山に霞たな引	236	けさゝりてあすはきなんといひしかと　かさつき山にかすみたなひく		
1818	子等名丹　關之宜　朝妻之　片山木之尓　霞多奈引	6	こらかなにつけみよろしみあさつまの　かた山こしにかすみたなひく	237	こらかてにつけむよろしもあさつまの　かたやまし（本）みにかすみたなひく		
	右柿本朝臣人麻呂歌集出		柿本の人丸うたをゑいす		柿本人丸歌とそ		
	詠鳥						
1819	打霏　春立奴良志　吾門之　柳乃宇礼尓　鶯鳴都	7	うちなひき春立ぬらしあをやきの　柳の枝に鶯そなく	238	うちなひき春たちぬらしわかやとの　やなきか枝にうくひすなくも		

萬葉集巻十（一八一二～二〇九二）	1820	1821	1822	1823	1824	1825	1826	1827	1828	1829
	梅花 開有岳邊尓 家居者 乏毛不有 鶯之音	春霞 流共尓 青柳之 枝喙持而 鶯鳴毛	吾瀬子乎 莫越山能 喚子鳥 君喚變瀬 夜之不深刀尓	朝井代尓 来鳴杲鳥 汝谷文 君丹戀八 時不終鳴	冬隠 春去来之 足比木乃 山二文野二文 鶯鳴裳	紫之 根延横野之 春野庭 君乎懸管 鶯名雲	春之在者 妻乎求等 鶯之 木末乎傳 鳴乍本名	春日有 羽買之山従 狭帆之内敝 鳴往成者 孰喚子鳥	不答尓 勿喚動曽 喚子鳥 佐保乃山邊乎 上下二	梓弓 春山近 家居之 續而聞良牟 鶯之音
赤人集 陽明文庫本		8		9	10	12	11	13	14	15
		春かすみわかれてともに青柳の 枝くひもちて鶯なきつ		あさことにきなくはたとりなくたにも 君にこふらしとこなへてなく	冬こもり春立くらし青柳の 山にも野にも鶯なきつ	むらさきのねはひて千よの春の、に きみをこひつ、鶯そ鳴	春なれはつまやもとむる鶯の こすゑをつたひ鳴きつ、はふく	かすかなるはかひ山よりさほのうらへ 鳴行なるはたかよふことり	こたへぬによひなかへしそよふこ鳥 さほの山へをのほりくたりに	あつさゆみ春山ちかく家ゐして たえす聞覧鶯の声
赤人集 書陵部本		7	10	11	12	9	13	14	15	2
		はるかすみわかれてともにあをやきの 枝くひもちてうくひすなきつ	わかせこをならしのやまのよふことり きみよひかへせよのふけぬまに	あさことにきなくはことりなくたにも 君にこふらしとこなへてなく	冬こもりはるたちきらしあし曳の やまにも野にもうくひす鳴つ	むらさきのねはひよちよのはるの、に きみをこひつ、うくひすそなく	はるなれはつまやもとむるうくひすの こすゑつたひてなきつ、はふる	かすかなるはかひやまよりさほのうへ さしてゆくなるたれよふことりそも	こたへぬによひなをかしそよふことり さほの山へをのほりくたりに	あつさゆみはるやまちかく家ゐして たえすきくらしうくひすのこゑ
赤人集 西本願寺本		124	127	128	129	126	130	131	132	118
		はるかすみわかれてともにあをやきの えたくひもちてうくひすなきつ	わかせこをならしのやまのよふことり きみよひかへせよのふけぬとき	あさことにきてなくことりなかたにも きみにこふらしとこなつになく	ふゆこもりはるはたちきにあをきの 山にものにもうくひすなきつ	むらさきのねはひよちよのはるののに きみをこひけるうくひすそなく	はるなれはつまやもとむるうくひすの こすゑをつたひなきつ、はふる	かすかなるはるひやまなるさほのうらは ゆくなるたれをよふことりそも	こたへぬによひなをかしそよふことり さほの山へをのほりくたりに	あつさゆみはるはやちかくやとりせは つきてさくらんうくひのこゑ

1830	打靡　春去来者　小竹之末丹 尾羽打觸而　鶯鳴毛	17	うちなひき春さりくれはさゝ の葉に　おはうちふれて鶯な くも				
1831	朝霧尓　之努々尓所沾而　喚 子鳥　三船山従　喧渡所見	16	朝露にしと、にぬれて	16	あさ露にしと、にぬれてきけ んとり　神なひ山になきわた るなり	133	あさつゆにしと、にぬれてきな んとり　かみやまよりなきわ たるなり
	詠雪　※紀州本のみあり						
1832	打靡　春去来者　然為蟹　天 雲霧相　雪者零管	18	打なひき春さりくれはしかす かに　空かきくもり雪はふり つゝ	3	うちなひきはるさりくれはし かすかに　空くもりあひてゆ きはふりつゝ	119	うちなひきはるさりくれてし かすかに　そらくもりあひゆ きはふりつゝ
1833	梅花　零覆雪乎　褁持　君令 見跡　取者消管						
1834	梅花　咲落過奴　然為蟹　白 雪庭尓　零重管	19	梅の花さきちりぬらししかす かに　しら雪にゝて庭にふり つゝ	4	さくらはなさきちりくらしし かすかに　しら雪にゝてには にふりつゝ	120	むめのはなさきちりぬらしゝ かすかに　しらゆきには
1835	今更　雪零目八方　蜻火之 燎留春部常　成西物乎	20	いまさらにゆきふらめやはほ たるひの　もゆる春へと成に しものを	17	いまさらに雪ふらめやはかけ ろふの　もゆるはるへとなり にしものを	134	いまさらにゆきふらめやはか けろふの　もゆるはるへとな りにしものを
1836	風交　雪者零乍　然為蟹　霞 田菜引　春去尓来	21	ふゝきする雪は降つゝしかすか に　かすみたなひく春はきぬ らん	18	風ませにゆきはふりつゝしかす かに　かすみたなひく春はき ぬらし	135	ふゝきつゝゆきはふりつゝしか すかに　かすみたなひくはる はきぬらし
1837	山際尓　鶯喧而　打靡　春跡 雖念　雪落布沼	22	山きはに鶯なきつしかすかに 春とおもへは雪はふりつゝ	19	山きはにうくひすなきつうち なひき　はるとおもへは雪ふ りしきぬ	136	やまきはにうくひすなきつう ちなひき　はるとおもへはゆ きふりしきぬ
				239	19番歌重載		
1838	峯上尓　零置雪師　風之共 此間散良思　春者雖有	23	みねのうゑにふりおく雪は風 の音も　友にちる覧春はあり とも	20	みねのうへにふりをくゆきは 風の音も　ともにちるらしは るはありとも	137	みねのうへにふりおくおとは かせのおとも　〳〵にちるら しはるはありとも

萬葉集巻十（一八一二〜二〇九二）	赤人集 陽明文庫本	赤人集 書陵部本	赤人集 西本願寺本
右一首筑波山作		つくはの山をよめる	つくはやまをよめる
1839 為君　山田之澤　恵具採跡　雪消之水尓　裳裾所沾	24 君かため山田のさはにゑくつむと　雪けの水にもすそぬらしつ	21 君かためやまたのさはにゑくつむと　ゆきけの水にもすそぬらしつ	138 きみかためやまたのさはにゑくつむと　ゆきけのみつにもすそぬらしつ
1840 梅枝尓　鳴而移徙　鶯之　翼白妙尓　沫雪曽落	25 梅か枝になきてこつたふ鶯のはねしろたえにあは雪そふる	22 むめか枝になきてうつろふうくひすの　はねしろたへにあはゆきそふる	139 むめかえになきてうつろふうくひすの　はねしろたへにあはゆきそふる
1841 山高三　零来雪乎　梅花　落鴨来跡　念鶴鴨　一云、梅花開香裳落跡	26 山たかみ降くる雪を梅の花ちりもくるかとおもひけるかな	23 山たかみふりけるゆきをむめのはな　ちりかもくるとおもひけるかな	140 やまたかみふりくるゆきをむめのはな　ちりかもくるとおもひけるかな
1842 除雪而　梅莫戀　足曳之　山片就而　家居為流君			
右二首問答	このふた哥よみかはする	この歌はよみかはせる	このうたはよみかはせる
詠霞	かすみ	かすみをゑいす	かすみをゑいす
1843 昨日社　年者極之賀　春霞　春日山尓　速立尓来	27 きのふこそとしはくれしか春霞　かすかの山にはやたちにけり	24 きのふこそとしはくれしかはるかすみ　かすかのやまにはやたちにけり	141 きのふこそとしはくれしかはるかすみ　かすかの山にはやたちにけり
1844 寒過　暖来良思　朝烏指　滓鹿能山尓　霞軽引	28 冬すきて春はきぬらしあさ日さし　しかの山へに霞たなひく	25 冬すきてはるそきぬらしあさひさす　かすかの山にかすみたなひく	142 ふゆすきてはるはきぬらしあさひさす　しかの山へにかすみたなひく
1845 鶯之　春成良思　春日山　霞棚引　夜目見侶	29 あつさゆみはる立ぬらしかすか山　かすみたなひくよめにみれとも	26 あつさゆみはるたちぬらしかすかやま　かすみたなひくよめにみれとも	143 あつさゆみはるになるらしかすかやま　かすみたなひくよめにみれとも

	詠柳	1846 霜干　冬柳者　見人之　蘰可 為　目生来鴨	1847 浅緑　染懸有跡　見左右二 春楊者　目生来鴨	1848 山際尓　雪者零管　然為我二 此河楊波　毛延尓家留可聞	1849 山際之　雪者不消有乎　水飯 合　川之副者　目生来鴨	1850 朝旦　吾見柳　鶯之　来居而 應鳴　森尓早奈礼	1851 青柳之　絲乃細紗　春風尓 不乱伊間尓　令視子裳欲得	1852 百礒城　大宮人之　蘰有　垂 柳者　雖見不飽鴨	1853 梅花　取持而見者　吾屋前之 柳乃眉師　所念可聞	詠花
		30 霜かれのなかの柳はみる人も かつらにすへくおもほゆるか も	31 あさみとりそめかけたりとみ るまてに　春のかすみはたち にける哉	32 山もとに雪はふりつゝしかすか に　この河柳もえにけるかな		33 あさな〳〵わかみるやなき鶯 の　きゐてなくへきときには 成ぬ	34 青柳のいとのほそさを春風に みたれる色を見せむともかな		35 梅の花おりもてみれはわか宿 の　柳のまゆもあるれなる哉	花をゑいす
		27 霜かれのなかのやなきはみる ひとも　かつらにすへくおも ほゆるかな	28 あさみとりそめかけたりとみ るまてに　はるのやなきはも えにけるかな	240 やまもとにゆきはふりつゝしか すかに　この河柳もえにける かも		29 あさな〳〵わかみるやなきう くひすの　きゐてなくへき時 にはなりぬ	30 あをやきのいとのほそさをは るかせに　みたれる色にみせ むとそかし		31 さくらはなおりもてみれはわ かやとの　柳のまゆもあはれ なるかな	花をゑいす
144 うくひすのはるになりぬらし 春日山　かすたなひくよめに みれとも		145 しもかれなかのやなきはみる ひとも（ノ）かつらにすへて おもほゆるかも	146 あさみとりそめかけたりとみ るまてに　はるのやなきはも えにけるかな	147 やまもとにゆきはふりつゝしか すかに　このかはやなきもえ にけるかな		（二行分空白）	148 あをやきのいとのほそさをは るかせに　みたれるいろにみ せんとそかし		149 むめのはなをりもてみれはわ かやとの　やなきのまゆもあ はれなるかな	はなをゑいす

萬葉集巻十（一八一二〜二〇九二）		赤人集 陽明文庫本		赤人集 書陵部本		赤人集 西本願寺本	
1854	鶯之　木傳梅乃　移者　櫻花之　時片設奴	36	鶯のこつたふ枝のうつりかは桜の花のときかたつきぬ	32	うくひすかこつたふえたのうつりかは　さくらのはなのときかたへきぬ	150	うくひすのこつたふえたのうつりかは　さくらのはなのときのまつきぬ
1855	櫻花　時者雖不過　見人之　戀盛常　今之将落	37	桜花ときはすきねとみる人のたひをさかりといまやなるらん	33	さくらはなときはすきねと見る人の　こひはさかりといまやなるらむ	151	さくらはなときはすきねとうくひすの　こひせさるねはいまやなくらん
1856	我刺　柳絲乎　吹乱　風尓加　妹之　梅乃散覧	38	わかさせる柳のいとをふきみたる　風にやいもか梅はちるらん	34	わかさせるやなきのいとをふきみたす　かせにやいもかむめはちるらん	152	わかさとるやなきのいとをふきみたる　かせにやいもかむめはちるらん
1857	毎年　梅者開友　空蝉之　世人吾羊蹄　春無有来	39	年ことに梅はなれともうつせみの　よにふれはしもはかなかりけり	35	としことにむめはさけともうつせみの　よにわれはしも春なかりけり	153	としことにむめはちれともうつせみの　よにわれはしもはるなかりけり
1858	打細尓　鳥者雖不喫　縄延　守巻欲寸　梅花鴨	40	うちつけに梅は（とりは）うへねとしめかけて　もらまほしきは梅の花かも	36	うちつけにとはおもへともはしめても　まつみまほしき梅のはつはな	154	うちつけにとはおもへともはしめても　まつみまほしきむめのはなかな
1859	馬並而　高山部乎　白妙丹　令艶色有者　梅花鴨						
1860	花咲而　實者不成登裳　長氣　所念鴨　山振之花	41	花さきてみはならすとてなか空に　おもはるゝかもやまふきの花	241	はなはさきむめはちらねとなかけくに　おもほゆるかな山ふきのはな		
1861	能登河之　水底并尓　光及尓　三笠乃山者　咲来鴨	42	よとかはのうきすゑのよになるまてに　みかさの山は過にけるかも	48	よとかはのみなうきすゑになるまてに　みかさのやまはあせにけるかな		
1862	見雪者　未冬有　然為蟹　春霞立　梅者散乍	43	ときみれはまた冬なからしかすかに　春かすみたち雪はふりつゝ	49	けふみれはまたふゆなるをしかすかに　はるかすみたちゆきはふりつゝ	166	よとかはのみなくきすゑにみるまてに　みかさの山はあせにけるかも
1863	去年咲之　久木今開　徒土　哉将堕　見人名四二	44	こそさきしくさにいまさらいたつらに　つちにやちらんみる人なしに	50	こそさきしはなはいまさらいたつらに　つちにやちらんみる人なしに	167	ときみれはまたふゆなるをしかすかに　はるかすみたちゆきはふりつゝ
						168	こそさきしくさきいまさくいたつらに　つちにやちらんみぬ人なしに

1864	足日木之　山間照　櫻花　是春雨尓　散去鴨	45	あしひきの山のはてらす桜花　この春さへもちりぬへきかも	37	あし曳のやまのはてらすさくらはな　このはるさめに散にけるかな	155	あしひきのやまのはてらすさくらはな　このはるさへにちりにけるかな
1865	打靡　春避来之　山際　最木末乃　咲往見者	46	うちなひき春立ぬらし山もとの　わかゆくさきにさきゆく見は	38	うちつけにはるたちぬらし山もとの　わか木のすゑにさきゆくみれは	156	うちなひはるたちぬらし山もとの　わかよのすゑにさきちるみれは
1866	春雉鳴　高圓邊丹　櫻花　散流歴　見人毛我母	47	春のきしなくたにもとに桜花　さきぬへらなりみる人もかも	41	はるの雉なくたにもとにさくらはな　ちりぬへらなるみる人もかも	159	はるのきしなくたにもとにさくらはな　ちりぬへくなるみる人もかも
1867	阿保山之　佐宿木花者　今日毛鴨　散乱　見人無二	48	かの山の桜木の花とるもかも　ちりみたれなむみる人もかも	39	あのやまのさくら木のはなけふもかも　ちりみたるらんみる人なしに	157	あの山のさくらのはなはけふもかも　ちりみたるらんみる人なしに
1868	川津鳴　吉野河之　瀧上乃　馬酔之花曽　置末勿勤	49	かはつなくよしの、河の滝の上に　あせみの花そさきてあたなる	40	かはつなくよしの、やまのたにのうへに　あさみのはなそさきてあたなる	158	かはつなくよしの、かはのたきのうへに　あさ、のはなそさきてあたなる
1869	春雨尓　相争不勝而　吾屋前之　櫻花者　開始尓家里	50	春雨にあらそひかねてわか宿の　桜の花はさきそめにけり	42	はるさめにあらそひかねてわかやとの　さくらのはなは咲そめにけり	160	はるさめにあそひかねてわかやとの　さくらのはなはさきそめにけり
1870	春雨者　甚勿零　櫻花　未見尓　散巻惜裳	51	はるさめはいたくなふりそ桜花　またみぬ人にちらまくもおし	43	春雨はいたくなふりそむめのはな　またみぬ人にちらまくもおし	161	はるさめはいたくなふりそさくらはな　またみぬひとにちらまくもをし
1871	春去者　散巻惜　梅花　片時者不咲　含而毛欲得	52	春されはちらまくおしき桜花　しはしさかせてほしめてし哉	44	はるさめはちらまくおしきむめのはな　しはしさかむをもおしみてしかも	162	はるさめはちらまくもをしさくら花　しはしさかなんをしみてしかな
1872	見渡者　春日之野邊尓　霞立　開艶者　櫻花鴨	53	見わたせは春日の山に霞たち　ひらくる花はさくらはなかも	47	みわたせはかすかの、へにかすみたち　ひらくるはなはさくらはなかも	165	みわたせはかすかのうへにかすみたち　ひらくるはなはさくらはなかも
1873	何時鴨　此夜乃将明　鶯之　木傳落　梅花将見	54	いつしかもこよひあけなむ鶯の　こつたひちらす梅の花らん	46	いつしかもこよひあけなむうくひすの　こつたひちらすむねのはなみむ	164	いつしかもこよひあけなんうくひすの　こつたひちらすめのはなみむ

	萬葉集巻十（一八一二〜二〇九二）	赤人集　陽明文庫本	赤人集　書陵部本	赤人集　西本願寺本
題	詠月	月を	月詠す	月をゑいす
番号	1874	55	52	170
歌	春霞　田菜引今日之　暮三伏一向夜　不穢照良武　高松之野尓	春霞たなひく野へのゆふつくよ　きよくてるらんたか松のうへに	はるかすみうつろふけふのゆふつくよ　きよくてるらんたかまつのやま	はるかすみたなひくけふのゆふつくよ　きよくてるらんたかまつのやま
番号	1875	56	53	171
歌	春去者　紀之許能暮之　夕月夜　鬱束無裳　山陰尓指天　一云、春去者　木隠多　暮月夜	春されはこかくれほほきゆふつくよ　おほつかなしや花陰にして	はるくれはこかくれおほみゆふつく夜　おほつかなしやはなかけにして	はるされはこかくれおほみゆふつくよ　おほつかなしのはなのかけにて
番号	1876	57	51	169
歌	朝霞　春日之晩者　従木間移歴月乎　何時可将待	あさ霞春ひくれなはこのまより　うつろふ月をいつとかまたん	あさかすみはるひくれなは木のまより　うつろふ月をいつかたのまむ	あさかすみはるひくれなは木のまより　うつろふつきをいつかたのまん
題	詠雨	あめを	あめをゑいす	あめをゑいす
番号	1877	58	54	172
歌	春之雨尓　有来物乎　立隠妹之家道尓　此日晩都	春の雨にありける物を谷かくれ　いもか家ちにこのひくらしつ	はるの雨にありけるものをたちかくれ　いもか家ちにこの日くらしつ	はるのあめにありけるものをたちかくれ　いもかいへちにこのひくらしつ
題	詠河			
番号	1878			
歌	今往而　聞物尓毛我　明日香川　春雨零而　瀧津湍音乎			
題	詠煙			
番号	1879	59	55	173
歌	春日野尓　煙立所見　嫐嬬等四　春野之菟芽子　採而煮良思文	かすか野に煙たつなりやをしかは　春のおほのをすへてやくかも	かすかのにかすみたつめりあをかしは　春のおほきにあめのふるかも	かすかのにけふりたつめりやをかしは　はるのおほきにあめのふるかも
題	野遊	野にあそふ	野に	野にあそふ

1880	1881	1882	1883		1884	1885		1886		1887
春日野之　淺茅之上尓　念共　遊今日　忘目八方	春霞　立春日野乎　徃還　吾者相見　弥年之黄土	春野尓　意将述跡　念共　来之今日者　不晩毛荒粳	百礒城之　大宮人者　暇有也　梅乎挿頭而　此間集有	歎旧	寒過　暖来者　年月者　雖新有　人者舊去	物皆者　新吉　唯　人者舊之　應宜	懽逢	住吉之　里行之鹿歯　春花乃　益希見　君相有香聞	旋頭歌	春日在　三笠乃山尓　月母出奴可母　佐紀山尓　開有櫻之花乃可見
	60	61	62		63	64		65		66
	春かすみたつかすかのをゆきかへり　われもあひみむいやとしのはに	春のゝに心のつむと思ふともこしはるのひは暮すもあらなむ	百敷の大宮人はいとまあれや　梅をかさしてこゝにつとへる	ふるきことをなけく	冬過て春はきぬれとし月はあらたまれとも人はふり行	みな人はあたらしきよにたゝ人は　ふりぬるのみそよろしかりける	あへるをよろこふ	すみよしのさとゆきしかは春のはな　いとまれに見きみにも有かな	かうへをめくらす和哥	かすかなるみかさの山の月いてぬかも　かけ山にさけるさくらのはなもみるへく
		56	57		60			58		59
		はるのゝにこゝろのへむとおもふとち　こしけふの日はくれすもあらなん	もゝしきのおほみや人はいとまあれや　さくらかさしてけふも暮しつ	ふるきことをなけく	冬はすきはるは来ぬれととし月は　あらたまれとも人はふりゆく		あへるをよろこふ	すみよしのさとゆきしかははるはなの　いとまれにみんきみにあへるかも	かうへをめくらす	かすかなるみかさのやまの月もいてぬかも　せきにさけるさくらの花もみるへく
	174	175	176		179			177		178
	はるかすみたつかすかのゆきかへり　われもあひみむ	はるのゝにこゝろのつむとおもふとち　こしけふのひはくれすもあらなん	もゝしきのおほみやひとはいとまあれや　むめをかさしみこゝにつとへる	ふるきことをなけく	ふゆはすきはるはきぬれとし（と）つきは　あらたまれともひとはふりゆく			すみよしのさとゆきしかはゝるはなの　いとまれみむきみにあへるかも	かうへをめくらす	かすかなるみかさのやまのつきもいてぬかも　せきやまにさけるさくら花

萬葉集巻十（一八一二～二〇九二）		赤人集 陽明文庫本	赤人集 書陵部本	赤人集 西本願寺本
1888	白雪之　常敷冬者　過去家良霜　春霞　田菜引野邊之　鶯鳴焉	67 しら雪のふりにしとしはすきにけらしも　春かすみたなひく山の花のかけかもうくひすなくとも		
譬喩哥				
1889	吾屋前之　毛桃之下尓　月夜指　下心吉　菀楯頃者	68 わかやとのこのしたつくよいもかため　うたてこの比春はあひきく	62 わかやとのこのしたつくよいもかため　くもはしろよしうたてこのころ	181 わかやとのこのしたつくよいもかため　うはころうたてこのころ
春相聞			はるをあひきく	はるをあひきく
1890	春山　犬鶯　鳴別　眷益間　思御吾	69 春山にいる鶯のあひわかれかへるますまのおもひするわれ	61 はるやまにゐるうくひすのあひわかれ　かへりますまのおもひするかな	180 はる山にいるうくひすのあひわかれ　かへりますまのおもひするかも
1891	冬隠　春開花　手折以　千遍限　戀渡鴨			
1892	春山　霧惑在　鶯　我益　物念哉			
1893	出見　向岡　本繁　開在花　不成不止			
1894	霞發　春永日　戀暮　夜深去　妹相鴨			
1895	春去　先三枝　幸命在　後相　莫戀吾妹			
1896	春去　為垂柳　十緒　妹心　乗在鴨			

右柿本朝臣人麻呂歌集出	寄鳥	1897 春之在者　伯勞鳥之草具吉　雖不所見　吾者見将遣　君之當乎婆	1898 容鳥之　間無數鳴　春野之　草根乃繁　戀毛為鴨	寄花	1899 春去者　宇乃花具多思　吾越之　妹我垣間者　荒来鴨		1900 梅花　咲散苑尓　吾将去　君之使乎　片待香花光	1901 藤浪　咲春野尓　蔓葛　下夜之繼者　久雲在		1902 春野尓　霞棚引　咲花乃　如是成二手尓　不逢君可母	
						70 わかやとに春さく花のとしことに　おもはすともわれわすれめや	71 梅の花さきちる野へに我ゆかむ　君かつかひはわれてまつらん	72 藤なみのさく野へことにはふくすの　われかよはひは久しくもあり		73 春の野にかすみたなひく桜花かくなるまてにあはぬ君かも	
						63 わかやとにはるさくはなのとしことに　おもひはますとわすれめやわれ	64 むめのはなさきちるのへにわれゆかむ　いもかつかひはわれをまつらむ	65 ふちなみのさくのへことにはふくすの　われかよはひはひさしくもあれ	242 65番歌重載	66 はるのゝにかすみたなひくさくらはな　うちなるまてにあはぬきみ哉	243 66番歌重載（四句「かくなるまてに」）
						182 わかやとのはるさくはなのとしことに　おもひますともわすれめやわれ（ユメ）	183 むめのはなさきちるのへにわれゆかん　いもかつかひはわれてまつらん	184 ふちなみのさくのへことにはふくすの		185 はるのゝにかすみたなひくさくらはな　うちなるまてにあはぬきみかな	

萬葉集巻十（一八一二～二〇九二）		赤人集 陽明文庫本		赤人集 書陵部本		赤人集 西本願寺本	
1903	吾瀬子尓　吾戀良久者　奥山 之　馬酔花之　今盛有	74	わかせこをわかこふらくは春 山の　あせみの花のいまさか りなり	67	わかせこをわかとふらんはお くやまの　あせみのはなのい まさかりなり	186	わかせこをわかこふらくはお くやまの　あせみのはなのい まさかりなり
1904	梅花　四垂柳尓　折雑　花尓 供養者　君尓相可毛	75	梅の花したり柳におりませて 花によそふる君にあふかも	68	むめの花したりやなきにおり ませて　はなにそふるはきみ にあるかも	187	むめのはなしたりやなきにを りませて　はるにそふるはき みにあるかも
1905	姫部思　咲野尓生　白管自 不知事以　所言之吾背	76	おみなへしさく野へにおふるし らつゝし　しらぬ〇（こと）も ていひしわかこと	69	をみなへしさくのへにおふるし らつゝし　しらぬこともていひ しわかこと	188	をみなへしさくのへにおふるし らつゝし　しらぬこともていひ しわかこと
1906	梅花　吾者不令落　青丹吉 平城之人　来管見之根	77	梅の花我はちらさてあふみに て　宮この人のきつゝみしこそ	244	さくら花われはちらさてあを によし　みやこの人のきつゝみ にしそ		
1907	如是有者　何如殖兼　山振乃 止時喪哭　戀良苦念者						
	寄霜		しもによす		しもをよす		しもをよす
1908	春去者　水草之上尓　置霜乃 消乍毛我者　戀度鴨	78	春たては草木のうへにをく霜 の　きえつゝわれは恋やわた 覧	70	春たてはくさきのうへにをく しもの　きえつゝわれはこひや わたらむ	189	はるたてはくさきのうへにお くしもの　きえつゝわれやこひ やわたらん
	寄霞		かすみによす		かすみによす		かすみによす
1909	春霞　山棚引　欝　妹乎相見 後戀毳	79	春霞山にたなひきかくすいも を　あひみて後そ恋しかりけ る	71	はるかすみ山にたなひきかく すいもを　あひみてのちそこ ひしかりける	190	はるかすみやまにたなひきか はすいも、　あひみてのちそこ ひしかりける
1910	春霞　立尓之日従　至今日 吾戀不止　本之繁家波　一云、 片念尓指天	80	春かすみたちにし日よりけふ までも　我こひやます恋のし けきは	72	春かすみたちにし日よりけふ までに　わかこひやます人め しけきに	191	はるかすみたちにしひよりけ ふまてに　わかこひやますひ とのしけきに

	1911 左丹頬経　妹乎念登　霞立　春日毛晩尓　戀度可毛	1912 霊寸春　吾山之於尓　立霞　雖立雖座　君之随意		1913 見渡者　春日之野邊　立霞　見巻之欲　君之容儀香	1914 戀乍毛　今日者暮都　霞立　明日之春日乎　如何将晩	寄雨		1915 吾背子尓　戀而為便莫　春雨之　零別不知　出而来可聞		1916 今更　君者伊不往　春雨之　情乎人之　不知有名國
81 あをつゝらいもをたつぬとかす〇（み）たる　春の日くらしこひわたるかも		82 あやしきはわか宿のうゑにたつ霞　たてれゐよとも君か心に		83 見わたせはかすみの山にたつ霞　みまくのほしき君にも有かな	84 こひつゝも今日はくらしつかすみたつ　あすの春ひをいかてくらさむ	雨によす		85 わかせこにこひてすへなみ春雨の　ふるわさしらすいてゝくるかも	86 いまさらに君はよにこし春雨の　もゆるはるひと成にし物を	87 いまさらにきみはよにこし春雨の　心をひとのしらさらなくに
73 あをつゝらいもをたえぬとはるの日に　かすみたちまちけふくらしつゝ	74 たにこえやいもとおもふとかすみたち　春の日くれにこひわたるかも	75 みわたせはかすかのゝへにたつかすみ　たてれゐれとも君かこゝろに	245 75番歌重載（初二句「あやしきはわかやとのうへに」）		76 こひつゝもけふはくらしつかすみたつ　あすのはるひをいかてくらさむ	雨によす		77 わかせこにこひてすへなきはるさめに　ふるわさしらすいてゝくるかも		80 いまさらにきみはよもこしはるさめの　こゝろを人にしらさらなくに
192 あをつらいもをたつぬとはるのひの　かすみたちもちこひくらしつゝ		194 あやしきはわかやとにのみたつかすみ　たてれゐれとも君かこゝろに		193 みわたせはかすかのゝへにたつかすみ　ゝまくのほしききみかあたりを	195 こひつゝもけふはくらしつかすみつゝ　あすのはる日をいかてくらさん	あめによす	このうたは人丸集にあり	196 わかせこにかひてすへなきはるさめの　ふるわきしらすいてゝくるかも		199 いまさらにきみはよにこしはるさめの　こゝろを人のしらさらなくに

萬葉集巻十（一八一二〜二〇九二）		赤人集 陽明文庫本		赤人集 書陵部本		赤人集 西本願寺本	
1917	春雨尓　衣甚　将通哉　七日四零者　七日不来哉	88	春雨のこゝろも君はしりぬらん　なぬかしふらはなゝよこしとや	81	春雨のこゝろもひとはしれるらむ　なぬかしふらはなゝ夜こしとや	200	はるさめにこゝろも人もかよはんや　なぬかしふらはなゝよこしとや
1918	梅花　令散春雨　多零　客尓也君之　廬入西留良武	89	梅の花ちらす春雨おほくふる　たひにや君かいほゐせる覧	82	むめのはなちらすはるさめおほくふる　たひにやいもか家ゐせるらん	201	むめのはなちらすはるさめおほくふる　たひにやきみかいほゐせるらん
	寄草						
1919	國栖等之　春菜将採　司馬乃野之　數君麻　思比日	90	くにすらかわかなつまむとしめしのに　あまのよ三日まきる比をひ	83	くにすらかわかなつまんとしめしのに　あまのきみかよきりこゝろひ	202	くにすらかわかなつまむとしめしのに　あまのきみかよきりころほひ
1920	春草之　繁吾戀　大海　方徃浪之　千重積	91	春たてはしけきわか恋わたつうみの　たつしら波のちえそまされる	78	はるたてはしけしわかこひわたつうみの　たつしら波にちへそまされる	197	はるたてはしけしわかこひわたつみの　たつしらなみにとへそまされる
1921	不明　公乎相見而　菅根乃長春日乎　孤悲渡鴨	92	おほつかな君にあひみてすかのねの　なかき春日をこひやわた覧	79	おほつかなきみにあひみてすかのねの　なかきはるひをこひわたるかも	198	おほつかなきみにあひみぬすかのねの　なかきはるをわひわたるかも
	寄松		松によす		まつによす		まつによす
1922	梅花　咲而落去者　吾妹乎将来香不来香跡　吾待乃木曽	93	梅の花さきてちりなはわかいもを　とくかもこむとわかまつの木そ	86	むめのはなさきてちるにはわかいもを　とくかもこむとわかまつの木に	205	むめのはなさきてちりなはわかいもを　とくみにこむとわかまつのきそ
	寄雲		くもによす		くもによす		くもによす
1923	白檀弓　今春山尓　去雲之逝哉将別　戀敷物乎	94	しらまゆみいまはるのへにゆく雲の　ゆきやわかれむ恋しきものを	84	しらまゆみいまはるのゝにゆく雲の　ゆきやわかれんこひしきものを	203	しらまゆみいまはるのゝにゆくゝもの　ゆきやわかれんこひしきものを

贈蘰		かつらをゝくる	かつらをおくる
1924 大夫之　伏居嘆而　造有　四垂柳之　蘰為吾妹	95 ますらおゝふしねなけにてさかりなる　したり柳のかつらせよいも	85 ますらをゝふしみなけきてつくりたる　したり柳のかつらせよいも	204 ますらをかふしゐなけきてつくりたる　したりやなきかゝつらせよいも
悲別	別をかなしむ	わかれをかなしふ	わかれをかなしむ
1925 朝戸出乃　君之儀乎　曲不見而　長春日乎　戀八九良三	96 あさとあけて君かすかたをよくみにて　なかき春ひを恋やわたらん	87 あさといてきみかすかたをよくみすは　なかきはる日をこひやわたらん	206 あさとあけてきみかすかたをよくみすは　なかきはるひをこひやわたらん
問答	とひこたふ	とひうたふ	こひこたふ
1926 春山之　馬酔花之　不悪　公尓波思恵也　所因友好	97 春山のあせみのはなのにくからぬ　君にはしめやよかれはこひし	88 はるやまのあせみのはなのにくからぬ　きみにはしめやよかれはこひし	207 はるやまのあせみのはなにくからぬ　きみにはしめよゝかれはこひし
1927 石上　振乃神杉　神備西　吾八更々　戀尓相尓家留	98 いその神ふるのやしろのすきにしを　われやさら〳〵こひにあへるも	89 いそのかみふるのやしろのすきにしを　わかさら〳〵にこひにあひにける	208 いそのかみふるのやしろのすきにしを　われらさら〳〵こひにあひにけり
右一首不有春歌而猶以和故載於茲　次	この人の哥はかへしあらすとてかへせりかゝれはこのついてに入たるなり	このうたかへしあらすとてかへせりかゝれはこのつゐてにいれたるなり	このひとうたかへしあらすとてかへせりかゝれはこのついてにいりたるなり
1928 狭野方波　實尓雖不成　花耳開而所見社　戀之名草尓	99 さのかたはみにならすとも花にのみ　さきてなみせそこひなくさを	90 さのかたはみにならすともはなにのみ　咲てなみせそこひのくさかも	209 さのかたはみにならすともはなにのみ　さきてなみえそこひのさくらを
1929 狭野方波　實尓成西乎　今更春雨零而　花将咲八方	100 さのかたはみになりにしをいまさらに　春雨ふりて花さかむよは	91 さのかたはみになりにしにいまさらに　はるさめふりて花さかむやは	210 さのかたはみになりにしをいまさらに　はるさめふりてはなさかんやは
1930 梓弓　引津邊有　莫告藻之花咲及二　不會君毳	101 あつさゆみひゝきつゝきやる夏草の　花さくまてもあはぬ君かな	92 あつさゆみひきつへきよやなつくさの　はなさくまてにあはぬきみ哉	211 あつさゆみひきつへきやあるなつくさの　はなさかぬまてあはぬきみかな

萬葉集巻十（一八一二～二〇九二）	赤人集 陽明文庫本	赤人集 書陵部本	赤人集 西本願寺本
1931 川上之　伊都藻之花乃　何時々々　来座吾背子　時自異目八方	102 河かみのい○（つ）もの花のいつも〳〵　きませわかせによりみえすやは	93 みなかみのいつものうらのいつも〳〵　きませわかせこたえすまつはた	212 かはかみのいつものはないつも〳〵　きませわかせこたえすまつはた
1932 春雨之　不止零々　吾戀人之目尚矣　不令相見	103 春雨のやますふりてはわかこふる　人のめにひさあはぬこころかな	94 はるさめや、ますふりおちてわかこふる　わかいもひさにあはぬころかな	213 はるさめのやますふりおちてわかこふる　わかいもひさにあはぬころかな
1933 吾妹子尓　戀乍居者　春雨之彼毛知如　不止零乍	104 わかせこを恋つゝをれは春雨のたれもるとてかやますふりつゝ	95 わかいもをこひつゝおれははるさめの　たれもるとてかやますふりつゝ	214 わきもこをこひつゝをれは、るさめの　たれもるとてかやますふりつゝ
1934 相不念　妹哉本名　菅根乃長春日乎　念晩牟	105 あひおもはぬ人もやつねにすかねの　なかき春日を恋しくらさん	97 あひおもはぬ人をやつねにすかのねの　なかきはる日をこひやくらさん	216 あひおもはぬひとをやつねにすかのねの　なかきはるひをこひやくらさん
		246 97番重載（二句「人をやねたく」、結句「こひしくらさん」）	
1935 春去者　先鳴鳥乃　鶯之　事先立之　君乎之将待	106 春たてはまつなく鳥の山とりの　まつなく鳥の君をしまたむ	96 春くれはまつなくとりのこゑのこと　まつさきたちし君をしまたる	215 はるくれはまつなくをりのうくひすの　ことさきたちしはなをしまたん
1936 相不念　将有兒故　玉緒　長春日乎　念晩久	107 あひおもはすあらむかゆへにたまのおの　なかき春日をなかめくらしつ	98 あひおもはすあらんかゆへにたまのをの　なかきはるひをなけき暮しつ	217 あひおもはすあらんかゆへにたまのをの　なかきはるひなけきくらしつ
譬喩歌　※元暦校本代緒書入、廣瀬本、紀州本にあり。	たとへ哥	たとひうた	たとひうた
	108 春かすみたなひくのへに我ひける　つはまおつなたえんと思な	99 はるかすみたなひく野辺にわかひける　つなはまをつなたえむと思ふに	218 はるかすみたなひくのへにわかひける　つなはまをたえむなとおもふな

	1937		1938		1939	1940	1941	1942	1943
夏雑歌 詠鳥	大夫之 出立向 故郷之 神名備山尓 明来者 柘之左枝尓 暮去者 小松之若末尓 里人之 聞戀麻田 山彦乃 答響萬田 霍公鳥 都麻戀為良思 左夜中尓鳴	反歌	客尓為而 妻戀為良思 霍公鳥 神名備山尓 左夜深而鳴	右古歌集中出	霍公鳥 汝始音者 於吾欲得 五月之珠尓 交而将貫	朝霞 棚引野邊 足檜木乃 山霍公鳥 何時来将鳴	旦霧 八重山越而 喚孤鳥 吟八汝来 屋戸母不有九二	霍公鳥 鳴音聞哉 宇能花乃 開落岳尓 田草引嫭嬬	月夜吉 鳴霍公鳥 欲見 吾草取有 見人毛欲得
	109		110		111	112	113		114
なつのさうの哥ともゑいす	ますらおの いてたちむかふ しの、めの 神なひやまに あけたては くはのさひたに ゆふされは かちしのすゑに きすゑつまん うひすし さよなかになく	返哥	旅に出てまつこひすらし時鳥 神なひ山にさ夜中に鳴	これはふる哥の中にいてたり	時鳥なくはつ声はわれにかもさ月のたまにまさてぬきてん	あさ霧のたなひくやへのあしひきの 山時鳥いつまて鳴そ	あしひきのやへ山こえてよふこ鳥 な、やなかくるやとならなくに		月よ、しなく時鳥みむと思わか里もやるみる人もかな
	100		101		102	103	104		109
夏雑歌ともをゑいす	ますらをの いてたちむかふ しめのをに 神なひ山に あけたては くは野さひたに ゆふされは こちしのすゑに きすへまうひ えしさまなかるなに	反歌	たひにいて、つまこひすらし郭公 神なひ山にさよふけてなく	これはふる歌の中にいれたり	ほと、きすなくはつこゑはわれきかむ さ月のたまにまきてぬきてむ	あさきりのたなひくのへにあし曳の やまほと、きすいつきてかなく	あし曳のやへ山こえてよふことり なくやなか、るやとならなくに		月きよみなくほと、きすみんとおもふ わかさともやあるみむ人もかな
	219		220		221	222	223		229
なつのうたともをゑいす	ますらをのそてたちむかひしめしの、 かみなひ山にかへりかた〱		たひにしてつまこひすらしほと、きす かひなひやまにさよふけてなく	これはふるうたの中にいてたり	ほと、きすなくはつこゑはわれきかん こさつきののやまさやぬきいてん	あさきりのたなひくのへのあしひきの やまほと、きすいつきてなくそ	あしひきのやま（へ）やまこえてよふことり なくやなかくるやとなことに（本）		つきよ、みなくほと、きすみむとおもふ わかさとをやみむひともかな

萬葉集巻十（一八一二～二〇九二）／赤人集

萬葉集巻十（一八一二～二〇九二）	赤人集 陽明文庫本	赤人集 書陵部本	赤人集 西本願寺本
1944 藤波之 散巻惜 霍公鳥 今城岳叫 鳴而越奈利	115 藤なみのちらまくをしき時鳥 いまきのおかを鳴て過らん	105 藤なみのちらまくおしきほとゝきす いまきのをかになきて行らむ	224 ふちなみのちらまくをしきほとゝきす いたきのをかはなきてこゆらん
1945 旦霧 八重山越而 霍公鳥 宇能花邊柄 鳴越来	116 朝霧のやへ山こえてほとゝきす 卯花へからなきて行なり	106 あさきりのやへ山こえてほとゝきす うのはなかくれなきこえてなり	225 あさきりのやへやまこえてほとゝきす うのはなかくれなきこえくなり
1946 木高者 曽木不殖 霍公鳥 来鳴令響而 戀令益	117 あさ霧の八重山こえて時鳥 きなきとよます恋まさるらん	107 木かくれていもかかきねにほとゝきす 鳴ひゝかしてこゑやまさらん	226 こかくれていまこからきほとゝきす なきひゝかしてこゑまさるらん
1947 難相 君尓逢有夜 霍公鳥 他時従者 今社鳴目	118 あひかたき君にあへるよほとゝきす ことゝきよりもいまこそなかめ	108 あひかたきゝみにあへるときほとゝきす いつこをいゑとなきわたるらむ	227 あひかたきゝみにあへるときほとゝきす ことゝきよりはいまこそなかめ
1948 木晩之 暮闇有尓 一云、有者 霍公鳥 何處乎家登 鳴渡良武	119 こかくれてゆふくれなるに時鳥 いつくをいつとなきわたるらん	—	228 こかくれてゆふくなるをほとゝきす いつこをいへとなきわたるらん
1949 霍公鳥 今朝之旦明尓 鳴都流波 君将聞可 朝宿疑将寐	121 ほとゝきすけさのあさけになきつるを 君はたきかていやはねつらん	110 ほとゝきすけさのあさきりなきつるを きみはたきかすいやはねつらん	230 ほとゝきすけさのあさきりなきつるを きみはえきかすいやはねつらん
1950 霍公鳥 花橘之 枝尓居而 鳴響者 花波散乍	120 郭公花たちはなの枝にゐてなきしひらけは花はちりつゝ	111 ほとゝきすはなたちはなの枝にゐて 鳴しひゝけははなはちりつゝ	231 ほとゝきすはなたちはなのえたにゐて なきしひゝけは花ちりつゝ
1951 慨哉 四去霍公鳥 今社者 音之干蟹 来喧響目	122 おもふやよさるほとゝきすいまこそは 声のはるかになきわたるらめ	—	—
1952 今夜乃 於保束無荷 霍公鳥 喧奈流聲之 音乃遥左	123 よゐのまはおほつかなきかほとゝきす なくなる声のおとのはるけき	113 よひのまはおほつかなきをほとゝきす 鳴なるこゑのをとのさやけさ	233 よひのまにおほつかなきをほとゝきす なくなるほとのおとのはるけさ

1953	1954	1955	1956	1957	1958	1959	1960	1961	1962	1963
五月山 宇能花月夜 霍公鳥 雖聞不飽 又鳴鴨	霍公鳥 来居裳鳴香 吾屋前乃 花橘乃 地二落六見牟	霍公鳥 厭時無 菖蒲 蘰将為日 従此鳴度礼	山跡庭 啼而香将来 霍公鳥 汝鳴毎 無人所念	宇能花乃 散巻惜 霍公鳥 野出山入 来鳴令動	橘之 林乎殖 霍公鳥 常尓冬及 住度金	雨𣋠之 雲尓副而 霍公鳥 指春日而 従此鳴度	物念登 不宿旦開尓 霍公鳥 鳴而左度 為便無左右二	吾衣 於君令服与登 霍公鳥 吾乎領 袖尓来居管	本人 霍公鳥乎八 希将見 今哉汝来 戀乍居者	如是許 雨之零尓 霍公鳥 宇乃花山尓 猶香将鳴
124		125	126	127	128	129	130		131	132
さ月山卯花かくれほと、きす なけともあかす又もなかなん		時鳥いとふときなくあやめ草 かさらむひよりこ、になかなん	やまとにはなくて聞らん時鳥 なかなくことになに人おもほゆ	卯花のちらまくほしき時鳥 のにて山にていれよなきこす	たち花のはやしとそ思時鳥 つねにすみたるかもなし	あまはれの雲まにたくひ時鳥 かすかをさしていまなきわたる	物おもふといねぬあさけの時鳥　我ころもてにきたりをりつ、		かむへひと時鳥をやまれにみむ　いまやなかきくこひつ、おれは	かくはかり雨のみふるをほと、きす　此花山になをやなく覧
112		247	115	114	118	119	116		117	120
五月やまうのはなつくよほと、きす　なけともあかす又もなかなむ		ほと、きすいとふときなくあやめくさ　かさ、む日よりこ、になかなん	やまさとになきてきつらんほと、きす　なかなくことのなきもおもほゆ	うのはなのさくまておしきほと、きす　野にいて山にいておれよなきす	たちはなのはやしをうへむほと、きす　つねに冬まてすみわたるへく	あまはれの雲間にたくふほと、きす　かすかをさしていまなきわたる	ものおもふとねさるあさけのほと、きす　わかころもてになきをりつ、		こんつひとほと、きすをやまれにみん　いまやなつきてこひつ、おれは	かくはかりあめのふるをやほと、きす　うのはなやまになをやなくらん
232			235	234	238	239	236		237	240
さつき山うのはなつくよほと、きす　なけともあかすまたもなかなん			やまとにはなきてきつらんほと、きす　なか〳〵ことのなきもおもほゆ	うのはなのさくまてをしきほと、きす　のにてやまにてをれよきけす（本）	たちはなのはやしをうゑむほと、きす　つねふゆまてすみわたるかな	あまはれのこむまにたくひほと、きす　こすかをさしていまなきわたる	ものおもふとねさるあさけにほと、きす　わかころもてになきをりつ、		こむ　ひとほと、きすをやまれにみむ　いまやなへてにこひつ、をるは	かくはかりあめのふるをやほと、きす　うのはなやみになほやなくらん

萬葉集巻十（一八一二〜二〇九二）	赤人集 陽明文庫本	赤人集 書陵部本	赤人集 西本願寺本
詠蝉	せみを	せみをゑいす	せみをゑいす
1964 黙然毛将有　時母鳴奈武　日晩乃　物念時尓　鳴管本名	133 たゝならん折になかなんうつせみの　物思ふおりに鳴つゝはふる	121 たたならんおりになかなむうつせみの　もの思ふおりになきつゝはをる	241 たゝならんをりになかなんうつせみの　ものおもふときになきつゝはをる
詠榛	はしはみを	はしはみをゑいす	はしはみをゑいす
1965 思子之　衣将揩尓　尓保比与嶋之榛原　秋不立友	134 おもふ覧心も空ににほひぬとしまのはしはみあきたゝねとも	122 おもふらんこゝろもすらににほひぬと　しまのはしはみ秋たゝねとも	242 おもはくのこゝろもあきにゝほひぬと　ときのはしはみあきたゝねとも
詠花		詠花	
1966 風散　花橘叩　袖受而　為君御跡　思鶴鴨	135 風にちるはなたち花を袖にうけて　君かためにとおもひぬる哉	123 かせにちるはなたちはなをてにうけて　きみかみためとおもひけるかな	243 かせにちるはなたちはなをてにうけて　きみかためとおもひつるかな
1967 香細寸　花橘乎　玉貫　将送妹者　三礼而毛有香	136 かうはしき花たちはなをはなにぬひて　おちこむいもをいつとかまたん	124 かくはしきはなたち花をはなにぬひ　おちこんいもをいつとかたのむ	244 かくはしきはなたちはなを花にぬひ　おちこんいもをいつとかまたん
1968 霍公鳥　来鳴響　橘之　花散庭乎　将見人八孰	137 郭公なきてひゝかす橘の　花ちる山にすむ人やたれ	125 ほとゝきすなきてひゝかはたちはなの　はなちるやとにくる人やたれ	245 ほとゝきすなきてひゝかはたちはなの　はなちるやとにくる人やたれ
1969 吾屋前之　花橘者　落尓家里悔時尓　相在君鴨	138 我やとの花たちはなはちりにけり　くやしきことにあえる君かも	126 わかやとのはなたちはなはちりにけり　くやしきことにあへる君かも	246 わかやとのはなたちはなはちりにけり　くやしきことにあへるきみかも
1970 見渡者　向野邊乃　石竹之落巻惜毛　雨莫零行年			
1971 雨間開而　國見毛将為乎　故郷之　花橘者　散家武可聞	139 秋過てかけにもせむをふるさとの　花橘もちりにけるかも	251 秋すきて陰にもせむをふるさとの　はなたち花もちりにけるかも	

1972	野邊見者 瞿麦之花 咲家里 吾待秋者 近就良思母	140 野へみれはなてしこの花ちりにけり わかまつ秋はちかつきぬらし	127 のへみれはなてしこの花ちりにけり わかまつあきはちかつきにけり	247 のへみれはなてしこのはなちりにけり わかまつ秋はちかつきにけり
1973	吾妹子尓 相市乃花波 落不過 今咲有如 有与奴香聞	141 わきもこかあふちの花はちり過て いもさけることありとかきく	128 わきもこかあふちのはなは散にけり いもはきけるかことありとかきく	248 わきもこにあふちのはなはちりにけり きていもさけることありとかきく（本）
1974	春日野之 藤者散去而 何物鴨 御狩人之 折而将挿頭	142 かすか野ゝ藤はちりにきなにをかも みかりの人のおりてかさゝむ	129 かすかのゝふちはちりにきなにをかも みかりの人のおりてかさゝむ	249 かすかのゝふちはちりにきなにをかも みかりのひとのをりてかさゝむ
1975	不時 玉乎曽連有 宇能花乃 五月乎待者 可久有	143 ときならてたまをそぬけるこの花の あか月またはちりはてぬへし	130 ときならてたまをそぬけるうのはなの あかつきはまたちりはてぬへし	250 ときならてたまをそぬけるうのはなの あかつきはまたひさしかるへし
	問答	とひこたふ	とひうた	
1976	宇能花乃 咲落岳従 霍公鳥 鳴而沙度 公者聞津八	144 卯花のさけるかきほに時鳥 なきてさわたる人はきゝつや	131 うのはなのさけるかきねはほとゝきす なきてそわたる人はきゝつや	251 うのはなのさけるかきほにほとゝきす なきてさめたる人はきゝつや
1977	聞津八跡 君之問世流 霍公鳥 小竹野尓所沾而 従此鳴綿類	145 きゝつやと君かとはするほとゝきす ころもぬれつゝいま鳴わたる	132 きゝつやときみにとひつるほとゝきす ぬれつゝいまそなきわたるなる	252 きゝつやと、かとひつるをほとゝきす さらになれつゝいまなきわたる
	譬喩歌	とひ哥	たとひうた	たひうた
1978	橘 花落里尓 通名者 山霍公鳥 将令響鴨	146 橘の花ちる里にかよひなは 山ほとゝきすひゝかさむかも	137 たちはなのはなちるさとのかよひなは 山ほとゝきすひゝかさらむか	257 たちはなのはなちるさとにかよひなは 山ほとゝきすひゝかさらむかも
	夏相聞	なつあひきくとりによす	なつあひきくとりによす	
	寄鳥			

萬葉集巻十（一八一二～二〇九二）	赤人集 陽明文庫本	赤人集 書陵部本	赤人集 西本願寺本
1979 春之在者　酢軽成野之　霍公鳥　保等穂跡妹尓　不相来尓家里	147 夏なれははらになく夜のほとゝきす　ほと〳〵いもにあはてきにけり	138 なつなれはすこくなくなりほとゝきす　ほと〳〵いもにあはてきにける	258 なつなれはすこくなくなるほとゝきす　ほと〳〵いもにあはてきにける
1980 五月山　花橘尓　霍公鳥　隠合時尓　逢有公鴨	148 さ月やみ花たちはなに時鳥かけろふときにあへる君かも	139 五月やみはなたちはなにほとゝきす　かつそふ時にあへるきみかも	259 さつきやみはなたちはなにほとゝきす　かけそふときにあつるきみかも
1981 霍公鳥　来鳴五月之　短夜毛　獨宿者　明不得毛	149 ほとゝきすなくやさ月のみしか夜も　ひとりしぬれはあかしかねつも	140 ほとゝきすなくやさつきのみしか夜も　ひとりしぬれはあかしかねつも	260 ほとゝきすなくやさつきのみしかよも　ひとりしぬれはあかしかねつも
			このうた人丸集にあり
寄蟬	せみによす	せみによす	せみによす
1982 日倉足者　時常雖鳴　於戀手弱女我者　不定哭	150 ひくらしはとことはになけ君こひて　たをやめりしをさ○(な)ほたまこす	141 ひくらしはとこはになけと君こひて　たをやめりしを花はたまらす	261 ひくらしはときになけとも君こひて　たをふりしをはなほまたこす
寄草	草によす	くさによす	さくらによす
1983 人言者　夏野乃草之　繁友妹与吾師　携宿者	151 ひとことはなつの、草のしけくとも　君とわれとはたつさはりなは	133 ひとことはなつの、くさはしけくとも　いもとわれとしたつさはりなは	253 ひとことはなつの、くさにしけくとも　いもとわれとしたつさはりなは
1984 廼者之　戀乃繁久　夏草乃苅掃友　生布如	152 この比はこひしけらくの夏草の　かりはらへともおひしけりつゝ	134 此ころのこひのしけらむ夏くさの　かりはらへともおひしけること	254 このころのこひのしけらくなつくさの　かりはらへともおもひけること
1985 真田葛延　夏野之繁　如是戀者　信吾命　常有目八面	153 たくひあらはふなつのしけみかゝり火は　ほとわかいのちつねならめやは	135 たくひあらはふなつのしけみかくこひは　ほとわかいのちつねならめやは	255 たくひあらはふなつのしけみうちはらひ　ひとわかいのちつねならめやは

1986 吾耳哉 如是戀為良武 垣津旗 丹頬合妹者 如何将有	154 われのみやかくこひすらんかきつかた つことふいもはいかゝ有覧	136 われのみやかくこひすらんかきつはた いつくといふいもはいかゝあるらん	256 われのみやかくこひすらんうきつはる つらとふいもはいかゝあるらん
寄花	はなによす	花によす	はなによす
1987 片搓尓 絲叫曽吾搓 吾背兒之 花橘乎 将貫跡母日手	155 かたよりにいとを〇（こそ）よれわかせこか 花たちはなをぬかむと思て	142 かたよりにいとをこそよれわかせこか はなたち花をぬかんとおもひて	262 かたよりにいとをこそよれわかせこか 花たちはなをよかんとおもひて
1988 鶯之 往来垣根乃 宇能花之 厭事有哉 君之不来座	156 ほとゝきすかよふ垣ねのうの花の う（う）きことあれや君かきまさぬ	143 ほとゝきすかよふかきねのうのはなの うきことあれや君かきまさぬ	263 ほとゝきすかよふかきねのうのはなの うきこと（あ）りやきみかまさぬ
1989 宇能花之 開登波無二 有人尓 戀也将渡 獨念尓指天	157 卯花のさくとはなしにあた人を 恋やわたらんかたおもひにて	144 卯花のさくとはなしにあた人の こひやわたらんかたおもひにして	264 うのはなのさくとはなしにあた人を こひわたるらんかたおもひにして
1990 吾社葉 憎毛有目 吾屋前之 花橘乎 見尓波不来鳥屋	158 われこそはにくゝもあらめ我やとの 花橘をみにもこしとや	145 われこそはにくゝもあらめわかやとの はなたち花をみにはこしとや	265 われこそはきくゝもあらめわかやとの はなたちはなをみにはこしとや
	人丸か集にいれり		このうた人丸集にあり
1991 霍公鳥 来鳴動 岡邊有 藤浪見者 君者不来登夜			
1992 隠耳 戀者苦 瞿麦之 花尓開出与 朝旦将見	159 ひとしれすこふれはくるしなてしこの 花にさきてよあさな〳〵に	146 ひとしれすこふれはくるしなてしこの 花さきいてよあさな〳〵みん	266 ひとしれすこふれはくるしなてしこの はなにさきてよあさな〳〵みん
1993 外耳 見筒戀牟 紅乃 末採花之 色不出友			
寄露	つゆによす		
1994 夏草乃 露別衣 不著尓 我衣手乃 干時毛名寸	160 夏草の露わけ衣きぬ物を わかころもてのかはくよもなき	147 なつ草のつゆわけころもまたきぬに わかころもてのひるよしもなき	267 なつくさのつゆわけころもまたきぬに わかころもてに（八）ひるよしもなし

	寄日	1995				1996	1997	1998	1999	2000
萬葉集巻十（一八一二～二〇九二）	寄日	1995 六月之　地副割而　照日尓毛 吾袖将乾哉　於君不相四手		秋雑歌	七夕	1996 天漢　水左閇而照　舟竟　舟 人　妹等所見寸哉	1997 久方之　天漢原丹　奴延鳥之 裏歎座都　乏諸手丹	1998 吾戀　嬬者知遠　徃船乃　過 而應来哉　事毛告火	1999 朱羅引　色妙子　數見者　人 妻故　吾可戀奴	2000 天漢　安渡丹　船浮而　秋立 待等　妹告与具
赤人集 **陽明文庫本**				あきのさう		161 あまのかはみなそこまてにて らす舟　つひにふな人いもと みしあや	162 ひさかたのあまのかはらにゐ る鳥の　うらひれおりて心く るしきまて	163 わかこふるいもははるかに行 舟の　わきてくへしやことつ けなみに	164 おほ空にたなひく雨のかすみ は　人つまゆゑにわれわひぬ べし	165 あまの河やすのかはらに舟を うけて　秋たち待といもにつ けよとて
赤人集 **書陵部本**				秋雑歌		148 あまのかはみなそこまてにて らす舟　つゐにふな人いもと みえすや	149 ひさかたのあまのかはらにぬ るとりの　うらひれをりつく るしきまてに	150 わかこふるいもははるかにゆ くふねの　すきてくへしやこ ともつてなみ	151 おほそらにたなひくあめのか すみれは　人のつまゆへわれ にあひぬへし	152 あまのかはやすのかはらにふ ねうけて　秋をまつとはいも つけよとて
赤人集 **西本願寺本**	日によす	268 みなつきのつちさへさけててる 日にも　わかそてひめやいも にあはすして	このうた人丸集にあり	あきのさふのうた		269 あまのかはみなそこまてにて らすふね　つひにふなひとい もとみえすや	270 ひさかたのあまのかはらにぬ るとりの　うらひをりつくる しきまてに	271 わかこふるいもは、るかにゆく ふねの　すきてくへしや、とも つけなん	272 おほそらにたなひくあやめか すみれは　ひとのつまゆゑい もにあひぬへし	273 あまのかはやすのかはらにふ ねうけて　秋にまつとはいも につけよとて

2001	2002	2003	2004	2005	2006	2007	2008	2009		2010
従蒼天　往来吾等須良　汝故天漢道　名積而叙来	八千戈　神自御世　乏孋　人知尓来　告思者	吾等戀　丹穂面　今夕母可天漢原　石枕巻	己孋　乏子等者　竟津　荒礒巻而寐　君待難	天地等　別之時従　自孋　然叙干而在　金待吾者	孫星　嘆須孋　事谷毛　告尓叙来鶴　見者苦弥	久方　天印等　水無川　隔而置之　神世之恨	黒玉　宵霧隠　遠鞆　妹傳速告与	汝戀　妹命者　飽足尓　袖振所見都　及雲隠		夕星毛　往来天道　及何時鹿仰而将待　月人壮
166	167		168	169	170		171	172		173
そらよりもかよふわれさえなれゆへに　あまの河みちなつみてそきつる	やちほこの神の御代よりいも、なき　人をしらせにきたりつけしは		おのかいもなしとはき、つわれいてこ　待てねよ君まつにとめたし	あめつちとわけし時よりわかいもに　そひてしあれはかねて待我	ひこほしのうらむるいもかことたにも　つけにそきつるわれはくるしみ		久堅のよるひるこもりきつれとも　いもかこと我ははやくつたへよ	なからふるいもかすかたはあくまてに　袖ふりみすてくもかくるまて		ゆふこむかかよふそらまていくときか　あふきてまたむ月ひとおとこ
153	154	155	156	157	248		159	158	249	160
そらよりもかよふわれすらなれゆへに　あまのかはみちなつみてそくる	やちほしの神のみよ、りいも、なき　人としらせにきたりつけしも	わかこひにほにあけてみむこよひ我　あまのつはしの今はうしまと	をのかいもなしとはき、つてにまきて　またき、てねよきみまさにとなし	あめつちとわけしときよりわかいもに　そひてしあれはかねをまつかな	ひこほしかうらむるいもかことたにも　つけにそきつるけふはくるしも		むはたまのよるくもくもりくらくとも　いもかことをははやくつけてよ	なからふるいもかすかたはあくまてに　そてふりみえつくもか、るまて	(四結句「袖ふりはへてくもかくるまて」)158番重載	ゆふつくよかよふそらまていつとてか　あふきてまたむ月人おとこ
274	275	276	277	278			280	279		281
そらよりもかよふわれすらたれゆゑに　あまのかはみちなけきてそくる	やちをしのかみのみよ、りいも、なき　ひと、しらせしきたりつけ、ん	わかこひにほひあひてみむはこよひわか　あまのつはしのいはかしまつと(本)	おのかいもなしとはき、つてにまきて　またきてねよきみさまにとかなし(本)	あめつちとわけしときよとわかいもと　そひてあれはかねてまつわれ(本)			むまたまのよるひるくもりくらくとも　いもかことは、やくつけてよ	なからふるいもかすかたはあくまてに　そてふりみえつくもかくるまて		ゆふつ、もかよふそらまていつときか　あふきてまたむ月人をとこ

萬葉集巻十（二〇一一～二〇九二）	赤人集 陽明文庫本	赤人集 書陵部本	赤人集 西本願寺本
2011 天漢 已向立而 戀等尓 事 谷将告 孋言及者			
2012 水良玉 五百都集乎 解毛不 見 吾者年可太奴 相日待尓			
2013 天漢 水陰草 金風 靡見者 時来々	174 あまの河水くもりくる明風に なひくをみれは秋はきにけり	161 あまのかは水くもりくさのふ くかせに なひくとみれはあ きは来にけり	282 あまのかはみつくもりくさふ くかせに なひくとみれは秋 はきにけり
2014 吾等待之 白芽子開奴 今谷 毛 尓寳比尓往奈 越方人迩	175 わかまちし秋は（はき）けさ きぬいまたにも にほひてゆ かむならしかた身に	162 わかまちしあきはき咲ぬいま たにも にほひにゆかむなら しかてらに	283 わかまちし秋はきさきぬいま たにも にほひにゆかんなら しかたみに
2015 吾世子尓 裏戀居者 天漢 夜船滂動 梶音所聞	176 わかせこにうらひれおれはあ まの河 舟こきわたすかちお ときこゆ	163 わかせこにうらひれをれはあ まのかは 舟こきわたすをと きこゆなり	284 わ（か）せこにうらひれをれ はあまのかは ふねこきいた すかちこゑきこゆ
2016 真氣長 戀心自 白風 妹音 所聴 紐解往名	177 かけなからこふる心を秋かせ に いもかおときくひもとけ ゆくも		
2017 戀敷者 氣長物乎 今谷 乏 之牟可哉 可相夜谷	178 こひしきはけなかき物をいま たにも みしかくもかなあひ みるよたに		
2018 天漢 去歳渡代 遷閇者 河 瀬於蹈 夜深去来	179 天河こそのわたりのうつろへは かはせふむまに夜そ深にける	164 あまのかはこそのわたりのう つろへは あさせふむまによそ ふけにける	285 あまのかはそらのわたりのう つろへは かはらをゆくによそ ふけにける
2019 自古 擧而之服 不顧 天河 津尓 年序経去来	180 むかしよりあけてうつろふ（衣 を）かへさねは あまのかは らにとしそへにける	165 むかしわかあけてころもをか へさねは あまのかはらにと しそへにける	286 むかしあけてころもをかさね はあまのかは あまのかはふ ねうかひあけぬとも
2020 天漢 夜船滂而 雖明 将相 等念夜 袖易受将有	181 あまの河よふねうかひてあけ ぬとも あかむと思ふやたも とかへさん	166 天河よふねうかひてあけぬと も あはんとおもふたもとか へさむ	

	2021	2022	2023	2024	2025	2026	2027	2028	2029	2030
	遥媄等　手枕易　寐夜　鶴音莫動　明者雖明	相見久　猒雖不足　稲目　明去来理　舟出為牟孋	左尼始而　何太毛不在者　白栲　帶可乞哉　戀毛不過者	万世　携手居而　相見輙　念可過　戀尓有莫國	万世　可照月毛　雲隠　苦物叙　将相登雖念	白雲　五百遍隠　雖遠　夜不去将見　妹當者	為我登　織女之　其屋戸尓織白布　織弖兼鴨	君不相　久時　織服　白栲衣垢附麻弖尓	天漢　梶音聞　孫星与　織女今夕相霜	秋去者　川霧立　天川　河向居而　戀夜多
	182	183		184		185	186	187	188	189
	とをきいもとたまくらやすくぬるよはに　、ほとりなくなあけはてぬとも	あひみまくあれともあかすしの、めの　あけにけらしなふなてせんいも		よろつよをたつさはりゐてあひみむと　思ふへしやは恋あらなくに		しら雲をいくよへたて、とをくとも　よふけてをみむいもかあたりを	わかためと七夕つめとそのやとに　おりしらぬのはおりはてぬかも	君にあかて久しく成ぬをりきせし　白妙衣あかつくまてに	天河かちをときこゆひこ星の七夕つめも今夜あふらし	秋はてては河霧わたりあまのかは　むかひゐてこふるよもあらし
	167	168		169	170	171	172	173	174	175
	とをきいもとたまくらやすくねぬるよは　にはとりなくなあけはすくとも	あひみまくあれともあかすしの、めの　明にけらしな舟出せむいも		よろつよをたつさはりゐてあひみんと　おもふへしやはこひならなくに	よろつよをへたつる雲とくもかくれ　くるしきものをあはんとおもへは	しら雲を幾重へたて、とひくとも　ゆふかけてみむきみかあたりを	わかためとたなはたつめのそのやとに　をるしらぬのはおひとかむかも	君にあはてひさしくなりぬをりきせし　しろたへころもあかつくまてに	あまのかはかちをときこゆひこほしの　たなはたつめとこよひあふらし	秋たちてかはきりわたるあまのかは　むかひにゐつ、こふる日そおほき
	287	288		289	290	291	292	293	294	295
心えねはか、す	とをきいもとたまくらやすくねぬるよは　にはとりなくなあけはすくとも	あひみまくあれともあかすしの、めの　あけにけらしなふなかせんいも（本）		よろつよをたつさはりゐてあひみんと　おもふへしやはこひあらなくに	よろつよをへたつるつきかくもかくれ　くるしきものそあはんとおもふは	しらくもをいろ〱たてしとほくとも　よふこゑをみむいもかあたりを	わかためとたなはたつめのそのやとに　おるしらぬのはおひとかそかも	きみにあはてひさしくなりぬおひにせし　、らたへころもあかつくまてに	あまのかはかちおときこゆひこほしの　たなはたつめとけふやあふらし	秋立て河霧わたるあまのかはむかゐつ、　ふるまもあらし（本）

萬葉集巻十（一八一二～二〇九二）	赤人集 陽明文庫本	赤人集 書陵部本	赤人集 西本願寺本
2031 吉哉　雖不直　奴延鳥　浦嘆居　告子鴨	190 よからむやよからしやとそぬえとりの　うらひれおれはつこけしかも		
2032 一年迩　七夕耳　相人之　戀毛不過者　夜深往久毛　一云、不盡者　佐宵曽明尓来	191 ひとゝせになぬかの夜のみあふ人の　こひもあかねは夜深行かも	176 ひとゝせになぬかのよしもあふ人の　こひもあかねはよふけゆくかも	296 つねにあかぬ
2033 天漢　安川原　定而神競者磨待無	192 あまの河やすのかはらのさたまりて　かゝるわかれはとくとまたなむ	177 あまのかはやすのかはらにさたまりて　かゝるわかれはとくとまたなむ	297 あまのかはやすのかはらにさたまりて　かゝるわかれはとくとまたなん
此歌一首庚辰年作之右柿本朝臣人麻呂之歌集出			
2034 棚機之　五百機立而　織布之秋去衣　孰取見	193 七夕のいほはたたてゝおるぬのゝ　秋たつころもたれかとかめむ	178 たなはたのいとをはたゝておるぬのは　あきたつ衣たれかとめてきむ	298 たなはたのいをはたゝてゝおるぬのは　あきたつころもたれかとめけん
2035 年有而　今香将巻　烏玉之夜霧隠　遠妻手乎	194 としにありていまもまたなむはたまの　夜よりてかりとをきつまてを	179 としにありていもかまたなんむはたまの　よるよりくもるとをきつなてを	299 としにありていもかまたなんむまたまの　よるよりくもるとほきふてを
2036 吾待之　秋者来沼　妹与吾何事在曽　紐不解在牟	195 わか待し秋はきたりぬいもをこと　なに事あるらしともとかてあし	180 わかまちしあきはきたりぬいもせこと　なにことあらんさしむかひゐて	300 わかまちし秋はきたりぬいもせこと　なにとあるらんひさむか（ひ）ゐて
2037 年之戀　今夜盡而　明日従者如常哉　吾戀居牟			
2038 不合者　氣長物乎　天漢　隔又哉　吾戀将居	196 あはすしてけなかき物をあまの河　へたてゝまたやわか恋おらむ	181 あせすしてけなかきものはあまのかは　へたてゝまたやわかこひをせん	301 あけすくしけなかきものはあまのかは　へたてゝまたやわかこひをせん
2039 戀家口　氣長物乎　可合有夕谷君之　不来益有良牟	197 こりいかてけな（か）き物をあふへかる　夜たによくみむあはさる程を		

2040	2041	2042	2043	2044	2045	2046	2047	2048	2049
牽牛 与織女 今夜相 天漢門尓 浪立勿謹	秋風 吹漂蕩 白雲者 織女之 天津領巾毳	數裳 相不見君矣 天漢 舟出速為 夜不深間	秋風之 清夕 天漢 舟滂度 月人壮子	天河 霧立度 牽牛之 檝音所聞 夜深徃	君舟 今滂来良之 天漢 霧立度 此川瀬	秋風尓 河浪起 蹔 八十舟津 三舟停	天漢 河聲清之 牽牛之 秋滂船之 浪䠦香	天漢 河門立 吾戀之 君来奈里 紐解待 一云、天河 川向立	天漢 河門座而 年月 戀来君 今夜會可母

198	199	200	201		202	203	204	205	206
ひこほしとたなはたつめと今夜あふ あまのかはらになこたつなゆめ	秋かせのふきたゝよはすしら雲の たなはたつめのあまつきぬかも	しは〱もあひみぬ君はあまの河 ふなてはやせよ夜の深ぬとき	秋風のきたきゆふへに天川 船こきわたる月ひとおとこ		君か船いまこきくらしあまの河 霧たちわたるこの河のせに	秋風にはまなみたつなたゝしはし よそ舟のつにみふねとゝめん	あきかせにかはこゑきよしひこ星の けさこく舟に波のさはくか	天河かはへにたちてわかまちし 君きたるなりひもときてまて	あまの河かはとにまして年月を こひつる君に今夜逢かも

182	183	184	185	186	187	188	189	190	191
ひこほしとたなはたつめとこよひあふ あまのかはらになみたつなゆめ	あきかせのふきたゝぬよのしら雲は たなはたつめのあきつきぬかも	しは〱もあひみぬきみはあまのかは 舟出はやせよ夜のふけぬまに	あきかせのきよきゆふへにあまの河 ふねこきわたる月人おとこ	あまのかはきりたちわたるひこほしの かちをときこゆよのふけ行に	君かふねいまこきてこしあまの河 きりたちわたるこのかはのせに	あきかせにかはなみたつなたゝしはし やそふねのつにみふねとゝめむ	秋かせにかはかせきよしひこ星の けさこく舟になみのさはくは	あまのかは河辺にたちてわかまちし きみきたるなりひもときてまて	天河かはせにましてとし月を こひくるいもにこよひあふかも

302	303	304	305	306	307	308	309	310	311
ひこほしとたなはたつめとこよひあふ あまのかはらになみたつなゆめ	あきかせのはき よはしゝらくものは たなはたつめのあきのつまかも	しは〱もあひみぬきみはあまのかは ふなてはやせよよのふけぬときに	秋かせのきよきゆふへにあまのかは ふねこきわたたせつきひとをとこ	あまのかはきりたちわたるひこほしの かちおときこゆよのふけゆけは	きみかふねいまこきくらしあまのかは きりたちわたるこのかはのせに	あきかせにかはなみたつなたゝしはし やそふねつにふねとゝめむ（本）	あきかせにかはかせきよしひこほしの けさこくふねになみのさはくか	あまのかはかはへにたちてわかまちし きみきたるなりひもときてまて	あまのかはかせにましてとしつきを こひつるきみにこよひあふかも

萬葉集巻十（二〇五〇～二〇五八）／赤人集

萬葉集巻十（二〇五〇～二〇九二）		赤人集 陽明文庫本		赤人集 書陵部本		赤人集 西本願寺本	
2050	明日従者　吾玉床乎　打拂公常不宿　孤可母寐	207	あすよりはわかたまゆかをうちはらひ　君とはふたりねす成ぬへし	192	あすからはわかたまゆかをうちはらひ　君とふたりはねすなりぬへし	312	あすからはわかたまゆかをうちはらひ　きみとふたりはねすなりぬへし
2051	天原　徃射跡　白檀　挽而隠在　月人壮子	208	あまのはら雪降跡はしらまゆみ　ひきてかくる、つき人おとこ	193	あまのはらゆきくるあとはしらまゆみ　ひきてかくる、月人おとこ	313	あまのはらゆきいるあとはしらまゆみ　ひきてかくるし、らひとをとこ
2052	此夕　零来雨者　男星之　早滂船之　賀伊乃散鴨	209	このゆふへふりつる雨はひこほしの　はやこく舟のかいのしつくか	194	このゆふへふりくるあめはひこほしの　とくこくふねのかいのしつくか	314	このゆふへふりくるあめはひこほしの　とくらのふねかいのしつくか
2053	天漢　八十瀬霧合　男星之時待船　今滂良之	210	天河やそせよりあふひこ星のときにこく舟いまやこく覧	195	あまのかはやそせよりあふひこほしの　ときにゆくふねいまやこくらん	315	あまのかはやそせよりあふひこほしの　ときにゆくふねいまやこくらん
2054	風吹而　河浪起　引船丹　度裳来　夜不降間尓	211	風ふきて河なみたつなこく舟の　わたりおそゆく夜の深ぬとき	196	風ふきてかはなみたつなこくふねの　わたりをそゆく夜のふけぬまに	316	かせふきてつなみたるなこくふねの　わたりをそゆくよのふけぬとき
2055	天河　遠渡者　無友　公之舟出者　年尓社候			197	あまのかはうちはしわたすいもかいゑを　へてわかおもふいもにあへるよは		
2056	天漢　打橋度　妹之家道　不止通　時不待友	212	天河うち橋わたすいもか家ととまらすかよへときまたすとも	198	あまのかはうちはしわたすいもか家と　とまらすかよへ時またすとも	317	あまのかはうちはしわたすいもかいへ　と、ま（ら）すかよへときまたすとも
2057	月累　吾思妹　會夜者　今之七夕　續巨勢奴鴨	213	つきをへてわかおもふいもにあへる夜は　このなぬかの日月しせるかも	199	月をへてわかおもふいもにあへるよは　このなぬか日のつきせさるかも	318	つきをへてわかおもふいもにあへるよは　このなぬかひのつきせさるかも
2058	年丹装　吾舟滂　天河　風者吹友　浪立勿忌	214	としにきてわかふねうくる天河　風はふくともなみたつなゆめ	200	としにきてわかふねわたるあまのかは　かせはふくともなみたつなゆめ	319	としにきてわかふねわたるあまのかは　かせはふくともなみたつなゆめ

番号	本文	番号	本文	番号	本文	番号	本文
2059	天河　浪者立友　吾舟者　率滂出　夜之不深間尓	215	天河風はふらせむわか舟はとくかきよせよ夜のふけぬとき	201	あまのかはかせはふくともわかふねは　とくこきよそへよのふけぬとき	320	あまのかはかせはふくともわかふねと　とくかきよせよゝのふけまに
2060	直今夜　相有兒等尓　事問母未為而　左夜曽明二来	216	たゝこよひあへると人にことゝはむ　またことせに〇（す）てよそふけにける	202	よしこよひあへるときたにことゝはむ　まちもせすこし夜もふけにける	321	よしこよひあへるとこまにことゝはむ　まちもせすらしよそふけにける
2061	天河　白浪高　吾戀　公之舟出者　今為下	217	天河しら波たかくわかこふる君かふなてはいまそふ（す）らしも	203	あまのかはしらなみたかくわかこふる　きみかふなては今そすらしも	322	あまのかはかはなみたかくわかこふる　きみかふなてはいまそすくらん
2062	機　蹋木持往而　天漢　打橋度　公之来為			204	はるかすみ君まちかねてあまのかは　うちはしわたしきみにあはすは	323	はるかなるきみもてゆきてあまのかは　うちはしわたしきみにあはすは
2063	天漢　霧立上　棚幡乃　雲衣能　飄袖鴨	218	あまの河霧たちわたり七夕のくもの衣はかへる袖かな	205	天河きりたちわたりあまのかは　くものころものあへるそらかな	324	あまのかはきりたちのほりたなはたの　くものころものあくるそらかな
2064	古　織義之八多乎　此暮　衣縫而　君待吾乎	219	いにしへのおりきしはたの此夕衣にぬひて君まつわれよ	206	いにしへのおりにしはるのこのゆふへ　衣にぬひてきみまつわれを	325	いにしへのおりにしはるのこゆふへ　ころもにぬひてきみまつわれを
2065	足玉母　手珠毛由良尓　織旗乎　公之御衣尓　縫将堪可聞	220	あしたまの（も）てたまもゆらにおるはたの　君か衣にぬきゝせんかも	207	足たまもてたまもゆらにおるはたを　きみかころもにぬひきせんかも	326	あしたまもてたまもゆらにおるはたを　きみかころもにぬひきせんかも
2066	擇月日　逢義之有者　別久惜有君者　明日副裳欲得	221	よき月かあふよしあれは別ての　おしふる君にあすさへもかな	208	よき月日あふよしあれはわかれちの　おしかる君はあすさへもかな	327	よき月ひあふよしあれはわかれちの　をしかるきみはあすさへもかな
2067	天漢　渡瀬深弥　泛船而　掉来君之　檝音所聞	222	天河わたるをふかみ舟うけてさしくる君かかち音そする	209	あまのかはわたるせふかく舟うけて　さしくるきみかかち音そする	328	あまのかはわたるせふかみふねうけて　さしくるきみかゝちおとそする
2068	天原　振放見者　天漢　霧立渡　公者来良志	223	天はりふかきなたあれはあまのかは　霧たちわたり夜ふかゝるへし	210	あまのはらよふかくなれはあまの河　霧たちわたり夜ふかゝるへし	329	あまのはらよふかくなれはあまのかは　きりたちわたり（本）

萬葉集巻十（一八一二～二〇九二）	2069 天漢　瀬毎幣　奉　情者君乎　幸来座跡	2070 久堅之　天河津尓　舟泛而　君待夜等者　不明毛有寐鹿	2071 天河　足沾渡　君之手毛　未枕者　夜之深去良久	2072 渡守　船度世乎跡　呼音之　不至者疑　梶聲之不為				2073 真氣長　河向立　有之袖　今夜巻跡　念之吉紗	2074 天河　渡湍毎　思乍　来之雲知師　逢有久念者	2075 人左倍也　見不継将有　牽牛之　嬬喚舟之　近附往乎　一云、見乍有良武
赤人集 陽明文庫本	224 あまのかはわたるせことのみてくみの　心は君にゆきいませこそ	225 ひさかたのあまの河へに舟うけて　君まつよなはあけてもあらなん	226 天川あしぬれわたるきみか身も　まくらもせねはよのふくるかも	227 わたし守舟わたせおとよふ声の　きこえねはかもかち音のせぬ				228 まけなから河をへたてゝありし袖　こよひまたむとおもへるかよき	229 天河わたる瀬ことのしらつゝしくものしるしあるありと思へは	230 ひとさへやみつからやらんひこ星の　いもよふ声のちかつきぬるを
赤人集 書陵部本	211 あまのかはわたるせことのみてくらの　こゝろはきみをゆきてみんとそ	212 ひさかたのあまのかはらにふねうけて　きみまつよるはあけてまたなむ	213 あまのかはあしぬれわたる君か身も　まくらもせねはよのあけぬかも	214 わたし守ふねわたしをとよふ声の　ゆかぬなるへしかち音のせぬ	この歌は人丸か集にあり	215 あまのかはむかひにたちてこふるとき　ことたにつけよいもと　は（本）	216 こひしきはけなかきものをいまたにも　みしかくもかなあひみるよたに	217 まけなから河をへたてゝありしそて　こよひまかんとおもへるかよさ	218 あまのかはわたるせことのしつくらし　くものしるしのありとおもへは	219 人さへやみつからくらむひこほしの　いもよふこゑのちかつきぬるを
赤人集 西本願寺本	330 あまのかはわたせることのみてくらの　ころもはきみをゆきてませとよ	331 ひさかたのあまのかはらにふねうけて　きみまつわれはあけてもあらぬか（本）	332 あまのかはあしぬれたらんきみかみを　まくらもせねはよのふけぬこそ	333 わたしもりふねわたしをとよふこゑの　ゆかぬなるへしかちおともせぬ	このうた人丸集にありと	334 あまのかはむかひたちてこふるとき　ことたにつけよいもこと、は、	335 こひしきはけなかきものをいまたにも　みしかくもかなあひみるよたに	336 まけなからかはをへたてゝありしそて　こよひまかむとおもへるかよさ	337 あまのかはわたるせことのしつむらし　くものしるしのありとおもへは	338 ひとさへやみつからくらんひこほしの　いもよふこゑのちかつきぬるを

2076	天漢　瀬乎早鴨　烏珠之　夜者開尓乍　不合牽牛			220	あまのかはせをはやみゝむうはたまの　よるはあけつゝあはぬひこほし	339	あまのかはせをはやみらむゝまたまの　よるはあけつゝあはぬひこほし
2077	渡守　舟早渡世　一年尓　二遍往来　君尓有勿久尓			221	わたしもり舟はやわたせひとゝせに　ふたゝひきます君ならなくに	340	わたしもりふねはやわたせひとゝせに　ふたゝひかよふきみならなくに
2078	玉葛　不絶物可良　佐宿者　年之度尓　直一夜耳						
2079	戀日者　食長物乎　今夜谷　令乏應哉　可相物乎			222	こひするはけなかきものをこよひたに　くるゝへしやはとくあけすして	341	こひするはけなかきものをこよひたに　くるゝへしやはとくあけすして
2080	織女之　今夜相奈婆　如常　明日乎阻而　年者将長	231	七夕のこよひあけなはつねのこと　あすをもまたて年はこえなん	223	たなはたのこよひあけなはつねのこと　あすをもまたてとしはこえなん	342	たなはたのこよひあかねはつね（の）こと　またこひてやわたさんたなはたわたせ（本）
2081	天漢　棚橋渡　織女之　伊渡左牟尓　棚橋渡	232	天河たな橋わたす七夕の　わたりわたさむたなはしわたせ	224	あまのかはたなはたわたすたなはたの　これわたさむにたなはたわたせ	343	あまのかはたなはたわたすたなはたの　これわたさんにたなはたわたせ
2082	天漢　河門八十有　何尓可　君之三舟乎　吾待将居	233	天河かはとうちやりいつれをか　君かかけをもわか待わた覧	225	天のかはことうちやりついつれをか　きみかゝけをもわかまちわかむ	344	あまのかはことうきやりついつれをか　きみかうけをもわかまちわかん
2083	秋風乃　吹西日従　天漢　瀬尓出立　待登告許曽	234	秋かせのふきにし日より天河せゝにいてたちまつといふこせ	226	あきかせのふきにし日よりあまのはら　せにたちいてゝまつとつけこせ	345	秋風のふきにしひよりあまのはら　せにいてたちてまつとつけこせ
2084	天漢　去年之渡湍　有二家里　君之将来　道乃不知久	235	あまの川こそのわたりもあせにけり　君かきた覧みちのしらなく	227	あまのかはこそのわたりはありけるを　きみかきたらんみちのしらなみ	346	あまのかはこそのわたせはありけるを　きみかきたらんみちのしらなく
2085	天漢　湍瀬尓白浪　雖高　直渡来沼　待者苦三						
2086	牽牛之　嬬喚舟之　引綱乃　将絶跡君乎　吾之念勿國	236	ひこほしのいもよふ声のひきつなの　たえんと君をわかおもはなくに	228	ひこ星のいもよふこゑのひくつなの　たえんと君を我おもはなくに	347	ひこほしのいもよふこゑのふきつなの　たえんときみをわかおもはなくに

<table>
<tr><th>萬葉集巻十
（二〇八七〜二〇九〇）</th><th>2087</th><th>2088</th><th></th><th>2089</th><th></th><th>2090</th></tr>
<tr><td></td><td>渡守　舟出為将出　今夜耳
相見而後者　不相物可毛</td><td>吾隠有　檝棹無而　渡守　舟
将借八方　須臾者有待</td><td></td><td>乾坤之　初時従　天漢　射向
居而　一年丹　両遍不遭　妻
戀尓　物念人　天漢　安乃
川原乃　有通　出乃渡丹　具
穂船乃　艫丹裳　舳丹裳　船装
真梶繁抜　旗荵　本葉裳具世
丹　秋風乃　吹来夕丹　天河
白浪凌　落沸　速湍渉　稚草
乃　妻手枕迹　大舟乃　思憑
而　滂来等六　其夫乃子我
荒珠乃　年緒長　思来之　戀
将盡　七月　七日之夕者　吾
毛悲焉</td><td>反歌</td><td>狛錦　紐解易之　天人乃　妻
問夕叙　吾裳将偲</td></tr>
<tr><th>赤人集 陽明文庫本</th><th>237</th><th>238</th><th></th><th>239</th><th></th><th>240</th></tr>
<tr><td></td><td>わたしもりふなて、ゆかむこよ
ひのみ　あひみて後はあはぬ
物かも</td><td>わか、くすかちさをなくはわ
たし守　舟かさむやはしはら
くの程</td><td>なか哥</td><td>あめつちの　そめしときより
あまのかは　むかひにきゐて
ひと、せに　ふた、ひあはぬ
つまこひに　物おもふ人は
あまのはら　やすのかはら
に　かよひちの　それかわた
りに　よそふれは　ふねのと
もかも　ふねよそひ　まかち
もしけく　はきの花　もとは
とよそに　秋かせの　ふきく
るよひに　あまの河　しらな
みしけく　おちたきつ　はや
まさわたる　わかくさの　と
しのおなかく　おもひし　こ
ひをつくさむ　ふへき　なぬ
かのよひの　わかれかなしも</td><td>かへし</td><td>こまにしきひもときやすきこ
ま人の　つ、まくる夜そわれ
もおもはん</td></tr>
<tr><th>赤人集 書陵部本</th><th>229</th><th>250</th><th></th><th>230</th><th></th><th>231</th></tr>
<tr><td></td><td>渡守ふなてしゆかむこよひの
み　あひみて後はあはぬもの
かは</td><td>わか、くすかちさほなくはわ
たしもり　ふねかさんやはし
はらくのまも</td><td>長歌</td><td>天地の　そめしときより　あ
まのかは　むかひにきゐて
ひと、せに　ふた、ひあはぬ
つまこひに　もの思ふ人は
あまのはら　やすのかはらに
かよひちの　かよふわたりに
よそふれは　ふねのともにも
ふねにそひ　まかちもしけ
く　はきのはな　本葉ときそ
に　私かせの　ふきくるよひ
に　あまの河　しらなみしけ
き　おちたきに　さやまさり
たる　わかくさの　ねをなに
そへて　おもひつ、　こひをつ
くさん　ふんつきの　なぬか
のこよひの　わかれかなしも</td><td>かへしうた</td><td>こまにしきひもときやすきあ
ま人の　つま、つよひそわれも
おもはむ</td></tr>
<tr><th>赤人集 西本願寺本</th><th>348</th><th></th><th></th><th>349</th><th></th><th>350</th></tr>
<tr><td></td><td>わたしもりふなてしゆかんこ
よひのみ　あひみてのちはあ
はぬものかも</td><td></td><td></td><td>あめつちの　そめしときより
あまのかは　むかひにてゐ給
こひとまつに　ふた、ひあはぬ
すまこひに　ものおもふ日は
あまのはらや　あまのかはら
に　かよひちの　かよふわた
りに　よそれはつ　ふねのと
もかも　ふねにそひ　まかは
もしけく　いきのひも　とは
れぬ　秋風の　ふきくるよひ
に　あまのかは　しらなみし
けき　おちたきに　はやまさ
りたる　わかくさの　としを
なにへて　おもひつ、　こひを
つくさん　ふんつきの　なぬ
かのよひの　わかれかなしも
（本ノマ、）</td><td>かへしうた</td><td>こまにしきひもとけやすきあ
まひとの　つま、くるよそわれ
もおもはん</td></tr>
</table>

2091	2092
彦星之　河瀬渡　左小舟乃 得行而将泊　河津石所念	天地跡　別之時従　久方乃 天驗常　定大王　天之河原尓 璞　月累而　妹尓相　時候跡 立待尓　吾衣手尓　秋風之 吹反者　立座　多土伎乎不知 村肝　心不欲　解衣　思乱而 何時跡　吾待今夜　此川　行 長　有得鴨
	241
	あめつちと　わけしときより ひさかたの　あましりことは あまのはら　あまのかはらに あらたまの　月をかさねて こふるいもに　逢ときまつと たちまちに　我ころもてを 秋かせの　ふきしかへせは たちゐつゝ　たときをしらぬ あきのたなはた
	232
	あめつちと　わけしときより ひさかたの　あましるしとは あまのはら　あまのかはらに あらたまの　月日かさねて こふるいもに　あふときまつ と　たちまちに　わかころも てを　あきかせの　ふきしか へさは　たちゐつる　たつきを しらぬ　あまのたなはた
	351
	あめつちと　わけしときより ひさかたの　あましるしとは あまのはら　あまのかはらに あらたまの　月をかさねて こふるいもに　あふときまつ と　たちまちに　わかころも てを　秋風の　ふきしかへさ は　たちゐつゝ　たつきをしら ぬ　あまのたなはた

第二部　萬葉集の訓読と本文校訂

第一章　赤人集による萬葉集本文校訂の可能性

はじめに

第二部は『萬葉集』の本文校訂を主たるテーマとする。その嚆矢として、本章では『赤人集』を利用した校訂の可能性を追究したい。同集は『萬葉集』巻十前半部の抄本を原型とする仮名歌集である――この事実を根底として、第一部では『萬葉集』伝来史における当該私家集の位置づけについて検証してきた(1)。その検証内容は、以下の本章の論述と密接にかかわる内容であるので、あらためて論じたことがらを簡潔にまとめておく。

『萬葉集』伝来史における位置づけという観点から『赤人集』の本文の性格を検討すると、次点本の附訓とある程度のつながりが確認できる一方、相違する場合も多いという特徴がみとめられる(2)。このような特徴を、現存する『萬葉集』の伝本系統がさほど多岐にわたっていないという近時の研究成果と照らしあわせると、『赤人集』は現存する『萬葉集』の伝本とやや距離をおく異本から派生した蓋然性がたかいと見做せる(3)。

また『赤人集』三系統を対照すると、真名本を個別に訓読した結果とは考えにくい(4)、『萬葉集』の漢字表記と即応しない共通本文が散見している。これらの本文は、『赤人集』祖本に仮名文が存在したことを示唆する。さらに、前半が『千里集』相当歌群、後半が巻十抄本相当歌群であるという西本願寺本『赤人集』の特異な組織にも注目すると、『赤人集』はもともと平仮名別提訓本であり、『千里集』の句題と『萬葉集』の漢字本文は削除されたのではないかという公算が浮かびあがってくる。

すると、『赤人集』の本文は同集が成立したとおぼしき十世紀後半ごろの附訓を、部分的とはいえ保持しているとみてよい。このことは、『赤人集』が『萬葉集』の伝来・享受にかかわる重要な資料というにとどまらず、『萬葉集』の本文校訂に利用できる可能性のあることを意味していよう。

本章では以上の徴証にもとづき、『赤人集』による『萬葉集』の本文校訂の可能性をさぐっていく。まずは基本的な文献操作として、どの系統の本文を重視すべきかについて考えておく必要があろう。排列面の徴証と、天永三年（一一一二）以前という書写年代のふるさを考慮すれば(5)、西本願寺本をいわゆる善本と把握することになるだろう。『萬葉集』の校訂に際しても、同本の重視は穏当な判断のようにみえる。同本を頭注にしめす『校本』はこの立場であるとみてよい。

もちろん、仙覚本の影響をこうむる可能性が一切ない(6)という意味でも、西本願寺本が貴重な伝本であることは否定しがたい。しかし、巻十との関係から『赤人集』三系統の本文を確認していくと、長歌を短歌に改編するなど、書陵部本や陽明文庫本よりも西本願寺本の方が後発的な本文と判断しうる箇所が少なくないことも事実である（第一部第三章）。こういった本文上の徴証を考慮するならば、西本願寺本だけを尊重し、利用しても、充分な成果は見込めない可能性がたかい(7)。

そもそも『赤人集』は「本文が乱れに乱れている(8)」と指摘されるとおり、単独の伝本の本文に依拠して読むこと自体が困難な作品であるし、古典作品、とりわけ写本で伝来する作品を読解するにあたって、単独の伝本に必要以上に拘泥する理由もあるまい(9)。資料批判をふまえたうえで、『赤人集』は『萬葉集』の本文校訂に利用されるべきと考える(10)。そこで本章では、最古写本である西本願寺本に依拠するのではなく、他の二系統も参照し、本文の瑕疵に注意をはらいながら検証をすすめていきたい。

一　萬葉集本文校訂における赤人集の有用性

具体的な検証にさきだって、『萬葉集』の本文校訂に際して『赤人集』がどのように利用されてきたのか、先行研究を確認しておく。『校本』が頭注に『赤人集』（西本願寺本）を引用するのは既述のとおりであるが、具体的な校訂に関してはつぎの一首に対する『代匠記精』の指摘がはやいものだろう(11)。

毎年　梅者開友　空蝉之　世人君羊蹄　春無有来　（一八五七）

現存伝本は例外なく第四句を「世人君羊蹄」とする。しかし、この本文によって解釈すると、「毎年梅が咲きほこり、春はやってくるのに、あなたには春が来ないことだ」というほどの意味となり、不穏当なうたとなる。そのため近時は「又君ハ吾ヲ書誤マレル歟」という『代匠記精』説により、「世人吾羊蹄」に校訂するのが一般的となっている。

次点本には、「於レ君不レ相四手」（巻十・一九九五結句）を「いもにあはずして」（元暦校本代赭書入・類聚古集・紀州本）、「蹔吾妹」（巻十一・二四三八第二句）を「しげきわがせこ」（嘉暦伝承本）、「公無レ勝」（同・二四七八）を「つまつきがちに」（類聚古集）や「つまなきかてに」（嘉暦伝承本）と訓むような、本文とのあいだで人称の齟齬するケースがままみられる。一八五七番歌の場合は、このような誤訓に引かれて、伝来のはやい段階で本文が改訂されてしまったのだろう。

もっとも、この本文のままで「挽歌なり。こはまぎれて此巻に入し物」とする『萬葉考』や『窪田評釋』の挽歌説、不遇のひとに同情するうたとみる『全註釋』、『私注』、大系、講談社文庫などの理解もある。しかし、『萬葉考』の挽歌説は「まぎれて」という事態がどうしておこったのか、説明がなされていない点に不審がある。また「すでに故人となっている人と解するのは、「うつせみの世の人」の表現から無理であろう」（『全注』）と、表現に即した適切な批判もなされており、採用しがたい。

また、同情のうたとみる説についても、「不運の人に同情して詠んでいる。集中珍しい内容の歌である」（『全註釋』）という自己批判のような説明や、「歌意から推して君は吾の誤とする説がある。君と吾の誤は例がかなりある」（大系）と、なかば本文校訂に理があることをみとめているような注が附される場合があり、全体に説得力を缺いている。

このような研究史の動向を踏まえると、『代匠記精』案を採用し「世の人吾し」とするのが穏当であろうが、同書は「赤人ノ集ニ、世ニワレシモソ春ナカリケルトアレハ、彼集取用ラル、事マレナル物ナレト、吾ヲ書誤マレリト義ヲ立ル証トハ成侍ルヘシ」と『赤人集』を傍証に利用している。契沖が参照した『赤人集』は正保版本であるが[12]、親本系統の資経本はもちろん、西本願寺本にも「われ」（西本願寺本・一五三）とあるので[13]、この指摘は適切といってよい。右で『代匠記精』が「彼集取用ラル、事マレナル物」というとおり、『萬葉集』の本文校訂にあたって『赤人集』が利用される頻度はさして多くないが、もう一首類例を指摘しておく。

住吉之　里得之鹿歯　春花乃　益希見　君相有香聞　（一八八六）

問題の第二句は類聚古集が「さとにこしかは」、廣瀨本が「サトニコヒカハ」以外の本は「さとをえしかは」と訓む。このうち、廣瀨本の「コヒカハ」は片仮名の字体の近似からみて、類聚古集の「こしかは」を誤ったものだろうから、前者によれば意は通じるが本文と対応せず、後者は本文に忠実だが歌意がとおらないため、この本文のままでは解釈しにくい。

そのため、「行を得に誤れり。草の手の行を得に見たるなるべし」と指摘し、「得」を「行」の誤写とみる『萬葉考』の説が現在は通用している。妥当な理解といってよいだろう。この説の難点は、傍証たる文献の指摘がない点であるが、『赤人集』をみると、西本願寺本以下いずれもの系統にも「さとゆきしかは」（西・一七七）とあり、誤写説を裏づける内容となっている。この点は垣見修司が指摘するとおりである。(14)

以上は誤写の傍証が『赤人集』にもとめられる場合だが、誤写説が通訓となっている例自体がさほどないこともあって、それほど多く指摘することはできない。むしろ顕著なのは、『萬葉集』の伝本に本文異同があり、どちらの本文が妥当かを考えるにあたって参考になるとみられる例である。『赤人集』の有用性を確認するため、まずは確実なケースを紹介する。

①春之在者　妻乎求等　鶯之　木末乎傳　鳴乍本名　（一八二六）

この①は両者の関係を考えるにあたってもっともわかりやすい例で、元暦校本、類聚古集、廣瀬本、紀州本といった次点本(15)がいずれも「春之在」であるのに対し、新点本が「春之去」とする。近時の諸注は例外なく次点本の「在」を採用するが、『赤人集』もこれを支持する本文となっている。

はるなれはつまやもとむる　うくひすのこすゑをたつひなきつゝはふる　（西・一三〇）

三系統ともに「なれは」とあり、次点本にも総じて「在」という、『赤人集』が次点本段階の『萬葉集』を反映することを端的にしめす例である。類例はほかにも多い。ただ、こういった例の場合『赤人集』を参照する必然性がとぼしいので、以下ではもう少し本文に問題のある箇所をとりあげてみよう。

つぎの②、③は『赤人集』と次点本の大半が対立しており、『赤人集』の方が妥当とみとめられるケースである。すでに第一部で検討した例だが、本章の趣旨にとって重要なケースなので、あらためて確認しておきたい。

②姫部思　咲野尓生　白管自　不レ知事以　所レ言之吾背　（一九〇五）
③霊寸春　吾山之於尓　立霞　雖レ立雖レ座　君之随　（一九一二）

いずれも現在の通行本文で掲出したが、これは寛元年間（一二四三〜四六）ごろの書写と目される紀州本[16]以降の本文で、②の第三句の本文は元暦校本、類聚古集が「白管自」、廣瀬本が「自管」に作り、附訓を元暦校本代赭書入・類聚古集・廣瀬本などが「しらすけの」[17]とする（元暦校本の平仮名訓は「しらつゝし」）。また③の初句は本文が「霞寸春」、附訓が「かすみたち」（元暦校本）、「かすみたつ」（類聚古集、廣瀬本）で、紀州本以下と相違する。

もちろん、②の「自」を「の」、あるいは「自管」を「しらすげの」と、また③の「寸」を「たち（つ）」と訓むことはいずれも無理があるから、この二首の場合は、平安時代の伝本と定家本の転写本である廣瀬本が総じて誤っており、紀州本と、以降の仙覚本系統の本文の方が妥当であると考えてよいだろう。一方②、③と対応する赤人集歌は以下のような本文となっている。

をみなへしさくのへにおふるしらつゝし　しらぬこともていひしわかこと　（西・一八八）
あやしきは[18]わかやとにのみたつかすみ　たてれゐれとも君かこゝろに　（西・一九四）

前者の第三句は現行訓と同様、あきらかに「白管自」を訓読したものである。また、後者は現行訓「たまきはる」と相違するが、「霊」が『類聚名義抄』（観智院本）、『観彌勒上生兜率天経賛』や『大唐三藏玄奘法師表啓』平安初期点などでアヤシと訓まれる[19]ことを踏まえれば、「霊寸春」にもとづく本文であることは確実といってい い。句末の「春」をハの訓仮名とするのは異例だが、「霊」をアヤシと訓んだうえで、字余りを避けるための処置であったと考えてよいだろう。

こういった例は、元暦校本よりもふるい段階の『萬葉集』の本文を、部分的とはいえ『赤人集』がつたえる場合のあることを窺わせるものである。同集が『萬葉集』の校勘資料として、少なからぬ意義を持つことを示唆する例と考えられる。

二　本文校訂の可能性

前節での検証結果は、『赤人集』を材料に従来の本文校訂をみなおせる場合があることを予見させる。そこで以下では、具体例に即してあらたな可能性をさぐってみたい。

④古　人之殖兼　杉枝　霞霏霺　春者来良芝　（一八一四）
⑤春雨尓　衣甚　将レ通哉　七日四零者　七日不レ来哉　（一九一七）
⑥朝霞　棚引野邊　足檜木乃　山霍公鳥　何時来将レ鳴　（一九四〇）

④の末尾は、元暦校本、類聚古集、紀州本に「芝」、廣瀬本と新点本に「之」とある。近時は元暦校本以下の本文を採用するのが一般的になっており、『私注』以降、「之」を採用するテキストはない。「芝」でも「之」でもうたの形に影響はなく、さほど注目される例でもないが、「歌の形に響かないのだからといって、このような営みが無意味だとは言えない」[20]のであり、より妥当な本文をめざして検証をこころみたい。

さて、集中この「芝」は「芝付乃御浦崎なるねつこ草」（巻十四・三五〇八）という訓表記例がほかにひとつあるのみで、音仮名としては孤例である。一方「之」を音仮名シとして利用する例は集中無数にある。⑤の結句とおなじ「らし」の表記にかぎっても、「夏来良之」（巻一・二八第二句）、「奥榜来良之」（巻七・一一九九第二句）といった類例をみいだすことのできる[21]、非常に一般性のたかい表記といってよい。

従来、次点本に総じて「芝」とあることがこの本文を採用する大きな根拠となっていたと考えられるが、廣瀬本にも「之」とある以上、②や③と同様に、元暦校本以下の誤写を想定することも、あながち不当とはいえまい。

以上の点を踏まえると、『赤人集』が以下のような本文を持つことは注目に値する。

いにしへのひとのうへけむすきのはに　かすみたなひくはるはきにけり　（西・一二二、ほか二本は脱落）

結句が末尾の「芝（之）」を反映していないのはあきらかであるが、この不読のありようは「之」の潜在を予測させる。小川靖彦は桂本に「河音清之」（巻四・五七一第二句）を「かはのおとすめり」と訓むような、平安時代の漢文訓読法にならった句末の「之」を不読とする訓法のあることを指摘するが、(22)『赤人集』にも、これと同様の態度で『萬葉集』を訓んだのではないかとおぼしき例が存しているからである。(23)

・「木晩之」（一九四八初句）……「こかくれて」(24)（西・一二一八）
・「今滂良之」（二〇五三結句）……「いまやこくらん」（西・三一五、陽・二一一〇は「こく覧」）
・「紐解易之」（二〇九〇第二句）……「ひもとけやすき」（西・三五〇）

右のような『赤人集』に散見する「之」の不読例と照らしあわせると、「はるはきにけり」という④の結句も、「春者来良芝」ではなく、「春者来良之」という本文にもとづく蓋然性がたかい。『赤人集』の母体たる巻十抄本は、脱落歌の様相などからおして元暦校本に先行するとおぼしい（第一部第一章）から、「之」が本来的な本文で、廣瀬本はその形を保持しているとみられる。とすると、「芝」は『萬葉集』に音仮名としては利用されなかったのではないだろうか。(25)

つぎに、⑤の相当歌は『赤人集』ではつぎのような形となっている。

はるさめにこゝろも人もかよはんや　なぬかしふらはなゝよこしとや　（西・二〇〇）

上三句は漢字本文とも、それに即した現行訓「はるさめにころもはいたくとほらめや」とも大きく相違するが、この相違は次点本の附訓とも一致する傾向である。『赤人集』が『萬葉集』から乖離することを意味してはいない。上三句についての詳細は第一部第一章で論じたのでそちらに譲り、ここでは結句をとりあげる。

当該句も元暦校本、類聚古集、紀州本が「七日不来哉」とあるのに対し、廣瀬本と紀州本傍書・新点本は「七夜不来哉」とし、現在は元暦校本以下の「七日」によるのが一般的となっている。「七夜」を支持する現代の注釈書は、やはり『私注』くらいであろう。

しかし、既述のとおり『赤人集』には「な、よ」（書・八一は「な、夜」）とあり、廣瀬本以下の本文と合致する。(26)また、古代において男のかよってくる時分は夜であるのが普通で、萬葉歌でもそれと特定する例は、「秋の野を朝行く鹿の跡もなく　思ひし君に逢へる今夜か」（巻八・一六一三・賀茂女王）、「夕されば君来まさむと　待ちし夜のなごりそ今も寝ねかてにする」（巻十一・二五八八）等々無数にある。

また「恋しくは日長きものを　今だにもともしむべしや逢ふべき夜だに」（巻十・二〇一七）のように「日」と「夜」が一首中で併存する例もあるのだから、第四句とで「七日」が重複する元暦校本以下の本文を採用するよりも、廣瀬本と『赤人集』に共通する「七夜」を取る方が妥当ではないだろうか。歌人の直観に走りがちといわれる『私注』であるが、この二首に関しては正鵠をえた本文をしめしていたようにおもう。

最後の⑥は類聚古集、元暦校本代赭書入、廣瀬本、紀州本および新点本は掲出本文のおなじく初句を「朝霞」とするのに対して、元暦校本と紀州本本文左の書入が「朝霧」としており、次点本間での異同がみとめられる。新旧問わず「朝霧」を採用するテキストは皆無であるが、『赤人集』には以下のようにある。

あさきりのたなひくのへのあしひきの　やまほと、きすいつきてなくそ　（西・二二二）

ほか二系統も「あさきりの」とあり、元暦校本以下と一致する。最古写本である元暦校本に「霧」とあるのに、採用するテキストがないのは不思議であるが、あるいは、第二句の「たなびく」と「霞」のつながりを考慮しての結果だろうか。

しかし、集中には「朝霧のたなびく小野の萩の花」（巻十・二一一八）、「朝霧のたなびく田居に鳴く雁を」（巻十九・

四二二四）のような例もあり、[27] ⑥の初句が「霧」でもとくに不審はない。

直後の一首「旦霧八重山越えて　呼子鳥鳴きや汝が来るやどもあらなくに」（一九四一）が、元暦校本、紀州本および新点本が「霞」に作るのに対し、類聚古集、元暦校本代赭書入、廣瀬本は「霧」としており、[28] 当該歌と類似の様相を呈すにもかかわらず、『注釋』以下多くのテキスト（集成、新編全集、釋注、新大系、新版岩波文庫など）が「霧」を採用するのは、さきの例と比すと少々不思議である。

もちろん、集中には「霧」と「霞」が連続して排される例もある（巻八・一五二七（霧）～二八（霞）と巻十二・三〇三六（霞）～三七（霧）の二例）ので、現在の校訂本文でもさほど支障はない。しかし、巻八・一四三七～三九（霞）をはじめとして、巻十・一八一二～一八（霞）、一八四三～四五（霞）、一九〇九～一四（霞）、二〇四四～四五（霧）、巻十二・三〇三四～三五（霧）、巻十五・三五八〇～八一（霧）、三六一五～一六（霧）と、おなじ景物がつづけて排される例がそれ以上に多いことも事実である。すると、「たなびく」との呼応上、「霧」と「霞」がどちらも可能な本文であるならば、いずれかに統一する方がより穏当なのではないか。

だとすれば、『全注』のように二首とも「霞」とするのも一案であるが、[29] 一九四一番歌は「旦霧八重山越えて　ほととぎす卯の花辺から鳴きて越え来ぬ」（一九四五）という類歌に照らして、「霧」を妥当とみるべきだろう。すると、⑥もこれにあわせて「朝霧」とすべきではないか。その傍証となるのが、元暦校本以前の巻十の本文をつたえる可能性のある『赤人集』の「あさきりの」と考えられる。

三　一八九〇番歌の「犬」と「友」

前節では『萬葉集』の伝本、とくに次点本の諸本間で異同があり、いずれの本文が妥当であるかを決定する際の傍証として、『赤人集』が利用できると考えられる例を指摘し、あわせて検証をおこなってきた。本節では同趣の例のなかでも、誤写説などともからみ複雑な問題をかかえるうたを、『赤人集』と対照し検討したい。つぎの一首である。

⑦春山　友鶯　鳴別　眷益間　思御吾　（一八九〇）

通行の本文で掲出したが、初句と二句に本文異同がある。まず初句からみると、右の掲出本文は『新校』の案で、『萬葉集』の伝本自体は「春日野」（紀州本、仙覚本系統諸本）と「春山野」（類聚古集、廣瀬本）にわかれる。附訓もこの本文異同に即して、前者は「かすかのに」、後者は「はるやまの」と相違している。

つぎに第二句であるが、ほとんどの伝本は「犬」とするが、類聚古集にのみ「友」とあり、現在はこの本文が一般に採用されている。また、訓も本文と対応しており、類聚古集が「ともうくひすの」、以外の諸本は「いぬるうくひす」とする。廣瀬本のみは「ノタケウクヒス」と訓むが、これは「犬」を「丈」と訓み誤った結果であろう。また、この訓は『校本』によって影印を確認しただけでもあきらかに別筆とわかるが、関西大学アジア文化研究センターの「CSAC Digital Archives」で画像を閲覧すると、朱で傍記されていると知れる。後補訓であることは疑いなく、定家本段階を反映するとは考えにくい。検討にくわえるべきではあるまい。

さて、まずは異同の様相について研究史を踏まえて整理しておきたい。初句からみていくと、類聚古集と廣瀬本の「春山野」は名詞「春山」に格助詞ノがついた形であるが、この場合、「野」の表記に問題がある。訓仮名「野」を格助詞ノにあてる例は集中に少なく、巻十八に五例あるのみである。(30)

しかもこの五例は、いずれも上代特殊仮名遣いに異例のあることや清濁の混淆が著しいことから、平安時代に補修されたとおぼしき歌群に排されている。(31)近時、巻十八全体に補修の手がくわわっている可能性も指摘されており、(32)同様に格助詞ノを「野」で表記する当該例は、誤写にもとづく可能性がたかい。

この難点は、「春日野（かすがのに）」を妥当な本文とすれば解消されるが、当該歌をつたえる最古写本である類聚古集の本文は無視しえない。そのため、本来は本文「春山」、附訓「はるやまの」であったのだが、附訓の「の」を本文に反映させて「春山野」としてしまい（類聚古集、廣瀬本）、これではすわりが悪いことから、さらに「春日野」という一般性のたかい地名にあらためられた（紀州本、新点本）のではないだろうか――と誤写の過程を推定した『新校』の編者のひとり澤瀉久孝の説[33]が現在ひろく支持され、多くのテキストのよるところとなっている。

ただし、大系と『全註釋』はこの誤写説を支持せず、とくに『全註釋』は「春日野とあるものを改めるわけにも行かない」と、多くの伝本に「春日野」とあることを重視している。これも一理ある態度ではあろう。もっとも、廣瀬本が発見された現在では、この発言の意義はやや薄れたと考えてよいだろうし、本章の趣旨からすれば、『赤人集』の本文が以下のとおりであることも見逃せない。

はる山にいるうくひすのあひわかれ　かへりますまのおもひするかも　（西・一八〇）

ここも三系統そろって「はる山に（陽・六九「春山に」、書・六一「はるやまに」）」とあり、本文に関する不安はない。一節でとりあげた二首とおなじく、誤写説と合致する本文を『赤人集』は有しているとみられる。この点については『注釋』にも指摘があり、傍証たりえる例といってよいであろう。

問題は第二句である。宣長が「犬は友の誤」（『略解』所引宣長説）とし、この誤写説が類聚古集の本文と合致したこともあって、現在通説として支持されている。「友鶯」はほかに例のないことばであるが、『懐風藻』の釈智蔵作に「友を求めて鶯樹に嫣ひ、香を含みて花叢に笑まふ。遨遊の志を喜ぶと雖も、還りて媿づ雕虫に乏しきことを」（八）とあることから、「「友鶯」の語があるのも不思議ではない」（『全注』）と認定されている。また、漢籍とのかかわりを、殊に『釋注』が詳説していて、『毛詩』、『文選』、『玉台新詠』などに「友を求めつつ群れ飛ぶ鶯」が詠まれることを指摘し、そのように仲間をもとめる鶯が「鳴き別れ」るという点に、つよい悲しみの情がこもると当該歌の表現を分析する。

しかし、本文を意改することが多いと指摘される類聚古集[35]一本によって「友鶯」とすることは、本当に妥当な校訂なのだろうか。初句とは異なり新出の廣瀬本にも「犬」とあって、不安は少なくない。意改とは考えない場合でも、類聚古集が「犬」の異体字「犮」を「とも」に訓み誤った可能性も想定でき、問題の多い本文といっていい。

また当該歌は「春相聞」中の一首であり、「泣き別れしてお帰りになる間も、思ってください、私のことを」（『全注』）という下三句の歌意からみても、後朝の男を見送る女うたと解すのが妥当であろう。「男性間の歌と見ることができる」（『全注』）とも指摘されるが、「長皇子与皇弟御歌一首」（巻二・一三〇題詞）のように男女間のやりとりでないとわかる場合、あるいは題詞や左注等から明確に宴席歌であることが確認できる場合をのぞけば、相聞歌は恋うたとして把握する方が、蓋然性はたかいはずである。

とすると、いかに哀惜を述べるためとはいっても、「友鶯」はふさわしからぬ表現ではないだろうか。というよりも、「友鶯」という本文こそが「男性間の歌」という理解をささえているのであるから、前提となる本文がもしも妥当でないのなら、如上の見方を採用する必然性はかならずしもない。

ここで前掲した『赤人集』に目をむけると、「いるうくひすの」とある。「いぬる」を誤写したのか、それとも字余りをきらって「ぬ」を落としたのか、事情は不明であるが、「友鶯」ではなく「犬鶯」にもとづく本文であることはたしかだろう。類聚古集以前の『萬葉集』の影響下にある『赤人集』と、多くの『萬葉集』伝本が共通して「犬鶯」とする事実は、この本文を尊重して、当該歌を読解すべきことを示唆している。

結論を述べれば、初二句「春山犬鶯」は旧訓によって「春山を去ぬる鶯」と訓むべきではないか。うたの意は、「春山から飛び去っていく鶯が鳴く、そのように泣き別れしてお帰りになるあいだも、思っていてください、私を」となるだろう。

このように解すと、活用語尾ルが表記されないことになるが、当該例はいわゆる略体表記歌であるから、とくに不審とするにあたらない。また、動詞「去ぬ」を「犬」と表記するのは異例であるが、集中には「猿二鴨似（猿にかも似る）」（巻三・三四四結句）、「鳴成智鳥　何師鴨（鳴くなる千鳥　何しかも）」（巻七・一二五一第二、三句）、「鳴尓鶏鵡鴨（鳴きにけむかも）」（巻八・一四三一結句）、「相見鶴鴨（あひ見つるかも）」（巻一・八一結句）のように、借訓をまじえ、複数の動物の漢字をもちいる戯訓表記も存する。ここもその一斑とみることは可能であろう。

以上のように考えれば、当該歌を相聞歌の大勢を占める恋うたとして把握することができ、「千度の限り恋ひ渡るかも」（一八九一）、「我にまさりて物思ふらめや」（一八九二）のような後続歌の恋情表現とも近似する。『赤人集』を参照しての本文校訂は、無理のない解釈をみちびくと考えられるのではないか。

おわりに

以上、巻十抄本を母体とする『赤人集』が、同巻の現存最古写本である元暦校本以前の本文を部分的につたえているという私見にもとづき、この私家集による『萬葉集』本文校訂の可能性を追究した。

『萬葉集』の本文校訂に際して、本文（漢字本文）だけを尊重するのではなく、この集の附訓[36]や私家集等の「訓読資料」の価値も再検証し、利用可能なものは取るべきと述べたのは佐竹昭広で[37]、「今年の夏の陰尓将レ化疑」（巻七・一〇九九、諸本「陰尓将比疑」。このうたは次章で検討する）、「今作る斑の衣面影」（同・一二九六、諸本「面就」）のように、その改訂が通説化したケースもいくらかある。もっとも個々の例には批判が寄せられる場合もあり[38]、批判に頷かれる場合も多いが、佐竹の方法自体を否定する必要はないと考える。佐竹論の是非は、校勘資料の成立時期や伝本の残存状況にも左右されるはずである。

その点『赤人集』は、元暦校本以前の段階で抄本化した可能性がたかく、しかも平安時代の伝本（西本願寺本）が現存する。また、一節でふれたように、『萬葉集』のあきらかな誤写を訂せる場合もあり、校勘資料としての価値は充分だろう。この前提をふまえれば、次点本諸本の本文の対立に際して、『赤人集』を根拠に、いずれの伝本が妥当かを推定した如上の検証にも、一定の価値をみとめうるとおもう。

『萬葉集』の本文校訂に関しては、乾善彦が写本における文字の通用・異同の認定という問題から校訂の根幹部分を再考している[39]。また、小川も伝本の情報を並列的に捉えるのではなく、個々の本の性格を吟味したうえでの検証の必要性を説く[40]など、従来の方法に修正をせまるすぐれた論考が近年公表されている。両氏はその手法にもとづく具体例にも言及する。ただ、序論でも概括したように、『萬葉集』研究の総体からみれば、本文校訂に関する研究は決して顕著とはいえない。とくに佐竹説を再評価する方向での研究は、ほとんどなされてこなかったと断じてよいであろう。

本章ではこのような研究動向をふまえ、第一部で詳細にその性格を検討した『赤人集』を材料に考証をなした。校勘資料の重要性を具体的に指摘したことを確認し、次章以降もさらに多様な方向から本文校訂の可能性を追究する。

注

（1）巻十の順序をおおむね維持する排列や題詞・左注の残存状況に照らして、『赤人集』に伝誦的性格をみとめるべきでないことは、序論第三節で述べたとおりである。

（2）田中大士「長歌訓から見た万葉集の系統――平仮名訓本と片仮名訓本――」（『和歌文学研究』第八十九号・二

○○四）。拙稿「伝本と本文の問題――本文異同の実例から」（『萬葉写本学入門　上代文学研究法セミナー』笠間書院・二〇一六）でもこの点に言及した。

（3）新沢典子「赤人集と次点における万葉集巻十異伝の本文化」（『上代文学』第一一四号・二〇一五）では、巻十の「一云」の本文への検討から、『赤人集』が異本系の『萬葉集』から派生した可能性のあることを指摘する。

（4）山崎節子「赤人集考」（『國語國文』第四十五巻第九号・一九七六）、同「陽明文庫（一〇・六八）「赤人」について」（『和歌文学研究』第四十七号・一九八三）

（5）久曾神昇『三十六人集』（塙書房・一九六〇）、新藤協三「三十六人集」（『和歌文学大辞典』日本文学 web 図書館）

（6）ただし、小川靖彦「「心」と「詞」――萬葉集訓読の方法――」（『萬葉学史の研究〔第二刷〕』おうふう・二〇〇八、初出一九九七）が指摘するように、仙覚の校訂成果が都の文化圏で広く参照されるようになるのは十四世紀後半以降であるから、近世初期書写の陽明文庫本（国文学研究資料館編『陽明文庫　王朝和歌集影』勉誠出版・二〇一二）はともかく、十三世紀末に書写された資経本（小林一彦「資経」『和歌文学大辞典』）は仙覚本の影響をうける可能性がとぼしい。また、実際に本文にあたってみると、陽明文庫本もふくめて、三系統の本文に仙覚の訓を取り入れた痕跡はみとめられない。藤田洋治「赤人集・内閣文庫本の本文性格――歌仙家集本系及び万葉集との関係から――」（『東京成徳短期大学紀要』第三十号・一九九七）が指摘するとおり、『赤人集』の校訂に『萬葉集』が利用される場合のあることは念頭におかねばなるまいが、当該二本に関しては、そのような徴証はとくに見出しがたい。

（7）仮名萬葉文献の利用が諸伝本の精査をふまえてなされるべきであることは、樋口百合子『『歌枕名寄』伝本の研究　研究編 資料編』（和泉書院・二〇一三）、同「中世名所歌集所収の万葉歌の価値」（前掲（2）『萬葉写本学入門』）に指摘があり、この理解を追認する。

（8）片桐洋一・山崎「解題（赤人集）」（『新編国歌大観』）

（9）石田穣二「ことばの世界としての源氏物語」（『源氏物語攷その他』笠間書院・一九八九、初出一九七七）、工藤重矩「源氏物語の本文校訂と解釈――一つの伝本を尊重する読みをめぐって――」（『古代文学論叢』第二十輯・武蔵野書院・二〇一五）など。この問題に関する私見は第一部第三章注（24）にしめしたので、再論はしない。

（10）佐竹昭広「萬葉集本文批判の一方法」（『萬葉集抜書』岩波現代文庫・二〇〇〇、初出一九五二）、同「本文批

評の方法と課題」（『萬葉集大成』第十一巻・平凡社・一九五五）

（11）本文の引用は凡例に述べたとおりであるが、『萬葉集』に関しては『校本』や各種影印や複製を参照し、次点本とCD-ROMにおける本文と訓の相違を適宜指摘する。

（12）野呂香「正保版本『歌仙歌集』書入本の分類——契沖書入本と冨士谷校本と——」（『和歌文学研究』第九十四号・二〇〇七）

（13）陽明文庫本のみ「ふれ」とあるが、「よにふれはしも」では歌意も通じず、「ふれ」は「われ」の誤写であろう。

（14）垣見修司「万葉集巻七訓詁存疑——面就・色服染・耳言為——」（『高岡市万葉歴史館紀要』第二十三号・二〇一三）。ただし、垣見は萬葉歌と赤人集歌の関係を「類歌」と捉えており、筆者とは理解を異にする。

（15）なお西本願寺本に「在イ古本」、京都大学本代赭書入に「春之在《ハルノナレ》去イ本」とある。

（16）田中「万葉集仙覚校訂本の源泉」（『アナホリッシュ國文學』第一号・二〇一二）、同「万葉集仙覚寛元本の底本——京大本代赭書き入れと仙覚奥書からの考察——」（『上代文学』第一一三号・二〇一四）

（17）とくに必要がないかぎり、附訓の平仮名、片仮名の別は明示しない。

（18）書陵部本は初二句を「みわたせはかすかの、へに」（七五）とするが、これは一九一三番歌の初二句「見渡者春日之野邊」が混入したものである。

（19）草川昇編『五本対照類聚名義抄和訓集成』㈢（汲古書院・二〇〇一）、築島裕編『訓點語彙集成』第一巻（汲古書院・二〇〇七）

（20）工藤力男「孤立する訓仮名——憶良「老身重病」歌の「裳」——」（『萬葉集校注拾遺』笠間書院・二〇〇八、初出一九八八）

（21）ほかに、巻八・一四二二第二句、一四三〇結句、巻十・二〇四五第二句の三例がある。

（22）小川「天暦古点の詩法」（前掲（6）『萬葉学史の研究〔第二版〕』、初出一九九九）

（23）三本に異同のない例をとりあげたが、異同のある例にも「春去来之」（一八二四第二句）を「はるはたちきに」（西・一一二九）、「思子之」（一九六五初句）を「おもふらん」（書・一一二二、陽・一一三四は「おもふ覧」）、「酢軽成野之」（一九七九第二句）を、「すこくなくなる」（西・一一五八、書・一一三八は「なくなり」）などがある。

（24）書陵部本は脱落。

(25)『古事記』、『日本書紀』には音仮名例があるので、上代の音仮名として「芝」が利用されなかったというわけではない。

(26)元暦校本も訓はナ、ヨとする。なお、『赤人集』とおなじく『拾遺和歌集』以前の成立と目される『古今和歌六帖』（四四四）にも「な、よ」とあり、この本文が当時流布していた可能性を示唆する。ただし、『六帖』の伝本には中世末をさかのぼるものがなく、参考にとどまる。

(27)ほかに、巻三・四二九、巻九・一七〇六、巻十五・三六一五の三例がある。

(28)紀州本の頭書にも「或　早霧」とある。また、『赤人集』は三系統とも「あしひきの」と、第二句の「八重山」に呼応した枕詞に改変されてしまっている。枕詞への改変自体は次点にも例があり（前掲（22））、それ自体は奇異とみるにあたらない。問題は意図的か、誤写かである。かりに誤写とみると、「あさかすみ」よりは「あさきりの」の方が「あしひきの」へ誤られる可能性はたかいだろう。

(29)『全注』は類聚古集以外に「霧」とする本文がないことを理由に「霞」を採用するが、同書刊行（一九八九年）以降に紹介された廣瀬本に「霧」とあることは、この見方に修正の余地がありうることを示唆する。また、前掲（2）田中「長歌訓から見た万葉集の系統」など、田中の一連の研究が元暦校本代赭書入を片仮名傍訓本中の一伝本として位置づけることを加味すれば、「霧」と「霞」のいずれが優勢かを、『萬葉集』の本文異同から決定することは困難である。

(30)巻十八・四〇四七、四〇四八、四〇四九、四〇五五、四一〇六番歌の五首。

(31)池上禎造「巻十七・十八・十九・二十論」（『萬葉集講座』第六巻・春陽堂・一九三三）、大野晋「『万葉集』巻十八の本文について」（『語学と文学の間』岩波現代文庫・二〇〇六、初出一九四五）

(32)乾善彦「万葉集巻十八補修説の行方」（『高岡市万葉歴史館紀要』第十四号・二〇〇四）

(33)澤瀉久孝「「春日野」か「春山」か」（『萬葉古徑』二・中公文庫・一九七九、初出一九四六）

(34)『懐風藻』の引用は古典大系による。

(35)井手至「類聚古集の換字――表音仮名の場合――」（『遊文録　国語史篇』二・和泉書院・一九九九、初出一九六六）、北井勝也「類聚古集の本文改変――独立異文の検討から――」（『国文学（関西大学）』第七十三号・一九九五）、同「類聚古集における意改」（『美夫君志』第五十二号・一九九六）など。

（36）ただし、古訓も平安時代における『萬葉集』享受の一斑であることは、前掲（22）、新沢「万葉歌における歌ことばの変容――「オクマヘテ」の解釈を通じて――」（『国語国文学』第九一号、二〇〇二）などが指摘するとおりである。古訓の信頼性に関しては、第三部第三章、同第四章でも言及する。

（37）前掲（10）

（38）八木京子「笠女郎の文字「為形」と「面景」――万葉集巻四・六〇二番歌――」（『国文目白』第四十三号・二〇〇四）、菊川恵三「「面就」は「面影」か――巻七・一二九六番歌、佐竹説を検証する――」（『叙説』第三十七号・二〇一〇）、前掲（14）垣見など。

（39）乾「文字の異同と通用」（『漢字による日本語書記の史的研究』（塙書房・二〇〇三、初出一九九一）

（40）小川「「書物」としての萬葉集古写本――新しい本文研究に向けて（「継色紙」・金沢本萬葉集を通じて）――」（『萬葉語文研究』第七集、二〇一一）、同『万葉集と日本人　読み継がれる千二百年の歴史』（KADOKAWA・二〇一四）

第二章　萬葉集の本文校訂と古今和歌六帖の本文異同
――佐竹昭広説の追認と再考――

はじめに

前章に引きつづき、仮名文献を活用し『萬葉集』の本文校訂に小さな一石を投じることが本章の目的となる。考察にさきだって、まずは根幹にあたる成立と伝本の伝来について確認する。『萬葉集』全二十巻がほぼ現在の形にいたったのは、一般に八世紀末から九世紀初頭ごろと推定されている(1)。内外の徴証に照らして妥当な見方といってよいだろう。

ただし、現存する最古の「完本(2)」は十三世紀末書写の西本願寺本で、しかも仙覚が文永三年（一二六六）に諸本を校合した校訂本（新点本）でもあるから、平安時代、ないしはこの時代の伝本の形態を保持する次点本と比較すれば、本文校訂における価値はいくらか低下する。西本願寺本自体、巻十二の欠を異本（次点本）でおぎなう取り合わせ本(3)でもある。

一方の次点本は零本が多く、比較的多くの巻を残存させる元暦校本・類聚古集・廣瀨本・紀州本にも瑕疵は少なくない。元暦校本は二千首ほどを逸し、類聚古集は類纂本であるから排列が著しく相違するうえ、本文に意図的改変が多い。(4)廣瀬本は建保三年（一二一四）に書写された定家本からの転写本ではあるものの(5)、該本自体は天明元年（一七八七）とかなり後代の写本であり、巻十の後半を欠く。紀州本も前半十巻が次点本、後半十巻は新点本という取り合わせ本と、それぞれ問題を抱えている。

しかも平安時代には『萬葉集』の抄本が流布していた痕跡があり(6)、また末尾九十四首を欠いた本が「証本」として尊重されるなど(7)、多様な形態の伝本が存していた。しかし、現存する古写本につくと、長歌訓をほとんど記さない平仮名訓本と、相当数の長歌に訓を附す片仮名訓本の二系統に大別できてしまい(8)、別本といえるような伝本がつたわっているわけでもない(9)。散佚本も少なくないことをかんがみれば、現存伝本のみを対象とした本文校訂によって充分な成果がのぞめるかどうか、一抹の不安がないでもない。

また一九二四年以降、数次にわたって刊行された『校本』によって、主要伝本間の異同を一望することが可能となり、校異の確認は比較的容易となった。しかしその至便さゆえに、かえって本文校訂研究が『校本』に束縛され、あらたな可能性を模索する方向に向かわなくなったこともたしかであろう。

このような現状の打破をめざして、参観するに足る校勘資料発掘の必要性をうったえたのが、「勅撰集、私撰集、仮名書本、注釈書、歌学書、歌合判詞等々」などの仮名文献に引用される萬葉歌も『萬葉集』の本文校訂の材料とすべきと論じ、いくつかの例で校訂の成果をしめした佐竹昭広の研究であった(10)。

この佐竹説は、「そのまま今日の方法」(11)と評価される一方、個々の例に即しては再検証の余地があることも近時指摘されている(12)。具体例に多くの問題があるとすれば、方法の正当性自体が危惧されることにもなろうから、本章でも先行研究の驥尾に附し、仮名文献による本文校訂の妥当性を探ってみたい。

一　誤写説の妥当性

本章では、佐竹論を根拠に誤写説が通用しているうち、巻七・一〇九九番歌を対象とする。まずは白文と訓読文を掲出する。

詠レ岳

片岡之　此向峯　椎蒔者　今年夏之　陰尓将レ化疑

【片岡のこの向つ峰に椎蒔かば　今年の夏の陰にならむか】

傍線を附した結句が問題で、現存諸本は例外なく「陰尓将比疑」に作る。掲出本文は佐竹論にもとづくが、誤写説によらない注釈書もあるので、順序としては、佐竹説を検証するまえに伝本のままの本文で解釈できないかを確認しておく必要があるだろう。

伝本の本文を採用しての訓読には「かげになみむか」（『全釋』、『私注』など）、「かげにたぐはむ」（『金子評釋』）、「かげにそへむか」（『窪田評釋』、『全註釋』、大系、『全歌』など）、「かげになそへむ」（講談社文庫）の四種がある。[13] なお、講談社文庫の「なそへむ」のみは「比疑」を熟語とみるため、疑問の助詞を缺く。

「なみむか」と訓む場合「今年の夏の木陰に竝んで茂ることであらうか」（『私注』）と解釈されるが、「椎」と「陰」がならぶという表現はやや唐突な感があり、だからこそ「竝んで茂ることであらうか」（『私注』）、「今年ノ夏ノ日ヲヨケテ涼ム蔭トシテ生ヒ並ブデアラウカ」（『全釋』）のように、「茂る」や「生ヒ」といったことばをおぎなって訳出することになるのだろう。『金子評釋』の「たぐはむ」も同様で、「椎の實を蒔かうならば、それが生ひ立つて、今年の夏の樹蔭にたぐはうよ（傍点原文ママ）」と、かなり語句を補充して訳している。いずれも不自然さは否めない。

一方、「そへむか」を支持する注釈書は比較的多く、近時も『全歌』がこの説により、「今年の夏の木陰になぞらえることができるだろうか」と解す。講談社文庫の「なそへむ」もこれにちかく、「今年の夏の陰に見立てられようか」と訳している。

この二説は『全歌』が「陰」を「木陰」におきかえる点にいくらか問題があり、また講談社文庫が「比疑」を熟語とする点[14]は適切な傍証を得難いのではないかという疑問はあるが、「なみむか」や「たぐはむ」と訓む場合のような訳出時の無理はなく、解釈にもそれほど違和感はない。誤写説が、本来は現存本文のままでは適切な解釈がえられない場合の次善の策であることを考慮すれば、これらの説によるのも一案とはいえる。

しかし、解釈上は可能にみえるこの二説についても、訓読と『萬葉集』の用字という二点を念頭におくと、にわかに首肯しがたくなる。まず用字の面から確認すると、『萬葉集』に「比」は八百以上の例があり、「還比奴礼婆《かへらひぬれば》」（巻一・五第十八句）、「鴨之羽我比尓《かものはがひに》」（巻一・六四第二句）のような、音仮名ヒとしての使用がもっとも一般的である。

また、「比来不見尓《このころみぬに》」（巻二・一二三第四句）、「此月比乎《このつきごろを》」（巻四・五八八結句）のように、コノやコロの訓字として利用される場合も多い。なかには「止息比者鴨《よどむころかも》」（巻四・六三〇結句）、「比者《このころは》」（巻四・六八六初句）のように「比者」でコロと訓ませる例や、「比」がコノコロ全体に対応するとおぼしき例も存する。しかし、「なむ（並）」や「そふ（副）」、「なそふ（擬）」と訓まれることはない。傾向は以下のとおりである。[15]

①音仮名ヒ（ビをふくむ）……七五三例

②コノ・コロ類……四十八例

③その他……一例

以上のように、「比」は音仮名、訓字いずれの場合でも、固定的に使用されている。当該歌を「陰尓将比疑」とみとめる場合、①・②のいずれとみることも無理であるから、誤写説の蓋然性はたかいといってよいだろう。③に該当する一例が問題で、その「大夫毛　如此戀家流乎　幼婦之　戀情尓　比《たぐひ》有目八方《あらめやも》」（巻四・五八二）の結句中の「比」は、タグフと訓むのが通説である。当該歌に類した訓が附されており、無視しえない例といってよい。

なお、五八二番歌の結句は訓字表記であるため、確実な訓みは特定しがたく、「ならべなめやも」（『全註釋』）[16]と訓む説もある。この説を取る場合は、単独母音をふくむ奇数句は原則として八音になるという字余り論の成果を考慮し、「ならべあらめやも」とあらためるべきであろう。

ただ、いずれの訓をとるにしても、「大夫《ますらを》のあなたが恋しているといっても、私の気持ちに勝りましょうか」という大意からすれば、問題の結句がたがいの恋心の強さを比す意であることはたしかであろう。この例は、当該歌を「陰尓将比疑」という伝本の本文によって読解する場合には、唯一傍証となる可能性を持つ。

だが右の例を根拠として、誤写説を排除することは困難ではないだろうか。まず、五八二番歌の結句の場合は、アラメヤモに「比」が上接する形となっているが、動詞アリが後続する以上、ここの「比」は名詞のはずで[17]、当該歌と異なる。

既述のとおり、ほかの「比」はすべて音仮名か、コノやコロに相当する訓字であり、集中に「比」を動詞にもちいた例はみあたらない。当該例を唯一の例外とみるべきだろうか。既述のとおり「比」は集中で八百以上も使用されている。にもかかわらず、ひとつも動詞の確例がないという事実は、「陰尓将比疑」という本文の蓋然性を疑わせる材料といっていい。

訓読という観点からみても、「そへむか」や「なそへむ」には不審な点がある。それは「比」を「そふ」、あるいは「なそ（ぞ）ふ」と訓む例は、『類聚名義抄』や平安時代前中期の訓点資料にも見出せない[18]ということである。用例を欠く以上、さかのぼって『萬葉集』の時代に「比」をソフやナゾフの類に訓んだという確証もなく、積極的に肯定する理由はない。

以上のような傾向を確認していくと、近時の諸注が多く誤写説を採用するのは、合理的な結論と考えてよいであろう。以下では佐竹論自体を俎上に載せたい。

二　佐竹説の再検証

さて、問題の誤写説であるが、この推定は佐竹のオリジナルではない。『略解』が「陰は日をさへん爲、ナミムカは、生ヒ竝ムカと言ふなり。又比は成の誤にてナラムカなりしにや」と述べ、一案として「比」は「成」の誤写かと指摘したことが発端である。

さらに、くだって『古義』も「陰は、日光を蔽《オフハ》むための陰を云、將比《ナミム》は、生並《オヒナミ》むと云か、又比は化の誤にて、ナラムカにてもあらむか（傍点原文ママ）」と、「比」から「化」という誤写説を、これも一案として提示した。この『古義』の一案は『総釋』や全書に採用されるなど、一定の影響力を持つことになる。しかし前節で述べたとおり、依然「陰尓将比疑」という伝本の本文を支持する注釈書も多かった。趨勢が決するのは『注釋』が佐竹論を支持し、誤写説の妥当性を提示して以降である。まずは佐竹の論旨から確認すると、以下のように『古義』説に賛意を表している。

この歌、萬葉歌千二百余を採録した古今和歌六帖（第六、しひ）に「陰にならんかも」（寛文九年板本）とある。「比は成の誤」かと考えた略解の一説よりも、「化の誤」ではないかと見た古義の説に賛成する。[19]

『古義』説をよしとする理由は説明されていないが、おそらく「成」よりも「化」の方が「比」と字体が近似するためであろう。それはともかく、この佐竹の指摘が以降の注釈史に大きな影響をあたえたことは、諸注の以下のような解説から察することができる。

・佐竹昭廣君（「萬葉集本文批評の一方法」萬葉第四號、昭和廿七年七月）が古今六帖にこの歌をあげて「陰にならむかも」とあるにより、……「化」の誤とされたに従ふべきものと思ふ。（『注釋』）

・古今和歌六帖（第六、しひ）に「陰にならむかも」とあるのが「将《ナラ》レ化《ム》」という本文のあとを伝えており（佐竹昭広『萬葉集抜書』）、古写本類すべて「比」であるのは、早い時期に誤ったものと見られる。（『全注』）

・「化」が本来の文字であることについては、佐竹昭広『万葉集抜書』に説がある。（『釋注』）

『古今和歌六帖』という具体的な傍証を提示した佐竹論によって、通常は疑問視されやすい誤写説の是認されていった過程が、如上の諸注の記述からは容易に確認しうる。

ほかに古典集成・新編全集・新大系（新版岩波文庫）・和歌大系・『新校注』・『全解』と、『全歌』をのぞく近年のテキストは総じて誤写説を採用しており、影響の大きさがうかがえる。第三句「椎蒔かば」との呼応も順当であり、訓みとしてはこの案が適切であろう。

問題は本文である。佐竹論が傍証とした『古今和歌六帖』は、貞元元年（九七六）以降に成立した[20]類題和歌集で、先行する歌集から多数のうたを載録している。とくに『萬葉集』から採取されたとおぼしきうたは多く、総歌数約四千五百首のうち、少なくとも千百首以上が萬葉歌であると認定する点は、多くの先行研究に一致している。[21]この『六帖』所収の萬葉歌については、部分的に伝承歌が混入した可能性も指摘されてはいるものの、大部分は『萬葉集』から抜き出されたと認定しうる。[22]

また『萬葉集』加点事業の嚆矢として知られるいわゆる天暦古点は、天暦五年（九五一）にはじまり、同十年には完了したと推定されているから、十世紀後半という『六帖』の成立時期を考慮すると、同書が参照した『萬葉集』には訓が附されていた可能性がたかい。(23)もっとも、天暦古点以前に成立した『和名類聚抄』などに『萬葉集』の附訓の痕跡のあることが指摘されており、(24)天暦古点と六帖萬葉歌は別系統との推測もあるから、(25)『六帖』が参照した『萬葉集』の実態については確証をえがたい。

確実で、しかも重要なのは『六帖』の編者が十世紀後半ごろに存した『萬葉集』を参観していたという点である。この時期に書写されたと考えられる『萬葉集』の伝本は、仮名書きの断簡（下絵萬葉集抄切）が現存しているにすぎず、同時代の萬葉歌の姿をある程度保持するとおぼしき『六帖』は、貴重な資料であると考えてよいだろう。また、天暦古点かどうかは別として、時期的に訓は附されていたのだから、佐竹が『六帖』を『萬葉集』本文校訂の有力な材料とみとめ、諸注がそれを支持したことは、納得のできる態度といってよい。

しかし、説得的な如上の推定にも疑問がなくはない。それは佐竹の依拠する『六帖』が、寛文九年（一六六九）版本だという点である。『六帖』には中世末以前の伝本がつたわらないが、それでも文禄四年（一五九五）の書写奥書をもつ永青文庫本や、近世初期写の桂宮本・御所本などが現存している。

これらの写本の第一帖末尾には、嘉禄三年（一二二七）に源家長が藤原定家の所蔵本を書写し、さらにいくつかの伝本と校合した旨の識語が共通してのこされている。(26)伝本間の異同もそれほど著しくはない。書写過程での誤脱等は想定する必要があるが、写本群は鎌倉初期の伝本の姿をある程度とどめていると見做せる。写本間に異同のない場合には、定家本の本文を保持する可能性もあるだろう。

対して、佐竹が依拠した寛文九年版本は、仙覚本系統の『萬葉集』によって校訂されていることが大久保正によって指摘されており、(27)『萬葉集』の本文校訂に利用するに際しては、とくに注意すべき本といってよい。複数の伝本を並列的に捉えることで有効な情報を引き出すことのできた『赤人集』と異なる方針で、『六帖』は利用する必要があろう。

このような論の展開は、あるいは二重規範と評されるかもしれない。しかし、決してそうではない。『赤人集』三系統の古写本の場合には、本文的徴証に照らして、『萬葉集』によって本文校訂がなされていないことが確認できるからである（第一部第三章、本部第一章）。検討対象である萬葉歌のありようが異なる以上、このふたつの歌集の萬葉歌を同一基準で裁断する方が、むしろ問題は大きいといわねばなるまい。

なお、近年になって寛文九年版本本文の古態性を説く論が古瀬雅義によって提出されている。[28] 行論上重要な指摘であるので、検討をくわえておきたい。氏は、三巻本『枕草子』第三十七段の以下の場面に『六帖』からの影響が看取できると指摘する。

楠の木は、木立多かる所にも、ことにまじらひ立てらず、おどろおどろしき思ひやりなどうとましきを、千枝に分かれて、恋する人のためしに言はれたるこそ、誰かは数を知りて言ひはじめけむと思ふに、をかしけれ。[29]

傍線部二箇所が問題となる。この場面が『六帖』所収歌をふまえること自体は、いくつかの先行研究によって承認されており、追認すべきとおもう。[30] 問題は本文である。当該歌を桂宮本と寛文九年版本から引用する[31]（第二帖・一〇四九）。

いつみなるしのたのもりのくすのはの　ち丶にわかれてものをこそ思へ　（桂宮本）

いつみなるしのたの森のくすの木の　ちえに別て物をこそ思へ　（寛文九年版本）

第四句の「ち丶」と「ちえ」の異同に関しては、踊り字と「え（衣）」の字体の近似を考慮すれば、さほど問題視する必要はあるまい。実際、永青文庫本の影印は踊り字か「え」か判別のむずかしい字体である。[32] 問題は第三句で、こちらはあきらかに相違している。

しかし『枕草子』に「楠の木」とあるので、同書成立以前の『六帖』の本文が「くすの木」であったと想定し、寛文九年版本の本文を平安時代まで遡行させうるという見方は妥当であろうか。というのも、六帖歌の波線部「しのたのもり」に注目すると、『枕草子』とほぼ同時代の例として、『和泉式部集』の以下の贈答歌があるからである。

　　　道貞去りてのち、帥の宮に参りぬと聞きて、赤染衛門
　うつろはでしばし信田の森を見よ　かへりもぞする葛のうら風　　（三六四）
　　返し
　秋風はすごく吹くとも　葛の葉の恨み顔には見えじとぞ思ふ　　（三六五）

和泉式部が橘道貞と離縁したのち、帥の宮（敦道親王）との関係を知った赤染衛門が、「少し辛抱してあの人を待っていなさい」とたしなめたのに対し、和泉式部が「未練がましいことなんかいわないで、すきっとお別れします」と返したもの。式部の返歌に「葛の葉」とあるので、この贈答歌は写本系『六帖』の本文にちかい。『新古今和歌集』（雑歌下・一八二〇、二一）にもこの歌句で引用されており、本文への信頼性はたかい。

こうなると、どちらが古態本文かと断言することは困難である。片桐洋一が指摘するように[33]、六帖歌が「くまもなく信田の森の下晴れてちえの数さへ見ゆる月かな」（『詞花和歌集』雑上・二九五・徳大寺実能）のように、「信田の森」と「ちえ」のみが摘出され、多く作歌に利用されていることを考慮すれば、『枕草子』の「楠の木」をどこまで重視すべきかも判然としない。「楠の木は、木立多かる所」という文の続きからすると、ここは「楠の葉」たりえない場面だから、『枕草子』が六帖歌をふまえつつも、文脈に即して意図的に語句をあらためた可能性も想定しうる[34]。

少なくともこの一例を根拠として、寛文九年版本の本文が写本系に対して優位であると喧伝することはできない。そうであれば、書写年代やその他の徴証から推して、写本系本文を尊重する方が穏当な態度であろう。佐竹

の依拠した寛文九年版本の本文に古態性をみとめることはやはり困難とおぼしい。この点を確認し、あらためて当該歌の誤写説を再検証する。

三　写本系六帖による誤写説の再建

もちろんこのような事情があっても、写本と寛文九年版本のあいだに大きな異同がなければ問題はないが、当該歌（『六帖』では第六帖・四二六一番歌）の場合、肝心の結句に以下のような相違がある。

かた岡のむかひのみねに椎まかは　ことしの夏の陰にならむかも　（寛文九年版本）

かたをかのむかひのみねにしゐまくは　ことしの夏のかけにせんかも　（永青文庫本・桂宮本・御所本）

佐竹は桂宮本や御所本に「かけにせんかも」とあることを承知のうえで版本の本文を採用したようであるが[35]、ここまで述べてきたように、版本の本文は信頼性を欠く。少なくとも、写本と版本の本文が対立する場合に、積極的に版本をとるべき必然性はとぼしい。

もっとも、仙覚本は結句を「カケニナミムカ」、あるいは「カケニオモヒキ」とするので、寛文九年版本の「陰にならんかも」は『萬葉集』に依拠しての訂正ではないらしい。どのような資料によるかは不明であるが、近世期になると、他の和歌集などに引用された萬葉歌が『萬葉集』だけではなく、その時代に流布していた勅撰集などによっても校訂される場合のあることは、藤田洋治や西田正宏に指摘がある[36]。ここも同様と考えるのが妥当であろうから、版本の本文「蔭にならむかも」は後世の改竄と見て、以下では『萬葉集』と『六帖』写本本文との関係を検討する。

まずは『古義』の推定本文「化」の蓋然性であるが、この漢字は当該例をのぞくと「雲《くも》間《ま》従《より》　狭《さ》化《わたる》月《つき》乃《の》　於《お》

保々思久《ほほしく》　相見子等乎《あひみしこらを》　見因鴨《みるよしもがも》」（巻十一・二四五〇）の一例しか集中にみえないうえに、嘉暦伝承本・類聚古集・廣瀬本といった次点本諸本が「化」、仙覚本が「徑」に作っており、本文に異同がある。「徑」も「化」もワタルと訓むことは可能である。(37)

この本文異同をどう判断すべきか。古典全書や新編全集は次点本によって「化」を採用している。伝本の新旧に照らして首肯しうる態度だが、「徑」の方が集中の訓字表記に照らして蓋然性がたかいことも事実である。六朝・初唐詩に散見する漢語「狭徑」を受容した表記とする山崎福之の指摘(38)も考慮に入れると、仙覚本が古態本文を保持している可能性は否定できない。少なくとも、希少字「化」を本来的な本文と見做す必然はとぼしい。

すると第一節で縷々述べたように、当該歌の結句「陰尓将比疑」に誤りがあることはたしかとして、通説に関しても、写本系の本文にもとづく再検討が必要であろう。

それでは、「又比は成の誤にてナラムカなりしにや」という『略解』の一説はどうか。同書の想定する「陰尓将成疑」という本文は、「成哉君《ならむやきみと》」（巻十一・二四八九第四句）、「還而将レ成《かへりてならむ》」（巻十三・三二六五結句）といった例に照らせば、現行訓「かげにならむか」にふさわしい。また、『名義抄』（観智院本・蓮成院本）に「成」をスと訓む例もあるから、『六帖』が「かげにせんかも」と「訓む」可能性がまったく想定できないわけではない。

しかし、誤写される以前の『六帖』編者が参照した『萬葉集』の本文を「陰尓将成疑」と仮定すると、「かげにせんかも」との関係はやはり理解しにくい。本文が「成」であったのなら、ナルと訓む方が普通だからである。版本の本文を採用すれば問題は解決するが、これに依拠できないことは既述のとおりである。

実際に桂宮本『六帖』を鳥瞰すると、「氣長成奴」（巻二・八五第二句）を「けなかくなり」（二八三九）、「成益物乎」（巻二・一〇八結句）を「ならましものを」（五九〇）、「成尓来鴨」（巻三・三二六結句）を「なりにけるかな」（一五三〇）といったふうに、『萬葉集』の「成」をナルと「訓んだ」例をいくつも拾うことができ、対応関係は顕著である。

もちろん、六帖萬葉歌には『萬葉集』の漢字を素直に訓んだとは考えにくい特異な本文もあるが、(39)当該歌の場合には、ほかの句にそういった痕跡はみとめがたい。「成」を「せん」と訓むとすれば、これはかなり特殊な例ということになる。

「せんかも」との関係から潜在を想定しうるのは、どのような本文か。「せん」はいうまでもなくサ変動詞スに助動詞ムを附した形である。そして、助動詞ムは「将」と対応するから、サ変動詞スにふさわしい漢字をもとめる必要があるということになる。

そして、『萬葉集』の用字に照らして動詞スから想定できるもっとも一般的な漢字は「為」であろう。本来の本文が「陰尓将為疑」であったとすれば、『六帖』が「かげにせんかも」と訓む可能性は非常にたかくなる。しかも「為」であれば、通訓「かげにならむか」との関係も集中の例から説明が可能となる。

……丹杵火尓之《にきびにし》　家従裳出而《いへゆもいでて》　緑兒乃《みどりこの》　哭乎毛置而《なくをもおきて》　朝霧《あさぎりの》　髪鬅為乍《おほになりつつ》　山代乃《やましろの》　相楽山乃《さがらかやまの》　山際《やまのまに》　徃過奴礼《ゆきすぎぬれ》婆《ば》……　（巻三・四八一）

集中この一例のみではあるが、「為」をナルと訓むことがほぼ確定できる例のあることは重要だろう。また『金光明最勝王経』や『観彌勒上生兜率天経賛』の平安初期点にも「為」をナルと訓む例が存し、『名義抄』（観智院本）にもみえるなど、傍証には事欠かない。しかも、「為」の訓としてはナルよりスの方がより一般性がたかいから、『六帖』の「かげにせんかも」は誤読と見做しやすくなる。『萬葉集』は「化」から「比」ではなく、「為」から「比」に誤写されたのではないだろうか。(40)

なお『萬葉集』の伝本を鳥瞰すると、古葉略類聚鈔がカケニセムカモと訓んでおり、写本系『六帖』の本文と一致する点は、いくらか注意が必要であろう。ことによっては「為」の潜在を示唆する傍証ともみえるが、類纂本の先駆たる類聚古集に「かけにみむ」とある以上、この附訓にそれほどふるい来歴があるとは考えにくい。(41)独自訓とみておくのが穏当であろう。

平安時代における流布のありようを考慮に入れれば、『六帖』を参照した可能性も否定できず、古葉略類聚鈔の訓を誤写説の論拠とすることは困難である。『萬葉集』の伝本にのこされた情報から、「為」の潜在をうかがい知ることはできないといってよい。

しかし、『萬葉集』本来の本文を「為」と想定すれば、『六帖』写本の「かげにせんかも」と、現行訓「かげにならむか」は接続しうる。この二種の「附訓」にもとづく「為」から「比」へという誤写説は、蓋然性を持つ推測といってよいのではないか。

おわりに

本章で俎上に載せた『萬葉集』巻七・一〇九九番歌は、伝本のままの本文では解釈しがたいことから、仮名文献である『六帖』所収の萬葉歌を校勘資料として利用する佐竹説が定着している。校勘資料の発掘自体は、伝本の残存状況に難のある『萬葉集』の本文校訂をより実りの多いものとする可能性を秘めているといってよい。

しかし『萬葉集』がそうであるように、『六帖』にも多く伝本が存するのであるから、信頼すべき本文と照応するのでなければ、誤写説の妥当性をみちびくにあたって、充分な効力はのぞめない。佐竹自身も「改竄とか本文の流動」(42)に注意をはらうべきと自身の方法に掣肘をくわえている。同説への近時の批判もこの点に集中しており(43)、本章ではこの点をふまえ、従来活用されていた版本ではなく写本系統の本文を参照することで、当該歌結句の本文が「陰尓将為疑」であった可能性を指摘した。

もちろんこの結論は、「かげにならむか」という現在もっとも妥当と考えられる訓読から逆算したもので、この訓みに問題がある場合には、畢竟、結論も異なるものとなる。

だが、『略解』以来諸注がこの訓みを妥当とみとめ、誤写説を追認してきたことはたしかである。むしろこの訓みにふさわしい本文が模索された結果、誤写説にゆきついたと考える方が精確ですらあろう。通訓「かげにならむか」は、注釈史が歌意を忖度し続け選り抜いた結果の訓といってよく、この訓を起点に本文を検証する価値は充分にあるのではないだろうか。

また、『六帖』と『萬葉集』の関係という点に問題をひろげると、『六帖』の本文が『萬葉集』の漢字文や次点本と相違する理由は、『六帖』所収の萬葉歌に伝誦的性格をみとめるよりも、書写過程の複雑さや(44)、本文の意図的改変や流動性にもとめるべきではないかという見方が浸透しつつある点は、今後の研究動向とかかわって重要であろう(45)。

前者が誤認を重視し、後者は編者の意図に主眼をおく点、この二説にも対立する面はあるのだが、『六帖』が伝来されるなかで本文が変遷したとみる点は共通している。いずれの見方も『萬葉集』と『六帖』が相違する理由を、『六帖』が萬葉歌を摂取した段階にはかならずしももとめない。このような研究動向をかんがみると、『六帖』を参照しての『萬葉集』の本文校訂の可能性はもっと模索されてもよいのではないか。『六帖』の本文への精緻な検証を前提とすることはいうまでもないが、佐竹の方法自体は、なお追認されるべきであるとおもう。

注

(1)　伊藤博『萬葉集の構造と成立』上・下（塙書房・一九七四）。なお、中西進『万葉史の研究』（桜楓社・一九六八）、山口博『万葉集形成の謎』（桜楓社・一九八三）のように、『萬葉集』が現在の形になった時期をくだらせる見方もあるが、以降の論旨にはとくにかかわらないので、通説にしたがう。

（2）西本願寺本を便宜上「完本」と呼称する意義については、序論で述べた。
（3）『校本』一
（4）井手至「類聚古集の換字――表音仮名の場合――」（『遊文録　国語史篇』二・和泉書院・一九九九、初出一九六六）、北井勝也「類聚古集の本文改変――独立異文の検討から――」（『国文学（関西大学）』第七十三号・一九九五）、同「類聚古集における意改」（『美夫君志』第五十二号・一九九六）など。
（5）木下正俊「廣瀬本萬葉集解説」（『校本』十八）
（6）前掲（1）山口、新沢典子「古今和歌六帖と万葉集の異伝」（『日本文学』第五十七巻第一号・二〇〇八）、同「赤人集と次点における万葉集巻十異伝の本文化」（『上代文学』第一一四号・二〇一五）など。第一部第一章でもこの点には言及した。
（7）田中大士「廣瀬本萬葉集の性格――巻二十の特異な傾向をめぐって――」（『文学（季刊）』第六巻第三号・一九九五）、寺島修一「御子左家相伝の『万葉集』の形態」（『武庫川国文』第六十五号・二〇〇五）
（8）田中「長歌訓から見た万葉集の系統――平仮名訓本と片仮名訓本――」（『和歌文学研究』第八十九号・二〇〇四）など。
（9）現存伝本の訓と、この当時の萬葉歌流布の状況がかならずしも一致しないことは、五月女肇志「藤原定家の万葉歌摂取」（『藤原定家論』笠間書院・二〇一一）に指摘がある。
（10）佐竹昭広「萬葉集本文批判の一方法」（『萬葉集抜書』岩波現代文庫・二〇〇〇、初出一九五二）、同「巻七」（『萬葉集大成』第三巻・平凡社・一九五四）、同「本文批評の方法と課題」（『萬葉集大成』第十一巻・一九五五）
（11）工藤力男「孤字と孤語――萬葉集本文批評の一方法――」（『萬葉集校注拾遺』笠間書院・二〇〇八、初出一九八八）
（12）八木京子「笠女郎の文字「為形」と「面景」――万葉集巻四・六〇二番歌――」（『国文目白』第四十三号・二〇〇四）、菊川恵三「「面就」は「面影」か――巻七・一二九六番歌、佐竹説を検証する――」（『叙説』第三十七号・二〇一〇）、垣見修司「万葉集巻七訓詁存疑――面就・色服染・耳言為――」（『高岡市万葉歴史館紀要』第二十三号・二〇一三）など。
（13）『私注』は一案として、「かげにたぐひせむ」、「かげになみむかも」、「かげにそはむかも」といった訓を提示する（補巻）が、いずれも単独母音をふくまない字余り句であり、容認しえない。

（14）『金子評釋』の「これは必ず比擬の熟語と考へられる（傍線原文ママ）」という見解を追認する形となっているが、熟語であることを支持する例は講談社文庫も提示しておらず、やや疑問がある。

（15）用例数は塙書房CD-ROMによる。使用するテキストによって、多少数字は増減する（「比」と「此」の異同など）が、ここでは傾向をしめす。

（16）毛利正守「萬葉集に於ける単語連続と単語結合体」（『萬葉』第百号・一九七九）、山口佳紀『万葉集字余りの研究』（塙書房・二〇〇八）など。

（17）助詞を訓添える可能性もあるが、「比有目八方」と当該句が助辞を綿密に表記する以上、蓋然性はひくいであろう。

（18）草川昇編『五本対照類聚名義抄和訓集成』（汲古書院・二〇〇〇〜〇一）、築島裕編『訓點語彙集成』（汲古書院・二〇〇七〜〇九）による。ソフは一切例がなく、ナゾラフも『法華経単字』保延二年（一一三六）点がもっともふるい。傍証もなく『萬葉集』にさかのぼらせることは困難であろう。

（19）前掲（10）佐竹「萬葉集本文批判の一方法」

（20）後藤利雄「古今和歌六帖の編者と成立年代に就いて」（『國語と國文學』第三十巻第五号・一九五三）が、入集歌の詠作時期の下限を貞元元年と指摘しており、これ以降の成立とみてよい。ただし、山岸徳平「平安時代の文学と萬葉集」（『萬葉集講座』第四巻・春陽堂・一九三三）以来、品川和子「蜻蛉日記の方法と源泉」（『蜻蛉日記の世界形成』武蔵野書院・一九九〇、初出一九六七）、平井卓郎「古今六帖についての一考察——蜻蛉日記の歌との関連において——」（『武蔵大学人文学会雑誌』第一巻第一号・一九六九）、近藤みゆき「『古今和歌六帖』の「歌ことば」」（『古代後期和歌文学の研究』風間書房・二〇〇五、初出一九九八）などは、天徳年間（九五七〜九六一）ごろに『六帖』の編集はある程度終わっており、流布していた可能性も指摘する。いずれにせよ、天暦古点以降の編と判断しうる。

（21）『六帖』所収の萬葉歌の数については、具廷鎬「古今和歌六帖の万葉歌——万葉集からの直接採取をめぐって——」（『文化継承学論集』第二号・二〇〇五）に整理されており、千二百首前後が萬葉歌と見做されていることがわかる。

(22) 大久保正「古今和歌六帖の萬葉歌について」(『萬葉の伝統』塙書房・一九五七、初出同年)
(23) 熊谷直春「秘閣における源順――後撰集と古点作業完成の時期――」(『平安朝前期文学史の研究』桜楓社・一九九二、初出一九七二)。
(24) 築島「万葉集の古訓点と漢文訓読史」(『著作集』第二巻・汲古書院・二〇一五、初出一九七二)、小川靖彦「天暦古点の詩法」(『萬葉学史の研究〔第二刷〕』おうふう・二〇〇八、初出一九九九)
(25) 小川「萬葉学史の研究とは何か」(前掲(24)『萬葉学史の研究〔第二刷〕』)
(26) 本奥書には嘉暦年間に校合した旨と、「従四位上源朝臣《家長也》」との署名がある。家長が従四位上に昇任したのは嘉暦三年で、嘉暦年間はこの年で元徳に改元している。
(27) 前掲(22)
(28) 古瀬雅義「『枕草子』本文から見る先行文学享受の有り様――清少納言が見た『古今和歌六帖』」(『古典籍ガイダンス　王朝文学をよむために』笠間書院・二〇一二)
(29) 角川文庫による。なお、杉山重行編『三巻本枕草子本文集成』(笠間書院・一九九九)によって、論旨に影響を及ぼすような本文異同のないことを確認している。
(30) 田中直「「楠」と「葛」――歌枕の一面――」(『銀杏鳥歌』第一号・一九八八)、片桐洋一『歌枕歌ことば辞典増訂版』(笠間書院・一九九九)
(31) それぞれ、宮内庁書陵部編『古今和歌六帖』上巻(養徳社・一九六七)と『続国歌大観』による。
(32) 永青文庫本の第四句は左のとおり。永青文庫編『細川家永青文庫叢刊　古今和謌六帖』下(汲古書院・一九八三)による。

(33) 前掲(30)片桐
(34) 清少納言が日本漢詩文を「単に朗詠したり、また自分がその詩文を知っているということを示すだけではなく、さらにすすんで、内容を変えて用いたり、それをより理知的に使用」すると木越隆「枕草子の源泉――日本漢詩文――」(『枕草子講座』第四巻・有精堂・一九七六)は指摘する。和歌についても、大洋和俊「清少納言と和歌

――枕草子日記的章段の位相――」（『日本文学』第三十七巻第五号・一九八八）が改作のありようについて詳細に述べている。当該箇所の「楠の木」についても、『六帖』の歌詞を状況にあわせて改変した可能性は想定されてよいであろう。

（35）前掲（10）「萬葉集本文批判の一方法」は桂宮本を参照しているので、この異同も存知であったろう。永青文庫本には言及していない。

（36）藤田洋治「赤人集・内閣文庫本の本文性格――歌仙歌集本系及び万葉集との関係から――」（『東京成徳短期大学紀要』第三十号・一九九七）、西田正宏「国文学研究史《ママ》料館蔵清水谷家文書本『万葉一葉抄』の本文について」（『言語文化研究　日本語日本文学編』第一巻・二〇〇六）。なお、頓阿『井蛙抄』にも「かけにせむかも」とあるので、南北朝期には写本系の本文が流布していたとおぼしい。確実ではないが、版本の本文が後世的であることの傍証となろう。

（37）「徑」は『名義抄』（観智院本など）や『漢書』の「楊雄伝」天暦二年（九四八）点などが、「化」は『新撰字鏡』や『名義抄』（観智院本など）などがワタルと訓む。

（38）山崎福之「本文批判はどこまで可能か。」（『國文學　解釈と教材の研究』第四十一巻第六号・一九九六）

（39）前掲（22）

（40）現存伝本がいずれも「比」とする以上、相当はやい段階での誤写とみられるため、誤写の積極的な理由を想定することは困難だが、桂本や藍紙本のような古写本を鳥瞰すると、左のように極端に字体をくずした「為」の例もみえる。当該歌の場合も、このような字体から書き誤ったとおぼしい。『河海抄』の引く「太后御記」に「先代（醍醐天皇――筆者注）の御手の萬葉集」と、能筆として知られる醍醐帝の書写した抄本が平安中期には存したように、流麗な書体で書かれた『萬葉集』も少なくなかったのではないだろうか。なお図版はそれぞれ、日本名筆選27『桂本万葉集　伝紀貫之筆』、日本名筆選18『藍紙本万葉集　伝藤原公任筆』（二玄社、一九九四）による。

（桂本、巻四・七〇七番歌第二句）

(藍紙本、巻九・一六七〇番歌第四句)

(同巻九・一七九一番歌第二句)

(41) 類聚古集の「かけにみむ」は本文とのへだたりが大きいので、「み」を「せ」の誤写とみとめ、古葉略類聚鈔の附訓を遡及させることも一案ではあるが、前掲(4)の諸論が指摘するように類聚古集の附訓自体に本文と即応しないことを考慮すれば、臆測の域を出ないというのが正直なところである。

(42) 前掲(10)「萬葉集本文批判の一方法」

(43) 前掲(12)

(44) この点に関しては、第一部補説の注(26)にくわしく述べた。

(45) 福田智子「題と本文の間——『古今和歌六帖』諸本の本文異同と『万葉集』——」(『同志社国文学』第七十八号・二〇一三)

第三章　「御名部皇女奉和御歌」本文異同存疑

――諸伝本の字形の傾向から――

はじめに

前章までは、仮名文献所収の萬葉歌に注目することで『萬葉集』本文校訂のあらたな可能性をさぐってきた。従来さほど重視されてこなかった方向であるから、方法として充分に確立させるためには、さらに諸資料の性格を吟味し、検証を蓄積していく必要があるだろう。ただ、『萬葉集』の本文校訂を問題とする以上、やはり根幹をなすのがこの集の伝本（本文）であることは疑いなく、こちらへの再検証も欠かすことはできない。方法自体はすでに出尽くしたともいわれるが[1]、個々の例のみなおしに関しては、従来の方法に即してもなお指摘できる点が少なくないようにおもう。本章では以下の萬葉歌の本文異同を主たる検討対象とすることで、新たな校訂の可能性を提示したい。

御名部皇女奉レ和御歌

我ご大君ものな思ほし　皇神の副而賜流我がなけなくに　（巻一・七七）

【吾大王　物莫御念　須賣神乃　副而賜流　吾莫勿久尓】

当該歌は直前に排された元明天皇の御製、「ますらをの鞆の音すなり　もののふの大臣楯立つらしも」（七六）への御名部皇女の返歌。この贈答歌の意図をめぐっては古来議論があり、直前の標目に「和銅元年（七〇八）戊申」とあることから、前年六月に即位した元明が政情への不安を述べたのに対して、姉が気づかいの返歌をなしたとする説（『代匠記精』）や、『続日本紀』和銅二年（七〇九）三月条にみえる蝦夷征討に関係するとの説（『萬葉考』）が提示されている。

前者の見方が有力であるが、(2)後者を支持するむきもあり、なお通解がえられているとはいいがたい。ただし、ここでは主として本文異同の問題を俎上に載せるので、贈答歌全体の解釈にかかわる如上の点については、これ以上踏みこむことはしない。

まず、近年のテキストや注釈書を鳥瞰すると、問題の第四句以外にも第三句のほかは訓みにいくらか揺れがある。ただ、初句をのぞけばおおむね掲出した形に定まっているとおぼしいので、簡単に確認するにとどめたい。

第二句の「物莫御念」は新編全集が「ものな思ほしそ」(3)と「な〜そ」の形で訓むが、「雲莫棚引」（巻七・一〇八五）、「奈和備和我勢故」（巻十七・三九九七）など、集中にはソを省略する例のあることから、掲出の形を妥当とみる『注釋』の理解が通説となっている。偶数句は単独母音をふくんでも字余りを原則としないから、八音とみる必然はとぼしく、この見解にしたがうべきだろう。

結句の「吾莫勿久尓」についても、ナクニと照応する助詞が「安我麻多奈久尓」（巻十七・三九六〇）、「和我於毛波奈久尓」（巻二十・四四七八）などの例に照らして原則ガであることを、つとに『注釋』が指摘している。『全註釋』や大系などはワレとするが、用例に即する通訓ワガを疑う必要はあるまい。

逆に、初句の「吾大王」についてはワガオホキミとするのが一般で、ワゴとするのは大系と『新校注』くらいである。しかしワゴ（ガ）オホキミという成句の場合、「吾期大王乃」（巻二・一五二）、「和期大皇」（巻十三・三二三四）のように、集中の仮名例の大半がワゴであることは事実で、この傾向を訓字表記例にもおよぼす大系の案も捨てがたい。いずれとも考えられるので、ひとまずワゴオホキミとみておく。

以上のとおり、初句の確定にはやや難もあるが、二句・結句については掲出の形が妥当であろう。この点を確認したうえで、肝心の第四句の検討にうつりたい。

一　先行研究瞥見

さて、まずは当該句の本文異同について、注釈書の記述を確認しつつ、問題の所在をあきらかにしておこう。

・元暦校本をはじめ底本（西本願寺本をさす——筆者注）などの大部分の古写本に、原文が「嗣而」とあり、従来ツギテタマヘルと訓まれていたが、紀州本などに「副而…」と訓める文字があり、これによってソヘテ…と読む。（新編全集）

・第四句「副へて賜へる」の「副へて」の原文は諸本「嗣而」。広瀬本・伝冷泉本・神宮文庫本(4)が「副而」のように見える字形とするのに拠る。（新版岩波文庫）

どちらも第四句に「副而賜流」、「嗣而賜流」という本文異同があることを指摘する。この異同は、ソヘ（副）テタマヘル・ツギ（嗣）テタマヘルと、訓読の相違にも直結し、当該歌を理解するにあたって看過しえない問題となっている。

そして、「従来ツギテタマヘルと訓まれていた」（新編全集）といわれるとおり、大系、『全註釋』、『注釋』、全集、講談社文庫、集成、『全注』など、新編全集以前に刊行された注釈書類は例外なく「嗣而《つぎて》」であった。しかし近年の傾向は一変しており、「副而《そへて》」に校訂する見方が有力となっている。

・「副而」とするもの……新編全集、新大系、和歌大系、『新校注』、新版岩波文庫

・「嗣而」とするもの……『釋注』、『全歌』、『全解』

このうち伊藤博『釋注』は、同氏が校注に参加した集成、担当した『全注』巻第一を踏襲するものだから、新編全集以降で「嗣而」を支持するのは『全歌』と『全解』以外にない。しかも、二書とも校訂に関する具体的な説明がないため、旧説を堅持する理由も不明であり、一見して「嗣而」は分が悪い。

このように変遷した理由は、「「そへて」と訓む新編古典文学全集の説に従う」（新大系）と明記する注釈書があることからも察せられるように、引用した新編全集の指摘に後続のテキスト・注釈書が妥当性をみとめたためであろう。また、新出の廣瀬本が「副」と読みうる本文であったことも、「副而」説が有力となった理由の一端であったとみられる（新大系・新版岩波文庫）。

しかし、新編全集が「元暦校本をはじめ」、「大部分の古写本に、原文が「嗣而」とある」というとおり、ふるい写本が総じて「副而」とするわけではない。また、新版岩波文庫が「「副而」のように見える字形」といい、さかのぼって『全註釋』が「古寫本では、嗣と副とは、しばしば混同しているので、いずれが是なるかを定め難い」と指摘するとおり、「嗣」と「副」は諸本で混同されやすい。すると、そもそもどちらの文字を意図して書かれているのかという問題もあり、本文確定にあたってなお疑問は多い。

しかも、「嗣」とする諸本はもちろん、新編全集が本文校訂の根拠とした紀州本にも、「嗣」の潜在を示唆する(5)かのように「訓はやはりツキテとあ」（『注釋』）り、新出の廣瀬本も同様である。また後述するように、当該例以外の「副」らしき字にもツキ系が附訓されるケースはきわめて多いから、「副」のような字形を即「副」と認定できるかは、加点からみても疑問をのこす。

本章では以上の点を考慮し、『萬葉集』の写本における「嗣」と「副」の関係に焦点をあてることで、当該歌の本文異同に関する私見を提示したい。

二　次点本の書写年代から

当該句の異同についていては、現在どのような認定がおこなわれているのだろうか。まずはこの点を、『校本』や『新校注』頭注を参照し、確認しておきたい（／以前は次点本、以降は新点本）[6]。

・「嗣而」とされるもの……元暦校本、類聚古集／神宮文庫本、西本願寺本、細井本、温故堂本、大矢本、京都大学本、活字無訓本、活字附訓本

・「副而」とされるもの……廣瀬本、紀州本、伝冷泉為頼筆本／金澤文庫本

諸本の多寡についていえば圧倒的に「嗣」が優勢である。しかし、校勘資料として重要な価値をもつ次点本に関しては、「嗣」とされるのが元暦校本と類聚古集の二本であるのに対し、廣瀬本、紀州本、冷泉本は「副」とされる。このうち冷泉本は廣瀬本の親本にあたる定家本の転写本で、かつ廣瀬本の方が善本と判断されるから[7]、実質同一本文である。これら冷泉家系統の本を一本と見做せば、次点本における「嗣」と「副」はほぼ拮抗していることになる。ただし次点本とひとくちにいっても、成立や書写年代を考慮にいれると、少々違った様相がみえてくる。

まず、紀州本は次点本のなかでもめずらしい片仮名傍訓本で、たしかな書写年代は不明だが[8]、同形式の春日本が寛元元年（一二四三）写なので、紀州本もこのころの書写であろうと田中大士は推定している[9]。また田中は片仮名訓本の無訓歌が新点段階での施訓歌とかなりの部分一致することなどから、紀州本が仙覚校訂本の底本に相

当する可能性を示唆している[10]。

紀州本の性格については田中の推定に疑義も寄せられているようであるが[11]、最低限、片仮名訓本である紀州本が、「嗣」とある平仮名訓本の元暦校本（一〇八七～九四年書写[12]）や類聚古集（一一二〇年以前の編[13]）よりも成立のくだることは確実である[14]。

また廣瀬本の底本にあたる定家本は、廣瀬本元奥書にある定家の肩書から、建保三年（一二一四）正月十一日から三月二十八日のあいだに書写されたと判断しうるので[15]、やはり次点本のなかでは比較的あたらしい本である。もっとも定家本については父俊成の本の形態を忠実に模したものとの見解もあり[16]、廣瀬本の字形はそれを示唆するようでもある（後述）から、その源泉が院政期までさかのぼる可能性は否定できない。しかし、いずれにせよ元暦校本や類聚古集をさかのぼるわけではなく、相対的にはあたらしい本とみなせる。

そして「嗣」とある本が一本しかないならば、その本の段階でのミス（誤写、改訂等）を考えるべきであろう。しかし、二本に同一の本文が存在し、しかもその二本が「副」とある本よりもふるいということは、「副」から「嗣」へと変遷する蓋然性は、その逆に比してひくいと判断される。

しかも、前節でふれたとおり諸本の訓が総じてツクであることも念頭におけば、本文と訓が対応する平仮名別提訓本には、単に書写年代がふるいという以上の信頼性を看取することができるのではないだろうか。

三　写本における字形の傾向①――廣瀬本・紀州本の場合

ここまで、次点本の書写年代にもとづき、「副」よりも「嗣」が優先されるべき本文ではないかと述べてきた。しかし、「嗣」とある本の方がふるいとはいっても、「嗣」とある本と「副」とある本のあいだに直接の親子関係が想定できるわけではないので、次点本間の先後関係を指摘するだけでは、なお積極的に「嗣」をとるべき根拠にはならない。

そこで注目したいのが、写本の字形である。活字でみれば「嗣」と「副」は別の字であるが、『全註釈』が指摘するとおり、写本レベルでは、両者の弁別はかならずしも明瞭でない。「「副而」のように見える字形」（新版岩波文庫）と、前掲諸注が「副」とは断言しない点も示唆的で、あらためて検討する価値はあるようにおもう。とくに廣瀬本の底本である定家本は、元暦校本などよりはくだるとしても、平安時代書写の本を継承する可能性はたかいから、紀州本以上に注意をはらうべき本といっていい。そこで、まずは元暦校本（上）と廣瀬本（下）の当該字を掲出する。

元暦校本をみると、左側の下部は「田」のようであるが、右側は「司」とみとめるべき字形である。また、『干禄字書』[17]や本邦の『類聚名義抄』（観智院本）をみると、「嗣」の異体字（俗字）として「嗣」があがっている。字形の近似を考慮すると、元暦校本はこちらの字形を意図した可能性もある。

一方、廣瀬本の字形は認定がむずかしい（冷泉本も類似の字形）。親本を忠実に模したため、このような曖昧な字形になったのだろう。右側はりっとうなので、諸注のいうように「副」のようでもあるが、廣瀬本を通読するとそうは断言できないことに気づく。同本にはつぎのような字形が散見するからである。

①巻一・二九

②巻三・三二四

③同・三八二一

④巻六・一〇四七

⑤同・一〇六五

⑥巻十八・四〇九四

⑦同・四〇九八

⑧巻十九・四二八二左注

いずれも右側がりっとうにみえ、「副」にちかい。また、左側の下部は「田」のように書かれている。なかでも③などは、一字のみを取りだすと「副」としか読めない字形であろう。しかし、これらの字が以下のような文中の例である以上、「嗣」を意図して書かれたものであることは明白である。

①……生れましし神のことごと　つがの木の弥継嗣尓《いやつぎつぎに》　天の下知らしめししを……
②……五百枝さししじに生ひたる　つがの木の弥継嗣尓《いやつぎつぎに》……
③……二神の貴き山の　並み立ちの見が欲し山と　神代より人之言嗣《ひとのいひつぎ》……
④……天皇の神の御代より　敷きませる国にしあれば　生れまさむ御子之嗣継《みこのつぎつぎ》　天の下知らしまさむと……
⑤……白砂清き浜辺は　行き帰り見れども飽かず　うべしこそ見る人ごとに　語嗣《かたりつぎ》偲ひけらしき……
⑥……天皇の神の尊の　御代重ね天乃日嗣等《あまのひつぎと》　知らし来る君の御代御代……
⑦高御座安麻乃日嗣等《あまのひつぎと》　天の下知らしめしける　皇祖の神の尊の……
⑧右一首主人石上朝臣宅嗣

①と②は、集中ほかに「伊也都藝都岐尓」（巻二十・四四六五）などとある定型句、④もその類例である。③、⑤も「神代より伊比都藝家良久」（巻十八・四一〇六）、「大宮人に可多利都藝氏牟」（巻十八・四〇四〇）のように定型的だし、⑥と⑦も提示した「日嗣」のほか「日継」（巻十八・四〇八九）ともあり、いずれも「嗣」以外の字とは考

えにくい。しかも、①〜⑦はいずれもツキ系の訓が附されており、「副」と勘違いされていたわけでもない。

また、漢文中の例である⑧に加点はないが、石上宅嗣は『続日本紀』などにもみえる官人であり、「副」が意図されていないことはあきらかである。いずれの字も「嗣」を意図して書かれたとみて誤るまい。そして、廣瀬本には以上のような字形が散見する一方で、つぎのような例も存在する。

⑨巻六・九〇七

⑩巻八・一四五六題詞

⑪巻九・一八〇一

⑫巻十九・四二五四

⑨瀧の上の三船の山に　みづ枝さししじに生ひたる　とがの木の弥継嗣尓《いやつぎつぎに》……

⑩藤原朝臣廣嗣・櫻花贈娘子歌一首

⑪……或る人は音にも泣きつつ　語嗣《かたりつぎ》偲ひ継ぎ来る　処女らが奥つ城所　我さへに見れば悲しも古思へば

⑫……千代重ね弥継嗣尓《いやつぎつぎに》　知らし来る天の日継と　神ながら我が大君の　天の下治めたまへば……

⑨と⑫は①・②と、⑪は⑤と同様の定型句、⑩も⑧とおなじく『続日本紀』などにみえる官人・藤原廣嗣のことであるから、いずれも「嗣」とあるべき個所である。

このうち、⑨と⑫は左側の下部を「田」のように書くが、右側はあきらかに「司」であるし、『干禄字書』や『類聚名義抄』（観智院本）に存する異体字も念頭におけば、「嗣」とみるのが穏当だろう。

しかし、廣瀬本の「嗣」とあるべき個所の字形の様相を確認していくと、「嗣」が期待される十六箇所[18]のうち、「副」と読みうる字形は十一例をかぞえる（【表1】参照）。「司」よりもりっとうの方が書く手間がはぶけるため、好んで使用され、字形が混同されることとなったのだろう。

【表1】廣瀬本「嗣」一覧

巻・番号	句	字形
1・29	8	副
3・324	6	副
3・382	10	副
6・907	6	嗣
6・1029	**題**	**副**
6・1047	10	副
6・1065	19	副
8・1456	題	嗣
9・1801	25	嗣
12・2959	**4**	**副**
16・3834	2	嗣
18・4094	8	副
18・4098	2	副
19・4254	12	嗣
19・4282	題	副
19・4282	左	副

※「句」は「嗣」の字がある句数をさす。題詞は「題」、左注は「左」とした。

ただし、太字とした巻六・一〇二九番歌題詞と巻十二・二九五九番歌の第四句については、廣瀬本の表記や附訓にやや問題があるので、この二例については個別に検討しておきたい。

⑬巻六・一〇二九題詞

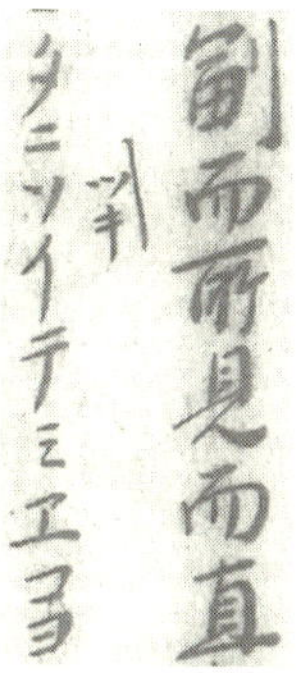

⑭巻十二・二九五九

⑬十二年庚辰冬十月依大宰少貳藤原朝臣廣嗣謀反發軍……

⑭現には言も絶えたり　夢にだに嗣而《つぎて》所レ見与《みえこそ》　直に逢ふまでに(19)

⑬は「副」と読みうる字に「嗣」と傍書する例である。「藤原廣嗣」とあるべき個所だから、この訂正は両字

を区別した結果と考えていいだろう。しかし「副」に書きこまれた訂正記号は、この傍書が定家本段階ではなく、廣瀬本時点での書入れであることをしめすようであるから、「副」から「副」への訂正は後世的なものと考えられる。[20][21]

つぎの⑭は「副而」に対してソイテとあり、これはソヒテのイ音便だろうから、「副」と照応する。この個所については、次点本諸本をみあわせると元暦校本に「つきてみえこよ」とある一方、西本願寺本（巻十二は次点本）には「ソヒテモミヘヨ」とあるので、「ソヒ（イ）テ」は片仮名訓本に共通する訓ということになる。また、西本願寺は本文左に「ツキ」という傍書をもつが、これは仙覚の書入（朱書）であるから、廣瀬本の傍書も仙覚の改訓を反映する可能性がたかい。次点本段階において、⑭は「副」（元暦校本）か「副」（廣瀬本、西本願寺本）かに揺れがあって、「副」の字形が文字どおり「副」と解される場合もあったのだろう。

しかし、ここで確認しておきたいのは、廣瀬本全体の傾向として、本来「副」とあるべき個所が「副」と読みうる字体になっていることはあっても、その逆はないということである。「副」はまず例外なく「副」と読みうる字形となっていて、なかには読みにくい字形もあるが、それはいずれも「副」の左側を極端にくずして書く以下のような例である。

⑮巻八・一五一五

⑯巻十六・三八〇七

⑮言繁き里に住まずは　今朝鳴きし鴈尓副而《かりにたぐひて》行かましものを

⑯安積香山影副所レ見《かげさへみゆる》　山の井の浅き心を我が思はなくに

いずれも「別」と見紛うほど字形がくずれているが、訓はそれぞれ「カリニタクヒテ」、「カケサヘミユル」とあるから、「副」と認識されていたとおぼしい。このように「副」の左側を極端にくずす例が何箇所かある[22]一方、煩雑となるので逐一掲出はしないが、「副」とあるべき字の右側はいずれもりっとうであり、「司」と誤認されるような字形は存在しない。

つまり、「嗣」を「副」、「副」を「別」のような字形に簡略化して表記する例は散見するが、わざわざ画数の多い「嗣」のような字形に訂正する例はひとつもないということで、廣瀬本の「嗣」と「副」の様相は、以下のようにまとめることができる。

1、廣瀬本の「嗣」は「嗣」と「副」両様の字形で書かれる。

2、逆に「副」は「副」やそれをくずした字形で書かれることはあっても、「嗣」のような字形で書かれることはない。

換言すれば、廣瀬本において「副」と読みうる字形は「副」、「嗣」に汎用されている。⑭のような誤認が生じたのも、「副」の汎用性のたかさによるのだろう。

【表2】紀州本「嗣」一覧

巻・番号	句	字形
1・29	8	副
3・324	6	副
3・382	10	嗣
6・907	6	嗣
6・1029	題	副
6・1047	10	副
6・1065	19	副
8・1456	題	副
9・1801	25	副

そして、同様の調査を新編全集が本文校訂の根拠とした紀州本[23]でもおこなうと、【表2】のような傾向がみとめられる。あきらかに「嗣」と認定できる字形は巻三・三八二、巻六・九〇七の二例以外になく、傾向は廣瀬本と一致している。また、「副」のような字形であっても、加点が「嗣」をしめすツク系であること[24]、「副」とあるべき個所が「嗣」のような字形で書かれることがないことも、廣瀬本と同様である。

廣瀬本と紀州本の当該字は「「副而」のように見える字形」（新

版岩波文庫）といわれるが、以上のような傾向と「ツキテ」という訓の存在を考慮すれば、当該字は「副」ではなく「嗣」である可能性がたかい。ならば、そもそも本文異同はなかったことになるが、結論を急がず、さらに他本の例を確認していく。

四　写本における字形の傾向②——元暦校本・類聚古集の場合

廣瀬本や紀州本の当該字は、「副」ではなく「嗣」なのではないか——字形の検証からは、如上の可能性が浮かびあがる。とくに廣瀬本は、親本である定家本が「「副而」のように見える字形」をもつ最古写本である以上、「副而」の存否を論じるうえで、その占める位置はちいさくない。そして、元暦校本・類聚古集という廣瀬本以前の諸本の様相をも考慮にいれると、さらに興味ぶかい傾向が看取される。

まず類聚古集をみると、廣瀬本・紀州本とおなじように「嗣」を「副」のような字形で書く、以下のような例が確認できる。

⑰巻六・一〇二九題詞

⑱同・一〇四七

⑲巻八・一四五六題詞

⑳巻十六・三八三四

㉑巻十八・四〇九四

㉒巻十九・四二八二左注(25)

⑳梨棗寸三二《きみに》粟《あは》嗣《つぎ》　延ふ葛の後にも逢はむとあふひ花咲く　（⑰は⑫、⑱は④、⑲は⑩、㉑は⑥、㉒は⑧として既出）

このうち、⑳や㉒などはかなり字形がくずれているが、りっとうであるので「副」とみとめてよいだろう。ほか四例は、明確に「副」と認定しうる字形である。傾向は【表3】にしめしたとおりで、十三例中七例と、廣瀬本や紀州本と比較すればやや割合はひくいものの、やはり字形の混用がみとめられる。

【表3】類聚古集「嗣」一覧

巻・番号	類巻	句	字形
1・29	17	8	嗣
3・324	17	6	嗣
3・382	17	10	嗣
6・907	17	6	嗣
6・1029	11	題	副
6・1047	17	10	副
8・1456	1	題	副
9・1801	19	25	嗣
16・3834	15	2	副
18・4094	17	8	副
18・4098	17	2	嗣
19・4282	1	題	利(26)
19・4282	1	左	副

※「類巻」は類聚古集の巻数をさす。類聚古集の缺落歌は番号自体を割愛した。

また、類聚古集の唯一の現存本である中山本は寄り合い書きの本であるが(27)、七例と用例が集中している巻十七をみると、「嗣」が五例、「副」が二例と分散しており、特定の書写者がいずれかの字形に偏っているというわけではない。ほかの巻にも「副」と「嗣」は偏在しており、中山本段階以前の字形をとどめている可能性も想定できる。

そして⑳や㉒のように「副」を極端にくずす例こそみられるものの、「副」とあるべき個所を「嗣」のような字形で書く例がないことも廣瀬本などと同様である。類聚古集において「嗣」が「副」に誤認されることはあっても逆はなく、右の当該字も明確に「嗣」を意図した字形と判断できる。

当該字（類聚古集、七七番歌）

つぎに元暦校本に目をむけると、同本には廣瀬本や類聚古集に散見した「嗣」を「副」のような字形で書く例がみられない。以下の例に端的だが、元暦校本はこの両字を明確に区別しているとおぼしい（㉓・㉔が「嗣」、㉕・㉖が「副」）。

㉓巻一・二九

㉔巻六・九〇七

㉕巻一・三八

㉖巻七・一〇七〇

㉕……逝副《ゆきそふ》川の神も　大御食に仕へ奉ると　上つ瀬に鵜川を立ち　下つ瀬に小網さし渡す……

㉖ますらをの弓末振り起こし　猟高の野邊《のへ》副《さへ》清《きよく》照る月夜かも

（㉓は①、㉔は⑨として既出）

二例ずつ引用したが、ほかの字をみても「嗣」と「副」は明確に区別できる字形となっている。元暦校本が類聚古集や廣瀬本などと異なり、両字の字形を弁別していることは、以下のような例からも推察できる。

㉗巻十八・四〇九八（⑦として既出）

㉗は廣瀬本でとりあげた⑬とおなじく、「副」を「嗣」に訂正する例である。この傍書がどの段階で附されたものかが問題であるが、本文の左に見消を書き、墨で訂正する例だから、本文書写者自身による訂正とおぼしい。(28) 両字を区別する元暦校本の姿勢を念頭におけば、ケアレスミスで「副」と書いてしまい、それを「嗣」に訂した例とみてよいだろう。このような傾向を考慮すると、第二節に提示した元暦校本の当該字は、類聚古集とおなじく明確に「嗣」を意識して書かれたものと認定しうる。

さて、当該句の原型を「副而賜流」であったとみとめるためには、元暦校本や類聚古集の字形は誤写の結果であり、廣瀬本や紀州本のような字形が古態をとどめているとみる必要がある。

しかし、類聚古集の字形の傾向をみると、「嗣」から「副」への誤写ならばともかく、その逆は考えにくい。さらに㉓～㉗のような例を考慮すると、元暦校本も「嗣」と「副」を誤写する可能性は非常にひくいとみられる。すると、「副而」から「嗣而」への誤認があったとすれば、それは元暦校本よりもかなりまえの段階でおこったと考えざるをえないわけだが、元暦校本より書写年代のくだる廣瀬本（定家本）や、さらに後代の写本である紀州本を根拠に、元暦校本以前に誤写がありえたことを想定するのは、かなり危うい推測となろう。

類聚古集や廣瀬本をみるかぎり「副」から「嗣」へという誤写の過程は想定しにくいし、諸本ほぼ例外なく加点がツキ系であることも念頭におくべきである。しかも前節で検証したように、廣瀬本や紀州本の字形の傾向は、当該字を「副」と断ずることを躊躇させる。とくに、親本を模したとおぼしい廣瀬本の特異な字形と、加点「ツキテ」の存在は、同本が意図して「副」と書くつもりはなかったことを示唆しよう。

むしろ、先行する諸本の傾向とみあわせれば、「「副而」のように見える字形」(新版岩波文庫)は、実際には「嗣」である可能性がたかいとみられる[29]。

おわりに

ここまでの検討結果をまとめると、以下のとおりとなる。

A現存諸本の七七番歌第四句の加点はすべて「つきてたまへる」であり、「副而」という本文の潜在は想定しにくい。

B第四句を「副而賜流」のような字体で書く最古写本は廣瀬本(の親本である定家本)であるが、同本は「副」と「嗣」の字形の混淆が著しい。紀州本も同様である。

C類聚古集、廣瀬本、紀州本に「嗣」を「副」のように書く例はあるがその逆はなく、また、おおむね加点もツキ系であることからみて、各諸本の「副」らしき字も「嗣」が意図されていた可能性がたかい。省筆の意識があったとみられる。

D廣瀬本に先行する元暦校本、類聚古集の本文はあきらかに「嗣」であり、「副」を誤写したとは考えにくい[30]。

E以上の傾向を考慮すると、廣瀬本(定家本)やそれ以降の写本に「副」とも読める字があることを理由に、元暦校本以前の段階における誤写を想定することは、根拠にとぼしい。

このような諸本の特質と、そこからえられた推定は、近時のテキスト・注釈書が採用する「副而」よりも、「嗣而」の方が適切な本文である蓋然性のたかいことを示唆する。

そもそも、ここまで例示してきたとおり、類聚古集以下の諸本にこれほど「嗣」が「副」と読みうる字形であらわれるにもかかわらず、当該歌以外に「嗣」から「副」への本文校訂がためされたことはない。それは「弥継嗣《いやつぎつぎ》」、「語嗣《かたりつぎ》」、「天乃日嗣《あまのひつぎ》」など、他の諸例がいずれも定型的で、置換不可能なためであろう。

一方、当該歌の注釈史を追っていくと、「嗣」と「副」の境目はあいまいで、本文を「嗣而」とする注釈書のなかにも、「皇祖神が大君に副えて」（大系）、「皇祖の神が大君に添えて」（『全注』）、「み祖の神が大君に添えて」（『全歌』）、「皇祖の神が大君に添えて」（『全解』）のように、「副而」の訳文ではないかと見紛う例が散見する。もちろん、おなじ本文で「皇祖の神の、大君についでこの世に下し賜はった」（『注釋』）と解す立場もある。

この二説は矛盾するかのようであるが、『精考』が「嗣而賜流」を「代々の天皇は皇祖神の御議らひで、大八洲國の主として此世に下し給ふものといふが昔からの思想で、随って今の天皇（元明）も、その意味で特に御下しくだされたのは、いふまでもないが、それに次いで、吾をも御下しくだされた」（傍点原文ママ）と説明し、続けて「それは何の爲かといへば、君の御護りとして、御輔佐としての意である事は、歌の意を推してこれも明かな事」とも述べていることをふまえれば、実は、両者の理解にそれほどのちがいがあるわけではない。

本文が「副」であれば「解釋は一層やすらか」という『全註釋』の指摘や、「嗣」、「副」のいずれでも「解釈は可能」とする『注釋』の理解なども、この『精考』説の延長線上にあるとみなせる。「嗣」を「副」のような字形に書く例は諸本に少なくないのに、当該歌にのみ本文校訂が模索されてきたのは、このような注釈史の動向と無縁ではあるまい。

筆者も『精考』以来[31]の、たとえば「大君の守り役として、一続きのものとして賜わった」（『全注』）といった解釈に異見があるわけではない。しかし、そもそもの発端にあたる『精考』は、あくまでも「それに次いで」という「嗣而《つぎて》」に即した解釈からの展開として「御補佐」との含意をしめしたまでであって、本文校訂を念頭においてはいなかったはずである。(32)すると当該歌の場合、本文校訂と解釈はひとまず別個の問題としてあつかった方が適切と判断しうる。

そこで本章では、「嗣」と「副」の字形がしばしば混同される(33)という『全註釋』の指摘に注目し、『萬葉集』の写本における両字の関係を具体的に検証することで、当該歌の本文確定に際し、ひとつの判断基準を提示した。

すぐれた活字テキストが古典研究や講読に際して有用であることは言を俟たない。より精確なテキスト作成のためにも、活字化の折にこぼれおちてしまうこのような情報をときには顧みて、拾っていく必要があろう。このような本文批評研究に関しては、一九八〇年代に「他の領域と異なり、目にふれる論文はじつに寥寥たるもの」(34)という指摘がなされ、その傾向に、現在でもほとんど修正をくわえる必要はないようにみうけられる。

しかし、従前より提供されていた影印・複製にくわえ、近時はデジタルデータの公開も相まって、本文校訂研究の根幹資料である『萬葉集』諸本の閲覧の便は格段に向上している。また、しばらく停滞傾向にあった諸本研究に関しても、近年すぐれた成果が公表されているが、(35)この方面の研究の進展、あるいは研究環境の整備は、本文批評研究にも益するところ大なはずである。

筆者はこの点を意識し、諸本の新旧や、写本の字形といった点に目をくばり、巻一・七七番歌の本文校訂にはみなおすべき点があることを論じた。写本で現存する『萬葉集』には、同趣の問題が決して少なくない。(36)なお追究すべき箇所は多く存するであろう。ただ、この点については今後の課題とし、以降の章ではまた別の面から『萬葉集』の本文校訂に関して検討する。

注

（1）工藤力男「孤字と孤語――萬葉集本文批評の一視点――」（『萬葉集校注拾遺』笠間書院・二〇〇八、初出一九八八）

（2）諸注を鳥瞰すると、『口訳』、『講義』、『注釋』などは『萬葉考』の説を追認するが、『全註釋』が「天皇の御憂鬱をお慰め申し上げている」と解すほか、「任の重さへの不安」（集成）、「任の重さを感ずる緊張の根底には不安がひそむのが普通」（『全注』）、「七歳で残された孫の首皇子（後の聖武天皇）が成長するまでの間、中継ぎとして皇位を守らなければならない悲壮な覚悟があった。……そこから生ずる不安はきわめて大きかった」（『全解』）など、比較的近時の諸注は『代匠記精』の理解を踏襲する場合が多い。また「当時首《おびと》皇子（聖武）は八歳、天武の皇子は穂積・長など四人もあり、元明天皇が即位することは、皇太妃という地位のもろさもあって不安があった」（新編全集）と説くのは詳細であるが、これも基本的には『代匠記精』説を追認する方向である。なお「皇位についた妹を励まし力づけた歌と思われる」（新大系。新版岩波文庫もほぼおなじ）のように、政情不安云々については言及しない注釈書もあるが、『萬葉考』の説く蝦夷の反乱という具体的な事件を想定しない点は、同趣の見解と考えてよいであろう。元明の御製に「大臣楯立つらしも」とあり、軍事調練にあたるべき「将軍」と表記されないことを重視する吉永登「「楯立つらしも」の背後にあるもの」（『万葉――文学と歴史のあいだ――』創元社・一九六七、初出一九六〇）の説も考慮すれば、『萬葉考』の説は追認しがたい。

（3）毛利正守「萬葉集に於ける単語連続と単語結合体」（『萬葉』第百号・一九七九）、山口佳紀『万葉集字余りの研究』（塙書房・二〇〇八）など。

（4）新大系・新版岩波文庫にも神宮文庫本とあるが、影印で確認するかぎり神宮文庫本の字形はあきらかに「嗣」である。紀州本（神田本）か金澤文庫本の誤りか。

（5）なお、『類聚名義抄』（観智院本・蓮成院本）や『戒律傳來記』保安五年（一一二四）点をみると、「副」をツクと訓む例があるので、ツグ（嗣）の借訓字として「副」が利用された可能性も、一応は念頭におく必要があるだろう。ただし、『萬葉集』の訓仮名（借訓字）の第二音節以下に清濁の異例はみとめがたいとする西宮一民「上代語の清濁――借訓文字を中心として――」、鶴久「萬葉集における借訓假名の清濁表記――特に二音節訓假名をめぐつて――」（いずれも『萬葉』第三十六号（一九六〇）所収。それぞれ西宮『日本上代の文章と表記』（風間書房・一九七〇）、鶴『萬葉集訓法の研究』（おうふう・一九九五）に再掲）の検証、いわゆる「鶴・西宮の法則」によれば、たとえ「副」をツクとは訓みうるとしてもツグとは訓めないはずだから、借訓という観点によって問題を解消することはできない。

（6）以下では当該歌以外も例示するので、新点本に分類したうち、細井本巻四〜六（及び巻三重出部）、西本願寺本巻十二のあつかいは問題となるが、細井本は冷泉家本系統なので廣瀬本に集約させてよいだろう。西本願寺本については次節でふれる。

（7）『校本』十八

（8）『校本』一には鎌倉時代の書写とだけある。

（9）田中大士「万葉集仙覚校訂本の源泉」（『アナホリッシュ國文學』創刊第一号・二〇一二）

（10）田中「万葉集片仮名訓本（非仙覚本）と仙覚校訂本」（『上代文学』第一〇五号・二〇一〇）、前掲（9）。

（11）前掲（9）に「あくまで天治本のような平仮名別提訓の本が校訂の底本であって、片仮名訓本は参考に用いられたという可能性はないのかという趣旨の意見が一度ならず寄せられた」とある。ただし、近時の田中の一連の研究成果を参照すれば、紀州本の性格については氏の成果を追認してよいとおもう。

（12）小川靖彦「天暦古点の詩法」（『萬葉学史の研究〔第二刷〕』おうふう・二〇〇八、初出一九九九）に整理がなされている。同論によれば元暦校本の書写年代は論者によっていくらか相違するが、寛治年間（一一八七〜九四）中という点は一致しており、これにしたがう。

（13）精確な書写年代は不明であるが、『中右記』保安元年（一一二〇）七月二十七日条に「木工助藤原敦隆卒去」とあるのによれば、その手になる類聚古集はこれ以前の成立ということになる。

（14）田中「長歌訓から見た万葉集の系統――平仮名訓本と片仮名訓本――」（『和歌文学研究』第八十九号・二〇〇四）

（15）前掲（7）

（16）寺島修一「御子左家相伝の『万葉集』の形態」（『武庫川国文』第六十五号・二〇〇五）

（17）『干禄字書』に関する記述は、元論文投稿時の編集委員の指摘にもとづく（『萬葉』第二一九号〔二〇一五年四月〕掲載）。記して御礼申しあげる。

(18)「嗣」の字は集中十六例。廣瀬本に脱落はない。
(19) 廣瀬本は「嗣而所見而」とし、句末に異同があるが、「与」とする通説による。
(20) 田中「広瀬本万葉集の信頼性」(『和歌文学研究』第九十一号・二〇〇五)
(21) かりにふるい由来をもつ訂正としても、⑧の「石上宅嗣」が「副」のように書かれているように、人名の訂正は一貫したものではない。⑬の訂正は例外とみるべきだろう。
(22) ほかに、巻七・一〇七〇、巻二十・四四五五題詞なども極端に左側をくずした字形となっている。
(23) 論旨の展開上、次点本である巻十までを対象とする。後藤安報恩会の複製(一九四一)によった。
(24) 巻六・一〇六五番歌のみは訓を欠くが、以外はツク系の加点が附されている。
(25) 類聚古集では『萬葉集』の左注が題詞の注記に移動しているが、『萬葉集』の書式に即して左注とした。
(26) ほかに巻十九・四二八二番歌題詞も極端に字形をくずすので、便宜上【表3】では「利」とした。
(27) 小島憲之「解説」(『類聚古集』一・臨川書店・一九七四)

類聚古集、巻二十・四二八二番歌

(28) 前掲(8)。傍書の色の識別は「e国宝」の画像によった。
(29) この傾向が『萬葉集』伝本の表記外にまで波及しうるかどうかは判然としない。たとえば上代文献の一斑として、図書寮本『日本書紀』で同様の調査をおこなうと、「嗣」が十七例、「副」が十八例ある。そして、「嗣」が「副」のような字形で書かれる例が一箇所(応神紀)ある一方、「副」とあるべき個所に「嗣」と訓みうる字の書かれている例も二箇所(履中紀、舒明紀)ある。この二例を省筆という観点から説明することは困難である。以上のような表記の混乱が、字形の混淆によるのか、それとも誤写の結果であるのか、なお調査が必要であろう。ただし本章の論旨から逸脱するので、『萬葉集』以外の表記に関してはこれ以上追究しない。
(30) なお、「日本名筆選」によって、桂本(「副」三例)・藍紙本(「嗣」一例)・金澤本(「副」三例)、『尼崎本萬葉集』(京都帝國大學文學部・一九二五)によって尼崎本(「副」二例、「嗣」一例)も確認したが、基本的に字体の混淆はみとめられなかった。なお、左にあげた尼崎本の「嗣」一例のみは、あるいは「副」を意図した字形かもしれないが、極度に乱れており判断しがたい。また、朱の傍書は別筆とおぼしく（『校本』十）、加筆時期も不明なので、検討にはくわえなかった。

尼崎本、巻十六・三八三四番歌

一方、類聚古集の後発本と目される古葉略類聚鈔を確認すると、「嗣」が三例、「副」が十例ある。そして、「嗣」を「制」のような、「副」の右側を極端に崩したとおぼしい字形で書く例（巻一・二九、巻六・九〇七）はあるが、類聚古集や廣瀨本と同様、逆の例はない。

(31)　戦後の諸注のうち、『精考』とまったく異なる理解を示すのは、「嗣而」を「嗣ギ手」（後継者）と解す全集と、下三句を「皇神の皇位を嗣がせられた私ではないから」の意とする『私注』くらいである。しかし、訓主体表記歌にみえる「而」を「手」の訓仮名とみる全集案には無理があるし、『私注』説は「吾なけなくに」の理解を誤っており、したがいがたい。なお、講談社文庫が「皇祖を神とする心からここでは天皇をかく称する」というのも特異であるが、「皇祖の神」と訳すことをふまえれば、過去の天皇（元明、御名部姉妹との関係でいえば、直接には天智か）が神と認識されたという趣旨であろうから、大筋では『精考』の線を出ていないと考えられる。

(32)　『精考』は紀州本や冷泉本を利用している（七九、八八番歌、九二番歌など）ので、二本の字形は把握していたはずであるだが、この問題は一切取りあげていない。異同と認識していなかったのではないだろうか。なお、凡例に『校本』を参照した旨も記述されているので、紀州本や冷泉本に関しても『校本』を参照した可能性はある。ただ、その場合でも『校本』によって手書きの字体を確認できたのだから、『精考』はこの「異同」に注意をはらうべきと考えていなかったのであろう。

(33)　乾善彦「文字の異同と通用」（『漢字による日本語書記の史的研究』塙書房・二〇〇三、初出一九九一）が指摘するように、別字さえも通用させる場合のある『萬葉集』古写本の実態を考えた場合、「混同」という把握は必ずしも適切でないかもしれないが、『全註釋』の指摘を踏まえて論述してきたので、ひとまずこのように呼称しておく。

(34) 前掲 (1)
(35) 前掲 (9) (10) など、一連の田中論文等をさす。
(36) 廣岡義隆「字形の衝突」(『上代言語動態論』塙書房・二〇〇五、初出一九七七) には、字体の融通・対立に関する基本的な問題点と課題が整理されている。

※掲載した図版は、それぞれ以下の書籍によった。
元暦校本……『元暦校本萬葉集』(勉誠社・一九八六)
類聚古集……『類聚古集』(臨川書店・一九七四)
廣瀬本……『校本 (別冊)』一～三
尼崎本……『尼崎本萬葉集』(京都帝國大學文學部・一九三五)

第四章　類聚古集と廣瀬本の関係

――共通する缺陥本文をめぐって――

はじめに

第三章では、従来異同と認識されてきた字形の異なりについて、文字の通用という観点から再検証し、本文異同が消失する場合のあることを指摘した。しかし、書写されることによって伝来する古典本文にはひとつとしておなじものがない以上、やはり本文校訂に際して、伝本同士の異同の精査にもとづく校合が必須であることは言を俟たない。序論で他作品と比較したうえで詳述したように、『萬葉集』は平安後期物語のように伝本間で著しく本文が相違するわけではないし、中世の軍記物語のようにほとんど別の作品と見紛う異本が存在するわけでもない(1)。そのため、数ある古典作品のなかでも『萬葉集』はとりわけ校合が重要な意味を持つ作品といってよいであろう。ただ、ひとくちに諸本校合にもとづく本文校訂とはいっても、どのような基準にもとづくべきか、かならずしも正解があるわけではない。たとえば、書写年代がふるく由来のたしかな伝本を尊重するというのはひろく認知された見方で、基本的には妥当な考えであろう。しかし『萬葉集』のみを鳥瞰しても、この基準でわりきれない

例は存する。(2)

冬隠　春開花　手折以　千遍限　戀渡鴨　（巻十・一八九一）

右のうたの場合、元暦校本、類聚古集、廣瀬本、紀州本といった次点本諸本が傍点を附した末尾二字をことごとく缺き、かえって新点本に妥当な本文がのこされている。古態本が総じて誤る可能性もあることをしめす一例といっていい。

また、『萬葉集』は比較的伝本ごとの相違が少ない作品であるが、それでも仙覚が校訂する以前の写本群（次点本）が、長歌に附された訓の多寡から、平仮名訓本と片仮名訓本に大別できることは、田中大士の一連の研究(3)があきらかにしている。系統が異なる場合には、書写の新旧のみを基準に本文の優劣をきめることはできない。(4)

ほかにも、複数の伝本に共通する本文を採用することは、一般的な本文校訂の作法であろう。これも多くは有効と考えてよい手段であるが、この場合、さきの例とは逆にふるい伝本のミスが後続の伝本群にひきつがれ、多数派の本文を形成してしまうという事態が起こりうる。たとえば、つぎの一首などはその最たる例であろう。

自二荒礒一毛　益而思哉　玉之裏　離小嶋　夢所レ見《いめにしみゆる》　（巻七・一二〇二）

傍線を附した結句は類聚古集のみの本文で、そのほかの伝本は総じて「夢石見」（旧訓ゆめにしみゆる）とする。しかし、「石」をシの訓仮名とはみとめがたい。諸注が説くように「所」が誤写され、仙覚本まで命脈をたもったものであろう。(5) 類聚古集は意図的改変の多い伝本(6)であるが、この場合は同集のみが正当な本文をつたえたと考えるほかない。多くの伝本に共通する本文が、かならずしも妥当性を持たないことをしめす一例である。

さて、以上のように本文校訂における難点を確認したうえで、本章では、とくに最後の問題を俎上に載せる。具体的には、次点本のうち類聚古集と廣瀬本を対象に、複数の伝本に共通する本文がある場合の問題点を検証したい。

一　類聚古集と廣瀨本の接点

まずは数ある次点本のうち、類聚古集と廣瀨本を検討対象として選択した理由を、研究史を踏まえつつ明示しておきたい。一点は、伝本研究との関係から注意を要する例と考えられるからである。類聚古集は平仮名訓本、廣瀨本は片仮名訓本であるから、両者は別系統に属している。異系統の伝本間につながりを見出すことができるか否か、具体的に検証することが目的のひとつとなる。

二点目としては、藤原定家周辺に類聚古集の存在が確認できること、つまり二本に直接のつながりが想定可能という点があげられる。定家の日記『明月記』の寛喜二年（一二三〇）七月十四日条に、以下の記載がある。(7)

殿下より部類万葉集二帖を給はる〈蓮花王院の御物と云々。第一・第二、季時入道これを書く〉。書写し進らすべしてへり。春より手腫るるの後、いよいよ執筆能はず。

「殿下」はときの関白・藤原（九条）道家のこと。また「蓮花王院の御物」は後白河院の遺品をさすから、定家は、道家から御物の「部類万葉集」を借りうけたとわかる。この「部類万葉集」が類聚古集をさすことは、顕昭の著作やそのほかの歌学書の記載にもとづく渡邉裕美子の考証があり、これにしたがってよいだろう。(9)

ただし「二帖」、「第一・第二」とあるとおり、この時に借りだしたのは全二十巻のうち最初の二巻のみであるし、なにより廣瀨本の親本である定家本の書写年代が、元奥書の記載に照らして建保三年（一二一五）正月十一日から翌年の三月二十八日までと考えられるため、当該記事はこの時分の類聚古集伝播の事情をうかがわせるものではあるが、廣瀨本とは直接かかわらない。むしろ定家と類聚古集の関係を考えるうえで注目すべきは、父俊成の手になる、初稿本『古来風躰抄』の以下の記述である。

又、萬葉集にいへる哥どものなかに、

はつはるのはつねのけふのたまはゝきてにとるからにゆらぐたまのを

このうたは萬葉しふにいれる本もあり、又なき本もありと申なり。……さて、この「てにとるからにゆらぐたまのを」のうたは、まことにある本、なき本ある事に侍めり。……又、あつたかと申しゝものゝ、部類して四季たてたる萬葉集、あまた人のもとにもちたる本なり。それにも春のはじめのうたのなかにかきいれて侍りき。それを当時ある人、証本と申しゝ本をかきうつして侍には、このうたいらず侍なり。されば、この抄にもかきいれず侍なり。されども、万葉しふのころの哥にては一定侍べし。(11)

傍線部で俊成は、藤原敦隆が「部類して四季たてたる萬葉集」、つまり類聚古集を多くのひとが所持し、この集に「はつはるの」歌（巻二十・四四九三）が載録されていたと述べており、俊成が類聚古集の内容を知悉していたことが確認できる。なお、前掲した『明月記』の波線部の記述は、定家が類聚古集をさほど珍重していないことを示唆するようだから、この点を踏まえると、御子左家は類聚古集を所持していた可能性もあろう。

少なくとも、俊成が類聚古集の内容を知っていたという事実は、廣瀬本との関係を考えるにあたって重要と考えられる。『風躰抄』の波線部の記述をみると、「はつはるの」歌を欠く『萬葉集』が当時存したことがわかるが、これは「或本以二此哥一為二集終一、自レ此奥哥無レ之」（西本願寺本萬葉集巻二十・四四九三注記）、「萬葉第二十巻和哥缺二九十余首一ハ偽本也。書写之間自然不レ書終也」（『袖中抄』第十七）などとともに、当時聖武天皇の勅撰本と信じられた末尾九十四首を欠く本、いわゆる「九十四首無き本」が流布していたことを裏づける資料である。

さらに「証本と申しゝ本をかきうつして侍には、このうたいらず侍なり」という記述からは、聖武天皇勅撰説をとなえる俊成が、初撰本『風躰抄』を著した建久八年（一一九七）段階では、この本を「証本」と考えていたことも知れる。しかし寺島修一が指摘するとおり、建仁元年（一二〇一）にまとめられた再撰本『風躰抄』では、「九

十四首無き本」を証本とする主張はなされなくなる。(12)

そして、廣瀬本の巻二十が四四二二番歌までは題詞をうたよりもひくく書き、訓が附されるのに対し、以降は題詞をうたよりもたかく書き、一切訓を附さないという二種の形態を取り合わせた本であること、つまり「九十四首無き本」に四四二三番歌以降の九十四首を附加したものが廣瀬本（の親本たる定家本）だということは、田中があきらかにしている。(13)この形態が俊成の証本意識の変遷と合致することから、定家本は父俊成の所持本を忠実に書写したものではないか、というのが寺島の推定である。『風躰抄』所収の萬葉歌と廣瀬本の一致が著しいという山崎福之の指摘(14)を踏まえても、定家が父の証本を受容した蓋然性はたかいといってよいだろう。

その俊成が、類聚古集を知悉していたであろうことはすでに述べたとおりで、廣瀬本祖本の作成にあたって同集が利用された可能性は想定しうる。この仮説を検証するために、以下では具体的な本文の対応を確認していくこととする。

二　共通する脱字の例

伝本同士のつながりということを考える場合、どの程度の本文の一致が確認できればよいのだろうか。たとえばつぎのような例はどうみればよいか。

①毎年　梅者開友　空蝉之　世人吾羊蹄　春無有来　（巻十・一八五七）

②宇良毛奈久　和我由久美知尓　安乎夜宜乃　波里弖多弖礼波　物能毛比弖都母　（巻十四・三四四三）

③和我由恵仁　妹奈氣久良之　風早能　宇良能於伎敝尓　奇里多奈妣家利　（巻十五・三六一五）

いずれの傍点部もほとんどの伝本でこの字であるが、類聚古集と廣瀬本は①を「无」、②を「能」、③を「比」

とする。こういった例も両者のつながりを示唆するといえないことはないだろうが、音は通じており、どれもうたの形には響かない異同であるから、書写者による漢字の融通が、たまたま二本で一致した可能性は否定しえない。ほかに「奈可牟佐都奇波」（巻十七・三九九七第四句）を「加」、「保里江尓波」（巻十八・四〇五七第三句）を「理」とする例なども、同様に考えておくのが穏当であろう。ただ、うたの形に影響しない例であっても、つぎのような例であればいくらかは有効だろうか。

④伊敝妣等波　可敝里波也許等　伊波比之麻　伊波比麻都良牟　多妣由久和礼乎　（巻十五・三六三六）

初句と結句を「妣」、第四句を「比」とするのが多くの伝本の本文であるが、類聚古集と廣瀬本は前者を「比」、後者を「妣」とする。これも一箇所のみの異同であればさほど問題となる例ではないが、ここは三箇所にわたっており、偶然の一致とは考えにくい。ある程度は両者に関係のあることを示唆する例といってよいのではないだろうか。

つぎに、うたの形や意味との関係で問題となりやすい、脱字の例をみていきたい。

⑤水茎之　岡乃田葛葉緒　吹變　面知兒等之　不レ見比鴨　（巻十二・三〇六八）

問題の第二句は元暦校本以来、一貫して「をかのくす（ず）はを」と訓まれ、異説はない。類聚古集と廣瀬本も同様だが、この二本のみ「田」を欠いている。もっとも、この「田葛」は集中の慣用表記（巻三・四二三、巻七・一二四六など）ではあるが、「葛」だけでも「くず」と訓みうる（巻七・一二七二、巻十・一九〇一など）ので、本文と附訓の対応に歪さはなく、さほど問題とはいえないかもしれない。しかし以下の諸歌に関しては、これまでの挙例と同様に解すことはむずかしいのではないだろうか。

⑥海神　手纏持在　玉故　石浦廻　潜為鴨　（巻七・一三〇一）

⑦白玉乎　手者不レ纏尓　匣耳　置有之人曽　玉令レ詠流[15]　（巻七・一三二五）

⑧如是為而也　尚哉将レ老　三雪零　大荒木野之　小竹尓不レ有九二　（巻七・一三四九）
⑨青丹吉　奈良乃山有　黒木用　造有室者　雖二居座一不レ飽可聞　（巻八・一六三八）
⑩君者不レ来　吾者故無　立浪之　數和備思　如此而不レ来跡也　（巻十二・三〇二六）
⑪於能礼故　所レ詈而居者　驄馬之　面高夫駄尓　乗而應レ来哉　（巻十二・三〇九八）

俎上に載せる句には傍線を、類聚古集と廣瀬本に共通する脱字には傍点を附した。⑪については後述することとし、まずは⑥〜⑩の傍線部に関して、次点本段階における附訓を列記すると、それぞれ、⑥「あさりするかも」、⑦「おけりしひとそ」、⑧「みゆきふる」、⑨「くろきもて」、⑩「かくてこし（じ）とや」とある。訓みに混乱を招くような表記はない。

　このうち⑩の「也」に関しては、「浪立也」（巻七・一一六二第三句）を類聚古集、紀州本、廣瀬本が「なみたては」と、「寒夜也」（巻十・二三三八第三句）を紀州本が「サムキヨヲ」と訓むように、「也」を不読の助辞として把握する次点本訓も散見するから、比較的脱落する可能性はたかいといえよう。しかし、ほかの漢字はいずれも自立語と対応しており、本文の傍点部を欠いてはなりたちえない附訓のはずであるが、二本ともこの脱字に即した改訓はなされていない(16)。つまり、本文からは還元しえない附訓がなされているということで、二本の脱字が偶然に一致したとは考えがたい。

　最後の⑪は少々問題のある例で、二本が「夫駄」を脱落させているのは⑥〜⑩と同様だが、附訓は類聚古集が「おもたかふねに」、廣瀬本は「オモタカフタニ」とあって、相違している。廣瀬本の訓は他本とも共通し、漢字にも忠実であるが、類聚古集の「ふね」は異様である。ただしこの独自訓についても、「た（多）」と「ね（年）」の誤写を想定することは容易であろうし、あるいは類聚古集が下二句を「船に乗ってやってくることだ」の意と解し、改訓をおこなった可能性も否定できない。少なくとも、「夫駄」が脱落するにもかかわらず、それに相当する附訓が二本に存することは事実であるから、関連を想定することが不当とはいえまい。一方で改訓とかかわる以下のような例も存する。

⑫毛美知婆能　知良布山邊由　許具布祢能　尓保比尓米倶弖　伊倶弖伎尓家里　（巻十五・三七〇四）

⑬朝床尓　聞者遥之　射水河　朝己藝思都追　唱船人　（巻十九・四一五〇）

⑫の第二、三句は「散らふ山辺ゆ漕ぐ船の」と解すべき箇所であるが、二本は「許」を脱落させ、さらに「ちらふやまへに／ゆくふねの」と、「由」を第三句に組みこんで読解している。脱字から異訓が生じたのか、それとも、いわゆる上代語の助詞ユへの知識不足から意図的に本文を改訂したのかは不明であるが、ミスが一致することはたしかである。

⑬は脱字とは関連しないが、⑫と類似の本文異同を誘引する例である。類聚古集はこの本文で「あさこ（ご）とに」とする。この特異な附訓が「こ」と「と」の単純な転倒の結果なのか、それとも、上二句を「横になったままでいると遠くから聞こえてくる」としては歌意に不審があると考え、「毎朝遠くから聞こえてくる」の意に解すべきと判断したのかは不明である。だが、問題は廣瀬本が「朝毎尓」と、この誤写ないしは意改の影響を本文にまで波及させていることにある。この本文が類聚古集に拠るとは断言しえないが、類聚古集のような附訓から派生した可能性はひくくない。

以上のような諸例は、両者のつながりを想定させる材料といってよいのではないか。

三　改字、衍字の例

脱字以外にも、うたの形や意味との関連で注意すべきと見做せる例がある。本節ではそれらの例を確認し、さらに二本の関係を検証したい。

⑭春去者　紀之許能暮之　夕月夜　欝束無裳　山陰尓指天　一云、春去者　木隠多　暮月夜　（巻十・一八七五）

二箇所に問題があり、二本とも第三句は「名月夜」、第四句は「欝来无裳」とする。附訓はそれぞれ「ゆふつくよ」、「おほつかなしも」と正当な本文と対応しており、あきらかに誤写の結果を共有している。なお、廣瀬本は「名」を抹消し、右に「夕」を傍書するが、これは廣瀬本段階の訂正であり、定家本は類聚古集と同様の本文であったとおぼしい。

⑮大宮能[17]　宇知尓毛刀尓毛　比賀流麻泥　零須白雪　見礼杼安可奴香聞　（巻十七・三九二六）

二本とも第二句を「宇知尓毛刀尓母」、第四句を「零流白雪」とする。前者は①～③と同様、うたの形に響かない異同であるが、後者は歌意にかかわる。しかも、二本の本文「零流」はあきらかに「降れる」を意図するはずだが、附訓は「ふらす」とある。[18]一方、元暦校本をみると「零須」に対して「ふれる」の訓があるので、臆測を述べれば、こういった古訓の影響をうけて「零流」という本文が成立したのではないだろうか。本文と附訓に矛盾を生じさせるこのような享受が、個別になされた可能性はそれほどたかくないと考えてよければ、この例なども二本の関連をうかがわせる材料といってよいだろう。

⑯淡路嶋　刀和多流船乃　可治麻尓毛　吾波和須礼受　伊弊乎之曽於毛布　（巻十七・三八九四）

二本とも結句を「伊弊乎芝曽於毛布」とする。「之」と「芝」の相違であり、一見すると①～③とおなじような小さな異同であるが、問題はシの音仮名として「芝」が使われている点である。これは希少な音仮名で、確実な例は集中にひとつしかない。

古　人之殖兼　杉枝　霞霏霺　春者来良芝　（巻十・一八一四）

「はるきにけらし」と訓むべき結句が、集中唯一の音仮名「芝」の例である。ただこのうたの場合も、元暦校本、類聚古集、紀州本は「芝」とするが、廣瀬本と新点本には「之」とあり、確例とはいいがたい。もっとも、次点本の大半は「芝」に作るので、現在の諸注で「之」を採用するのは『私注』くらいであるが、廣瀬本の存在も考慮すれば、かならずしも「芝」と断定できるわけではない（第一章参照）。また、この例をみとめるとしても、集中ここのみの音仮名例であり、『萬葉集』に頻用されなかったことは確実である。[19] 書く手間も増加しており、特異な誤写が二本に一致したとみてよい例だろう。

つぎには、衍字が共通する例もみておきたい。

⑰劔刀　身尓佩副流　大夫也　戀云物乎　忍金手武　（巻十一・二六三五）

⑱過所奈之尓　世伎等婢古由流　保等登藝須　多我子尓毛　夜麻受可欲波牟　（巻十五・三七五四）

⑰の第四句は二本ともに「戀云六物乎」と、「六」の字が挿入された形になっている。附訓は類聚古集が「こひといふものは」、廣瀬本が「コヒトイフモノヲ」で、末尾に小異こそあるものの、「戀云物乎」とほぼ対応しており、「六」の入りこむ余地はない。不思議な衍字といってよいが、すぐうえの「云」と「六」のくずしが酷似することを考慮すれば、おそらくは、「云」を二度書いてしまったことに端を発する誤写なのであろう。そのような経緯でうまれたとおぼしき本文が、二本で共通していることになる。

⑱は第三句から四句にかけて問題があり、類聚古集は「保等登藝須公入我子尓毛」、廣瀬本は「保等登藝須公入多我子尓毛」、附訓はそれぞれ「ほとときすたかよゝにも」、「ホトトキス本タカコニモ」とする。類聚古集で字足らずとなっていること、廣瀬本に「本」の注記があることからもわかるように、第四句は訓みが落ち着いていない。

当該句については、「多我」を「誰」の誤写とし、「いづれのこにも」と訓む蜂矢宣朗の説を[20]『注釋』が支持し、また『全注』が「多之子尓毛」と二字目を誤字とみたうえで、「おほくのこにも」と試案を述べるなど、誤写説がひろくおこなわれているように、現在でも定訓をえていない。ただ、廣瀬本の附訓「タカコニモ」は「多我子尓毛」を音仮名主体に訓んだ結果であろうし、類聚古集にしても「よゝ」は不審であるが、「たか」、「にも」は「多・我子尓・毛」と対応しているから、二本の本文はいずれも誤写の結果とみられる。

二本に共通する「公入」は、おそらく「多」のくずしを誤写したものであろう。廣瀬本はさらに「多」を書きこんでいる。類聚古集が中山本以前の段階で「多」を落としたと考えれば理解しやすいが、かりにこの推定がはずれていても、ミスの方向は合致しており、共通性のたかい本文といっていいだろう。この⑰や⑱のような衍字が個別にうまれてくる可能性はひくく、やはり両者の関連を予測させる例といえる。また、⑱のような誤写と関連する例として、つぎの⑲も注目すべき内容となっている。

⑲春山・友鶯　鳴別　眷益間　思御吾　（巻十・一八九〇）

右は現在の通行本文だが、諸本に異同があり、初句は類聚古集と廣瀬本が「春山野」、紀州本および仙覚本が「春日野」とする。また第二句は類聚古集が「友鶯」とし、それ以外の伝本には「犬鶯」とある。このうち、第二句は「友」から「犬」へ誤写されたというのが現在の通説である。その是非をここで検討する余裕はない（第一章参照）が、「犬」の異体字として「友」が存することを考慮しても、なんらかの誤写で本文異同が生じたことはたしかであろう。

第二句の誤写についてはこれ以上論ずべき材料がないが、初句の本文異同は、類聚古集と廣瀬本の関係を考えるうえで、重要な例といってよい。

初句は本来、本文「春山」、附訓「はるやまの」であったのだが、誤って附訓の「の」を本文に反映させ、「春山野」としてしまい（類聚古集と廣瀬本の本文）、さらに紀州本が一般性のたかい「春日野」にあらため、仙覚本もそれを踏襲して現在にいたる、というのが澤瀉久孝の説で[21]、この見方は現在通説となっている。

以上の論旨にかかわって注意したいのは、澤瀉が類聚古集と廣瀬本の本文「春山野」を後代的なものと推測する点である。「春山野」とある場合、「野」は格助詞ノとなり、訓仮名としてあつかうことになるが、この訓仮名は集中ほかに五例[22]しかなく、しかもそれらは巻十八の、十世紀に補修されたことが指摘される歌群[23]に属している。すると、訓仮名「野」は『萬葉集』の本来的な本文とはみとめがたく、二本は改変された本文を共有しているということになる。

しかも澤瀉説によれば、「春山野」は、「春山」→「春山野」→「春日野」と修正されていくなかでの過渡的な本文であると判断しうる。そのような本文が二本で一致しているという事態は、ここまでの検討と照合するときわめて示唆的といってよいであろう。

四　類聚古集と廣瀬本の接点をめぐる問題点

ここまで、類聚古集と廣瀬本に共通する脱字や特異な本文を指摘することによって、二本の接点を模索してきた[24]。いくつかの徴証を指摘することができ、両者がまったく無縁でないことはたしかであろう。しかしその一方で、以上の検証から、たとえば廣瀬本、というよりも親本である定家本（あるいは、その親本にあたる可能性のある俊成本）の書写にあたって、類聚古集が参照されたと[25]推定するためにはなお慎重な検証を必要とする。

類聚古集が、しばしばほかの次点本と距離をおくような特異な本文を持つことは既述のとおりであるが[26]、そういった本文を廣瀬本が受容しないケースも、ここまで指摘してきた事例とは別に相当数みとめられるからである。類聚古集の特異な本文は数多いが、かぎられた紙数で網羅的にとりあげることはできないので、ここでは、二節でもあつかった脱字のケースを提示し、例証としたい。

⑳巨勢山乃　列々椿　都良々々尓　見乍思奈　許湍乃春野乎　（巻一・五四）

「つらつらつばきつらつらに」という畳語と同音のつらなりが特徴的なうたで、そのために目移りなどが起こりやすかったことは容易に想像できる。このことは、傍点部を元暦校本と紀州本が落としており[27]、また、おなじ畳語をもつ五六番歌の場合でも、第三句「都良々々尓」の傍点部が元暦校本、類聚古集、紀州本にないことからも裏づけられる。しかし、類聚古集に傍線部五字がなく、一方で附訓はほかの伝本と同様にあるという事実は、こういった諸例とくらべても異常で、かなり特異な本文となっている。

ほかにも、附訓との関係で特異な本文であるとみとめられる例はいくつもあるが、なかでも、以下のような自立語にあたる表記の脱落する例は特徴的といってよい。

㉑橘乎　屋前尓殖生　立而居而　後雖レ悔　驗将レ有八方　（巻三・四一〇）

㉒徃廻　雖レ見将レ飽八　名寸隅乃　船瀬之濱尓　四寸流思良名美　（巻六・九三七）

㉓為間乃海人之　塩焼衣乃　奈礼名者香　一日母君乎　忘而将レ念　（巻六・九四七）

㉔山守之　里邊通　山道曽　茂成来　忘来下　（巻七・一二六一）

㉕暮去者　小椋山尓　臥鹿之　今夜者不レ鳴　寐家良霜　（巻九・一六六四）

類聚古集はいずれも傍点部を欠くが、附訓については、㉑「たちてゐて」、㉒「ふなせのはまに」、㉓「ひとひもきみを」、㉔「わすれけらしも」、㉕「をくらのやまに」と、脱字部分もふくんだ形で存している。いずれも本文からは還元しえない訓であり、⑤〜⑪に類する内容といってよい。これらの例は、類聚古集の脱字が廣瀬本にかならずしも反映されてはいないことを指示する。この点をどのように考えればよいだろうか。

いくつかの仮説を提示することは可能である。たとえば、定家本は複数の本を校合したとおぼしい——底本が「九十四首無き本」であることは一節で述べたとおり——から、⑳以下に関しては、底本の本文を優先したとも考えられないではない。ただ、このように考える場合、⑤〜⑪もあきらかに不自然な脱字であるのに、こちらはなぜ訂正されていないのか説明に窮する。可能性はあるだろうが、不自然の感は否めない。

むしろ、現存する中山本類聚古集が、編者藤原敦隆の没した保安元年（一一二〇）から数十年を経ての写本である点を考慮すると、⑳以下のような脱字は中山本段階、あるいはその前段階のものであり、俊成が閲覧した類聚古集はもっと欠陥の少ない本文だったと考えるべきではないだろうか。類聚古集は、既述の初稿本『風躰抄』のほか、『和歌現在書目録』に載り、『袖中抄』や『六百番陳状』といった顕昭の著作にも引かれるなど、院政期の流布が確認できる。

また、中山本のそこここに附された朱や墨の書入も、敦隆本萬葉集や別本の類聚古集にもとづくものと指摘されており、院政期に多くの伝本が存したことは想像にかたくない。そのうちの一本が廣瀬本にとりこまれた可能性も、ここまでの論証内容を踏まえれば、充分に想定できるのではないだろうか。

おわりに

類聚古集と廣瀬本に共通する本文、とくに脱字や衍字といった『萬葉集』の本来的な本文とはみとめがたい例を俎上に載せることで、廣瀬本が類聚古集らしき本文をとりこんでいる可能性がたかいことを確認してきた。俊成や定家がどのような伝本を参照したのか、特定は困難であるが、既述のとおり俊成が類聚古集を閲覧している（初稿本『風躰抄』）ことを考慮すれば、同集によった蓋然性はひくくない。

もちろん、以上の推定を積極的に支持する書入などは現存しないから、仮説の域を出ないことも事実である。しかし、共通する缺陥本文の存在を考慮すれば、最低限、類聚古集と近似する伝本を俊成や定家が参照したことは動かしがたい[31]と判断しうる。

また、冒頭で述べた「複数の伝本に共通する本文がある場合の問題点」についても、その一端をあきらかにできたようにおもう。廣瀬本は比較的近時になって発見、紹介された本文であるため、近年の本文校訂に少なからぬ影響をあたえている。冷泉家本系統のなかでも、伝冷泉為頼筆本や細井本（巻四〜六）と比して、良質な本文をもつ廣瀬本にそれだけの価値があることも事実で[32]、その価値を蔑すつもりはない。

そのうえで、複数の伝本に同様の本文がある場合に、その本文の正当性を主張するにあたっては、伝本同士の関係も充分に精査する必要があることを述べておきたい。殊に、類聚古集のように流布の実態が確認できる本が本文校訂にかかわってくる場合、如上の検証は缺かせないであろう。

さて、モノグラフであればここで筆を置くべきであろうが、訓読研究を標榜する本書の趣旨からすれば、この結論が、本文校訂やそれをふまえての訓読や解釈の見直しにどのように寄与しうるのかという点にも言及する必要があろう。

また、この点を明確にすることによって、本章の論じた事案の有用性もより明確に主張することが可能となるはずである。そこで次章では、廣瀬本の紹介によって研究動向の変化した作をとりあげ、従来の議論の盲点を指摘したい。

注

（1）加藤昌嘉「本文の揺れ、物語の揺れ」（『揺れ動く『源氏物語』』勉誠出版・二〇一一、初出二〇〇〇）
（2）本章の記述は、本文や附訓の異同にかかわる場合が多い。そのため、塙書房 CD-ROM を利用しつつも、『校本』および各種影印・複製に依拠して萬葉歌を提示する。
（3）田中大士「長歌訓から見た万葉集の系統——平仮名訓本と片仮名訓本——」（『和歌文学研究』第八十九号・二

〇〇四）など。
（4）たとえば、巻十・一九〇五番歌の第三句には「白菅自」（元暦校本、類聚古集）と「白管自」（紀州本、仙覚本）という異同があるが、後発の紀州本以下を正当な本文とみてよい。詳細は第一部第二章で述べた。
（5）元暦校本は「不」にちかい字体であり、「所」と「石」の中間的な字形となっている。
（6）井手至「類聚古集の換字――表音仮名の場合――」（『遊文録　国語史篇』二・和泉書院・一九九九、初出一九六六）、北井勝也「類聚古集の本文改変――独立異文の検討から――」（『国文学（関西大学）』第七十三号・一九九五）、同「類聚古集における意改」（『美夫君志』第五十二号・一九九六）など。
（7）『明月記』の引用は、明月記研究会編「『明月記』（寛喜二年七月）を読む」（『明月記研究』第六号・二〇〇一）による。
（8）前掲（7）
（9）渡邉裕美子「部類万葉集」（前掲（7）所収）
（10）木下正俊「廣瀬本萬葉集解説」（『校本』十八）
（11）『古来風躰抄』は『冷泉家時雨亭叢書』第一巻（朝日新聞社・一九九二）により、句読点、濁点を追加し、レイアウトは私にあらためた。
（12）寺島修一「御子左家相伝の『万葉集』の形態」（『武庫川国文』第六十五号・二〇〇五）
（13）田中大士「廣瀬本萬葉集の性格――巻二十の特異な傾向をめぐって――」（『文学（季刊）』第六巻第三号・一九九五）
（14）山崎福之「「俊成本萬葉集」試論――俊成自筆『古来風躰抄』の位置――」（『美夫君志』第五十三号・一九九六）
（15）紀州本は「人」を「哭」とし、さらにこの字も削除したうえ、訓も「人」に相当する部分を欠く。元暦校本はとくに問題がないので、院政期以降に問題が生じた可能性がたかい。
（16）⑥のみ、類聚古集には「す」の右に朱で「ツ」の書入がある。「為」脱落後の本文を合理化すべく書入れられたものであろう。
（17）初句「大宮能」も、元暦校本、類聚古集、廣瀬本が「能」、仙覚本が「乃」と異同があるが、これは仙覚段階での校訂を想定すべき例であろう。

(18) 廣瀬本は「フラス」の右に「フレル」を傍書するが、これは山崎「本文批判はどこまで可能か。」(『國文學解釈と教材の研究』第四十一巻第六号・一九九六)が指摘するように、廣瀬本書写者による『萬葉考』説の挿入であろう。
(19) ただし、記紀歌謡の音仮名例があるので、上代文献に皆無というわけではない。
(20) 蜂矢宣朗「「多我子爾毛」試案」(『山邊道』第三号・一九五七)
(21) 澤瀉久孝「「春日野」か「春山」か」(『萬葉古徑』二・中公文庫・一九七九、初出一九四六)
(22) 巻十八・四〇四七、四〇四八、四〇四九、四〇五五、四一〇六番歌の五首。
(23) 池上禎造「巻十七・十八・十九・二十論」(『萬葉集講座』第六巻・春陽堂・一九三三)、大野晋「『万葉集』巻十八の本文について」(『語学と文学の間』岩波現代文庫・二〇〇六、初出一九四五)。近時、乾善彦「万葉集巻十八補修説の行方」(『高岡市万葉歴史館紀要』第十四号・二〇〇四)は、補修が巻十八全体におよび、一回的ではない可能性を指摘するが、論旨に影響はないためこれ以上の穿鑿はしない。
(24) 以上の挙例とは逆に、「空氣衝之《あないきづかし》」(巻八・一四五四第四句、二本以外は「穴」)、「鍾礼《しぐれ》」(同・一五五三初句、一五五四第四句など、二本以外は「鐘礼」)のような、現在の校訂テキストの採用する本文を二本のみがつたえる場合もあるが、こういった例はさほど多くない。当然ながら、正当な本文であるだけに他本とも一致する場合が多数を占めるからである。本章ではその点を考慮し、缺陥のある本文に焦点をあてた。
(25) なお、以下の論述とは逆に、類聚古集の親本たる敦隆本萬葉集が、定家本の親本でもある可能性も考えられないではない。しかし、後述するように類聚古集と廣瀬本の本文には相違も少なくない。また、類聚古集が平仮名別提訓本であること考慮すると、敦隆本も同様の蓋然性がたかく、片仮名別提訓本である廣瀬本とは附訓の形態も異なる。なによりも、類聚古集が「九十四首無き本」ではないという事実は、定家本(俊成本)の親本が敦隆本であることを否定する有力な徵証といってよいだろう。類聚古集、あるいはそれに類する本文をもった一本は、以下に述べるとおり校合本として参観された可能性がたかい。
(26) 前掲(6)
(27) ただし、朱による修正がなされている。
(28) 『中右記』の保安元年(一一二〇)七月二十七日条に「木工助藤原敦隆卒去」とある。中山本の書写年代は、『校本』一によった。

(29)『校本』一

(30) 小島憲之「萬葉集古寫本に於ける校合書入考——仙覚本にあらざる諸本を中心として——」(『國語國文』第十一巻第五号・一九四一)。ほかに、田中真由美「古葉略類聚鈔の系統に関する一考察」(『国文学(関西大学)』第六十一号・一九八四)にも、類聚古集の本文改変に関する指摘がある。なお、景井詳雅「『類聚古集』の変容——『袖中抄』を中心に——」(『萬葉』第一九〇号・二〇〇四)は、類聚古集が敦隆以外の手によって訂正される場合のあったことを指摘する。中山本と相違する類聚古集が存したということで、本章の趣旨とは抵触しない。

(31) 類聚古集に近似した本文を持つ伝本としてまっさきに想起されるのは、もちろん敦隆本萬葉集であろう。ただし、初稿本『風躰抄』の記述から閲覧の確認できる類聚古集とは異なり、敦隆本と俊成、定家の接点は見出しがたいため、元論文(『文学・語学』第二一三号〔二〇一五年八月〕所収)では可能性を指摘するにとどめた。元論文掲載後、新沢典子から口頭で、長谷川哲夫から私信で「廣瀬本の校合資料として類聚古集を利用する際の具体的な様相が理解しにくい」という趣旨の指摘をうけた。たしかに、類纂本を校合資料として利用すること、またあきらかに不備のある本文によって校合するという点には、筆者自身も疑問を覚えていた。あるいは、廣瀬本(の祖本系統たる俊成本・定家本)と類聚古集(敦隆本)が同一の祖本から派生した本であるため、共通の誤写を共有している可能性も念頭におくべきかもしれない。この点に関してはさらに検討したいが、二本が密接な関係にあることを指摘し、ひとまず本章を閉じる。なお、この注記は私信に関連する記述であるので一般には敬称を附すべきところであるが、筆者は高島俊男「「橋本龍太郎氏」はおかしいよ」(『お言葉ですが…』文藝春秋・一九九九、初出一九九六)が指摘するように、氏名の後に「氏」を附すことに違和感を覚える。そのためこのような次第となった。ご寛恕を賜わりたい。

(32) 田中大士「広瀬本万葉集の信頼性」(『和歌文学研究』第九十一号・二〇〇五)

第五章　「雪驪朝楽毛」の本文校訂と訓読

――次点本の本文が対立する場合の一方法――

はじめに

前章では、類聚古集と廣瀬本に共通する偶然の一致とは考えにくい缺陥のある本文をとりあげ、両者に関連のあることを確認した。この結論は『萬葉集』の本文校訂、とりわけ次点本諸本に異同のある場合の本文校訂のありように影響をおよぼすと考えられる。とすれば、前章における検証の意義をより明確なものとするためには、個別の作品の分析をとおして、影響の是非を指摘する必要があろう。

具体的な作品として、本章では巻三所収の以下の長反歌をとりあげる。柿本人麻呂が新田部皇子に献呈した当該歌群は、反歌下二句が訓読に関する問題を抱えており、かつ本文にも異同があるため、挙例として適切と見做せる。まずは本文を掲出しよう(1)。

柿本朝臣人麻呂献二新田部皇子一歌一首　并短歌

八隅知之《やすみしし》　吾大王《わごおほきみ》　高輝　日之皇子《ひのみこ》　茂座　大殿於《おほとののうへに》　久方《ひさかたの》　天伝来《あまづたひくる》　白雪仕物《ゆきじもの》　往来乍《ゆきかよひつつ》　益及《いやとこ》二常世《よまで》一

（二六一）

反歌一首

矢釣山《やつりやま》　木立《こだち》不レ見《もみえず》　落乱《ふりまがふ》　雪驪　朝楽毛　（二六二）

傍線部以外にも、長歌第三句、第五句が定訓を得ていない。このうち前者については「タカヒカル」、「タカテラス」の両説があるものの、古辞書の訓詁と献歌対象に関する分析から、前者の蓋然性が勝るとする橋本達雄[2]の説を追認すべきであろう。また後者の「茂座」に関しては、「茂」を借訓と認定し「シキイマス」と訓むのが通説であるが、この理解は容認しがたい。長歌第五句に関しては、正訓字と見做し「サカエイマス」と訓むべきことを第三部で別に論じている[3]ので、ここでは言及しない。本章では反歌の下二句を俎上に載せ、訓読と一首全体の解釈について検証したい[4]。

当該歌群は題詞に「献新田部皇子」とあるとおり、集中に例の多い柿本人麻呂による皇族への献歌の一斑であるが、この題詞以外の詠歌状況に関する資料を欠くため、内容に関しては不透明な点も多い。とくに五句で構成される反歌の場合、下二句の訓読が確定できないのは表現を検討するうえで致命傷といってよく、この点が詳らかにされないままでは適切な解釈もおぼつかない。とりわけ、後述するように第四句は伝本間の本文異同が著しく、どの伝本に依拠するかという本文校訂に関する根本的な問題を抱えている。

そこで、本章では順序は逆転するが、本文異同がなく、研究史を鳥瞰しても比較的問題の少ないと考えられる結句をさきに検証し、ついで第四句について論じる。そのうえで当該反歌をどのように解釈すべきか、試案を提出したい。

一　結句「朝楽毛」の検証

まずは、伝本で結句がどのように訓まれているのかを確認する。類聚古集、廣瀨本(5)、京都大学本代赭書入、細井本(6)、西本願寺本貼紙、神宮文庫本と、次点本および仙覚寛元本の系統は「あしたゝのしも」と、西本願寺以下の仙覚文永本系統は「マヰテクラクモ」と訓む。前者は『五代集歌枕』（二八九）や『歌枕名寄』（三〇〇九）、『柿本朝臣人麿勘文』(7)（一五）とも共通するので、平安時代には通訓であった可能性がたかい。一方、仙覚文永本の「マヰテクラクモ」は、「マウデクラクモ」（『童蒙抄』）、「マヰリクラクモ」（『萬葉考』）などと、修正されつつも近世期の諸注に引きつがれていくことになる。

つぎに新注をみると、新旧全集が第四句ともども無訓とし、『新考』、『講義』、『窪田評釋』、全書などが『萬葉考』を支持するほかは、旧訓「アシタタノシモ」がひろく支持されており、殊に近時の諸注には例外がない。「朝楽毛」を「マヰリクラクモ」と訓むためには、動詞ク（来）の補読をみとめねばならず、この趨勢は妥当である。

ただし、問題はク（来）の補読にあり、「朝」をマヰルと訓むこと自体は、「天子無レ事与二諸侯一相見曰レ朝」（『礼記』王制）(8)、「蘇我大臣蝦夷、縁レ病不レ朝」（『日本書紀』皇極二年（六四三）十月条）(9)などの例にからみて可能である。訓読自体は後代のものであるので援用には注意を要するが、岩崎本『書紀』平安中期点（十一世紀前半）が後者を「マヰラス（ズ）」と訓む(10)ことも考慮すれば、赤松景福が提示し(11)、堀勝博が追認するように(12)、マヰルを準体言と解し、当該句を「マヰルタノシモ」と訓むことも無理ではない。

しかし、「朝」をマヰルと訓むのが可能ということと、当該句の妥当な訓みとしてみとめうるかどうかは異なる問題である。集中「朝」の字は二百例を超えるが、「今朝《けさ》」（巻四・五四〇第四句、巻八・一五一三初句など）や

「朝廷《みかど》」（巻五・七九四第二句）、「御朝庭《みかど》」（巻六・九七三第二句）などのような熟語化した用法をのぞけばアシタが十七例ほどあり、のこりはアサと訓むべき例である。定訓意識の比較的つよい字といってよく、マヰルとの関係で注目すべき例は、つぎの一首しかない。

朝参乃君が姿を見ず久に　鄙にし住めば我恋にけり　一に云ふ、はしきよし妹が姿を　（巻一八・四一二一・家持）

元暦校本や類聚古集、廣瀬本が一書の「波之吉与思」を採用して「はしきよし」と訓むように初句の表記は難解である。西本願寺本「マテイリノ」、細井本「マヰリノ」、大矢本や京都大学本が「マヰイリノ」などと解すように、新点本の段階で「朝参」に即した訓が附されるようになる。(13) この新点本の訓を継承するのが、「マヰリノ」（『全釋』、『總釋』、『佐佐木評釋』、『注釋』、『本文篇』、『訳文篇』、旺文社文庫）や「マヰイリノ」（講談社文庫、『全解』）といった諸注である。(14)

一方、近年は『新考』の改訓にならって「テウサンノ」と音読する説も有力となっている（新旧全集、集成、『全注』、『釋注』、新大系、『新校注』、『全歌』など）が、かりに前者の説を妥当とみれば、当該歌の「朝」をマヰルと訓む説の傍証となろう。しかし、ここは「朝」ではなく「朝参」であるから、即当該歌に援用することはできまい。すると「朝」をマヰルと訓む確例は集中にないことになる。「楽毛」はタノシモに確定できる以上、音数との兼ね合いからみて、「朝」をアシタと訓むことに難点はないはずである。

もちろん、当該歌群には「高輝」、「茂座」といった孤例の表記があり、(15)『書紀』の例などから推して、上代の訓読として不都合はないのであるから、当該例を、集中唯一の「朝」をマヰルと訓む箇所であると考えることも不可能ではなさそうだ。しかし、「アシタタノシモ」という訓に不都合があるのならばともかく、そうでないかぎりは、孤例を積極的に主張する理由もまたないであろう。

以上述べてきたとおり、「アシタタノシモ」と訓む蓋然性はたかいと考えられるが、「マヰルタノシモ」説は第四句「雪驪」を「ユキニクロマノ」と訓み、「クロマ（黒馬）」の述語としてマキルをみちびくものであるから、当該句を確定させるためには、結局下二句全体の検討が必要となる。ここでは通訓の妥当性を暫定的に確認するにとどめ、第四句の論証とあわせて結論を出したい。

二　第四句の字義と附訓の検証

さて、古来かまびすしい議論のある第四句であるが、その根幹は本文異同にある。依拠する本文が異なれば、訓読も、その訓読にもとづく解釈も、当然別のものとなるはずだから、まずはこの点を検証する。

冒頭で掲出した本文にひとまず採用した「雪驪」は、神宮文庫本以下、細井本、西本願寺本といった仙覚本に共通する本文である。なお、廣瀬本の本文右にも「驪」とあるが、これは定家本段階のものではなく、近世に入ってからの注記であろう。(16) 伝本の数こそ多いものの、「驪」は次点本にはみられない本文ということになる。(17)

その次点本を検じると、類聚古集と廣瀬本が「騾」、紀州本と類聚古集に傍書される「或本」には「驢」とあり、対立がみられる。すると「驪」もふくめた三種の本文のうち、どの本文を採用すればよいかという点が問題となろう。判断するにあたっては、可能なかぎり伝本の情報を整理しておいた方がよいであろうから、附訓についてもおさえておく。

①ユキノウサキマ……類聚古集、廣瀬本、西本願寺貼紙、京都大学本代赭書入①
②ユキニウクツク……類聚古集朱傍訓
③ユキノウサキウマ…紀州本
④ユキハタラナル……京都大学本代赭書入②、細井本、神宮文庫本

⑤ユキモハタラニ……紀州本朱書入、廣瀬本書入、細井本書入、西本願寺本（青）
温故堂本（青）、大矢本（青）、京都大学本（青）、陽明本（青）、近衛本

この①〜⑤を整理すると、①と③は音数こそ相違するが、「ウサキ（ウ）マ」[18]という語は一致しており、同系統と見做してよいだろう。すると当該句の附訓は、ウサギマ系（①・③）、ウクヅク（②）、ハダラ系（④・⑤）に大別できる。このうち⑤は西本願寺本以下が訓を青とするので、仙覚の改訓であるが、①〜④は次点本訓とみとめられる。[19]当該歌については、平安時代の段階で本文と訓に相当の揺れがあったことになる。この点を確認したところで、三種の漢字の字義を確認し、附訓との関係をおさえていきたい。夙に『美夫君志』が説くように、本文に異同のある場合、訓から妥当な本文を推定できる可能性もあるからである。

まず、仙覚本の共通本文「驪」であるが、『和名類聚抄』が「青驪馬」を「今之銕驄馬」とし、その「銕驄馬」を「驄馬、説文云……青白雑毛馬也」[20]と説明する点は注目される。この語釈では、毛色が単一でない、まだらな色の馬のことを「驄」＝「驪」と説明している。ハダラとマダラを同根の語（『仙覚抄』、『和訓栞』など）とみることが妥当かどうかはともかく、両者の語義が類似していることはたしかであるから、生田耕一が「ハダラ」と「驪」の対応を看取したことは正鵠を得ていよう。[21]諸本の訓のなかでは④・⑤と対応する。この訓を取る場合、第四句は八釣山周辺の積雪の状態を表現したものということになろう。

なお、「驪」は『説文解字』に「馬深黒色」、『爾雅』に「純黒色」、『楊氏漢語抄』（『和名抄』所引）に「黒毛馬也」とあり、また『和名抄』が「純黒馬」と解すように、基本的な字義は黒馬をさすようである。この字義にもとづく試訓もある（前掲「ユキニクロマノ」）が、伝本の来歴とはかかわらないので、ここでは穿鑿しない。

つぎに類聚古集と廣瀬本の「騾」であるが、この字は『新撰字鏡』に「宇久豆久」、『名義抄』に「ウグツク」とあるので、②と対応する。耳慣れない語だが、「（馬が）はねるようにして、早く走る」（『岩波古語辞典』）という

語義は、「雪じもの行き往ひつつ」と、官人たちが皇子の宮に集う情景を詠む長歌の表現からすれば、彼らが馬を以て馳せ参じる姿を捉えたものとみることは可能であろう。そう考えた場合、語義のうえからはそれほど不自然な印象がない。

さて、この「驪」と「騄」は多くの注釈書に採用される本文で、前者は『代匠記初』、『同精』以来ほとんど古注と、『金子評釋』、大系、『注釋』、『全注』、『釋注』、『全歌』等々、相当数の新注に取られている。伝本の来歴とはかかわらないが、「ユキニサワケル」（『全注』など）、「ユキノサワケル」（『注釋』、講談社文庫、『釋注』）、「ユキニウクヅク」（大系、『全歌』）といった、比較的通行する訓もこの本文によっている。

「驪」と比べれば「騄」を採用する注釈書は少ないが、『講義』を嚆矢として『全註釋』、新大系・新版岩波文庫、和歌大系、『新校注』などが採択しており、一定の評価を得ている。「ユキノサワケル」（講談社文庫、『新校注』など）、「ユキニツドヘル」（新大系・新版岩波文庫）、「ユキニサワケル」（和歌大系）などと訓まれ、前者は「驪」の一説と同様であるが、この通用に関しては次節でふれる。

最後の「驢」は、さきの二字とは異なり採用する注釈書を持たない。いっこうふるわない本文であるが、附訓との関係を考えると注目すべき点が多いようにおもう。それはこの漢字が、『和名抄』で「宇佐岐无末」（東大本）、「宇佐岐無麻」（伊勢二十巻本、元和本）と訓まれ、また『名義抄』が「ウサキマ」（観智院本）、「ウサギムマ」（観智院本・蓮成院本）とするように、次点本でもっとも勢力を持つウサギマ系の訓と対応するからである。むろん訓字体は平安時代の解釈であるが、この系統の訓が多く現存するという事実は、そう訓むべき本文、つまり「驢」が散逸本もふくめて、複数の伝本に共通して存在していた可能性を示唆する。

このウサギマも、さきのウクヅクとおなじく、さほど一般的な語とはいえない。しかし『和名抄』に「驢、宇佐岐無麻、似レ馬長耳」とあるほか、上代の例として『書紀』推古七年（五九九）九月条に「百濟貢二駱駝一疋・

驢一疋・羊二頭・白雉一隻二」、同斉明三年（六五七）是歳条に「自二百濟一還、獻二駱駝一箇・驢二箇一」などとある。現在のロバのことらしく、「似レ馬長耳」という特徴によって、ウサギマと呼ばれていたと知れる。

また『集韻』に「驢……或从婁」とあり、その「婁」は『菅子』「地員篇」に「婁婁、疏也」とみえるので、「驢」には荒い、まばらといった意味もみとめられる。さらに生田が引く『正字通』の「女眞遼東出二野驢一、似レ驢、色駁、人食レ之」という記載によれば、「驢」の毛色は「野驢」に似て「駁《まだら》」であったという。既述のとおりマダラとハダラは語義が近似するから、④ともある程度は対応するとみてよい。従来顧みられることのなかった「驢」であるが、附訓との関係を重視すれば、取るべき蓋然性のひくい本文とはいえないだろう。

三　改字説の検討と伝本の関連性

附訓との関係からみると、「驢」は「驪」や「騾」と比較して、本文的な価値は低くないと見做せる。しかし注釈史を鳥瞰すると、実際に採用されているのは「驪」や「騾」であるので、本節では研究史を整理しつつ、このあたりの事情を詳らかにしたい。

三種のうち「驪」は仙覚本にしかみえない本文であるので、伝本の新旧という観点からは採用が躊躇される。しかし、前述のとおりこの本文による注釈書は数多い。古注や比較的古手の注釈書は別として、近時の諸注が「驪」を採用するのは、小島憲之の改字説[22]が支持されているためである（『全注』、『釋注』など）。

小島は、真福寺本『翰林学士集』[23]に「魚驪入二丹浦一、龍戰超二鳴条一」という「驪」をサワクの意でもちいる例のあることを指摘する。さらに、「騾」と字義が通用することを根拠に、類聚古集以前の本文は「驪《うくつく》」であり、敦隆ないしは書写者が「正しい訓詁に依つ」て「騾」に校訂したと推定するのである。「ユキノサワケル」訓を採用するテキストの本文が「騄」と「驪」にまたがるのも、小島説の影響であろう。

しかしこの推定は、坂本信幸が「ウクツクの訓を持つのは「騄」の本文を持つ類聚古集だけであり、「驪」の本文を持つ諸本にはいずれもウクツクの訓を残さ(24)ない」と指摘するように、「驪」とウクヅクの対応する伝本がみあたらない点に問題をのこす。さらに坂本は「「驪」の字を伝えるのは」、「仙覚本系統の写本である」とも指摘するが、「驪」は仙覚本にしかみえないことは、ここまで整理してきたとおりである。仙覚本校訂本の底本はさほど質のよい本文ではなかったろうという武田祐吉の指摘など(25)も考慮すれば、「驪」を積極的に類聚古集以前にさかのぼらせる理由はとぼしい。『翰林学士集』の例があろうと、ウクヅクにもっともふさわしい本文は「騄」なのであるから、改字説は首肯しがたい。

はやくに小島自身が指摘していた(26)ように、現存する中山本類聚古集の書入が敦隆本萬葉集や別本の類聚古集を参照したものであるのならば、むしろ「騄《うくつく》」とする一本があって、本文は一致するため、訓のみを書き入れた形態が中山本と考える方が蓋然性はたかいはずである。また、「或本」からは「驢」という本文のみを採っているから、この「或本」には「驢《うさきま》」とあったのだろう。

問題は「騄」と「驢」の関係である。中山本は本文こそ「騄」だが、訓はウサキマとあり、この訓は既述のとおり「驢」と対応するはずで、しかも「騄」と対応するウクヅクは類聚古集の書入以外にみえない(27)のだから、「「雪騄」は類聚古集より発生した本文」ではないかと堀は推定する。中山本の内部徴証に即しては妥当である。しかし「「騄」の字は、非仙覚系の類聚古集、広瀬本の両本に伝えられている点において、原本の文字を残している可能性がより高い」と坂本が指摘することがらを堀は一切考慮していない。もちろん坂本論文の方が公刊は遅れるので参照できないこと自体は当然であるが、そもそも堀は廣瀬本の存在自体を等閑に附している。この点は不審といってよいであろう。

しかし、「類聚古集、広瀬本の両本に伝えられている」ことが「騄」の正当性を保証するかといえば、そう断言することもできまい。その伝でいけば「驢」も紀州本と類聚古集の「或本」にみえるのだから条件はおなじである。中山本に「騄《うさきま》」とあることは、むしろ「驢」から「騄」へという本文の変遷を推定させる材料ではあるまいか。

なお、堀はこの変遷を「意図的改変」とみるが、それも断言はできないだろう。「騄」が人麻呂歌に「弓波受乃騄」（巻二・一九九第六二句）、人麻呂歌集歌に「騄靹」（巻九・一六九〇第三句）、「波騄祁留」（同・一七〇四結句）とあるのをはじめ集中七例みえるのに対し、「驢」が漢文中に一度使用されるのみの希少字(28)ということも考慮すれば、頻度のたかい字に誤写した可能性も想定できる。

また、前章で詳細に論じたとおり、類聚古集と廣瀬本は脱字や衍字をふくむ、本来的とは考えにくい本文をしばしば共有している(29)。廣瀬本の親本である定家本は、四四二三番歌以下を欠く、院政期において聖武天皇勅撰本と考えられていた本に、異本でもって末尾九十四首を増補した取り合わせ本である。この「九十四首無き本」は、初稿本『古来風躰抄』において、定家の父俊成によって証本として遇された歴史を持つ。この内部徴証から、寺島修一は定家本を俊成本の忠実な書写本と推定している(30)。そして、初校本『風躰抄』の記述(31)から推して、俊成は類聚古集を知悉していたようであるから、類聚古集（敦隆本系）の本文が廣瀬本に取りこまれているとみることも可能なのである。

むしろ、附訓状況にてらせばもっとも有力な本文であるはずの「驢」は、どうして首肯されることがないのだろうか。堀は「一首の中にあっていかにも唐突な一文字」、「字形的にも「驪」に近似しており、「驪」の誤写から生じた異文」と述べるが、唐突かどうか主観にすぎないし、字形の近似を問題とするなら、誤写の順序が逆である可能性も、等分に存在しているはずである。むしろ、「驪」が仙覚本にしかみえない本文であること、次点本にひろく「驢」と対応するウサギマ系の訓が存することを念頭におけば、「驢」から「驪」に誤写されたとみる方が蓋然性はたかいだろう。

すると、「驢」を採用しかねる理由は、以下の坂本の指摘につきるのではないか。

> 「ウサギマ（或いはウサギウマ）」の訓がよいかというに、「八釣山木立も見えず降りまがふユキノウサギマアシタ、ノシモ」と訓んだのでは歌として意をなさない。……紀州本は十帖までは仙覚以前のものであるので、これも可能性がないわけではない。しかしながら、既に見たように、これでは歌として訓むことができない。

問題は「驢」ではなく、そこから想定される附訓ウサギマにあるという。たしかに「ユキノウサギマアシタ、ノシモ」では歌意をなさない。かといって、「驪《くろま》」によって「ユキニクロマノマヰルタノシモ」と訓み、皇子の宮に集う人々の乗馬に焦点をあてた詠歌であるという堀説を援用して、「雪にウサギマ参る楽しも」と解すのも不自然である。

堀は集中に黒馬の来訪を詠む例[32]のあることを傍証とするが、これらは相聞発想のうたにおける男の来訪に関するもので、皇子への讃歌である当該歌に援用しがたいことは、坂本が「皇子に対して献呈する歌において、皇子の大殿に参上することを直ちに「黒馬ノマヰル」と馬を主体にして歌うとは考えがたい」と批判するとおりであろう。

しかし、そもそも問題はそこにあるのだろか。というのも、「驢」をウサキマとするのは次点本段階の一解釈に過ぎず、そう訓まねばならぬと決まっているわけではない。ウサキマという訓に難があるならば、別の訓を検討すればよいのではないか。「驢」自体は、伝本の優劣や附訓の状況に照らして採用に値する本文なのだから、問題視すべきは附訓ウサキマの方であろう。

そして、「驢」を妥当な本文とみる場合、近時の諸注が提示、あるいは追認してきた「ユキニサワケル」、「ユキノサワケル」、「ユキニウクヅク」、「ユキニツドヘル」といった訓は、いずれも「驟」か「驪」に依拠し、この二字の通用を前提とする場合も多い以上、容認しえないということになる。一度、近時の説とは距離をおいて、あらためて当該句の訓みを検証してみたい。

四　「雪驢」による訓読と解釈

三種の本文のうち、もっとも蓋然性がたかいのは「驢」とおぼしく、この本文にもとづいて訓みを検討すべきというのが前節までの結論だが、「驢」は希少字であり、集中はおろか古辞書などにも適切な訓がみえないため、なかなか明解はえがたい。『名義抄』（観智院本・蓮成院本）にはウサキマのほかにヤシナフ（養）の訓をみるが、「雪をヤシナフ」ではうたにならず、ほかによるべき附訓文献もみあたらない。

だが、二節で引用したとおり、漢籍に「驢……或从婁」（『集韻』）などとあることを踏まえれば、この字をハダレ、ハダラなどと訓むことは可能だろう。研究史を襲えば、「驪」に即しての訓ではあるが、「ユキモハダラニ」（『仙覚抄』、『代匠記』など）、「ユキモハダレニ」（『攷證』）、「ユキハダラナル」（生田一案）などの諸説をみる。字体と字義の近似から、次点本の「驢《はたらなる》」から新点本の「驪《はたらなる》」への誤写を想定しうることは既述のとおりなので、これらの諸説は再評価できる可能性がある。

しかし意を取りにくい場合もあって、近時はかえりみられることもない。たしかにハダレ系の訓をとる説のうち、たとえば生田は「一面斑に雪が降り積つた。何と樂しい朝である事よ」と訳すのだが、「斑に雪が降り積つ」ると、どうして「樂しい朝」になるのかについての説明はなく、これでは首肯しにくいのも当然である。前期萬葉の雪のうたに「盈レ尺則呈二瑞於豊年一」（謝恵連「雪賦」『文選』巻十三）(33) のような漢籍の知識にもとづく瑞祥意識があったかどうかは疑問もあるが、[34]瑞祥の如何にかかわらず、まばらに降りつもった雪を賞美するというのは不可思議な印象といってよい。

それでも、当該歌の表現をまばらな雪と把握する先行研究のなかに、採るべき説は存在する。「驢」の可能性を念頭に置き、近世の古注にさかのぼってみると「一首の意は、皇子の別宮のある、矢釣山の木立さへ、見えぬばかりに、道もふりまがへる大雪を、まだらなるまでふみちらして、宮にもうできつる也」という『攷證』の解釈にゆきあたる。これは注目に値する解釈ではないだろうか。

道を隠すほどに降り積もった雪をまだらになるほど踏みわけて、おおくの官人が「皇子の別宮」に参集したとの解釈であるが、この説によれば、とくに長歌との関係が明瞭となる。すなわち、長歌後半では「……ひさかたの天伝ひ来る　雪じもの行き通ひつついや常世まで」と、皇子の宮へ、降りしく雪のようにひっきりなしにかよってくる官人たちの姿が活写されている。この描写が森朝男のいう〈景としての大宮人〉[35]として機能し、長歌の讃歌性をささえていることはまちがいないだろう。長歌の雪はあくまでも「雪じもの」という譬喩表現であり、この官人たちの行動こそが主題とみとめられる。

対して、当該反歌には官人たちに関する直接的な描写がなく、ことばたらずの印象がある。この点が歌意の把握を困難にしているのだが、これは長歌の表現をふまえて読まれることを前提とするためだろう。[36]『攷證』の説によれば、反歌も宮に集う人々が「道もふりまがへる大雪を、まだらなるまでふみちら」す景を詠んだものと認定できる。主題は雪でなく宮に参集する官人たちとなり、長反歌の表現は首尾一貫したものとなる。

訓読文と大意は以下のようになるだろう。

八釣山木立も見えず降りまがふ　雪もはだれに朝楽しも[37]

八釣山の木立も見えないほどに降り乱れた雪がまだらになる（それほどに、この皇子の宮へ人々が絶え間なくかよってくる）この朝のなんと満ち足りていることよ。

右の如く、「驢」をハダレと訓むことによって、長歌と照応する形で一首を解釈することが可能である。すると、のこる問題は「薄太礼」（巻八・一四二〇）、「波太列」（巻九・一七〇九）のように、『萬葉集』が通常音仮名で表記[38]するハダレを、当該歌が「驢」という希少な訓字でしるす理由であろう。

この点に関しては「驢」の字義に注目したい。すでに引用した例だが、『正字通』には「女眞遼東出㆓野驢㆒、似㆑驢、色駁、人食㆑之」とあり、ウサギマ、つまりロバの毛色がまだら模様であることが確認できる。すると「驢」は、地表と雪とが「駁」に入り混じった景観をイメージさせるための意字表記とみられる。通常はウサギマと訓む、一般的とはいいがたい用字が選択された理由は、このあたりにあるのではないか。

残念ながらロバ（ウサギマ）に関する記述としては、耳の長いことへの言及（『和名抄』）がもっぱらで、上代や中古の文献に毛色についての記載はみあたらない。しかし、かなり後代の例ではあるが、『本朝食鑑』（元禄八年〔一六九五〕）巻十一に「驢　和名訓㆓宇佐岐無麻㆒……大抵褐色、或黒白斑」[39]とあるのは参考になる。ウサキマとロバを同一のものと説明し、しかも毛色がまだらであることを述べている。数百年でロバの毛色が変貌するわけはなく、『正字通』と照応しうる。

なお、この用字については書物からの知識によるとみるのが穏当であろうが、実見にもとづくとも考えられる。二節に引いた『書紀』推古七年九月条や斉明三年是歳条の記述、あるいは『続日本紀』天平四年（七三二）五月十九日条の「金長孫等拝朝。進㆓種々財物并鸚鵡一口、鴝鵒一口、蜀狗一口、獵狗一口、驢二頭、騾二頭㆒。仍奏㆓請来朝年期㆒[40]」といった記事によれば、ロバは外交使節の来日にともない、わりと頻繁に舶来することのあった動物らしいからである。当該歌が人麻呂作歌であることを考慮し、壬申の乱以降と時期を区切っても、天武元年（六七二）十一月二十四日の新羅使節団の筑紫来訪を皮切りに、外交使節来日の記事は『書紀』や『続紀』に散見する。

当該歌群の表記が誰の、いつの段階のものであるかは不明だが、巻三所収の年次判明歌のうち、下限は天平十六年（七四四）に大伴家持が詠じた安積親王挽歌（四七五～八〇）であるから、もっとも遅く見積もると筆録はこれ以降となる。(41)すると、奈良時代後期までに来訪した外交使節がロバをともない、ときの官人たちがそれを目にした可能性は充分に考えられるだろう。噂として聞き知ったとも推測できる。

すると、ロバの外見につよい印象をおぼえた筆録者――外交使節の姿を見聞する機会のあった官人であろう――の用字として「驢」をみとめることは、さして無理のない推定といってよいのではないか。人麻呂歌集や作歌の表記法に「余裕あるいは遊び」(42)をみとめる見方ともよく整合し、萬葉歌全般にも例の多い遊戯的表記の一斑とみとめることができるはずである。

おわりに

以上、現在でも通訓のない巻三・二六二番歌の下二句「雪驢朝楽毛」の訓読と解釈に検討をくわえた。とくに「驢」、「騾」、「驪」という本文異同のある第四句については、三種の漢字の字義、本文と附訓との関係、長歌との呼応という三点から、「雪驢」を妥当な本文と認定した。そのうえで、「ゆきもはだれに」と訓み、雪景色を踏みわけ皇子の宮に参集する人々の姿を描写した作との理解（『攷證』）を追認した。また、「驢」という希少字はロバの外見を意識した遊戯的表記として使用されたのではないかと推定した。

とくに意をはらったのは、本文校訂の方法についてである。第四句の本文校訂に関しては、はやくに小島の改字説が力を持ち、新点本の本文「驪」が有力視されてきた。廣瀬本が紹介されて以降は次点本の本文も顧みられるようになったが、「驟」のみに注目が集まり、「驢」は等閑に附されたままであった。また、次点本間の異同とその意味に関しても、充分に検証されてこなかったようにおもう。本文校訂の精度をたかめるためには、伝本の新旧や本文の多寡だけではなく、伝本系統や個々の本同士の関係にも充分目配せする必要があるはずだが、従来の論考はこの点を蔑していた感がなくもない、ということである。

本章では以上の点を考慮し、類聚古集と廣瀬本の缺陥本文に一致がみられるという前章の結論をふまえることで、右の二本に一致する「驟」ではなく、紀州本と類聚古集「或本」の本文「驢」を採用すべきという結論を得た。『校本』がはやくに作成された『萬葉集』は校訂本文を使っての読解が前提となっている(43)。他の古典作品の研究動向を鳥瞰すると、個々の伝本の本文を尊重する立場から、本文校訂は不要とする見方を目にすることもあるが、『萬葉集』の研究にあっては――校訂に積極的か否かは個人差が大きいとしても、基本的には――考えがたい態度といってよい。しかし、本文研究と解釈研究のあいだにややもすると距離があるという状況は、他の作品研究のありようと大差ないように見受けられる。

しかし、本文校訂研究の目的にあたる妥当な本文を提出するという仕事は、作品を解釈する力を抜きにはなしえないものである(44)。自身の力量をおもえばほとんど放言のたぐいであることを承知しつつも、本文研究と解釈研究を接続する重要性を訴えていきたいと考えている。本章はその端緒にあたる。

注

（1）諸伝本の記載に関しては『校本』や各種影印等を参照し、適宜指摘する。
（2）橋本達雄「タカヒカル・タカテラス考」（『万葉集の時空』笠間書院・二〇〇〇、初出一九九二）
（3）第三部第二章参照。

（4）当該反歌については、拙稿「『萬葉集』巻三・二六二番歌「雪驪朝楽毛」の本文と訓詁」（『日本文学文化』第七号・二〇〇八）で研究史を整理し、仮説を提出したことがあるが、本章とは行論・結論ともに大きく相違する。

（5）廣瀬本には、本来の片仮名別提訓とは別に、本文右に「マウテクラクモ」、附訓左に「マイリクラクモ」とある。前者は『童蒙抄』、後者は『萬葉考』の訓を注記したものであろう。

（6）細井本の巻三は、巻四に後続する重出部（冷泉家本系統の本文）による。

（7）『五代集歌枕』、『柿本朝臣人麿勘文』は日本歌学大系に、『歌枕名寄』は樋口百合子『『歌枕名寄』伝本の研究　研究編資料編』（和泉書院・二〇一三）による。

（8）『礼記』の引用は新釈漢文大系による。

（9）『書紀』の引用は古典大系による。

（10）築島裕・石塚晴通編『東洋文庫蔵岩崎本日本書紀　本文と索引』（貴重本刊行会・一九七八）

（11）赤松景福『萬葉集創見』（東京堂・一九三九）

（12）堀勝博「人麻呂歌「雪驪朝楽」の訓釈」（『大阪産業大学論集　人文科学編』第九十一号・一九九七）。以下堀説は同論による。同様に『金子評釋』の「まゐりたぬしも」も、漢字列との対応上は可能な訓と考えられる。なお、「の」と「ぬ」と通用については、別の話題となるので本章ではとくに検討しない。鶴久「野字の訓の変遷」（『萬葉集訓法の研究』おうふう・一九九五）がくわしく論じている。

（13）西本願寺本が元青訓、大矢本・京都大学本が青訓なので、仙覚の改訓である。なお、京都大学本代赭書入にも「マテイリノ」とあるから、仙覚以前に存した訓とも考えられる。

（14）ほかに「ミカドマヰリノ」（『全註釋』）、「ミヤデノ」（『私注』）などの説をみるが、前者は字余り、後者は字足らずである。初句の字足らず自体は初期萬葉を中心に、集中いくらか例はあるが、この試訓は本文とも対応していない。採用できる可能性は低いであろうから検討しない。

（15）「高輝」は前掲（2）によって「タカヒカル」と、「茂座」は私見によって「サカエイマス」と訓むべきと考えている（第三部第二章）。ただし、筆者の考えに誤りがあり、前者を「タカテラス」、後者を「シキイマス」と訓むとしても、この二種の表記が孤例であることに変わりはなく、論旨に影響はない。

（16）前掲（5）。なお、廣瀬本には「躧」という傍書もあるが、これはおなじく傍書の訓である「ユキニキホヒテ」

ともども、『萬葉考』にもとづく注記である。

（17）活字無訓本は「鸝」とするが、高田忠周『漢字詳解』（名著刊行会・一九六九、初出一九二五）の「麗……字亦タ變シテ鸝・驪ニ作ル」とあり、親本の細井本が「驪」に作るから、「鸝」は「驪」を校訂、ないしは誤記したものであろう。

（18）この語は『名義抄』（観智院本）に「ウグツク」、『新撰字鏡』に「宇久豆久（ウクヅク）」とあり清濁が相違する。成立のふるい『新撰字鏡』によった。

（19）④は確実な次点本の例を缺くが、『五代集歌枕』に「ゆきはくらなるあしたたのしも」（二八九）とある。「はくら」は不通で、「はだら」に校訂すべきであろうから、編者藤原範兼が没した長寛三年（一一六五）以前にこの訓が存した可能性はたかい。

（20）馬渕和夫編『古写本和名類聚抄集成』（勉誠出版・二〇〇八）

（21）生田耕一「「雪驪朝樂毛」の古訓と古文の復活」（『萬葉集難語難訓攷』春陽堂・一九三三）。以下生田説は同論による。

（22）小島憲之『上代日本文學と中國文學　出典論を中心とする比較文學的考察』中（塙書房・一九六四）

（23）村田正博・栗城順子編『翰林学士集・新撰類林抄　本文と索引』（和泉書院・一九九二）によった。

（24）坂本信幸「「雪驟朝楽毛」――巻三、二六二番歌の訓詁について――」（『上代語と表記』おうふう・二〇〇〇）。以下坂本説は同論による。

（25）武田祐吉「万葉集書志」（『著作集』第六巻・角川書店・一九七三、初出一九二八）、同「『万葉集抄』・仙覚・仙覚本」（『著作集』第五巻・一九七三、初出一九五三）

（26）小島「萬葉集古寫本に於ける校合書入考――仙覚本にあらざる諸本を中心として――」（『國語國文』第十一巻第五号・一九四一）。なお、類聚古集が敦隆以外の手によっても改変されたとする景井詳雅「『類聚古集』の変容――『袖中抄』を中心に――」（『萬葉』第一九〇号・二〇〇四）の論とも、以下の趣旨は抵触しない。

（27）『柿本朝臣人麿勘文』に「雪にうくつくあしたたのしも」（一五）とあるのは、平安時代にウクヅクの訓が流布していた可能性を示唆するともみえるが、顕昭は『袖中抄』、『六百番陳情』などに類聚古集を引用するので、ここも同様である可能性がたかい。

(28) 「騾」はほかに、巻三・三三四、四七八、巻七・一一二四、巻九・一八〇七の四例があるが、「驢」は「沈痾自哀文」中の一字しかみえない。

(29) この段落は前章と重複する内容をふくむが、「騾」が不安定な本文であることを説明するのに必要不可欠であるので、重複をいとわず説明をくわえる。

(30) 寺島修一「御子左家相伝の『万葉集』の形態」（『武庫川国文』第六十五号・二〇〇五）

(31) 第四章第一節を参照。

(32) 巻四・五二五、巻十三・三二七八、三三〇三など。

(33) 『文選』の引用は新釈漢文大系による。

(34) 「あらたしき年のはじめの」（巻二十・四五一六）のような後期萬葉のうただけではなく、前期萬葉歌の例から雪に瑞祥性をみとめる論は多いが、渡辺護「雪歌の一系譜」（『万葉集の題材と表現』大学教育出版・二〇〇五、初出一九九二）に批判をみる。第九句「白雪仕物」の表記に謝恵連「雪賦」の受容を想定する説もあり（『釋注』、和歌大系、前掲（24）など）判断はむずかしいが、本章の論旨とは直結しないので指摘するにとどめる。

(35) 森朝男「景としての大宮人——宮廷歌人論として——」（『古代和歌と祝祭』有精堂・一九八九、初出一九八四。『古代和歌の成立』（勉誠社・一九九三）に再掲）

(36) 反歌が長歌の表現をふまえ、単独では充分に意をつくさぬ場合のあることは、工藤力男「人麻呂の文字法——みやまもさやにまがへども——」（『萬葉集校注拾遺』笠間書院・二〇〇八、初出一九九九）の指摘を参照。「反歌」の頭書を持つうたが、「短歌」とあるのに比して長歌との関係が緊密であるという稲岡耕二「人麻呂「反歌」「短歌」の論——人麻呂長歌制作年次攷序説——」（『萬葉集研究』第二集・一九七三）の詳細な検証ともかさなってこよう。

(37) 『萬葉集』にはハダラ、ハダレの両形あるが、用例数の多いハダレによった。また、生田は「ハダラナル」とするが、ナルの無表記はニとくらべると例にとぼしいので採らない。

(38) 「薄垂」（巻十・二三二二）という音訓混用表記も一例のみあるが、以外の五例（ハダラも含む）はすべて音仮名表記である。

(39) 覆刻日本古典全集（現代思潮社・一九七八）により、島田勇雄訳注『本朝食鑑』五（平凡社・一九八一）も参照した。

（40）『続紀』の引用は新大系による。

（41）もっとも、当該歌群をふくむ人麻呂作歌は、巻三のなかでもふるい時代の作であるから、実際にはこれほど筆録時期はくだらないだろう。前半部の編纂時期については、たとえば『全注』巻第三は神亀年間（七二四〜二九）のはやい時期、伊藤博「「譬喩歌」の構造——巻三・四の論——」（『萬葉集の構造と成立』上・塙書房・一九七四、初出一九六四）、塩谷香織「万葉集巻三・四・六・八の成立過程について」（『萬葉集研究』第十四集・一九八六）は天平五年（七三三）以前、橋本達雄「万葉集の編纂と金村・赤人たち」（『万葉集の編纂と形成』笠間書院・二〇〇六、初出一九七八）は天平初年ごろと推定する。なお当該歌群が孤例のふくむ特異な表記を持つことは既述のとおりであるので、原資料の姿をとどめているとも考えられる。そうであれば、当該歌の筆録は人麻呂の活動期にあたる藤原京の時代までさかのぼる可能性もあろう。

（42）工藤力男「人麻呂の表記の陽と陰」（『日本語学の方法　工藤力男著述選』汲古書院・二〇〇五、初出一九九四）

（43）藤井貞和『物語理論講義』（東京大学出版会・二〇〇四）、室伏信助「本文研究を再検討する意義」（『講座源氏物語研究』七・おうふう・二〇〇八）など。

（44）石田穣二「ことばの世界としての源氏物語」（『源氏物語攷その他』笠間書院・一九八九、初出一九七七）は「校訂の根底は、本文の読みである。この両者は切り離せない。校訂の放棄は、読みの放棄である」といい、この論をうけて工藤重矩「源氏物語の本文校訂と解釈」（『古代文学論叢』第二十輯・二〇一五）は「本文解釈力と本文校訂の精度はほぼ比例する。解釈力がなければ、伝本を校合し改訂することはできない」と指摘する。小田勝「『私家集全釈叢書』を読む——古典文法研究の立場から——」（『岐阜聖徳学園大学国語国文学』第三十四号・二〇一五）にも同趣の指摘がある。いずれも本文と解釈の双方を兼ねて研究することの重要性を説いたもので、筆者の目標でもある。

第三部　萬葉集訓読の方法

第一章　「戯嗤僧歌」の訓読と解釈
——「馬繋」と「半甘」を中心に——

はじめに

第二部では『萬葉集』の本文校訂を論の中心にすえ、そこから派生する問題として訓読の再検討にも食指をのばしたが、この第三部では訓読自体に問題を絞り、種々の方向から考察していく。第一章では『萬葉集』巻十六所収の以下の二首、とりわけ三八四六番歌の「戯嗤僧歌一首」を主たる検討対象とする。まずは二首の本文を引用する。(1)

戯嗤レ僧歌一首

①法師等之《ほふしらが》　鬚乃剃杭《ひげのそりくひ》　馬繋《うまつなぎ》　痛勿引曽《いたくなひきそ》　僧半甘　（三八四六）

法師報歌一首

②檀越也《だにおちや》　然勿言《しかもないひそ》　五十戸長我《さとをさが》　課役徴者《えつきはたらば》　汝毛半甘　（三八四七）

当該二首は、近時の諸注を鳥瞰するかぎり、法師と俗人がたがいの泣きどころを攻撃して、「そんなことをしたら僧（汝）も泣くだろう」と揶揄しあったうたと解釈できる。ほとんど異説も提出されていない。しかし当該二首、とくに①は訓読や解釈に少なからぬ問題をのこしており、実のところ歌意はさだめがたいというのが実情であるとおもう。

まず二首の結句の「僧半甘」、「汝毛半甘」は、それぞれ「ほふしはなかむ」、「いましもなかむ」と訓むのが一般的であるが、「半甘」を「なかむ」と訓むことは、築島裕や尾山慎によって提示された『萬葉集』の表記原則[2]に照らして不審な点が多い。研究史においても幾度か疑義が提出されている[3]。この点に留意して、あらためて「半甘」の訓みを検証したい。

また、①の第二句から第三句の連接については、「ひげの剃りあとに馬をつなぎ」と、ふたつの格助詞の省略をみとめるのが古注以来一貫した解釈であり、結句を「なかむ」[4]と訓む以上の定説といってよい。しかし、格助詞ニは省略しにくいという上代・中古語の構文研究の成果を考慮すると、この定説にも再考の余地がある。とくに第三句の解釈をみなおすことによって、この連接についてもあらたな可能性を提示したい。以上、ふたつの通説への批判をとおして、当該二首の再検証をおこなう。

一　表記法と訓読の原則

さて、まずは「半甘」の訓読について検討する。とくに①の結句の検証をとおして、「半甘」を「は（も）泣かむ」と訓む通説の問題点を浮き彫りにしたい。

①の結句を「法師ハナカム」[5]（係助詞ハ＋動詞ナク（泣）＋助動詞ム、以下「はナカム」と表記する）と訓んだのは幕末明治期の国学者敷田年治で、この試訓が『新訓』などに採用されて現在にいたっている。「ひげの剃りあとをあ

んまり引っ張るな、法師が泣くだろう」という歌意は穏当で、支持されやすい案であったといえる。しかし、たとえば新編全集頭注が「訓義に疑問がある」というように、論証が充分になされてきたとはいえない面があるので、以下では具体的な問題点を指摘し、検討をおこなう。

まず当該歌の表記をみると、助詞の表記が綿密なことに気づく。①では「之」、「乃」、「曽」が、②では「也」、「我」、「者」、「毛」が丁寧に表記され、遺漏が少ない。とくに①と②の結句「僧半甘」と「汝毛半甘」とを比較すると、後者には助詞モが表記されており、前者にのみハの訓添を期待するのは均整を欠くきらいがある。

もちろん、結句以外に目をむけると、②の第二句「然勿言」は「シカモナイヒソ」と訓むべきだから、モとソは訓添とみるほかない。ただし、当該句は①の第四句「痛勿引曽」をうける可能性がたかいから、ソについては、わざわざ書くまでもないという判断がはたらいたのではないだろうか。すると例外はモのみとなり、当該二首の書記者は訓添の利用には積極的でなかったとみていいだろう。①だけを対象とすると、訓添が一切ないことにも注意すべきである（『注釋』所引橋本四郎説）。

また、かりにハを訓添とみて「半」をナ、「甘」をカムと訓むと、四段動詞ナクが二字に分断されることになる。しかし、このような漢字と訓の対応は、『萬葉集』を中心とした上代文献における「四段活用の単純動詞は一般に語尾を記さず、特に語幹が一音節のばあいは、意字一つに語尾まで含む」[6]という、築島が見出した表記原則に抵触する。[7] 築島がいうように、『萬葉集』には「咲加」、「開伎」、「咲久」のような「語幹だけを正訓「咲」「開」で書き、活用語尾だけを「加」「伎」「久」のやうに万葉仮名で書いたものは、一例も見出すことが出来ない」のだから、通訓によると「半甘」は例外ということになる。

そもそも、「半」をナと訓む説は、敏達天皇の和風諡号「渟中倉《ぬなくら》太珠（玉）敷天皇」（敏達紀・用明紀、『古事記』では沼名倉太玉敷命）のように、「中」をナと訓む例をふまえ、さらに「半」と「中」の通用をみとめることを前提とするが、この通用に疑問のあることは、稲岡耕二が以下のように批判するとおりであろう。

> これ（「半」と「中」の通用をさす——筆者注）は一見合理的な説明のようで、個々の文字の性格を無視したものであろう。中は音仮名としてほとんど用いられず訓頻度の高い仮名であるが、半は右にも記した（集中の「半」に借訓仮名のたしかな例のないことをさす——筆者注）通り、そうはいえない。かような点を無視して、「中」字と同じく半をナの訓仮名として半甘と書いたものとは、私には思われないのである。(8)

稲岡がいうように、「半」の字は訓仮名として利用された痕跡にとぼしく、「世中　常如雖レ念　半手不レ忘　猶戀在」（巻十一・二三八三）という定訓をみない一例をのぞけば、ハの音仮名として使用される「宇梅能半奈（梅の花）」（巻五・八四九）、「於吉奈我河波半（息長川は）」（巻二十・四四五八）の二例をみるのみである。問題の二三八三番歌の「半手」についても、「カタテ」（大系、『全註釋』）、「カツテ」（『本文篇』、新版岩波文庫）、「ハタタ」（井手至）(9)などの説があるが、いずれも訓字を志向し、訓仮名とみない点は一致している。少なくとも、第四句のうち「不レ忘」が「わすれず」であることはまずうごかないであろうから、(10)「半手」は三音に訓む必要があり、「半」をナとは訓むのは困難だろう。

一方で、神武紀や『和名類聚抄』などにみえる地名「長柄」が、「ナガガラ」の同音脱落「ナガラ」で訓まれることなどを考慮すると、「半甘」を「なかかむ」と訓み、それが転じて「ナカム」になったとみる『全釋』の理解には注意をはらうべきであろう。この説によると「半」はナカの訓字表記となるから、活用語尾を漢字一字にふくむことができ、築島の表記原則に適応する。同時にナの訓仮名でもなくなるので、稲岡の批判にも抵触しなくなる。

『金剛波若経集験記』平安初期点(11)や、『類聚名義抄』（観智院本・蓮成院本・高山寺本・西念寺本）に「半」をナカバと訓む例もあるので、ナカという訓み自体に不審はない。また同音脱落をふくむ表記法については、当該歌に関する検討とは別に、工藤力男が「科長」（推古記など）を「シナガ」、「打乍」（巻四・七八四）を「ウツツ」と訓む例をしめし、[12]山口佳紀も「忍代」（景行紀など）を「オシロ」と訓む例などに言及するから、[13]『全釋』説は上代の表記法に即して無視しがたい。

しかし、これらの例がいずれも一単語内における同音脱落を意図する表記であるのに対し、「半甘」を「はナカム」と訓む説は動詞ナク＋助動詞ムという文節への対応を要求するから、同一視することはむずかしい。同音脱落を想定する右のような表記自体も一般的とはいいがたく、「半甘」を「はナカム」と訓むとすれば、なお特殊な態度といってよく、積極的に採用すべき訓であるとは考えにくい。

ほかの説にも目をむけてみよう。たとえば新編全集は、「第五句を歌意から推してホフシハナカムと読んだが、その結果、「半」をハナ、「甘」をカムのそれぞれを二音仮名と認めるがごときことになった」（①解説）とする。訓み自体は上述の説とおなじだが、「半」を音仮名ハナとするため、訓添の有無に関して差異がある。

この新編全集説は音訓の仮名を混淆させない点、訓添説より合理的で、訓字（意字）ではなく音仮名とみるため、「四段活用の単純動詞」の表記原則にも抵触しない。しかしこの説によると、①と②の結句「僧半甘」と「汝毛半甘」とのあいだで矛盾が生じる。

すなわち、①については二音仮名の結合をみとめるとしても、②は助詞モ（毛）が表記される以上ナカムとしか訓めず、「半」は二音仮名とならない。すると、おなじ「半甘」という表記でありながら、「半」の字を一方は音仮名ハナ（①）、一方は訓字ナカか訓仮名ナ（②）と訓むことになり、照応がとれなくなる。

また、助詞ハと動詞ナクの語幹ナを、「半」という漢字一字の訓と認定すること自体、二合仮名の原則からみて困難ではないだろうか。二合仮名とは「子音韻尾字に母音を添加した一字で二音の音節をもつと把握される音仮名」[14]をさす。その性質については尾山の詳細な研究があり、「半甘」についてもつぎのような言及がある。

二合仮名表記は、文字列が必ずしも文節と対応しているとは限らないが、「僧半甘（ほふしは泣かむ）」を、もし二合仮名と見れば、これは極端なほどに文節と対応しておらず、かなり訓みにくいのではないか。こういった形に該当する他の表記例は見いだされず、またほかに半の字の二合仮名も集中には見いだされないため、二合仮名として「半ハナ」と断じることは躊躇される。(15)

傍線部の「こういった形に該当する他の表記例」に関する具体的な説明はないが、「文節に対応しておらず」という文言によれば、助詞に動詞語幹を接続し、一漢字と対応させる例がほかにないということであろう。たしかにこのような表記はほかにみられない。新編全集の案は、いくつもの原則に抵触するようである。また『全釋』の同音脱落説に関しても、この点を考慮すべきであろう。

さて、ここで少し視点をかえて、当該二首の活用語、ないしはその転成ととれる語をみてみると、「剃」、「繋」、「痛」、「引」、「言」、「徴」といずれも意字表記であり、通説によれば「半」のみが例外となる。ナク（泣）は、音仮名表記巻をのぞけば、「泣」、「鳴」、「哭」などの意字で書くのが原則であり、ナカムについても、「鳴六」（巻三・四八三）や「将レ哭」（巻九・一七八〇）のように、訓みに混乱が生じない表記法は集中に複数存在する。にもかかわらず、当該二首にかぎってわざわざ「半甘」という異例の表記がなされる理由は想定しにくい。訓仮名が多く表意性を持つという橋本の説(16)もふまえると、「半」にナクの語幹をあてたとすれば、これはきわめて例外的な処置となる。

「半甘」をナカム、ないしは「はナカム」と訓む諸説は、可能性が皆無とまではいえないが、いずれも表記に対してかなり特殊な訓みかたを期待することとなり、積極的には支持できない。もっと順当な訓みが模索されるべきだろう。

そこで、つぎにはこれまで提出されたナカム以外の説に目をむけて、よるべき訓みが提示されてきたかどうかを検討したい。まず諸本をみると、次点本は無訓で、新点本に「ナカラカモ」とある。その仙覚訓に「ナカラカム」と『略解』がわずかに修正をくわえ、以降『古義』や『秀歌』に踏襲される。しかし、①の下句を「あんまり引っ張るな、法師が半分になってしまうから」と解すのは、いくら戯嗤歌とはいえ穏当さを欠く表現であり、したがいがたい。

また、『新考』の「ナゲカム」は「半」と「歎」の誤写説、『男信』の「ハネナム」、『佐佐木評釋』が引用する「ナキナム」（岡本保考説）は、「甘」を「嘗」の略筆とみる説でいずれも根拠にとぼしい。ほかに『佐佐木評釋』が引用する「ナカマシ」（松岡調説）と、佐佐木信綱自身の一案「ナカラマシ」は、それぞれ「ナカアマシ」、「ナカラアマシ」から母音結合による「ア」の脱落を期待する訓だが、「甘」をアマシと訓むことは集中の例に適応しないし、助動詞マシならば「益」、「猨」、「申」など、集中にいくらも常用の訓字表記があるのだから、母音脱落を期待する異例の表記法をとる理由が説明できない。

一方、武田祐吉は『全講』で「ハニカマム」という試訓をしめし、ついで『全註釋』で「甘をカマムとすることは例がなく無理」との理由によって前説を撤回し、ハニカムとあらためた。この説の特徴は、「半甘を字音假字としてハニカムと讀む」というように、「半甘」をいずれも音仮名とみとめる点にある。「半」を「ハニ」と訓むことについては、「難《なに》波《は》」（巻四・六一九など）や「雖レ見不レ飽《みれどあかなく》君《に》」（巻九・一七二一結句）のような類例の存在が保証するし、『新撰字鏡』に「半臂　波尓比」とあるのも有力な傍証とみられる。『全註釋』説を「文字の上からいえば無理がない(17)」とする稲岡の追認は妥当だろう。

さらに、この点に関して注意すべきは、「甘」の字の集中における使用法である。この字は当該例をのぞくと、「甘南備」（巻七・一一二五など）、「甘嘗備」（巻十三・三二二七）と、いずれも地名カムナビのカムとして使用されているから、当該二首の「甘」についても、音仮名カムとして理解するのが穏当だろう。すると、「半」についてもおなじ音仮名として理解する『全註釋』説は、いっそう可能性のたかい訓みと判断できる。

集中にハニカムの確例がないことはいくらか問題のようであるが、『日本霊異記』上巻第二などにみえ（『全註釋』）、また『新撰字鏡』にも例があるから、上代に存した語であることは確実で、萬葉歌の訓読に利用可能な語彙とみとめてよいだろう。頻用の動詞でないために集中唯一の特殊な表記がなされたと考えるならば、むしろ用例のみえないことは、ハニカム説にとって有利な材料といえるのではないだろうか。

さて、①の結句を「ホウシハニカム」と訓めば、助詞の訓添も不要となり、係助詞モ（毛）を表記する②とよく照応する。また、②の結句を「イマシモハニカム」と訓むのは字余りに即して無理であるが、『全註釋』にならって「ナレモハニカム」と訓めば問題は解消される。ナレは集中に「中臣の太祝詞言言ひ祓へ　贖ふ命も多我多米尓奈礼」（巻十七・四〇三一）のような確例も存在し、可能な訓であろう[18]。

以上、『全註釋』の試訓ハニカムが、種々の表記原則に照らしてもっとも妥当な説とみとめられることを述べた[19]。もちろん、訓みとして可能というだけでは作品解釈はおぼつかないので、次節ではハニカムの妥当性を表現面から検討したい。

二　ハニカムの語釈

それでは、ハニカムはどのような文脈で使用されていることばであるのか、またどのような漢字と対応しているのか、この点を『霊異記』の例から検討する。同書の上巻第二は、欽明天皇の時代、美濃国大野郡の男が妻をもとめ歩くなかで美しい女と遭遇し、合意をえて妻としたという話である。この妻は狐の変化で、それを察知した飼い犬の子が吠えかかるくだりでハニカムは使用されている。大系によって訓読文をしめす[20]。

彼の犬の子、毎に家室に向かひて、期尅ひ睚み眥ミ嗥吠ユ。家室、脅エ惶りて、家長に告げて言はく「此の犬を打ち殺せ」といふ。

傍線部の「眥」については、興福寺本の訓注に「如レ上　又云波尓加美　又云伊支□美」[21]とあり、「ハニカミ」と訓むことがしられる。「如レ上」は、すぐうえの「睚」の訓注に「尓良牟」とあるのと対応するから、「眥」はニラムともハニカムとも訓むらしい。犬の吠えかかるくだりだから、怒りの発露をしめすことばであるのだろう。一例のみでは判断しにくいが、この「睚眥」は中巻第五にも例がある。

「七人の非人有り、牛頭にして人身なり。我が髪に縄を繋け、捉へて衛み往く。見れば前の路に楼閣の宮有り。問ふ「是は何の宮ぞ」といふ。非人、悪しき眼に睚眥ミ逼めて言はく「急かに往け」といふ。……」といふ。

ある長者があの世へ行き、閻羅王と対面するくだりである。文中の「非人」は、生前の長者によって祭祀の供物となすために殺された牛の化身のことで、すこしあとに長者に復讐しようとの発言もみえるから、「睚眥」は怒りをしめす表現とみられる。この「睚眥」には、「二合　ニラミ」(群書類従本)という訓注がある。

また、中巻第三には異体字「眦」がつぎのようにみえる。

子、牛の目を以て母を眦ムで言はく「汝、地に長跪け」といふ。母、子の面を瞻りて答へて曰はく「何の故にか然言ふ。若し汝鬼に託へるや」といふ。

防人である吉志火麻呂が妻に逢いたい気持ちから邪心を起こし、母を殺して、その喪にかこつけて任期からのがれようとする、『霊異記』のなかでもよく知られた説話である。火麻呂が山中に母を連れこみ切り殺そうとするくだりに「眦」とあり、群書類従本にやはりニラムの訓注がある。『霊異記』において「眥」をハニカムと訓むのは、どちらかといえば異例に属する態度のようだ。

漢籍における「眥」の用法もこの傾向を支持する。字書レベルでいえば『博雅(広雅)』に「睚眥裂也」とあり、やや時代はくだるが北宋の『類篇』は「恨視也」と釈す。また『史記』項羽本紀（第七）では、以下のような文中にあらわれる。

噲即ち剣を帯び盾を擁し、軍門に入る。交戟の衛士、止めて内れざらんと欲す。樊噲、其の盾を側てて以て撞く。衛士、地に仆る。噲、遂に入り、帷を披きて西に嚮つて立ち、目を瞋らして項王を視る。頭髪上り指し、目眦盡く裂く。(22)

漢高祖（劉邦）が項羽に殺されかけた折、家臣の樊噲がこれを救うという、人口に膾炙した鴻門の会の一節である。傍線部は樊噲が目をいからせて項羽の帷幕に乗りこむくだりで、ここはあきらかにマナコ、マナシリの意とみてよい。真福寺本『和名抄』に「末奈之利」、観智院本『名義抄』に「マナシリ」あるいは「ニラム」の訓があるので、この字義は日本でも通用しているとおぼしい。

一方ハニカムと訓まれる漢字には、『新撰字鏡』に「齵」、「齺」など「歯」を部首にもつ一群があり、「歯重生」、「歯不正也」といった語釈が附されている。前者は歯が重なってはえること、後者は歯のならびが不揃いであることだから、歯の状態が普通でないというのが大意だろう。文学作品に用例のとぼしい語彙ではあるが、中世の『字鏡集』(23)にもほぼおなじ語釈がみえるので、通時的な語義とみられる。

『霊異記』上巻第二の「波尓加美」は、このような大意からの展開例とみられ、歯を剥きだしにして怒りの形相をうかべる様子をハニカムと表現したのだろう。『霊異記』の「皆」は基本的にニラムと対応する漢字であるが、怒りの表情という共通点でハニカムともむすびつき、二種の訓注がほどこされたものと推測される。(24)

この展開をハニカムの側からみなおすと、『霊異記』にみる不安定な漢字と訓の対応は、この語が上代において安定した訓字意識をもちえず、『萬葉集』が「半甘」という音仮名で表記するしかなかった可能性を示唆する傍証となりそうだ。九世紀後半の『新撰字鏡』のころにいたって、ようやく訓字意識が生まれたとみることもできるだろう。正訓が固定されている通説のナクとは対照的といってよい。

意味としては、『全註釋』が①の「釋」で「歯がみをしておこる意」とし、「坊さんがおこるだろう」と訳す。基本的に是認すべきだが、ハニカムのムは動詞の活用語尾だから、推量の「だろう」は不用で、たとえば「坊さんが怒るから」などと訳すべきである。

なお、『注釋』は『全註釋』説を一案と評価しつつも、「ハニカマムとあるべきところをハニカムとする點に――殊に次の歌（②をさす――筆者注）の場合――少し落ちつきかねるやうに思れる」とする。「ハニカマム」ならばよく、ハニカムでは「落ちつきかねる」ということは、問題の所在は一首の末尾が推量形かどうかにあるとみられる。②の第四句は通訓「エツキハタラバ」[25]と仮定条件であるから、たしかに結句が推量形でおわる方が自然であり、『注釋』の危惧にも一理はある。

しかし、ここで問題とすべきは「半甘」ではなく、むしろ第四句「課役徴者」ではないかとおもわれる。「動詞＋者」は未然形、已然形いずれも許容する表記であるから、「エツキハタレバ」と訓むことも可能であり、そうすれば問題は解消されるからだ。この訓みにもとづき稲岡がしめす「里長ガ労役ヲ強制スルノデ、歯ヲムキ出シテ怒ルデハナイカ」（三八四七番歌下二句）[26]という通釈にも不自然な点はない。已然形＋バを一回的、恒常的のいずれと解すべきかについては判断する材料がないが、ここでは、「ナレモハニカム」という行為が単なる法師の想像ではなく、檀越にとって体験的性格をもつ可能性がたかいことを確認し、①との対応関係については次節でくわしく検証することとする。

当該二首は、たがいの急所をつき、揶揄する内容と目されている。追認すべき理解であるが、「互いの泣き所をあばいて慰め合った」（『釋注』）というような含意については、実際はともかく表現のうえではみとめるべきでない。結句をハニカムと訓む以上、相手を挑発し、揶揄の応酬をなした贈答歌として解釈すべきであろう。[27]

三　格助詞ニの省略と「馬繋」の語義

ここまで「半甘」をナカム（はナカム）と訓む通説には疑問がおおく、『全註釋』の試訓ハニカムが妥当であることを検証してきた。このハニカムは歯を剥きだしにして怒るという意味であるから解釈にも破綻はなく、また『霊異記』における訓の不安定さを考慮すると、「半甘」という特異な音仮名表記との対応も得心しやすい。この点を確認し、つぎにはもうひとつの論点である、①の第二句・第三句の連接に関する検証をおこなう。

さて、①の第二句、第三句については、「鬚乃剃杭」のあとに格助詞ニが、「馬」と「繋」のあいだに格助詞ヲがそれぞれ省略されており、「ひげの剃り杭に馬をつなぎ」の意とみるのが通説である。しかし、はやく森野宗明が「〈ニ〉は省略されにくい[28]」と述べ、近時も柳田征司が「格助詞「を」が表れないことは一般的であるけれども、格助詞「に」が表れないことは一般的でない[29]」と指摘するように、ヲはともかくニは省略しにくい格助詞と考えられるから、この通説には再考の余地がある。

森野や柳田は主として中古以降の例にもとづいて格助詞ニが省略しにくいと説明するが、上代の韻文に即しても工藤に同趣の見解があり[30]、山口佳紀も「ニという助詞は、簡単には省略できない[31]」とこの見方を追認する。もちろん『萬葉集』の場合には、工藤自身もみとめるように、「訓の決定と助詞の省略の判定とは多くのばあい循環する」のであるから、この論を前提とすることには慎重でなければならない。

しかし、ニが省略しにくいことはたしかだから、省略をみとめずに一首の表現を説明できるのなら、その方が日本語の構文として妥当であることはまちがいない。ならば格助詞ニの省略の可否についてその蓋然性の有無を検討することは、当該歌の表現を解析するにあたって必要な手順といっていいだろう。工藤のつぎの指摘に注目

したい。(32)

馬繋とは延喜式典薬に見える植物名「狼牙」であろう。これは和名抄に古末豆那岐、本草和名に宇末都奈岐とある、茎に直立して開出毛あるをもってひげの剃り残しに譬えたもの。法師らの剃り残したひげはさながらウマツナギだと歌ったのに違いない。ソリクヒ・ウマツナギと名詞をならべたところにも軽い律動が感ぜられておもしろい。

工藤はウマツナギを「馬をつないで」の意に解さず、薬草「狼牙」とみとめる。たしかに、こう解せば格助詞ニの省略をみとめる必要はなくなる。

また、この見解に即せば、「ひげ」から「馬繋ぎ」へという連想の脈絡も明瞭となるようにおもう。従来この部分の脈絡を明確にしめす注釈書は存外少なく、むしろ『窪田評釋』が「甚しい誇張である」と評するあたりに、説明の困難であったことが端的にしめされている。たとえば『釋注』のつぎのような解釈も、どれほど説得的だろうか。

小さくてこまかい剃り残しのひげと大きな馬とを取り合わせたところにからかいの効果がある。そして、馬を持ち出したのは、檀家衆が馬で運ぶ布施物を嘻々として取り込む僧侶の姿から暗示を得ているのではないかと思う。

この説明のうち、傍線を附した「そして」からあとは、可能性としては考えられるが、想像の域をでない。すると「小さくてこまかい剃り残しのひげと大きな馬とを取り合わせたところにからかいの効果がある」という点が眼目となるが、この連想は『窪田評釋』のいうように飛躍が大きく、だからこそ「そして」以降の文脈が必要となるのだろう。法師のひげの剃りあとから、形状のちかさによってウマツナギが想起されたとみる工藤の理解の方が、連想過程の把握としては穏やかではないだろうか。

つぎに、①がひげの剃りあとを「剃杭」と、杭に寓して形容する点にも注意をはらっておきたい。この杭については、『角川古語大辞典』が「先をとがらして土中に打ち込んだ材木」と説明するのにしたがえば、細長い材木が地面からいくつも突きでている様子が、ひげの剃りのこしに似ているとの連想が働いたものと考えることができる。

もちろん、ウマツナギという名称から、馬をつなぐものとして杭が意識されたという側面もあるだろうが、法師のひげの剃りあと、ウマツナギ、杭の三種に共通する要素が外見である以上、基本的には形状のちかさによって想起されたとみるべきだろう。このようにおさえてみると、「誇張」が捨象され、連想の経路は理解しやすくなる。

また形状に関してだけではなく、第四句「痛勿引曽」との接続という点からみても、ウマツナギという素材はみなおされる必要があるだろう。まず、ウマツナギが平安時代前期に薬草として利用されたことは、工藤のいうとおり『延喜式』第三十七巻（典薬）や、『本草和名』にみえることからわかる。

また、『出雲国風土記』の諸郡に「凡諸山野所レ在草木」の記事があるが、そのなかの仁多郡などの記事に「狼牙」がみえる。この草木の列記は、「草類は薬草として用いられたものを挙げている。延喜（典薬寮）式に諸国から貢進させた薬草の品目とほぼ同じである」（意宇郡、大系頭注）から、「狼牙」は出雲から都に貢進される薬草とみられる。『出雲国風土記』が編纂された天平五年（七三三）と当該二首の制作時期はさほどはなれていないだろうから、①が詠まれたころ、ウマツナギは都で一般的に利用されていた薬草と考えられる。

ただし、どのように使用された薬草であるのかは、奈良時代や平安時代はおろか、中世までくだってもなかなか判然としない。比較的はやくわかる例は、室町時代末の薬学辞書『和名集』[33]の記事で、「狼毒……日本ニテハコマツナキト云草ノ根也ト云フ」とあるから、「草ノ根」に効用があったことがわかる。この「狼毒」という説明は、くだって『本草綱目啓蒙』[34]（小野蘭山編、享和三年〔一八〇三〕〜文化三年〔一八〇六〕刊）にも踏襲されている。さらに、『和漢三才圖會』[35]巻第九十五（寺島良安編、十八世紀前半刊）をみると、「根苦寒有レ毒」と根に毒があることを記したうえで、「治ス二邪気、熱気、疥瘙、悪瘡ヲ一」と、風邪、熱、吹き出物、腫れ物に対して効用があると記されている。ウマツナギの根は、利用の仕方によっては毒にも薬もなったということだろう。

『萬葉集』の解釈に際して、中世末期から近世の資料を利用するのには躊躇される面もあるが、『出雲国風土記』や『延喜式』によって上代から薬として利用されていたこと自体は判然としており、薬効が千年のあいだに変質するともおもわれない。参考資料として活用することは可能だろう。薬効からみて常用の薬とみとめられ、当該歌のような即興歌の素材となるにふさわしい、生活に身近な草木とみられる。

以上のウマツマギの性質に、外見がひげの剃りのこしと類似するという工藤の指摘も加味すれば、一首の訓読と解釈はつぎのようなものとなるのではないか。

　法師らが髭の剃り杭狼牙《うまつなぎ》　痛くな引きそ法師はにかむ

　　坊さんのひげの剃りのこしは、まるでウマツナギだ。そのウマツナギの根を引きぬくように、手荒にひげを引いたりするなよ、坊さんが怒りだすから。

既述のとおり、ウマツナギは根に薬効があるから、利用には地面から引きぬく必要がある。その性質をふまえた、「ウマツナギは引っぱるものだが、坊さんのひげはそうでないのだから、そんなことするな」という揶揄こそが、①の歌意なのではないだろうか。第四句「いたくな引きそ」との接続にも不審な点はない。格助詞ニは省略しがたいという構文論からの射程は一首全体の表現にまでとどき、解釈を明快なものとする。

このように①の表現をとらえなおすと、従来その眼目とされてきた「ひげの剃り杭に馬をつなぐ」という遊戯性は捨象されることになるが、この遊戯性の捨象という観点は、②との対応関係からみても首肯されるべきではないだろうか。「馬繋」に類するようなユーモアの要素を、②からは看取することができないからである。とくに「課役徴者　汝毛半甘」を「物納税の都への運搬その他は庶民に課されており、庶民はその徭役の過重に泣いた」（『釋注』）というように、檀越の生活苦に対する攻撃とみるならば、これはきわめて現実的であり、通説によるならば二首の落差はほとんど埋めがたいのではないか。また題詞「戯嗤」との関係からみても、『集韻』に「戯、弄也」とあるように、この贈答歌に相手を揶揄し笑う意図があることは明白だが、その揶揄の性格が①は諧謔的、②は現実的と、表現レベルでの差異が大きすぎるのである。

この落差の解消は、当該二首の表現解析のために必須の手順とおもわれる。とくに本章の展開に即しては、ハニカムという怒りをしめす表現と、戯嗤歌にもとめられる揶揄の意識とがどのようにつりあうのか、この点を加味して二首の関係を明確にする必要があるだろう。とりわけ、②の第三句を「エツキハタレバ」と訓む以上、里長の課役のもとめに檀越が激昂したという一幕はたぶんに体験的性格をもつことになるから、「戯嗤」とハニカムには現実的なレベルでの整合が期待される。

以上の諸点に留意するならば、課役、つまり庸・調や雑徭が、檀越にとって賦役令によってさだめられた義務であるという、表現との関係からはほとんど等閑視されてきた事実に、もっと目をむけるべきではないだろうか。この事実をふまえれば、「課役徴れば汝《なれ》もはにかむ」という法師の切りかえしは、義務の履行をよしとせず、激昂する檀越に対するからかいとみなせる。はたすべき義務をおろそかにし、立場にふさわしからぬ態度をとる檀越に対する非難は、揶揄と表裏の関係にあるといってよいはずだ。

このふさわしからぬ態度に対する非難・揶揄という視点を僧侶にあてはめてみれば、①は仏心を持つはずの僧侶が、ひげを引っぱられた程度のことで怒りだすという、その非寛容な態度を檀越がからかったうたと解することが可能であり、②との表現上の落差は解消される。すると当該二首は、檀越と法師が各々自身の態度は棚にあげて、相手の態度は立場にそぐわぬものだと非難しあった贈答歌とみなせるだろう。たがいの逆上する姿を揶揄しあうという緊密な対応関係が看取され、はたからみれば五十歩百歩の罵りあいが周囲の哄笑をさそう、まさしく「戯嗤」のうたとして理解することが可能となる。(36)

おわりに

ここまで当該二首、とくに①について、結句「半甘」の訓読と、「鬢乃剃杭　馬繋」の構文について通説の再検討をおこなった。その成果はつぎの二点に集約できる。

一点は結句の改訓で、新大系や『新校注』によって可能性は考慮され、和歌大系が採用するものの、通説「はナカム」におされ、その価値をほとんどみとめられてこなかった『全註釋』のハニカム説を、『萬葉集』の表記法の面から再評価したことである。もう一点は、格助詞ニは基本的に省略できないという構文研究の成果をふまえて、①の表現をみなおしたことである。以上の検討によって、①の解釈が即興歌にふさわしい明快なものとなるだけでなく、二首の対応関係もより緊密となる。

「半甘」をナカム（はナカム）と訓む説、「鬢乃剃杭　馬繋」を「ひげの剃り杭に馬をつなぎ」と解する通説は、いずれも例外を許容することで可能性が保持されてきたといってよい。しかし、佐佐木隆が「問題の例が唯一の例外となっている可能性はゼロではない。その可能性を重んじる際には、問題の例だけが例外となった明確な理由を提示することが必要である。それができなければ、多くの類例と同様の例として問題の例を処理するしかない」(37)と述べるように、例外を積極的に肯定しえないうたの場合、原則にしたがって解釈すべきであろう。表記と構文からみると、当該二首などはその最たる例といってよい。この点を意識し、再検討をおこなった。

注

（1）後藤利雄「鬢と髭と檀越と――万葉巻十六の歌三首について――」（『國語と國文學』第五十七巻第七号・一九八〇）は①の第二句「鬢」は『説文』段注などの字義からみて髪（ここではもみあげの意）のことであるから、ヒゲではなくビンと音読みすべきとし、梅谷記子「萬葉集巻十六・三八三五番歌の解釈――遊仙窟との比較を通して――」（『上代文学』第一一一号・二〇一三）も種々の例証をあげて同様の見解をしめす。いずれも触発される内容の論考だが、高松寿夫の「字音は一音節のはずだから、この理解だと結句が字足らずになってしまわないだろうか」（「学会時評――・上代」『アナホリッシュ國文學』第七号・二〇一四）という批判との関係について、筆者の考えはさだまっていない。また、次点本や訓点資料がこの字をヒゲと訓むことを考慮すれば、本来の字義を無視してヒゲと訓む伝統もあったらしい。ただ、この訓読に関する意識がいつからのものなのかを判断するだけの材料もないので、判断はむずかしい。本章ではひとまず通説のままヒゲとした。この問題についてはあらためて考える機会を得たい。

（2）築島裕「万葉集の動詞の語尾表記について」（『萬葉集研究』第十二集・一九八四）、尾山慎「萬葉集における二合仮名について」（『萬葉語文研究』第二号・二〇〇六）。くわしくは後述する。

（3）『全註釋』、稲岡耕二「万葉集における単語の交用表記について」（『萬葉表記論』塙書房・一九七六、初出一九六七）など。『釋注』や新大系にも諸説への言及がある。

（4）工藤力男「上代における格助詞ニの潜在と省略」（『日本語史の諸相　工藤力男論考選』汲古書院・一九九九、初出一九七七）、同「動詞句から複合動詞へ――かざまじりあめふるよの――」（『萬葉語文研究』第八集・二〇一二）

（5）敷田説は『佐佐木評釋』の引用による。

（6）工藤「万葉集を読むための三つの視点」（『必携　万葉集を読むための基礎百科』學燈社・二〇〇二）

（7）前掲（2）築島

（8）前掲（3）稲岡

（9）井手至「ほとほと（に）・はた」（『遊文録　萬葉篇』二・和泉書院・二〇〇九、初出一九五八）

（10）『新校』は「はたわすらえず」と訓むので、「不レ忘」を四字と確定できるわけではないが、傾向としては以上のとおりであろう。また、『新校』は「半」を音仮名と解しており、訓仮名ナとはみていない。
(11) 築島編『訓點語彙集成』第六巻(汲古書院・二〇〇八)による。
(12) 工藤「略訓」(『國語國文』第四十一巻十一号・一九七二)
(13) 山口佳紀「音節の脱落」(『古代日本語文法の成立の研究』有精堂・一九八五、初出一九七七)
(14) 前掲(2)尾山
(15) 前掲(2)尾山
(16) 橋本四郎「訓假名をめぐつて」(『橋本四郎論文集 国語学編』角川書店・一九八六、初出一九五九)
(17) 前掲(3)
(18) ほかに仮名例として巻十四・三四四〇、巻十七・四〇三一の二首がある。
(19) ほかに新大系、『新校注』が一案としてハニカムを提示しており、いずれもハニカムを可能な訓と判断する。また、元論文刊行時(二〇一三年四月)以降に刊行されたテキストをみると、新版岩波文庫はナカム、和歌大系はハニカムとする。和歌大系は校注者である稲岡自身の説(前掲(3))と合致する。
(20) 大系は上巻の底本は興福寺本、中下巻は真福寺本。
(21) 興福寺本の「伊支□美」の缺字については、群書類従本に「伊岐〃美」とある。
(22) 訓読文は新釈漢文大系によった。ほかに最古の版本である景祐年間(一〇三四~三八)刊本の影印(『史記集解』二十五史編刊館・一九五五)と、慶長古活字本(内閣文庫蔵本)を底本とする『和刻本正史 史記』一(汲古書院・一九七二)も参観し、「目眦」および文脈に異同がないことを確認した。またおなじく『史記』の范雎伝には「睚眥之怨必報」ともあり、怒り・恨みの目つきを意味する語として使用されている。
(23) 中田祝夫・林義雄編『字鏡集 白河本影印編』(勉誠社・一九七七~七八)
(24) 小泉道「漢文体説話集の語彙――日本霊異記の語彙研究のために――」(『講座日本語の語彙』第三巻・明治書院・一九八二)は、『霊異記』の訓注は「唱導用テキストとして使う場合の正確なよみを指示したもの」で、個々の文脈に依存しており、かならずしも漢字との関係は統一的に把握できないとする。ハニカムも狭義の字義とは対応しない例とみられる。
(25) 新編全集は「くわやくはたらば」と「課役」を音読みする。通訓エツキは北野本『日本書紀』にみえるが、これは「役」への加点である。『書紀』の加点を上代語と見做してよいかという問題（参照、安田尚道「日本語史はどのように可能か」『文学・語学』第二〇〇号・二〇一一）とは別に、そもそも「課役」への附訓として妥当かどうか、疑問もある。ひとまず通説によったが、新編全集説も捨てがたい。

（26）前掲（3）。訓読により問題があるのは第四よりも結句であるから、第四句から結句の順に訓を決定していく態度には疑問がある。「動詞＋者」の改訓を優先すべきだろう。

（27）「嗤」に対する反応として、泣くか怒るかはパラレルな関係にあるとみられる。うたの応酬例ではないが、敏達紀十四年八月の敏達天皇の葬儀に関するくだりで、蘇我馬子と物部守屋が互いの挙動を「而咲」（前田家本訓「アサワラヒ」）ったの対して、両者が怒りをおぼえ「微に怨恨を生」じたことなどを念頭においていいだろう。

（28）森野宗明「格助詞」（『品詞別日本文法講座』第九巻・明治書院・一九七三）

（29）柳田征司「修行者あひたり」（『日本語の歴史』第二巻・武蔵野書院・二〇一一、初出一九九一）。ほかに西田直敏「助詞」（1）（『岩波講座日本語』第七巻・岩波書店・一九七七）、北原保雄『北原保雄の日本語文法セミナー』（大修館書店・二〇〇六）、小松英雄『伊勢物語の表現を掘り起こす《あづまくだり》の起承転結』（笠間書院・二〇一〇）なども同趣の見解をしめす。

（30）前掲（4）

（31）山口「万葉集に無いことば」（『古代日本文体史論考』有精堂・一九九三、初出一九八七）

（32）前掲（4）工藤「上代における格助詞ニの潜在と省略」

（33）土井先生頌寿記念論文集刊行会編『国語史への道　土井先生頌寿記念論文集』下（三省堂・一九八一）所収「和名集并異名製剤記（元和版）」の影印による。

（34）杉本つとむ編『本草綱目啓蒙　本文・研究・索引』（早稲田大学出版部・一九七四）による。

（35）和漢三才圖會刊行委員会編『和漢三才圖會』下（東京美術・一九七〇）により、島田勇雄ほか訳注『和漢三才図会』第十七巻（平凡社・一九九一）も参観した。

（36）もちろん、このような贈答歌が詠みかわされる前提には、「二人の仲に親和関係が確立している」（『釋注』）という事情があるのだろう。「でないと、ほんとうの喧嘩になってしまう」（同）だろうし、そのようなうたが「戯嗤歌」として『萬葉集』にのこるはずもない。あるいは、「二首共に同一人の作で、戯れに檀越になり、法師になつて詠んで見た」という『全釋』の一案も可能性があろうか。

(37)　佐佐木隆「歌へのアプローチ」(『万葉歌を解読する』日本放送出版協会・二〇〇四)

第二章　「献新田部皇子歌」訓読試論

――「茂座」借訓説をめぐって――

はじめに

前章では、構文・文法に関する先行研究との関係から訓読の見直しをはかった。本章では視点を変え、『萬葉集』巻三所収のつぎの長反歌、とくに長歌について、上代における文字の運用という観点から再検証したい。(1)

柿本朝臣人麻呂献二新田部皇子一歌一首 并短歌

八隅知之《やすみしし》　吾大王《わごおほきみ》　高輝《たかひかる》　日之皇子《ひのみこ》　茂座　大殿於《おほとののうへに》　久方《ひさかたの》　天伝来《あまづたひくる》　白雪仕物《ゆきじもの》　往来乍《ゆきかよひつつ》　益及二常世一《いやとこよまで》　（二六一）

反歌一首

矢釣山《やつりやま》　木立不レ見《こだちもみえず》　落乱《ふりまがふ》　雪驪《ゆきもはだれに》　朝楽毛《あしたたのしも》　（二六二）

題詞にみえるとおり、当該歌群は柿本人麻呂による新田部皇子への献呈歌である。膨大な数の論考が蓄積されている人麻呂作歌のなかでは比較的研究の手薄な作品といってよく、作歌年代、作歌背景、長反歌の表現など、種々にわたって未解決の問題が多い[2]。題詞等の情報が寡少なこと、巻三の排列基準が明確でないことなど、その要因はいくつか考えられるが、訓読の未確定もその一端といってよいだろう。

とくに、傍線を附した長歌第五句「茂座」と、反歌の下二句「雪驪　朝楽毛」は、諸本・諸注に異訓が多く、再検証の余地は少なくない。ただし反歌についてはすでに本書で私見を提示しているので[3]、本章では長歌第五句を対象とし、訓みの検証をおこなう。

さて、当該句に関しては、文永本の訓シキイマスが『注釋』や新旧全集、『全注』、『釋注』などに支持され、近年定着している。しかし、諸注がシキイマスをみとめる根拠は一様でなく、幾度か提出された異説に対しても、決して適切な批判がなされてきたとはいえない面がある。

以上の点に留意し、本章では通説を批判的に検証するとともに、旧聞に属すこととなった諸説への再評価を通じて、当該句の訓みのみなおしをはかりたい。

一　先行研究瞥見

まずは諸本の訓から確認すると、次点本では紀州本と廣瀬本にのみ附訓があり、いずれもシゲクマスと正訓に解す。寛元本系統の訓をある程度保持する神宮文庫本や[4]、十四世紀前半編の『夫木和歌抄』も同様だから[5]、シゲクマスは文永本系統以前の通訓であったと目される。その文永本系統では、シキイマス（西本願寺本元青訓）、あるいはシキマセル（大矢本・京都大学本青訓）と訓まれ、前者が現在の通訓でもある。

「茂」をシクと訓むのは集中の異例であるが、諸注はその異例を種々の角度からクリアしようとつとめてきた。たとえば『注釋』は以下のように説明する。

……集中の用字例としては「波音乃《ナミノトノ》　茂濱邊乎《シゲキハマベヲ》」（二・二二〇）、「秋野之芽子也《アキノノハギヤ》　繁将落《シゲクチルラム》」（十・二一五四）など繁も茂も同様に用ゐられ、「茂」だから「繁茂」の意といふわけではない。「人之事重三《ヒトノコトシゲミ》」（四・七八八）、「人言乎《ヒトコトヲ》　繁三言痛三《シゲミコチタミ》」（十二・二八九五）、「人事《ヒトコトヲ》　茂君《シゲミトキミニ》」（十一・二五八六）の「重」「繁」「茂」は全く通用されてゐる事が明らかである。そして一方に「白雪庭尓《シラユキニハニ》　降重菅《フリシキニツ、》」（十・一八三四）、「沫雪之《アワユキノ》　庭尓零敷《ニハニフリシキ》」（八・一六六三）の如く「重」とも「敷」とも書かれてシクと訓まれてゐるところを見ると「繁」も「茂」もまたシキと訓む事は十分認められる。

『注釋』は「重」、「繁」、「茂」と「敷」の通用を根拠に「茂＝シク」を可能とする。しかし、この三字は『類聚名義抄』（観智院本）や『色葉字類抄』などにシゲシと訓まれる字であるから、シゲシと訓みうる字が集中に数種あると考える方が妥当であろう。通用とみる必然にとぼしいのではないか。

しかも、「敷」が集中のみならず、『名義抄』（図書寮本・観智院本）や『金光明最勝王経』平安初期点[6]など、種々の文献でシクと訓まれ、「重」も『名義抄』にシキル、くだって『三教指帰』久寿二年（一一五五）点にシキリの訓をみる[7]のに対し、「茂」や「繁」に類似の訓をあてた例はない。和訓との関係からみると、「茂」・「繁」と「敷」・「重」には相違がみとめられ、両者を同一視することはむずかしい。

集中の例に即していえば、たとえば「離」と「放」はいずれもハナルと訓み、「離」はカルとも訓むが、だからといって「放」をカルと訓むことは妥当か、ということである。通用を根拠に「茂」をシクと訓むことはできまい。むしろ、研究史に照らして注目すべきは、「茂」を「敷」の借訓とみるつぎの二説であろう。

・敷きいます――宮敷キイマスの意。原文「茂座」の「茂」は、繁っている意のク活用形容詞シシの連体形を借りた表記か。　（新編全集頭注。旧編もほぼ同）

・敷きいます　シクは占領する意で、ここでは宮殿を構えて住むこと。原文「茂」は草木の茂る意だが、「梅柳常より殊に敷《シキ》栄え」（続後紀嘉祥二年歌謡）に見える借訓「敷《シキ》」によってシキであることが分かる。今の歌の「茂《シキ》」は、「敷き」（土地などを領有すること）の借訓である。（『全注』）

新編全集は、繁るの意をもつ形容詞シシの訓字表記として「茂」をみとめ、その連体形と支配する意のシクがおなじ語形であることから、借訓として利用されたものとみる。

対して『全注』は、『続日本後紀』嘉祥二年（八四九）三月の仁明天皇四十の賀に際して、興福寺の僧侶が献じた宝算歌に「……梅柳　常与理殊尓　敷栄　咲万比開天……」(8)（四）とあるのを根拠に、「茂」を「敷く」の借訓と認定する。

さらに『釋注』はこの二説を折衷して、以下のように借訓説を追認している。

「敷き」の原文「茂」は、草木が茂る意の四段動詞シクの連用形を借りた表記。『続日本後紀』嘉祥二年（八四九）の歌謡に「梅柳常より殊に敷《シキ》栄え」という、今とは逆の用例がみえる。

管見のかぎり、これら諸注への批判は皆無であるから、借訓説は通説化しているとみて差しつかえないだろう。以下ではその論拠を検証し、問題点を浮き彫りにしたい。

二　借訓説の再検証

さて、借訓とはもちろん「字の義を取らずたゞ其訓を異意《アダシコヽロ》に借て書るをいふ」（『萬葉用字格』）と説明される『萬葉集』の用字法の一種である。巻頭歌の「家告閑（家告らせ）」や、「煙立龍（煙立ちたつ）」（巻一・二）、あるいは「射去羽計（い行きはばかる）」（巻十二・三〇六九）など、一音節、多音節を問わず集中に例の多いことも、用例から確認しうる。

すると、当該句を借訓表記とみること自体に特段問題はないわけだが、注意すべきは「茂」がシクの借訓字として妥当かどうかである。新旧全集や『釋注』は、額田王の春秋競憐歌を根拠として提示する。

冬こもり春さり来れば　鳴かざりし鳥も来鳴きぬ　咲かざりし花も咲けれど　山乎茂入りても取らず　草深み取りても見ず……　（巻一・一六）

その第七句「山乎茂」をヤマヲシミと訓み、形容詞シシの存在をみとめることが全集説の根幹となっている（ヤマヲシミ自体は『萬葉考』の案）。なお、この句は『全註釋』、大系、『注釋』などがヤマヲシゲミと訓むが、これによると字余りになるので、近時のテキストや諸注は多く全集がしめしたヤマヲシミを採用する。

しかし、形容詞シシは『萬葉集』のみならず、上代・中古の文献をみまわしても確実な用例を欠いている。しかも、ク活用形容詞の語幹末がイ列音になることは基本的にないという、北原保雄の形容詞に関する一連の研究成果[9]をも考慮すると、潜在すら想定できない語とみられる。この句に関しては、ヤマヲモミと訓む講談社文庫の案が適切だろう。同書は「もく咲く道を〔木丘開道乎〕」（巻二・一八五）という形容詞モシの例に着目し、ヤマヲモミを「「茂し」（一八五）に「み」（…ナノデ）が加わった形」と説明する。確実な例証にささえられた、妥当な訓とみられる[10]。

なお形容詞シシの存否に関しては、問題の例としてもう一首、「うら若み花咲き難き梅を植ゑて　人之事重三思ひそ我がする」（巻四・七八八）がある。第四句を新旧全集などはヒトノコトシミと訓むが、異なる訓みを期待することも可能であり、シシの例証とはしがたい。近時の成果を見回すと、山口佳紀や『新校注』は、字余りの異例を冒してもなおヒトノゴトシゲミと訓んでヒトノコトシミを回避するし、新版岩波文庫は通訓によりながらも、一案としてヒトノコトモミという新説を提示している。

あるいは、「為便知之也」（巻二・一九六）をセムスベシレヤと訓む例などからみて、「之」は不読字[11]となる場合もあるようだから、『おうふう』のヒトゴトシゲミも一案で、いずれにせよ、シシの潜在に立脚した借訓説は、形容詞と萬葉訓読の研究成果からみて、とるべき解釈とは考えにくい。

それでは、続後紀歌謡の「敷栄」が「茂栄」と通用するから、借訓「茂」の存在をみとめるべきとする『全注』の案にしたがうべきなのだろうか。『萬葉集』の外に根拠をもとめる説であるので、ここでも内外の例を検証し、その是非を判断したい。『萬葉集』にシキイマスの確例はないので、[12] 類句とみなせるシキマス、シキマセル、フトシク（以下シクと略す）といった歌句を検討することで、集中の傾向を確認する。シクの訓表記例は、当該句をのぞいて十六例存する。[13]

やすみしし我ご大君　高照らす日の皇子　神ながら神さびせすと　太敷為都を置きて……（巻一・四五）

……高照らす日の皇子は　飛ぶ鳥の清御原の宮に　神ながら太布座而　天皇の敷座國等……いかさまに思ほしめせか　つれもなき真弓の岡に　宮柱太布座　みあらかを高知りまして……（巻二・一六七）

王君は神にしませば　雲隠る雷山に宮敷座（巻三・二三五或本歌）

傍点部に端的だが、和語シクと対応する字は「敷」と「布」の二種である。繁雑になるので引用は当該歌とおなじ人麻呂作歌にかぎったが、範囲を萬葉歌全体にひろげても傾向は変わらない。シクはかならず「敷」か「布」で表記される。字義からみても、「布猶レ敷也」（『山海経』巻第十八・海内経郭璞注）のような例は、両者が同義であることをしめすし、集中にも「益敷布尓」（巻六・九三二）、「伊夜敷布二」（巻十三・三二四三）などとあるから、両者の関係は非常に密接と考えられる。

しかも、「布」の表記例すら右にひいた一六七番歌の二例以外にはない。[14] 同歌には「敷座國等」ともあって、「布」と「敷」の関係は変字にあたるから、原則シクは「敷」で表記されている。すると、シキイマスを「敷座」と表記できない積極的な理由でもないかぎり、「茂座」が選択される可能性は非常にひくいとみるべきだろう。

また、「敷」をシクと訓む文献が無数にあることは既述のとおりだが、萬葉歌にも類例は多い。とくに「春の雨は弥布落尓」（巻四・七八六）、「磯越す波の敷弖志所レ念」（巻九・一七二九）、「宇治川の瀬々敷浪」（巻十一・二四二七）のように、正訓ならば「頻」とでもあるべきところを、借訓「敷」（布）で代用する例があることは注意すべきだろう。萬葉歌の表記に「頻」の例がないことも考慮すれば、「支配する」、「盛んである」といった意味の異なりをこえて、「敷」は和語シクの表記として通用しているとみられる。

この傾向は、ひとり『萬葉集』だけにとどまらない。まず同時代文献である『古事記』に目をむけると、敷山主神という注目すべき神名がみえる（上巻・大国主命系譜）。この神の「敷」は、以下の解釈によれば借訓表記となる。

・名義は「繁った山の主」。「敷」は「頻《しき》」に同じで、繁茂した、の意。　（古典集成付録）

・「敷」は草木が茂る意の動詞シクの連用形。　（新編全集頭注）

もっとも、この敷山主神については、「山を領する神というごく軽い意」（西郷信綱『古事記注釈』）のように正訓字とみる説[15]もあり、ここにしか登場しない神でもあるから、解釈を決することはむずかしい。存疑の例とすべきだろう。むしろ、上代文献における「敷」の借訓として注目すべきはつぎの例である。[16]

①是時冬十一月花蕚《ハナフサ》開敷《シケリ》、樹ノ實、竹ノ筝《タカムナ》不レ弁……　（『唐大和上東征傳』）

冬十一月にもかかわらず花房が開き、木の実がなって筍が生えたという、異常な植物の繁茂に関するくだりである。附訓シケリ自体は院政期までくだるものだが、「花蕚開敷」という文脈からみて、「敷」が借訓であることは疑いない。また、『全注』の提示する続後紀歌謡自体が九世紀なかばの資料であることも考慮すれば、つぎの『新撰萬葉集』の例も参照されてよいだろう。

②白雪の八重降りしきる〔八重降敷留〕帰山　帰す帰すぞ老いにけるかな　（上・一六九）

③雪のみぞ枝に降りしく〔柯丹降敷〕　花も葉もいにけむ方も知らずまるかな　（下・四二二）

この二例は、いずれも「雪がしきりに降る」の意である。既述の萬葉歌のうち、「春の雨は弥布落尓」（巻四・七八六）などの類例とみられ、正訓ならば「降頻」とでも書くところだが、借訓で表記されている。

これらの例に即せば、上代から平安時代前期にかけて、和語シクに借訓として「敷」をあてることはある程度通用していたとおぼしい。一方で、この時代に「茂」が借訓に利用された例は、管見のかぎり皆無である。『釋注』は「逆の用例がみえる」ことで可とするが、はたして妥当な判断であろうか。

たとえば、古典集成『古事記』が敷山主神を「「敷」は「頻」に同じ」と説明するように、続後紀歌謡や『東征傳』の借訓「敷」の背後に存在する正訓は、「茂」ではなく「頻」とも考えられる。「敷」と「頻」がいずれもシキと訓みうる字であり、容易に置き替えられるであろうことも念頭におけば、想定可能といってよいだろう。

そもそも、意味ではなく音によって和語と漢字を接続する借訓という表記法において、和語シクに対して「茂」という音声上の対応が顕著でない――というよりも、ほとんど対応しない――漢字が選択される必然がどれほどあるだろうか。形容詞シシの潜在、つまり「茂」はシクと訓める字であるという前提が危うい以上、借訓説は後退を余儀なくされる。

三　正訓字の可能性

「茂」をシクの借訓字とみる根拠がとぼしいとなれば、当該句を人麻呂讃歌などに例の多い「敷座」と同種の表記と解すわけにはいかなくなる。そこで、以下では全集以前に提出された異訓をふまえ、ふさわしい訓みを検討したい。集中の傾向を確認すると、「茂」の訓字表記は二十三例あり、その大半はシゲシと訓まれ異説がない。おそらくこの傾向を重視したのだろう、『全註釋』は通説を排し、シゲリイマスという創訓をしめしている。

……茂をシキと讀み、動詞敷クの義とすることには疑問がある。貴人のいます有様を修飾する語例には「斯賀波那能《シガハナノ》　弖理伊麻斯《テリイマシ》　芝賀波能《シガハノ》　比呂理伊麻須波《ヒロリイマスハ》　淤富岐美呂迦母《オホキミロカモ》」（古事記五八）の如く、テリイマス、ヒロリイマスがあり、これに準じて、さかんにいます意に、シゲリイマスといったのだろう。

右のように解したうえで、『全註釋』は上六句を「いと尊きわが大君、輝く日の皇子様、御座遊ばされる御殿の上に……」と訳す。漢字と和訓の関係からみるかぎり、一理ある見方といってよいとおもう。しかし、後続句である「日之皇子」との関係からみると、説得力を缺くといわざるをえない面がある。

シゲシは、『萬葉集』でおおく植物の繁茂をさし（巻一・二九など）、ほかに「恋」（巻十・一九八四など）、「言」（巻十一・二三九七）、「人目」（巻十二・三一〇八）、「思ひ」（巻十九・四一八七）などを修飾する語であり、「貴人のいます有様」のような、ひとの存在や様態を修飾する例は皆無だからである。

しかし、シゲシと訓み難いことがそのまま借訓説の妥当性を保証はしまい。「茂」とシゲシが集中において強固な関係にあることは事実だが、唯一無二の正訓字でないことも、すでに巻一・一六番歌に即して指摘したとおりである。

ほかに、「垣越しに犬呼び越して鳥狩する君　青山の葉茂山邊馬休め君」（巻七・一二八九）なども注意すべき例だろう。その第五句は従来シゲキヤマヘニと訓まれるが、「葉」を不読とするのは不自然で、新編全集の一案・ハモキヤマヘニを妥当とする山口の指摘が適切とみられる。[17] 近代以前における漢字と訓の関係を、できるだけ一対一にとらえようという見方自体に再考の余地があることは、近時の日本語書記法研究の指摘するところでもあり、[18]『全註釋』のようにシゲシに固執する必要はあるまい。

萬葉歌の例に即すと、たとえば「行」は集中に二百弱、「及」は四十程度存する頻用字だが、それぞれナガレ（巻十・二〇九二）、イタル（巻六・九七九）と訓むべき例がひとつずつみられる。そう訓むだけの根拠さえあれば、単発的な訓みであっても排除する理由はないだろう。

こういった点を考慮すると、「茂の字は繁茂とつゞく字、榮の字と同じければ、さかえますとよまん事然るべし」という『童蒙抄』の理解が――字余り論をふまえればサカエイマスと修正すべきだろうが――、正訓を志向する点、注目すべき説といっていいのではないか。さかえる、繁栄するの意も、皇子讃歌の表現として適切である。ただし『萬葉集』において、サカユと対応する訓字は多く「栄」であるので、『童蒙抄』説の再評価のためには、「茂の字は……榮の字とおなじければ」という指摘の妥当性を、あらためて確認せねばならない。

まず字書の記述を追うと、『爾雅』釈詁では「苞、蕪、茂、豊也」と、植物の繁茂に関する字を集めた一群に取られており、「栄」との直接的な関係を指摘することはできない。『説文』の「茂　艸豊盛」、『廣韻』の「茂卉木盛也」という記述もこれに類するものであるし、ほかに『集韻』や本邦の『篆隷万象名義』などをみても「栄」との関係をうかがわせるような記述はない。『童蒙抄』の指摘を裏づけるような説明を、字書の記述からひきだすことは困難である。

しかし、類書に目をむけてみると、『藝文類聚』に「一旦忽更栄茂」（巻第十・符命部）、「緑葉蓬蓬冬夏栄茂」（巻第八十七・果部下・茘支）のように、「栄茂」が熟語として利用されている例のあることが目につく。また、おなじ唐代類書の『白氏六帖』や『北堂書鈔』のほか、『漢書』宣帝紀にも同様の例がみえる。(19) 字書の記述とはうらはらに、実例の少なくない、一般性のたかい熟語と判断できよう。(20)

さらに、元稹「春六十韻」にも「栄茂委蒼穹」の例が見えるから、「栄茂」は類義の字をかさねた熟語と見做せる。これらの例は二字が通用して利用される場合のある可能性を示唆する。とりわけ上代文献に頻繁に引用される『漢書』や『藝文類聚』に例がみえるということは、「栄茂」はこの時代の知識階層にとって既知の熟語であったとおぼしく、字義の通用も理解されていたとおぼしい。

つぎに、漢字「茂」と和語サカユの関係に着目すると、『新撰字鏡』、『和名類聚抄』にはこの語自体の例がないため、平安時代前中期における両者の関係を確認することはできない。『講義』は「茂」にサカユの訓を附す例として『名義抄』（観智院本）をあげるが、実際には、『字類抄』がサカユを立項する最古の古辞書である。中世初期の資料である点には留意せねばならないが、漢籍における「栄」と「茂」の通用も念頭におけば、傍証とみることは充分に可能であろう。(21)

つまり、「栄」と「茂」には、字義・和訓の双方からみて密接な関係をみとめることができ、『童蒙抄』説は俄然生彩を帯びてくる。大系以降は支持者もなく、等閑に附されてきた説であるが、再度顧みられるべきではないだろうか。

もちろん、『萬葉集』においてサカユと対応する訓字が基本的に「栄」であることは、いかに「茂」との通用がみとめられても、なお留意すべき点といっていい。しかし、「栄」が集中で頻用されているとはいっても、「櫻花　盛《さかえ》未通女《をとめ》」（巻十三・三三〇五）のように「盛」をもちいる例もあり、(22)サカユの訓表記は、かならずしも「栄」に固定されているわけではない。しかも「茂　艸豊盛」（『説文』）のような字書の語釈は、「茂」と「盛」が類義であることを保証するから、「茂＝サカユ」の可能性を示唆する例とも考えうる。(23)

人麻呂歌の表記に独自性があることを考慮すれば、(24)作歌・歌集歌をとおしてサカユの例が「木綿花乃　榮時尓」（巻二・一九九）以外になく、通行表記を決定しうるほどの材料がないことにも注意をはらっておくべきだろう。前期萬葉総体の用例もわずかで、(25)傾向を詳らかにすることはむずかしい。

しかも当該歌には、「高輝」という集中唯一の特異な表記例もある。この例についてはタカヒカルと訓む橋本達雄の詳細な検証(26)が支持されてよく、通行表記「高光」との相違は明白である。当該歌の表記傾向の一端をしめすもので、おなじく孤例の表記である「茂座」に同趣の用字意識を看取することは容易だろう。

また、上代文献には「茂」が讃美の文脈で利用される例が散見している。たとえば『懐風藻』序の「爰に則ち庠序を建て、茂才を徴し、五礼を定め、百度を起こす」(27)の「茂才」は才覚あるひとの意であるし、以下も同趣の例とみられる。(28)

④皇太子億計、聖徳明茂、奉レ譲二天下一。　（『日本書紀』顕宗天皇元年正月条）

⑤夫前播磨國司來目部小楯……求迎擧レ朕。厥功茂焉。　（同四月条）

⑥庶磐石開レ基、騰二茂響於麕岫一、維城作レ固、振二芳規於鴈池一、國内安樂、風俗淳和。
（『続日本紀』慶雲三年〔七〇六〕十一月条）

⑦古先哲王、君二臨寰宇一……、故能騰レ茂飛レ英、鬱爲二稱首一。　（同神亀二年〔七二五〕九月条）

⑧藤原左大臣、諱武智麻呂……誕二於大原之第一、義、取二茂栄一故為レ名焉。　（『藤氏家傳』武智麻呂伝）

④と⑤はいずれも顕宗紀の例。このうち⑤は弘計王（顕宗天皇）を皇室に迎えた来目部小楯の功績の大きさを「茂」とする例だから、当該句とはやや距離がある。一方、④は億計王（仁賢天皇）の「聖徳」があきらかで、盛んであることをたたえた文言であり、当該歌の表現と近似する。⑥の「茂響」は「君子の徳化の響き」（新大系脚注）の意とみていいだろうし、⑦も聖武天皇が「古先哲王」に比して自身の徳のなさを嘆くくだりである。また、⑧も武智麻呂が「繁栄の意を込め」た名（『注釈と研究』）であるのだから、やはり類例とみてよいだろう。

皇子讃歌である当該歌の「茂座」をこれらの一斑とみなすことは充分に可能であろうし、その訓みとしてサカユを期待することも、ここまでの論証をふまえれば、蓋然性のある見方といっていいのではないだろうか。

四　シクの傾向

最後に、表現面からもこの説の妥当性をたしかめておきたい。まず注意すべきは「茂座」がなにを形容しているのかという点である。当該歌は「やすみしし我が大君　高光る日の皇子」という常套句を冒頭にすえる類型的な讃歌の一斑であり、以下の例などと同様の構造をもっているとみられる。

やすみしし我が大君　高照らす日の皇子　神ながら神さびせすと……（巻一・四五）
やすみしし我が大君　高照らす日の皇子……食す国を見したまはむと……（同・五〇）

これらの例は、いずれも「日の皇子」までを主格とし、以下の傍線部で、その形容なり行動なりをのべるという定型をもつ。当該歌も同様に解すべきで、「新田部皇子の大御座として榮え座す八釣の大殿の上に」（『講義』）のように、サカユを宮の修飾句とみることはできない。

ここは、大系が「わが日の皇子の栄えておいでになる大殿の上に」と訳すように、サカエイマスを「日の皇子」の修飾句とみるべきだろう。『講義』が引くように、「はしきやし栄えし君の」（巻三・四五四）、「あしびなす栄えし君が」（巻七・一一二八）など、生命の充実や身分の栄達をサカユと形容する例は多い。とくに「栄えいまさね貴き我が君」（巻十九・四一六九）という敬体の類例があることは、「日の皇子」をサカエイマスと讃すること[29]に不都合がないことをしめす。さらに集中におけるシクの傾向をみると、天皇への使用を原則としており、皇子を対象としたもの[30]はつぎの二首以外にない。いずれも人麻呂作歌である。

やすみしし我が大君　高照らす日の皇子　神ながら神さびせすと　太敷かす都を置きて……（巻一・四五）
……いかさまに思ほしめせか　つれもなき真弓の岡に　宮柱太敷きいまし　みあらかを高知りまして……

（巻二・一六七）

前者はのちの文武天皇である軽皇子の安騎野への出立を、後者はその父である皇太子草壁皇子が真弓に葬られたことをシクと表現する。そして、『懐風藻』にみえる「我が国家の法為るや、神代以来、子孫相承し以て天位を襲ふ。若し兄弟に相及べば、則ち乱は此れにより興らん」という葛野王の発言、この言を「国を定むる」ものとたたえた鸕野皇后（持統天皇）の応答に象徴されるように、持統朝においてこの父子が皇嗣として嘱望されていたことは疑いない。前掲二首が即位への期待にかかわって詠まれていることも諸論の説くところであり[31]、この父子は天皇に準じる存在として把握できる。すると通訓によれば、当該歌のみが天皇讃歌（挽歌）という範から完全に除外される。

また、当該句は通例「おすまひになつてゐる」（『注釋』）、「お住まいになっている」（新編全集）などと解されているが、シキイマス（シキマセル）は一般に支配する、統治するの意であり、語義にズレが生じている。『全注』が「シクは占領する意で、ここでは宮殿を構えて住むこと」とするのは苦心の案であろうが、飛躍している感は否めない。

表記上の問題のみならず、類句中の異例であること、意味が飛躍することをふたつながら容認せねばならない通訓シキイマスはとるべき必然にとぼしく、当該句を「敷座」の類句とみるべき理由もないと考えられる。

おわりに

おもうに、シキイマス（「敷座」）が人麻呂讃歌の常套句であることが――「茂」の訓みとしては異例であっても――、当然「茂座」もシキイマスと訓むべきだという先入観を生んできたのではなかったか。しかしシキイマスはあくまでも天皇讃歌の常套句であって、当該歌に適用できるという保証はない。

一方、サカユは天皇を対象とする場合もある（巻十八・四〇九七など）が、大納言大伴旅人（巻三・四五四）や、匿名の男性（巻七・一一二八）のほか、自然物をさす例（巻六・九九〇）などもあり、対象は広汎にわたる。サカユはシクよりも相対的に敬意の劣る表現とみられ、皇子讃歌の表現として適切だろう。ならば、当該歌を天皇以外にシキイマスが使用された唯一の例とみるよりも、そもそも類例ではなかったと考えることによって、より体系的な把握が可能となるのではないだろうか。

『注釋』から「後世振」と手厳しく批判され、大系以降は顧みられることもなくなった『童蒙抄』説であるが、以上のような傾向をもふまえれば、「茂座」をサカエイマスと訓む蓋然性は充分にあるといってよいだろう。(32)

注

（1）反歌第四句の訓は第二部第五章の私見にもとづく。

（2）研究史の整理に関しては、門倉浩「新田部皇子への献呈歌」（『セミナー万葉の歌人と作品』第二巻・和泉書院・一九九九）がくわしい。

（3）第二部第五章を参照。

（4）上田英夫『萬葉訓點の史的研究』（塙書房・一九五六）。なお、京都大学本は「シケクマス」とよみ、「ク」の右に「イ」と代赭書入がある。田中大士「万葉集京大本代赭書き入れの性格――仙覚寛元本の原形態――」（『國語國文』第八十一巻第八号・二〇一二）が指摘するとおり、代赭は寛元本の附訓を反映するから、仙覚は「シケイマス」とも訓んでいたことが知られる。文永本に二種の訓があることと合わせて、難読であったとおぼしい。

（5）仙覚の加点が十四世紀以降も鎌倉周辺以外では通訓化しなかったことは、濱口博章「夫木和歌抄成立攷」（『中世和歌の研究 資料と考証』新典社・一九九〇、初出一九五〇）、小川靖彦「「心」と「詞」――萬葉集訓読の方法――」（『萬葉学史の研究（第二刷）』おうふう・二〇〇八、初出一九九七）に指摘がある。

（6）以下訓点資料の加点は、原則築島裕編『訓點語彙集成』（汲古書院・二〇〇七～〇九）による。同書に拠らない場合は、逐一出典を注記した。

（7）このうち『三教指帰』久寿二年点などはかなり後代の例であり、『萬葉集』の訓読に際して直接参照すべき資料がどうかは疑問もあろう。しかしここでは、ここまで年代を落としても、なお「茂」をシクと訓む例のみあらないことに注意すべきとおもう。

（8）近藤信義「「仁明天皇四十賀の長歌」の訓読」（『立正大学國語國文』第四十七号・二〇〇九）

（9）北原保雄『日本語の形容詞』（大修館書店・二〇一〇）

（10）山口佳紀『万葉集字余りの研究』（塙書房・二〇〇八）。ほかに『新校注』も講談社文庫説を支持する。

（11）四段動詞、ラ変動詞の活用語尾は意字表記のなかにふくまれ、活用語尾のみが表記されることはないという築島「万葉集の動詞の語尾表記について」（『萬葉集研究』第十二集・一九八四）の見解をふまえれば、「知」はシではなく、シレ（知れ）と対応する表記と考えられるから、「之」は不読字とみるのが妥当ではないか。

（12）巻三・二三五番歌或本歌結句「宮敷座」と同三二二番歌第三句「敷座」をシキイマスと訓む説もある（新編全集など）が、異説もあるので確例とはみなかった。

（13）なお、訓字表記のほかに音仮名例も四首あるので、全体二十例となる。詳細は第四節でのべる。

（14）高木市之助「變字法に就て」（『吉野の鮎』岩波書店・一九四一）の定義とは相違するが、慣用にならう。

（15）大系、倉野憲司『古事記全註釈』、思想大系などもほぼ同様に解す。角川文庫（旧版・新版）、全集、講談社学術文庫、三浦佑之『口語訳古事記』、沖森卓也ほか『新校　古事記』などは、この神名についてとくに注を施さない。

（16）古典保存会複製本（一九三二）。藏中進『東大和上東征伝の研究』（桜楓社・一九七六）の翻刻も参照した。

（17）前掲（10）山口。『新校注』も同様に解す。

（18）今野真二『正書法のない日本語』（岩波書店・二〇一三）

（19）「栄茂」は、『藝文類聚』に三例、『白氏六帖』に四例、『北堂書鈔』に一例、それぞれみえる。検索は『唐代四大類書』（凱希メディアサービス）による。

（20）『漢語大詞典』、『大漢和辞典』にも熟語としてみえる。

（21）ほかに楊守敬本『将門記』（貴重古典籍刊行会・一九五五）にサカエムとある。

（22）ほかに、巻十三・三二三四、巻十九・四二二一の二首。
（23）挙例のほか、『詩経』小雅・鄭玄注に「茂、盛也」、『礼部韻略（増韻）』に「盛　大也、茂也」などとある。本邦では、『大智度論』天安二年（八五八）点が「盛」をサカユと訓む。
（24）稲岡耕二『萬葉表記論』（塙書房・一九七六）、工藤力男「〔書評〕鶴久著『萬葉集訓法の研究』」（『日本語学の方法』汲古書院・二〇〇五、初出一九九六）、渡瀬昌忠『柿本人麻呂作歌論』（おうふう・二〇〇三）など。
（25）確実に第二期までの作とわかる範囲を検索すると、人麻呂歌のほかには「千代常登婆尓　将レ栄等」（巻二・一八三）の一例しかない。
（26）橋本達雄「タカヒカル・タカテラス考」（『万葉集の時空』笠間書院・二〇〇〇、初出一九九二）。なお、タカテラスと訓む場合でもやはり孤例となり、論旨に影響はない。
（27）辰巳正明『懐風藻全注釈』（笠間書院・二〇一二）
（28）以下の引用、『日本書紀』は大系、『続日本紀』は新大系、『藤氏家傳』は沖森卓也ほか『藤氏家伝　鎌足・貞慧・武智麻呂伝　注釈と研究』（吉川弘文館・一九九九）による。
（29）引用例以外に、巻一・三六、巻二・一六七（×2）、一九九、巻三・二三五或本、三二二、三二九、四六〇、巻六・九二八、九二九、一〇四七（×2）、一〇五〇、巻八・一四二九、巻十八・四〇九四、四一二二、巻十九・四一五四、四二七二、四三六〇の十九例がある。このうち二三五番或本歌は、左注に「献忍壁皇子」（二三五番歌左注）と記載されているが、この例は伊藤博「第一人者の宿命」（『萬葉の歌人と作品』下・塙書房・一九七五、初出一九七〇）が指摘するとおり、公式の場で献呈された作ではなく、天皇讃歌の初案とみるべきであろう。
（30）門倉は「「献新田部皇子歌」と表現主体」（『古代研究』第十三号・一九八一）や前掲（2）において、当該歌群を人麻呂代作による新田部皇子の天皇献歌と認定するが、題詞と齟齬するこの説にはよらない。
（31）森朝男『古代文学と時間』（新典社・一九八九）、神野志隆光『柿本人麻呂研究』（塙書房・一九九二）、村田右富実『柿本人麻呂と和歌史』（和泉書院・二〇〇四）、菊地義裕『柿本人麻呂の時代と表現』（おうふう・二〇〇六）など。
（32）元論文（『美夫君志』第八十七号〔二〇一三年一一月〕所収）掲載後、松田浩から口頭で「たしかに「茂」はサカユと訓みうるであろうが、集中の異例ではあるから、この字が選択された理由は別に検討する必要がある」

との指摘をうけた。書き手の意図を忖度する必要があるこの指摘に対して充分な回答を用意することは困難であるが、以下の二点を私見としたい。

①前近代の日本語表記に厳密な規範性を求めることはできない。

②当該歌群には集中における特異な表記が多い。

①は近時も前掲（18）が指摘する点で、『萬葉集』の多様な表記法を鳥瞰するだけでも、このことは諒承されよう。②についてはは本文でもふれたが、当該歌群には「高輝」（長歌）、「雪驢」（反歌）と特異な表記がみられる。前者は集中の孤字であり、後者もうたの表記としてはここにしかみえない（ほかに八九七番歌の序に一例）字である。つまり当該歌群は、①の前提にもとづき、②の用字法が選択されているとおぼしい。当時あり得た漢字と日本語の関係のなかから、選択された結果であったということだろう。なかでも、表記者は凝った書き方を志向したということになる。なお、さらに掘りさげることも可能かもしれない。というのも、挙例の④以降は多く人物の顕彰にあたる内容である。さらに、前漢の『白虎通義』に「五人にすぐれたるを茂と曰ふ」とあり、後漢において光武帝（劉秀）の諱を避け、郷挙里選の「秀才」を「茂才」と称したようなケースもあるから、「茂」は新田部皇子の英邁をたたえるために選択された字であった」と推定することも不可能ではないだろう。しかし、そこまでは臆測が過ぎるようにおもう。選択肢としてあり得た用字という点までを筆者の見解としたい。なお、私信に関する注記であるにも関わらず敬称を附さなかった理由に関しては、第二部第四章の注（31）に記した。

第三章　「籠毛與　美籠母乳」の訓読再考
――注釈史の対立を読み直す――

はじめに

『萬葉集』の訓詁研究に関する「萬葉集の任意のテキストの任意の見開きに、本文や訓を定めるといった程度の問題が一つもないということは多分ないだろう(1)」という工藤力男の評言は、この歌集の訓みが、梨壺の五人以来、千年以上を経過した現在にいたってもなお定まらず、今後に検討の余地をのこすうたが少なくないことを端的に述べたものといえる。

また、氏はこの方面の研究動向を「活火山、休火山、死火山」にたとえ、近時も訓読に関する議論の少なくない石見相聞歌の第一歌群第二反歌「三山毛清尓乱友」(巻二・一三二(2))を「活火山」、かつて大いに論じられた「藤原宮御井歌」の反歌(巻一・五三)を「休火山」と認定する。この伝によれば、本章が検討対象とする江戸後期から昭和初期の注釈史において盛んに論議の的となった巻頭歌の冒頭二句は、代表的な「休火山」にあたる。著名なうたであるが、まずは一首全体を掲出する。

天皇御製歌

籠毛與　美籠母乳　布久思毛與《ふくしもよ》　美夫君志持《みふくしもち》　此岳尓《このをかに》　菜採須兒《なつますこ》　家告閑《いへのらせ》　名告紗根《なのらさね》　虚見津《そらみつ》　山跡乃國者《やまとのくには》
押奈戸手《おしなべて》　吾許曽居《われこそをれ》　師吉名倍手《しきなべて》　吾己曽座《われこそをれ》　我許背齒《われこそは》　告目《のらめ》　家呼毛名雄母《いへをもなをも》
（巻一・一）

当該歌を巻頭にすえる『萬葉集』だけではなく、『日本霊異記』においてもその治世が歴史のはじまりと定位され、『日本書紀』や『新撰姓氏録』といった資史料でも重要な位置をしめる雄略天皇（３）、当該歌はその御製であるが、五七の定型歌でないこともあり、訓読に関しては近年にいたってもなお問題をのこす箇所が少なくない。

第七・八句「家告閑　名告紗根」をこの本文のままイヘノラセ・ナノラサネと訓むか、『萬葉考』の誤写説によって「家吉閑　名告紗根」と校訂し、イヘキカナ・ナノラサネと訓むのか。また第十二句「吾許曽居」の末尾「居」をヲレ、イマセのどちらに解するのか。いずれも前者が有力になりつつあるが、近時の諸注でも講談社文庫や『全歌講義』は誤写説を支持するし、「居」に関しても和歌大系がイマセとしており、なお問題をのこす。

さらに第十五句「我許背齒」に関しては、元暦校本、類聚古集、古葉略類聚鈔が如上の本文であるのに対し、元暦校本の朱書や廣瀬本、伝冷泉為頼筆本、紀州本のほか、仙覚校訂本には「我許者背齒」とあるため、どちらの本文が正当かという論点ともあいまって、ワレコソハ（バ）、ワニコソハのいずれが妥当な訓であるのか、現在でも決着をみない（４）。

この第十五句については、次点本諸本が平仮名別提訓本と片仮名傍訓本に大別できるという田中大士の一連の研究成果（５）を踏まえると、古葉略類聚鈔をどのように位置づけるかに問題はのこるが（６）、おおむね平仮名本が「我許背齒」、片仮名本が「我許者背齒」と大別される。いずれの系統の本文によるべきか、伝本研究とかかわっても重要な例と目されるが、本章の論旨から逸脱するので指摘するにとどめたい。

さて、以上のように「難訓歌」と称してよい当該歌であるが、「休火山」にたとえたとおり、冒頭二句に関しては吉永登の論考と、[7]これを踏まえる山口佳紀の指摘[8]をのぞけば、通訓コモヨ・ミコモチが支持され、近年ほとんど議論はない。しかし注釈史の論拠を検討してみると、通訓を確実視する理由は存外とぼしいという感触をもつ。そこで本章では、注釈史が通訓コモヨ・ミコモチを支持してきた根拠を確認し、その妥当性を再検証する。

一　次点本古訓の様相

「籠毛與　美籠母乳」の妥当な訓みをさぐるにあたって、まずは『萬葉集』伝本の附訓の様相を確認しておく。現存伝本のうち、元暦校本、類聚古集の平仮名別提訓は存せず、片仮名で書かれた訓のみが現在につたわっている。仙覚本以前の片仮名訓は以下のとおりである。[9]

①元暦校本朱訓、紀州本……コケコロモチ
②元暦校本墨訓……コモヨコモチ
③古葉略類聚鈔……コモヨヒコモニ
④廣瀬本、伝冷泉為頼筆本……コモヨミコモチ

①のうち、元暦校本朱訓は本文の「美」を朱で抹消するのと対応した加点で、ほぼ漢字の音訓いずれかと対応している。「與」とコの対応は不審であるが、あるいは「興」と誤認し、その訓読みオコルによったのだろうか。意味は取れないが、本文を愚直に訓もうとした結果であろう。また、元暦校本の題詞右に書入れられた②も「美」に対応する仮名を欠くので、朱による「美」の抹消ののち、追加されたものと考えられる。

つぎに元暦校本の朱とおなじ訓を持つ紀州本であるが、本文を「籠毛與　吴籠母乳」とし、「吴」の左に「美」を傍書する。同本は「與」に訓を附さず「吴」の右にコと書くので、朱訓とは様相を異にする。「與」とコの対

応の弱さを考慮すると、あるいは元暦校本の朱のような訓を参照し、その訓に合わせて本文を校訂した結果だろうか。

③と④は②に近似する。④は通訓の先蹤たる例、③も「美」を漢音ビで、「乳」を音で訓むほかは通訓と同様であり、いずれも漢字を率直に訓んだものであろう。①・②の特徴といってよい「美」の抹消は反映しないから、相互の影響関係は判然としない。

さて、以上の片仮名訓の例は、コモヨ・ミコモチ、ないしはそれに類する訓が平安時代末期、少なくとも元暦校本の校合がなされた元暦元年（一一八四）以前に存在したことをしめしてはいる。また、片仮名訓、とくに廣瀬本の訓がいつの段階の加点にもとづくかは不明であり、場合によっては十世紀までさかのぼる可能性もないではない(10)。

しかし、通訓と一致する廣瀬本──というよりも、その親本たる定家本──の附訓もふくめて、これら「古訓」は、あくまでも平安時代における『萬葉集』研究の成果である(11)。飛鳥・奈良時代の萬葉歌の訓みを反映するわけではない。研究史の嚆矢としての価値はみとめうるが、論拠が提示されているわけでもなく、訓を決定する際の傍証としては利用しにくい。もちろん「籠毛與　美籠母乳」という漢字列を廣瀬本（通訓）のように訓むこと自体は可能だが、可能か否かと、その訓が妥当かどうかは別に検討すべき問題であろう。

むしろ「古訓」に関して注目すべきは、①〜④のようなさまざまな試訓がなされたことである。複数の訓の存在は、当該句が平安時代において難読であったことを示唆する。加点者たちも「籠毛與　美籠母乳」という漢字列を把握しかねていたのであろう。後述するとおり、近世以降に訓読に関する論争が勃発するが、その萌芽は次点本訓にあったとみられる。ただし、仙覚がコモヨ・ミコモチを採用したため、問題はいったん等閑に附されることになる。

二　韻律論の注釈史

近世に入り、仙覚本に継承されたコモヨ・ミコモチ訓に疑義を呈したのは契沖である。具体的な検討に先だって、その論旨を確認しておきたい。

> 今ノ点（コモヨをさす——筆者注）ハ仙覚ノ改ラレタルニテ、字ニモヨク叶ヒ、理モ能聞エタリ。サレトモ古歌ノ習トハ云ナカラ、今ノマ、ニ読出テハ、余ニ哥ノ発句トモ聞エヌニヤ。神代紀ノ下ニ、籠ノ字ヲカタマトヨミ、又堅間トモカケリ。（『代匠記精』）

契沖はコモヨを可とし、一案としてカタマモヨを提出したにすぎない(12)。しかし、後世への影響はきわめて大きく、以降の古注釈をみると、「かたまは菜を採て盛る器を云。竹籠を古語にはかたまと云」（『僻案抄』）、「五言、かたまは神代紀に依」（『萬葉考』）、「東麿眞淵等の、かたまとよまれしにしたがへり」（『攷證』）等々、おおむね契沖の一案が支持され、近世には通訓といってよい地位を築くことになった。

さて、この『代匠記精』一案の要点をまとめれば、「三音の初句は不自然であるから、コモヨではなくカタマモヨと訓む方がよい」ということになろう。すると問題は、三音の初句は不自然か、「籠毛與」を「カタマモヨ」と訓むことは可能かの二点となる。

まずは前者の問題を俎上に載せる。いったい、通訓コモヨ・ミコモチはどのように論定されてきたのであろうか。注釈史をたどり、諸注の具体的な根拠を確認しておこう。

> ・三音一句といふ事、後世はあまりないが、上代には崇神紀の「古波夜、みまき入彦はや(13)」応神紀の「知婆能、かづぬをみれば」仁徳紀の「夜多能、一本すげは」など例は多い。（『精考』、傍点原文ママ）

・古歌には、「宇陀の高城に鴫羂張る」（神武天皇御製、古事記一〇、日本書紀七）など、三音四音の句の例もかれこれと見え、音節の数の制限からカタマの訓を採るべしというに至らない。（『全註釋』）

いずれも上代のうたに三音・四音の句が存するという説明で、これ自体に異論をさしはさむ余地はない。また刊行の順序は前後するが、『古義』の以下のような理解は、これらの指摘を一歩すすめたものといってよい。

契沖僧が、加多麻と訓しをよしとおもひて、誰も誰もしかよみ来れるこそ、いともいとも意得ね、今按《おもふ》に、こはコとよみては、初二句三言四言なれば、例の耳なれざる後ノ世意から、書紀神代ノ巻に、無目堅間てふもの、見えたるに本《ヨリ》て、しひて五言七言とはなしたるなるべし、されど初句三言四言なるは、はやく神武天皇ノ大御歌に、宇陀能多加紀爾志藝和那波留云々、とあるに本づきたまへることにて、古学《フルコトマナビ》するばかりの人は、皆よく暁《シル》べきことなるを、今まで此ノ論《サダ》せし人の無はいかにそも……。

単に三音句が上代作品に存するというだけでなく、古事記歌謡九番歌の初句が「宇陀能」と三音である点を指摘する『古義』の説明は、後発の『精考』などよりも当該歌に即している。また、『古義』を引用するわけではないが、以降この線で論を展開するのは『講義』で、さらに一歩すすんでコモヨ訓の妥当性を談じている。

（カタマモヨと比較して――筆者注）「コモヨ云々」の方頗る調高き心地す。かくの如きは蓋し、古歌の一格なりしなるべし。三四の句よりはじまる歌は古事記神武巻の「宇陀能、多加紀爾」といふあり。三三の句よりはじまる歌は古事記崇神巻の「古波夜、美麻紀、伊里毘古波夜」あり。本集巻十六「三八八五」の歌の「伊刀古、名兄之君」も亦三音の句よりはじまれり。

『古義』が初句のみを問題としたのに対し、『講義』はコモヨ・ミコモチという、三・四句と続く初二句が上代歌謡の例に適することを指摘する。おそらく、通訓の妥当性を用例に即してもっとも具体的に説明した記述であり、以降の趨勢を決定づけた感がある。

三　韻律論の再検討

だが、この『講義』などの理解は、通訓の妥当性を充分に保証するだろうか。先行諸注の驥尾に附し、記紀歌謡と対照してみると、『古義』や『講義』が指摘するように、たしかに初句三音の例は存する。しかしその数は、歌謡一八七首(14)のうち以下の四首にすぎない。

⑤宇陀能《うだの》　多加紀爾《たかきに》　志芸和那波留《しぎわなはる》　和賀麻都夜《わがまつや》　志芸波佐夜良受《しぎはさやらず》　伊須久波斯《いすくはし》　久治良佐夜流《くぢらさやる》……（記九【紀七】）
⑥知婆能《ちばの》　加豆怒袁美礼婆《かづのをみれば》　毛々知陀流《ももちだる》　夜迩波母美由《やにはもみゆ》　久爾能富母美由《くにのほもみゆ》（記四一【紀三四】）
⑦夜多能《やたの》　比登母登須宜波《ひともとすげは》　古母多受《こもたず》　多知迦阿礼那牟《たちかあれなむ》　阿多良須賀波良《あたらすがはら》……（記六四）
⑧夜多能《やたの》　比登母登須宜波《ひともとすげは》　比登理袁理登母《ひとりをりとも》　意富岐弥斯《おほきみし》　与斯登岐許佐婆《よしときこさば》　比登理袁理登母《ひとりをりとも》（記六五）

五音句からはじまる一三七例はもちろん、四音句とする四一例と比較しても僅少な数字である。しかも、このうち二句を四音とするのは『古義』以来たびたび言及される⑤のみであり、当該句を「古歌の一格」（『講義』）と称するには、少々頼りない数字といってよい。もちろん、『講義』の認定は現存しない歌謡群を背景に想定しているのであろうし、散じた歌謡が多くあったことは否定すべくもない。しかし、散佚歌謡の存在を考慮する必要があるとはしても、まずはのこされた例に即して検証するのが穏当な手続きであろう。以上の前提に立つかぎり、当該句をコモヨ・ミコモチと訓むことは、上代歌謡の一般的な傾向に反する。

さらにこの四首の初句には、共通の特徴がみとめられる。それは、⑤「宇陀の」、⑥「千葉の」、⑦・⑧「八田の」と、いずれも二字の地名に格助詞ノを附した句だということである。このうち⑦・⑧の「八田」については仁徳天皇と八田皇女との贈答歌中の例であるから、物語の文脈にあっては八田皇女を譬喩する語とみるべきであろう。しかし⑦「八田の 一本菅は 子持たず 立ちか荒れなむ あたら菅原」と、菅の枯れることを詠む歌謡の表現に即しては、「今の大和郡山市矢田町」(『古事記歌謡 全訳注』)とまで特定する必要があるかはともかくとして、「「八田」は地名」(『同』)と判断するのが穏当である。

すると、記紀歌謡において三音の初句とは、二字の地名でうたいだす場合にかぎって使用されるフレーズとみとめられるのであり、当該歌の韻律を決定する際の傍証たりえるかどうか、疑問符のつく例といってよい。

また、『講義』が「三四の句よりはじまる歌」を「古歌の一格」と称するのと関連する謂いとして、『全注』の「冒頭四句の、3456と、一音ずつせり上っていく韻律がまずは心を打つ」、「長い年輪に淘汰された必然の韻律」との評価があるが、この見方に対しては、山口が吉永説を踏まえ、以下のように疑問を投げかけている。

平安朝になると、歌では、コは普通でなく、カタマの系統を引くカタミが使われており、コが上代でも歌の用語でなかった蓋然性は、決して小さくない。右の韻律論は、訓の決定の際に、さほどの根拠になり得ないのではあるまいか。

カタミに関しては後述するが、山口のいうように、ひとまず通訓を前提とせず異訓の可能性も念頭におくと、『全注』の理解にさほどの説得力はない。『講義』の「頗る調高き心地す」や、『全注』の「心を打つ」との発言も印象批判の域を出るものではなく、[15]訓読の根拠とは見做しがたいというのもそのとおりであろう。ただ、山口論の問題意識は『萬葉集』における歌語の存否にあるため、当該句の訓の決定については最終的に判断を保留している。本稿ではこの点をさらに追究したい。

そこで、あらためて『全注』の理解を検証していくと、「必然」とまでいわれる「3456と一音ずつせり上がっていく韻律」についても、類例を欠いており、吉永の「異状な出だし」という評があたっていることに気づく。そもそも「３４５６」という音数を持つうたは、上代文献を鳥瞰してもほかに例がない。そこで、「一音ずつせり上っていく」という点に着目し、こちらの類例をさぐってみても、以下の二例を見出しうるのみである。

⑨須須許理賀《すすこりが》　迦美斯美岐邇《かみしみきに》　和礼恵比邇祁理《われゑひにけり》　許登那具志《ことなぐし》　恵具志爾《ゑぐしに》　和礼恵比邇祁理《われゑひにけり》　（記四九）

⑩美那曽々久《みなそそく》　淤美能袁登売《おみのをとめ》　本陀理登良須母《ほだりとらすも》　本陀理斗理《ほだりとり》　加多久斗良勢《かたくとらせ》……　（記一〇三）

「一音ずつせり上っていく」希少な例であるが、いずれも五音句からはじまっており、相違も少なくない。さらに内容にまで踏みこんでみると、類例とすらいいがたいことに気づく。それは、⑨が「須須許理が　醸みし御酒　我酔ひにけり」と助動詞ケリ、⑩が「水そそく　臣の嬢子　秀罇《ほだり》取らすも」と終助詞モまでの三句一連で、冒頭からの文脈が休止する例だからである。

この形式は「籠毛與　美籠母乳　ふくしもよ　みふくし持ち」という、四句一連の対句からうたい起こす当該歌とは相違する。もちろん、上代における具体的な韻律のありようは詳らかでないが、少なくとも三句切れの⑨・⑩と、当該句のそれが異なることは確実であろう。

当該句と韻律が合致しない点は、『講義』が例示した⑤や初句三音の⑥〜⑧についても同様である。⑤の「宇陀の　高城に　鴫罠張る」と⑧の「八田の　一本菅は　一人居りとも」は三句切れ、⑥は短歌形式、⑦の「八田の　一本菅は　子持たず　立ちか荒れなむ　あたら菅原」は五句切れと、いずれも当該句との差異は少なくない。むしろ、当該句が対句で構成されている点を重視するならば、記紀歌謡では以下のような例との関係を重視すべきではないか。

⑪阿波旃辞摩《あはぢしま》　異椰敷多那羅弭《いやふたならび》　阿豆枳辞摩《あづきしま》　異椰敷多那羅弭《いやふたならび》……　（紀四〇）

⑫……宇倍志許曽《うべしこそ》　斗比多麻閇《とひたまへ》　麻許曽爾《まこそに》　斗比多麻閇《とひたまへ》……　（記七二）

⑬……加美都勢爾《かみつせに》　伊久比袁宇知《いくひをうち》　斯毛都勢爾《しもつせに》　麻久比袁宇知《まくひをうち》……　（記九〇）

⑭……阿佐比能《あさひの》　比伝流美夜《ひでるみや》　由布比能《ゆふひの》　比賀気流美夜《ひがけるみや》……　（記一〇〇）

対句の例はほかにもあるが、傾向は右のとおりである。当然といえば当然だが、音数もおおむね対となっている。⑫の初三句、⑭の二四句など、一音程度のずれならばともかく、コモヨ・ミコモチ……と読む場合ほど、対句の内部で音数の相違する例はみあたらない。(16)とくに⑪は冒頭四句が対句で構成され、当該句とちかい。

また、対句による歌い出しという点を重視すると、以下の萬葉歌も参考になろう。

天橋も長くもがも　高山も高くもがも　月読の持てるをち水……　（巻十三・三二四五）

ちちの実の父の命　ははそ葉の母の命　凡ろかに心尽くして……　（巻十九・四一六四）

いずれも冒頭四句を五六音の対句とする例である。後者は大伴家持の天平勝宝二年（七五〇）の作。前者も後期萬葉に用例の偏在する「をち水」を題材とすることから、「奈良朝時代の聡明な知識人を思わせる歌」（『窪田評釋』）と指摘される例である。いずれも古歌ではないから、直接カタマモヨの妥当性を証する例とはいえない。しかしカタマモヨという歌い出しが、コモヨと比して上代のうたの用例に恵まれた、自然な韻律であることを示唆する材料とはいえるだろう。(17)

コモヨ・ミコモチという韻律は用例にかなわない。可能な訓がほかにあるのなら、積極的に採用する理由はとぼしいだろう。

四　カタマの語義と「籠」との対応

以上のような韻律面の難点を解消するためには、三四句が基本的に仮名表記であり、訓みを訂正できる余地がほぼない以上、初二句の再検証が必須となる。そして、対句の音数が対となりやすい点を重視すれば、『代匠記精』

の一案カタマは魅力的な説といえる。吉永が5・6・5・6の対句となるカタマモヨ・ミカタマモチ・フクシモヨ・ミフクシモチの訓を「すなお」と評したことも想起され、検証の価値があろう。

問題のカタマという語は、既述の諸注が引くように『書紀』神代巻下の第十段・一書第一にみえる。(18)

　火火出見尊を籠の中に内れまつりて、海に投る。一に云はく、無目堅間を以て浮木に為りて、細縄を以て火火出見尊繫ひ着けまつりて沈む。所謂堅間は、是今の竹の籠なりといふ。

火火出見尊が兄から借りた「幸鉤」を海中に逸してしまい、途方に暮れていた折、塩土老翁が潜水するために取りだした「籠」を「一云」で「堅間」という。この「堅間」に附された「今の竹の籠なり」という語釈によって、「竹籠」をカタマともいうことが知られる。

また、波線部の「無目堅間」と対応する本伝の記事に「乃作二無目籠一」とあることから、山口は「「籠」を意味するカタマという語の存在したことが分る」と指摘する。この指摘によれば「籠」とカタマには対応関係がみとめられるから、「籠」をカタマと訓むことは可能とみてよい。そのカタマはほかに例をみない語だが、交替形のカタミやカツマが上代から中古の文献に散見している。

⑮玉勝間《たまかつま》逢はむと言ふは誰なるか　逢へる時さへ面隠しする　（『萬葉集』巻十二・二九一六）

⑯花かたみ目並ぶ人のあまたあれば　忘られぬらむ数ならぬ身は　（『古今和歌集』恋五・七五四）

⑰かたみをいとをかしげにつくりて御果物いれたり。（『延喜廿一年京極御息所褒子歌合』）

⑱笭篣……笭篣二音、漢語抄云、加太美……小籠也　（十巻本『和名類聚抄』(19)）

⑲うれしげに君がたのめし事の葉は　かたみにくめる水にぞ有ける　（『後撰和歌集』恋一・五五八）

⑳木の間より散りくる花を　梓弓えやはとどめぬ春のかたみに　（『拾遺和歌集』雑春・一〇六二）

内容を確認していくと、⑮は『萬葉集』に唯一確例のあるカタマ系の語で、集中ほかに二例ある（巻十二・三二

五二、三一九三）。カツマは『仙覚抄』に引く「阿波国風土記逸文」の「櫛笥をば勝間と云ふなり」という語釈によれば、櫛などを入れる小型の箱のことであろう。⑯は「目並ぶ人」にかかる枕詞で、網目が細かくならんでいるためにかかる（ちくま学芸文庫『古今和歌集』）。⑰は歌合の序文で、果物を入れる小型の籠をカタミといっている。⑱は「小籠也」とあり、意味の確定できる例（『書紀』との関係は後述する）。また散逸古辞書『楊氏漢語抄』が「加太美」と訓むのを引くので、カタマ・カタミ・カツマの語形の混淆は奈良時代に遡行するとわかる。

⑲は⑯とおなじくカタマの形態に注目した例で、移り気な男のことばは、まるで籠に入れた水のようという怨恨歌。⑳は「形見」との掛詞の例（『八代集抄』、新大系）で、落花をカタミに入れて形見にしようというのが大意となる。詞書に「髭籠《ひげこ》に花をこき入れて」とあり、コとカタミに意味のかさなりを看取しうる[20]。

　さて、カタマは「堅く編んだ籠」（古典大系『書紀』解説）という意味を想起させる語形で、⑯はこれを支持する例である。⑲もこの含意をふまえ、しっかりとしたカタミを引きあいに出すことにより、相手の求愛が当てにならないと強調した表現とみてよいであろう。ほかの四例も「堅く編んだ」という意味を否定するような内容ではない。

　一方、大きさについては問題がある。⑱『和名抄』は「小籠也」との注記を附し、⑰・⑳はこの語釈を支持する表現である。対して『書紀』のカタマは火火出見尊が中に入るのだから、「小籠」とは考えにくい。巨大な籠がカタマであるとすると、菜摘の籠として適切とはいえなくなる。

とはいっても「カタマの系統を引くカタミ」（山口）という両者の関係を考慮すると、この二語を大型・小型に区分するのは困難ではないか。『箋注和名抄』はカタミを「大小竝有」と述べるが、「大」に確実に相当するのは『書紀』の例しかない。そして『書紀』の人（神）が入って海に潜るという文脈は、非日常的で特殊な内容である。この文脈に即してカタマを大型の籠と解すことには躊躇をおぼえる。

なにより『書紀』の注記は「堅間」が現在の「竹籠」であると述べるまでで、大きさには言及していない。この点を念頭におくと、『日本国語大辞典』「かたみ」の「竹で編んだ目の細かいかご」という単純な語釈が穏当であろう。大型の場合もあったかもしれないが、用例の傾向から推すと小型のものが一般的であったとおぼしく、少女が「籠」とへらを持って大和の国の岡辺に菜摘みに訪れるという当該歌冒頭部の情景に照らしても、カタマは決して不自然でない。

五　コとカタマの優劣

ここまでの検討によれば、通訓とともにカタマモヨ・ミカタマモチも可能な訓と見做せるが、既述のとおり近代以降の研究ではほとんど顧みられていない。以下では研究史との関係から、コとカタマの妥当性の優劣について検討する。

前掲『古義』や『美夫君志』は「籠」にカタマという訓の附された例のないことを根拠にカタマモヨを排除する。たしかに古辞書などに確実な附訓例はない。しかし、古辞書などが参照すべき文献であることはそのとおりとして、これらに例がなければ容認できないというのは、多くの義訓や遊戯的表記をかかえこむ萬葉歌の書記の様相をかんがみるに、やや窮屈な考えであろう。この考えを敷衍していくならば、「金風（あきかぜ）」も「大夫（ますらを）」も、みな改訓をこころみねばならなくなる。

『美夫君志』が既述の『書紀』の文章を「無目の一字に引かれて、おのづから籠ノ字をばかたまとよまるゝなり、うちまかせて籠ノ字をかたまと訓るにはあらず」（傍線原文ママ）と解し、「無目」とカタマとの関係を重視するのも、「所謂堅間は、是今の竹籠なり」という注記を無視した発言で得心しがたい。カタマが「竹籠」の意であることは縷々述べてきたとおりである。

また、『古義』や『美夫君志』は「射等籠荷四間乃」(巻一・二三)、「田籠之浦乃」(巻十二・三二〇五)のような、コ(ゴ)の訓仮名例をコモヨの傍証とするが、[21] タヅとツル、カハヅとカヘルと同様、カタマとコをうたことばと話ことばの関係にあると把握する吉永の反論も考慮すれば、かならずしも説得的とはいえない。氏も指摘するように、訓仮名の例をのぞくと、集中に「コ＝籠」の確例はつぎの一首のみである。

伎波都久の岡の茎韮我摘めど 籠にも満たなふ【故尓毛美多奈布】背なと摘まさね (巻十四・三四四四)

東歌中の一首であるため、吉永は方言的なものと推定し、山口は前述のとおり、うたではもっぱらカタマ系の語が利用されることから、「コが上代でも歌の用語でなかった蓋然性は、決して小さくない」と指摘する。カタマ系の妥当性を示唆する材料といえよう。散文に「髭籠(コ)」、うたにカタミを使用する⑳の例はこの推測を裏づけている。

ただ、東歌とはいえコの例があり、カタマ系の語も上代のうたに限定すれば枕詞「玉勝間」以外に例をみないから、上代語に即してはなお確証を欠くことも事実である。

しかし、吉永等の「うたことば」という捉えかたは一案にすぎないとしても、「鶴《たづ》鳴《なき》渡《わたる》」(巻三・二七一)と「相《あひ》見《み》鶴《つる》鴨《かも》」(巻一・八一)のように、ひとつの漢字が正訓と借訓で別に訓まれる場合のあることはたしかであるし、「黄變《もみつ》蝦《かへる》手《て》」(巻八・一六二三)と「鳴《なく》蝦《かはづ》」(巻十・二二六五)のように『萬葉集』の漢字と訓がつねに一対一の関係にあるわけでもない。三四四四番歌は「籠」をコとも訓む可能性を示唆する材料ではあるが、カタマを排除する理由にはならない。

それでは、語義から考えてみるとどうか。カタマは竹籠をさし、傾向としては小型のものが多いため、菜摘の籠として適当であることは既述のとおりであるが、コについても格別否定すべき材料はない。前記東歌の例は

「茎韮」を摘むことを詠む。『新撰字鏡』に「葸……韮也彌良也」とあり、「彌良」はニラの古名である。[22] これを摘みにいくというのだから、それほど大きな籠ではないだろう。また平安時代初期には以下の例をみる。

それを見れば、三寸ばかりなる人、いとうつくしうてゐたり。……いとをさなければ、籠《こ》に入れてやしなふ。
（『竹取物語』[23]）

「三寸ばかりなる人」（かぐや姫）を「入れてやしなふ」のであるから、やはり小さなコとみてよいだろう。コもカタマも小さな籠の意で利用される場合があるとわかる。

さて、以上のように述べきたってみると、コモヨ・カタマモヨという訓はいずれも可能と判断できる。従来コが通説化したこともあり、カタマの可能性はひくく見積もられてきた感があるが、漢字「籠」との対応やコ・カタマの語義に即すかぎり、どちらかが優越することはないように見受けられる。内容の面から当該句の訓みは決定できないであろう。

しかし、三節で指摘したとおり、韻律面からみると代替可能な訓が存するのであれば、コモヨは優先すべきではないと考えられる。そしてカタマモヨは可能な訓とみとめられるのであるから、これを採用するのがもっとも蓋然性のたかい見方といってよいのではないだろうか。

おわりに

以上、『萬葉集』の巻頭を飾る雄略天皇の御製、その冒頭二句「籠毛與　美籠母乳」について、コモヨ・ミコモチという訓がどのような根拠でもって通訓と認定されてきたのかを注釈史に即して再検証し、契沖の一説カタマモヨ・ミカタモチと対比することによってその妥当性を問うた。

内容の面からみると両説とも可能であるが、コモヨと訓む場合の「3456と、一音ずつせり上っていく」冒頭四句の韻律は類例を欠く特異なもので、これを積極的に肯定することは困難である。カタマモヨと訓む方が対句の音数の用例にかなうため、意味上可能であるのなら、こちらを採用すべきとの結論にいたった。

のこる問題として、カタマ・カタミ・カツマのいずれの語形を取るべきかという難問があるが、それぞれ『書紀』、『楊氏漢語抄』、『萬葉集』・「阿波国風土記逸文」という奈良時代の文献にみえる語で、優劣を決すことはむずかしい。

しいていえば、カツマは枕詞「玉勝間」以外に歌語の例を欠き[24]、「阿波国」の例が「栗の人は櫛笥をば勝間と云ふなり」と方言を示唆する文脈であることを考慮すれば、可能性はひくいと推測できる。カタマとカタミについてはさらに困難であるが、カタマが『書紀』に古語として位置づけられていることを念頭におけば[25]、萬葉歌のなかでも古層に位置づけられる当該歌にもっともふさわしい語はカタマということになるであろう。なお検討の余地は多いが、本章はコとカタマの対比を主題としたので、この点については再考を期したい。

『萬葉集』にかぎったことではないが、文学研究の根幹は注釈にあるといってよい。だからこそ、注釈史の妥当性はつねに問いなおされる必要がある。本章でとりあつかった「籠毛與 美籠母乳」の訓みをめぐる問題などは、近年議論の俎上に載る機会がとぼしく、再検討の俟たれる事案ではなかったろうか。

本章だけはなく、一章・二章でそれぞれとりあげた「半甘」や「茂座」に関しても同様であるが、いずれも過去に提出され、顧みられなくなった説が再評価に値することを論じてきた。長い注釈の歴史を持つ『萬葉集』の場合、まったく新しい創訓がなされる可能性は時代がくだるたびに低下するといってよい。しかし、膨大な注釈・研究の蓄積があり、「通説はあくまでひとつの仮説[26]」でもあるのだから、あたりまえのようだが、諸説の再検証と、それにもとづく解釈のみなおしが大切であろう。なかには、正鵠を得た見解が充分に論拠を検証されぬまま捨ておかれている場合もある。そういった説を、あらたな論拠の追加とともに再発見していくことは、文学研究の醍醐味のひとつではないだろうか。

注

（1）工藤力男「鶴・西宮の法則の剰余——大宮仕へ安礼衝くや——」（『萬葉集校注拾遺』笠間書院・二〇〇八、初出二〇〇〇）

（2）前掲（1）刊行以降も、坂本信幸「笹の葉はみ山もさやに——「乱友」考——」（『萬葉』第二〇七号・二〇一〇）、間宮厚司「人麻呂の屈指の名歌「乱友」再考」（『万葉異説——歌ことばへの誘い』森話社・二〇一一）などが、一三三番歌の訓読を検証している。なお、「休火山」、「死火山」という用語が火山活動の実態にそぐわぬことは承知しているが、卓抜な譬喩であるのでそのまま踏襲する。

（3）雄略天皇の史的意義については、岸俊男「巻頭を飾る二人の人物」（『古代史からみた万葉歌』学生社・一九九一）、森博達『日本書紀の謎を解く　述作者は誰か』（中央公論新社・一九九九）などによった。

（4）この句の訓読に関しては、品田悦一「雄略天皇の御製歌」（『セミナー万葉の歌人と作品』第一巻・和泉書院・一九九九）が研究史を整理している。

（5）田中大士「長歌訓から見た万葉集の系統——平仮名訓本と片仮名訓本——」（『和歌文学研究』第八十九号・二〇〇四）など。くわしくは序論第一節などを参照。

（6）古葉略類聚鈔は片仮名傍訓本ではあるが、類纂本であり、同形式の類聚古集からの影響も指摘されている（『校本』首巻など）ので例外とみておく。

（7）吉永登「「籠」の訓みについて」（『万葉——その探求』現代創造社・一九八一、初出一九七八）。以降、吉永説は同論による。

（8）山口佳紀「万葉語の歌語的性格」（『古代日本文体史論考』有精堂・一九九三、初出一九八六）。以降、山口説は同論による。

（9）廣瀬本訓のうち、カタマモヨ・ミガタマモチは『萬葉考』等の影響下にある（山崎福之「本文批判はどこまで可能か。」『國文學　解釈と教材の研究』第四十一巻第六号・一九九六）ので掲出しなかった。

（10）『萬葉集』の訓点が天暦古点以前から存した可能性については、他章で縷々述べてきたとおりである。承平年間（九三一～三八）成立の『和名抄』以前に遡行するわけであるが、上限に関しては判断する材料がない。しかし、「有年申文」（八六七）や、近年発見された「藤原良相邸跡墨書土器」（二〇一二年一二月）、平安京朱雀大路附近の邸宅跡からみつかった仮名書きの難波津木簡（二〇一五年一二月）などの出土資料に照らせば、平仮名の普及は九世紀なかば以降と推定される。片仮名はやや先行するものの、『成実論』天長五年（八二八）点が現存最古の例だから、九世紀初頭をさかのぼることはあるまい。仮名がなければ『萬葉集』に訓を附すこと自体が困難である。確実な上限はこの時分とおぼしい。

（11）この点は第二部第一章の注（36）でふれた。右の注（10）でも述べたように、古訓は平安時代以降のことばである。むろん萬葉歌全体についていえば、そのうちのある程度の数のうたの訓みが伝誦されていたと考えることは無理ではないだろうが、雄略御製は萬葉歌のなかでもとくに来歴のふるい作とおぼしいし、片仮名本にのみ複数の訓が存する点を考慮しても、廣瀬本が上代の訓みをつたえる可能性は皆無といってよい。

（12）『代匠記精』は初二句を「カタミモ四字一句、ヨミカタミモチ七字一句」とするが、現在の句切れによって提示した。

（13）『精考』の挙例のひとつめは「美麻紀伊毘古波夜（御眞木入日子はや）」（記二二）の誤読で、三音句の例ではない。

（14）一八七首は、古事記歌謡一一二首、日本書紀歌謡一二八首の計二四〇首から、難読歌一首（書紀一一二）と重複歌五十二首を引いた数字である。引用、カウントはともに佐佐木隆『古事記歌謡　簡注』、『日本書紀歌謡　簡注』（おうふう・二〇一〇）による。なお、初句の音数が異なる重複歌謡が三首ある。以下の数は記歌謡の音数にもとづき計算した。

（15）佐佐木「おわりに」（『万葉歌を解読する』日本放送出版協会・二〇〇四）は訓読研究の姿勢を「こう訓じれば歌はすばらしいものになるという発想とは、もともと相容れないもの」と述べている。追認すべき見解である。

（16）なお、前掲（14）佐佐木『日本書紀歌謡　簡注』は、『書紀』顕宗即位前紀の室寿ぎの詞を訓表記の歌謡と認定する。この例を歌謡と見做すならば、その冒頭は「築立《つきたてる》　椎室葛根《わかむろかづね》　築立柱《つきたてるはしら》者《は》……」は二四句の音数が極端に異なる対句風の例となる。しかし、この例も二句は体言止め、四句は格助詞ハで終止するから、対句としては破格である。類例にもとぼしく、当該句訓読の論拠とはできまい。

(17) 当該萬葉歌二首は、元論文（『美夫君志』第九十二号〔二〇一六年三月〕所収）投稿時に編集委員のご指摘によって追補した。記して御礼申しあげる。

(18)『書紀』の引用は古典大系による。

(19)『和名抄』の引用は『諸本集成倭名類聚抄』（臨川書店・一九六八）による。

(20) 同様の推定は『箋注和名抄』にもみえる。

(21) ほかに巻二・一九三、巻四・四八七、巻十一・二七一〇の三首がある。このうち「鳥籠《とこ》（之）山」（四八七、二七一〇）は熟語風となっており注意を要する。しかし「鳥籠」は『廿巻本和名抄』に「度利古」と訓まれるから、正訓はトリコであり、トコは表意性を持つ訓仮名と見做すのが穏当だろう。訓仮名の表意性については、橋本四郎「訓假名をめぐつて」（『橋本四郎論文集　国語学編』角川書店・一九八六、初出一九五九）、奥田俊博「『万葉集』における表意性を有する仮名」（『古代日本における文字表現の展開』塙書房・二〇一六、初出一九九八）に指摘があり、「鳥籠《とこ》」の例はトリコを意識した仮名表記とおぼしい。

(22)『類聚名義抄』（観智院本）には「タダミラ」、「ニラ」、「コミラ」とミラ・ニラの両語形がみえる。

(23)『竹取』の引用は新編全集による。王朝物語史研究会『竹取物語本文集成』（勉誠出版・二〇〇八）を閲し、論旨に影響をおよぼすような異同のないことを確認している。

(24) また「玉勝間」の例が巻十二以外になく、森脇一夫「万葉集巻十一・十二作歌年代考——天平歌人の作とその類歌とに関連して——」（『語文』第二十号・一九六五）、神野志隆光「万葉集巻十一、十二覚書」（『学大国文』第二十三号・一九八〇）が指摘するように、この巻が天平期の作歌との関係が色濃いことを考慮すれば、「玉勝間」は比較的あたらしく作られた枕詞とも考えうる。この点も、当該句をカツマモヨと訓む可能性を低減させる材料である。

(25) 前掲（3）森が指摘するように、『書紀』の「昔」、「今」という注記は編者の判断にもとづくもので、必ずしも額面どおり受け取れるわけではない。ただ、森が指摘するのは渡来人が述作にあたったと推定されるα群の例であり、β群に属する神代巻の「今」という記載はそのまま信じてもよいであろう。

(26) 舟見一哉「包括／個別　中古韻文研究の動向」（『文学・語学』第二一三号・二〇一五）

第四章　萬葉集の「風流士」
——字訓史との関係から——

はじめに

『萬葉集』の「風流」については多くの先行研究がある。そして、その諸論のなかでもとくに頻繁に引用・検討される作品として、つぎの二首をあげることができる。以下この二首を「当該二首」と称する。(1)

石川女郎贈二大伴宿祢田主一歌一首　即佐保大納言大伴卿之第二子、母曰二巨勢朝臣一也

みやびをと【遊士跡】我は聞けるを　やど貸さず我を帰せり　おそのみやびを【於曽能風流士】

（巻二・一二六・石川女郎）

大伴田主、字曰二仲郎一。容姿佳艶、風流秀絶。見人聞者、靡レ不二歎息一也。時有二石川女郎一。自成二雙栖之感一、恒悲二獨守之難一。意欲レ寄レ書、未レ逢二良信一。爰作二方便一、而似二賤嫗一。己提二堝子一、而到二寝側一、哽音蹢足、叩レ戸諮曰、東隣貧女、将レ取レ火来矣。於レ是仲郎、暗裏非レ識二冒隠之形一、慮外不レ堪二拘接之計一。任レ念取レ火、就レ跡歸去也。明後女郎、既恥二自媒之可一レ愧、復

恨㆓心契之弗㆒㆑果。因作㆓斯歌㆒、以贈㆓謔戯㆒焉。

大伴宿祢田主報贈歌一首

みやびをに【遊士尓】我はありけり　やど貸さず帰しし我そみやびをにはある【風流士者有】（同一二七・大伴田主）

当該二首は石川女郎と大伴田主の贈答歌である。貴公子として知られる田主のもとに、女郎が老婆に扮して夜這いに訪れたが、田主はそれに気づかずに彼女を帰してしまう。この対応に憤った女郎が「あなたは風流なひとと聞いていたのに、わたしを帰すなんて、まぬけですね」と難詰し、一方の田主が、「あなたを帰したわたしが本当の風流びとなのですよ」とこたえた――というのが、左注をふまえての概略となる。

ただし、この歌群の表現を仔細に検討することが当面の目的ではない。本章のねらいは当該二首の「遊士」と「風流士」を材料に、『萬葉集』における「風流」とミヤビの関係、また「風流」の訓読のありようをあきらかにすることにある。

『萬葉集』に「風流」の語は七例あり、とりわけ歌中の例については、現在はミヤビと訓読するのが一般的である。この訓読をふまえ、集中のミヤビの含意に関しても、漢籍における「風流」の多様な語義をふまえて解釈することがやはり通例となっている。両者は補完関係にあるといってよいであろう。

しかし研究史を鳥瞰してみると、「風流は本当にミヤビと訓むのか」という根幹の問題については、あまり検討されてこなかった感がなくもない。現在、両語のつながりは自明とみられているが、ミヤビを即「風流」と解していいかどうかは疑問もある。そこで、「風流」をミヤビと訓む根拠を確認、再検討するとともに、漢字の訓みの変遷を文献に即してさぐっていく「字訓史」の観点からみて、当該二首をどのように訓釈すべきなのかを論じ、疑問の解消を目指したい。

一　ミヤビ＝風流説への懐疑

まずは伝本の附訓を確認すると、元暦校本などは当該二首の「遊士」を「アソビヲ」、「風流士」を「タハレヲ」と訓む。これを類聚古集が「タハレヲ」に統一し、『奥義抄』、『袖中抄』などの歌学書にも採用され、新点本へと引きつがれる。この「タハレヲ」訓はくだって寛永版本にも踏襲され、江戸時代中期まで通用していた。しかし『童蒙抄』が「風流士」に即してつぎのように説明し、改訓を提唱したことによって、『萬葉集』の「風流」はミヤビと関連づけられていくことになる。(2)

> [A]むかしは風流風雅の事をなすを、みやびをするといへり。すでにいせ物語の詞にもむかし人はかくみやびをなんしけるといへり。よつて風流士の三字をみやびとゝは訓ぜり。これによりして歌の意をかんがふるに、遊士の二字も同訓によまざれば意通がたき故、ともに同訓にはよませり。みやびとゝは宮人といふの意にて、よき人といふ意をかねていふたる歌と見るなり。

傍線部Aが『童蒙抄』の主たる根拠とみていいだろう。『伊勢物語』初段で「むかし人」のふるまいが「みやびをなんしける」と表現されることを根拠に、荷田春満は「風流風雅」と「みやび」を同義と認定する。当然ながら和文作品の『伊勢』に「風流」という漢語の使用例があるわけではないから、この説明では、どうして「風流」をミヤビと訓むのか判然としない。「むかしは風流風雅の事をなすを、みやびをするといへり」という認識を前提とした論述とおぼしい。しかし、後発の仮名作品である『伊勢』を念頭に『萬葉集』の訓を決定するのは、論の順序が転倒していよう。

だが、この『童蒙抄』の改訓は『萬葉考』に「此遊士も風流士もみやびとゝ訓は、東萬呂大人のよめるなり。

此みやびとは、みやび人といふを略《はぶ》けるなり。今本にたはれをとよめるは、よしもなき事ぞ」と追認され、さらには『玉の小琴』によって、現行訓「ミヤビヲ」が提示されるにいたる。この訓が上田秋成『金砂』のような例外――秋成が「ミヤビヲ」を支持しないのは論敵・本居宣長の説だからだろう[3]――をのぞけば、ひろく支持されていることは諸注の記述がしめすとおりである。

遊士風流士を、考にみやびとと訓れたるにつきて、猶思ふに、B さては宮人と聞こえてまぎらはし、然れはみやびをと訓へし。此稱は男に限れり。八ノ巻 十六丁 に、をとめらが、かざしのために、遊士の、かづらのためと云々〔一四二九〕、これをとめに對へていへれは、必をといふべき也。

宣長は「風流」をミヤビと訓む根拠を『萬葉考』――ひいては、その『萬葉考』が依拠する『童蒙抄』――にもとめている。そして、「みやびと」では「宮人」と音がちかくてまぎれやすいとの理由から、「みやびを」と訓むことを提唱する。これはミヤビと「風流」が不即不離の関係にあることを前提にした論法である。すると、古注において「風流」をミヤビと訓む根拠は、『童蒙抄』の説明に集約されることになる。

しかし、その根拠があいまいなことは既述のとおりであるし、『講義』が「假名書の證を知らず」というように、「風流」の訓として上代語の確例を缺くことばでもあるから、通説には再考の余地がある。そこで新注につくと、『注釋』の見解が目をひく。

「みやび」の語は集中假名書の例は「梅の花夢に語らく美也備多流花と吾思ふ」(五・八五二)とある一例のみであるが、語義は「鄙び」「都び」(三・三二二)などと同様「宮び」、即ち宮廷風といふやうな意で、粗野、卑俗の反對で、教養のある、風雅を解する者をみやびと云つたものと思はれる。

集中の仮名例からせめる方法だが、これも決定的な根拠にはなるまい。ある文献――ここでは『萬葉集』――に特定の和語が存在することと、その和語が、ある漢語の訓としてふさわしいかどうかは別に考えるべき問題だからである。この論理が成立するのは、説明の前提に「風流はミヤビと訓むべき」という『童蒙抄』以来の認識があるためで、その前提に難があるとすれば、説明自体があやういものとなる。「風流」をミヤビと訓む根拠という意味では、むしろ近時の注釈書の以下のような指摘を重視すべきであろう。

・遊仙窟の古訓に「風流」をミヤビヤカナリと訓む例も見えるので、宣長の言うようにミヤビヲと訓むのが適切だろう。（『全注』）

・『遊仙窟』の古訓に「風流」をミヤビカ・ミヤビヤカと訓む。（『釋注』）

・結句の原文「風流士」の「風流」は、遊仙窟の古訓に、「ミヤビカ」（真福寺本）、「ミヤビヤカ」（醍醐寺本）とある。（新大系）

諸注いずれも、奈良時代に舶来した唐代小説の『遊仙窟』をとりあげ、同書中の「風流」にミヤビという訓点が附されていることを指摘し、この訓を根拠に『萬葉集』の「風流士」を「ミヤビヲ」と訓む通説を支持する。諸注の説明は漢字と訓の照応を意図したものと了解でき、一定の説得力をもつ。しかし、この「遊仙窟の古訓」という捉えかたについては、もうすこし慎重に検討する余地があるようにおもう。

何故か。それは「遊仙窟の古訓」とはいっても、同書は『萬葉集』と同時代や、少しあとの時代の伝本が現存させていないからである。完本はもちろん零本まで視野に入れても、『遊仙窟』の最古の伝本は、正応元年（一二八八）写の実践女子大学山岸文庫蔵本までくだる。(4) さらに『訓点語辞典』につぎのような解説があることは、『遊仙窟』伝本群が、伝来以来の長い時間のなかで複雑な様相を呈していったことを示唆する。

これ（醍醐寺本『遊仙窟』の複層性をさす――筆者注）は本資料が真言宗系の僧侶の手によって伝えられたために仏家点が混入していること、時代的に下った中世の写本であること、誤写が非常に多いこと、異本注記……や書込注……の偏りから窺えるように均質な資料ではないこと、さらには遊仙窟諸本をどのような観点（本文、訓点、注の有無、跋文の有無）から分類するのかといった方法そのものにも問題が多いことによる。このように本資料が抱える複雑性・複層性を完全に分類整理することは難しい……。[5]

この『訓点語辞典』の解説を本章の問題意識に引きつけるならば、「遊仙窟の古訓」という捉えかた自体が非常に曖昧な概念だということに気づく。つまり、奈良時代からのこる訓なのか、平安時代の、それもいつごろの訓なのか、場合によっては院政期以降の訓なのか。端的にいって、「古訓」という術語が加点の歴史性や変遷のありようをぼかしてしまっているように見受けられる。『遊仙窟』の加点を上代語としてあつかうにあたっては、それなりの手続きが必要であろう。

その点で注目すべきは、藏中進が『新撰字鏡』に現存『遊仙窟』の加点のいくつかが引用されていると論証したことである。[6]この藏中論によって、「遊仙窟の古訓」には平安時代初期以前の例もふくまれることが確実となった。しかし、同論は現存する『遊仙窟』の本文と『新撰字鏡』の引用文に相違があることも指摘する。『遊仙窟』の現存伝本は、平安時代初期以前の『萬葉集』の時代のままの姿で伝来したわけではないのである。本文が異なる以上、「遊仙窟の古訓」すべてを無批判に上代に遡行させるのは無理で、どこまでの遡行が可能なのかは、「古訓」ごとに個別に判断する必要があるだろう。

以上のような事情を考慮すると、工藤力男が『萬葉集』を訓むための方法をつぎのように提案していることは、傾聴に値するようにおもう。

和歌の構文、万葉語の文法、狭義の漢字の訓詁はもちろん、さらに擬声語の感覚から、漢字の訓の変遷までを視野に入れることの重要性を、今わたしは強く感じている。[7]

従前から『萬葉集』本文の選定にあたって重要視されてきた構文、文法、漢籍の訓詁などとともに「漢字の訓の変遷」、つまり本邦において漢字がどのように訓まれてきたのかを重視すべきであるという。本章ではこの提言をふまえ、「遊仙窟の古訓」がどのように変遷したのかをさぐり、萬葉歌訓読との関連を検討する。

二　遊仙窟古訓の再検討

林望の一九八一年時点での調査(8)によると、『遊仙窟』の伝本は、完本だけでも二十以上存する。しかし、ほとんどは江戸時代書写の末流本であるので、以下では影印・複製などが公開され、従来よく利用される室町時代までの伝本を検討対象とする。具体的には以下の三本である(9)。以下では、それぞれ醍・真・陽の略記号に丁数行数を附して引用するとともに、図版も提示する。

・醍醐寺本　康永三年（一三四四）書写奥書（正安二年〔一三〇〇〕元奥書）
・真福寺本　文和二年（一三五三）書写奥書
・陽明文庫本　嘉慶三年（一三八九）書写奥書（貞和五年〔一三四九〕元奥書）

さて、さきに結論めいたことをしるせば、『遊仙窟』にみえる「風流」への加点は、オモシロシ、ナサケ、ミサヲ、ミヤビの四種に大別することができる。以上の点を念頭において確認をはじめると、まず冒頭附近の同一箇所に「ヲモシロキ」（醍・四丁オ三【図1】）、「ヲモシロキコト」（真・五丁オ三【図2】）、「オモシロキ」（陽・五丁オ二【図3】）と、仮名づかいなどに差異はあるが、いずれもオモシロシとあることが目につく。正応二年（一三一一）に書写された零本の金剛寺本(10)も、この箇所に「オモシロキ」と加点するので、古写本に一致する訓である。一定の普遍性を持つと考えてよいであろう。

【図1】

【図2】

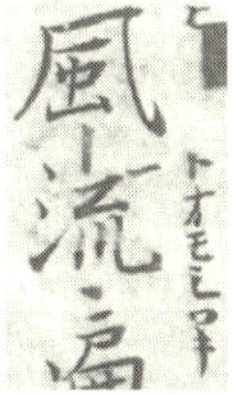

【図3】

そして、この訓のさらに注目すべき点として、図書寮本『類聚名義抄』との関連をあげることができる。『図書寮本』をみると、「風流」の訓「オモシロシ」に「遊」という、『遊仙窟』からの引用しめす出典注記が附されている[11]（【図4】末尾）。

【図4】

『図書寮本』の成立は承暦五年（一〇八一）以降、十一世紀末までと目されるから[12]、『遊仙窟』現存伝本の書写年代をさかのぼる。すると、この注記はオモシロシが平安時代の「古訓」であることを保証する材料といってよい。

さらに、この「古訓」オモシロシについては、右訓「ミヤヒカナリ」と対応して左訓「ヲモシロシ」と加点する箇所（真・二十四丁オ一【図5】）があることにも注意したい。ほかに右訓「ミヤヒカ」に対して左訓「オモシロキ」と加点する箇所（陽・三十五丁オ二【図6】）もあり、いずれも右訓ミヤビと左訓オモシロシとを併記する。

【図5】

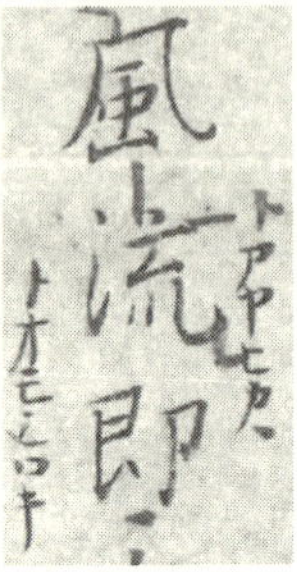

【図6】

この左右訓併記の事例については、白藤禮幸がつぎのように述べている。

一般に、加点される場合、本文の漢字の右側に附された仮名が主であって、左側のものは従的なものとみなしてよいであろう[13]。

右の白藤の見解をふまえれば、【図5】、【図6】の二例は、ミヤビを主たる訓、オモシロシを従たる訓として、それぞれ加点していることになる。この例は、少なくとも十三、四世紀段階で、「風流」の訓がミヤビとオモシロシで揺れる場合のあったことを示唆する。この事実をふまえ、さらにいくらかの推測をまじえれば、オモシロシが新出の訓であるミヤビに追われ、主たる訓としての位置をうばわれたという可能性が浮かびあがってくるのではないだろうか。

というのも、ミヤビはオモシロシとは異なり、『図書寮本』のような院政期以前への遡行を可能とする傍証にめぐまれない。『図書寮本』はもちろん、改編本系の『観智院本』も「風流」をミヤビと訓むことはなく、「古訓」だと保証できる材料もない。古くから両訓が併記されていた可能性を排除することはできないが、「古訓」オモシロシの優越性を考慮すれば、新旧の差異を想定することもあながち的外れとはいえまい。

また、ミヤビ・オモシロシ併記に類する例に、「ミヤヒヤカナルヲ」と「ミサヲヤカナルヲ」という二種類の左訓を列記する箇所（醍・三十一丁オ五【図7】）があることも、訓の新旧を想定する場合には興味ぶかい。とくに「古訓」への遡行ということを考える場合、重要なのはミサヲの訓であろう。この訓は興福寺本『日本霊異記』の「風流」に附された平安初期加点と一致し、上代語に準じる「古訓」と考えうるからである。このミサヲと、「古訓」と確定できないミヤビとを比較した場合、新旧の対応を想定することはたやすい。

もちろん、『遊仙窟』にはミヤビのみの加点箇所（醍・二十五丁ウ五【図8】など）もあり、また左訓に「ナサケアラム」と「ヲモシロシ」とを列記（醍・十七丁ウ五～六【図9】）するような、新旧を判断しがたい例もある。

【図7】

【図8】

【図9。次行に「流」あり】

しかし、オモシロシやミサヲとは異なり、平安時代までの資料にミヤビを「風流」にあてた例がないことはここまで確認してきたとおりであり、両者の関係は自明でない。「風流をミヤビと訓むのは上代からの常」であるという通念を疑ってみれば、ミヤビを積極的に「古訓」とみとめる根拠はとぼしくなる。ここまでの検討によれば、むしろミヤビ即「風流」は平安時代後期以降の字訓意識であると考える方が穏当ではないだろうか。

梅野きみ子が「今日の『万葉集』の「風流士」の訓みの多くが「みやびを」と決めているからとはいえ、……奈良時代の「風流」と「みやび」とを同一視するのは、いささか勇み足ではなかろうか[14]」と、ミヤビ即「風流」の通説に疑念を述べていたのは、用例からおして正当な見解であったとみとめられる。

三　上代におけるミヤビの語義

「遊仙窟の古訓」は、「風流士」を「ミヤビヲ」と訓む『童蒙抄』以来の通説をささえる根拠とは、かならずしもいえないのではないか。このことを「漢字の訓の変遷」に即して縷々述べてきた。以上のような事情を念頭におくと、鎌倉時代以降の『遊仙窟』伝本に「風流」をミヤビと訓む例があるからといって、それをそのまま『萬葉集』に適用できるかといえば、そうは考えにくいであろう。援用にあたっては一定の飛躍が必要となる。

さて、ここまでは漢字と訓の対応から「ミヤビヲ」訓の妥当性に疑義を呈してきた。しかし、この訓が通説となっているのは、たんに「風流」をミヤビと訓みうるというにとどまらず、そう訓むことによって歌意が明瞭に理解できると判断されてきたからでもある。となると、「風流」の訓読にのみ論を終始させ、ミヤビ自体への検討を怠っては、論が半端となる恐れがある。そこで以下では、和語ミヤビの語義の把握につとめたい。

冒頭でもふれたが、『萬葉集』のミヤビの語義については「風流」の多様性をふまえて説明される場合が多く、ミヤビの語義があまり顧慮されていないきらいがある。この点は仁平道明の指摘があたっていよう。(15)ミヤビ即「風流」を疑う以上、ミヤビの語義についてはあらためて追究しなければなるまい。ただし、ミヤビは集中に確例がひとつしかないため、用例から帰納的に語義を把握することはできない。そこで、ほぼおなじ語形で構造もひとしい類語「ミヤコブ」にも射程をのばし、あわせて検討をこころみる。

（後追和梅歌四首）

梅の花夢に語らく　みやびたる【美也備多流】花と我思ふ　酒に浮かべこそ（巻五・八五二・旅人、異伝は省略）

式部卿藤原宇合卿被使改造難波堵之時作歌一首

昔こそ難波ゐなかと言はれけめ　今都引き都びにけり【都備仁鶏里】（巻三・三一二・藤原宇合）

まずは後者からみよう。天平四年（七三二）の難波京造営時のうたで、かつては田舎と言われていた難波が、整備の結果すっかり都らしくなったという程度を大意と考えてよいであろう。ミヤコブとは、文字どおり都らしくなること、換言すれば、ある場所が都としてふさわしい状態になることをさす造語と見做せる。この解釈をミヤブにも援用すれば、「宮らしい」という程度の意となる。すると、新編全集頭注がしめすような、「風流」とかさなる広汎で抽象的な語義は、ミヤビには許容しにくくなる。

中国における「風流」の意味は時代によって変遷があり、晋代以降、①個人の道徳的風格、②放縦不羈、③官能的な退廃性を帯びたなまめかしさ、などと推移した。

ここに提示された「風流」の語義はかなりひろい。そしてこの多義性こそが、冒頭の当該二首における風流問答をなりたたせており、一二六番歌を③の、一二七番歌を①の意で解釈することは通説といっていい。(16)しかし、ミヤという場所をしめすことば自体には、このような意味はない。そして、ミヤからミヤブへの語形変化によって、即このような多義性・抽象性が派生するとも考えにくいのではないか。

接尾辞ブは、体言ないしは形容詞語幹に接続して動詞を生成する機能をもつ。まず形容詞語幹接続の例からみると、「アラブ」（巻二・一七二など）、「ウレシブ」（巻十九・四一五四）、「カナシブ」（巻二十・四四〇八）、「トモシブ」（巻十七・四〇〇〇）があるが、いずれの例でも、ミヤからミヤビへの語形変化に際して期待されているような、語義の飛躍がおきているとは考えがたい。[17]

たとえばアラブを例にとると、原形にあたる形容詞アラシが「荒しその道」（巻三・三八一）、「荒き島根」（巻十五・三六八八）のように、物理的に荒れていることをさすのに対して、「放ち鳥荒びな行きそ」（巻二・一七二）、「寄りもあへず荒ぶる妹に」（巻十一・二八二二）のように、「心がすさむ」とでもいうような、心理的な意にかたむくという差異はある。しかし、あくまでも物理的か心理的かの差異にとどまり、一定の抽象化がおきているのは事実だが、語義自体が飛躍しているとまではいえない。

一方、ミヤブの類例となる体言接続の例としては、ミヤコブのほかにカムブ（神ぶ）があり、集中には名詞形カムビとあわせ、つぎの二首がある。

石上布留の神杉神びにし【神備西】　我やさらさら恋にあひにける　（巻十・一九二七）

とぶさ立て舟木伐るといふ能登の島山　今日見れば木立繁しも幾代神びそ【伊久代神備曽】　（巻十七・四〇二六・家持）

後者は従来「幾代を経た神々しさであろうぞ」（『全注』）、「幾代経てこうも神々しくなったのであろうか」（新編全集）などと訳され、解釈に関して顕著な問題はない。カムブの語根が名詞カムだということを考慮すれば、「神々しい」という訳もごく自然で、基本的な語義として把握が可能だ。

語義の飛躍という点からすると、問題となるのは前者である。たとえば新編全集は「石上の　布留の神杉ではないが　年古りたわたしがこの年になって　あなたに恋をしてしまったよ」と訳し、カムブを年老いたという意味で理解する。原形カムに「年老いた」という意味はないだろうから、上記の解釈にしたがうなら、上代において接尾辞ブには意味を飛躍させる場合があることになる。

しかし、カムブが直接に「年老いた」という語義をもつとは考えにくいのではないか。四〇二六番歌もふまえると、カムブは「神杉」と「木立」、いずれも樹木を対象とする。この対象の偏在は、カムブと形容される樹木が、立派な様態だということを容易に想像させる。そして、その様態が樹齢をかさねること、つまりは「年古る」ことによって獲得されるものだということも、ごく自然な見方といっていい。

すると、一九二七番歌のカムブに年老いたの意が看取されるのは、齢をかさねた立派な樹木を神々しいものとみる、その前提があるからではないか。換言すれば、カムブの語義に「年古る」の意があるのではなく、対象となる樹木が古木だということが、カムブと形容される動機にあたるということである。

カムブの語義については、たとえば『時代別国語大辞典　上代編』が「①神々しさを呈する」、「②老いぼれる、年よる」と二種にわけるのに対して、『古語大辞典』（小学館）の「かむび」の項目が上記二首をともに「神々しく古びていること」と解すのに魅力を感じる。もちろんこの『古語大辞典』の説明も、「古び」を語義にくみこんでいる点、私見とは相違する。しかし、カムブの語義から「神々しい」を排斥せず、原形カムをいかそうとする態度に賛意を表したい。一九二七番歌の第三句は、その本義からの展開例で、本来の意味をくずし、自身の老いを自嘲する用法とみていいだろう。

接尾辞ブのはたらきを以上のとおりと見定めると、ミヤコからミヤコブと同様、ミヤからミヤブへの語形変化に際しても、語義の飛躍をみとめる必要はないということになる。そのミヤコブの意味は、上述のように「都にふさわしい」という程度であるから、孤例「みやびたる花」も、「宮にふさわしい花」の意とみるのが適切ではないだろうか。

ほんとうは、語義の確定にはもう少し傍証がほしいのであるが、上代文献全般をみまわしてみても、萬葉歌一首以外にミヤビやその類語は掲出できない(18)。そこですこし時代はくだるが、平安時代初期の『東大寺諷誦文稿』を引く。傍線部Cの「窈」に「ミヤヒタル」との加点がある。

……菩薩（ヲ）求（メ）、薄信（ノ）〔之〕時（ニハ）誠（ヲ）覺樹（ニ）馳（セテ）〔而〕法（ノ）糧（ヲ）裹（ム）、
云　女（ノ）衆ハ C窈《ミヤ》ヒタル〔之〕窕《ナコヤカ》ナル形（ヲ）現（スト）雖（モ）、D丈夫（ノ）志（ヲ）興（シ）……(19)

右の文を、傍線部CとDの対比によって整理すれば、前者が女の姿について述べているのに対し、後者は「丈夫」とあるから、立派な男子の心情を語ったくだりといえる。肝心のミヤビは傍線部Cのうちだから、外見を形容する用法で、華麗な容姿についていってミヤビといっているとおぼしい。

この『諷誦文稿』のミヤビに、すでにミヤが原義だという意識はとぼしいであろう。しかしその原義の喪失が、「風流」との直結を意味するとは考えにくい。既述のとおり外見を形容する語であるというだけではなく、内面を指す「志」と対比的に使用されているということは、その語義の範囲はさほどひろくないと考えられるからである。一方の「風流」は、たとえば「道徳的風格」（新編全集）などといわれるように、含意は精神性にまでおよぶから、両者の距離は小さくない。平安時代初期の例をふまえるかぎり、ミヤビと「風流」とを積極的に接続すべき根拠はとぼしいと見做せる。

さきに漢字と附訓との関係から、ミヤビと「風流」の交流のとぼしさを指摘したが、語義の面からみても、ミヤビと「風流」を同一視する必然性は見出しがたいといってよいだろう。

四　変字法の再検討

ここまで、上代から中古初頭のミヤビと「風流」の関係を検証し、両者は関係にとぼしいという結論を得た。この結論をふまえて、以下では当該二首の「遊士」、「風流士」の訓みを検討したい。論旨の都合上、前節までは「風流」に焦点をあててきたが、本節では、ここまで等閑に附してきた初句「遊士」にも注目する。この「遊士」が、従来どのような根拠で「ミヤビヲ」と訓まれてきたのかを確認し、「風流士」との関係を明らめたい。

「風流士」の場合と異なり、この「遊士」の訓読にはとくに言及しない注釈書も多いなか、『講義』は変字法《かえじほう》[20]に即して説明している[21]。

　E この左注なる「風流秀才之士」は即ち歌の中の「遊士」に相當するものにして、F この歌の下の「風流士」は「風流秀才之士」を略したるものなるべく、畢竟同義たるべし。されば、この遊士は風流の士といふ義なるべければ……「ミヲビヲ」とよむ方まされりとす。

『講義』の説明は、内容からみて傍線部Eと波線部Fの二種に大別できる。まず傍線部Eだが、「この左注なる「風流秀才之士」」と「歌の中の「遊士」」とは、つぎに挙げた一〇一六番歌とその左注をさす。『講義』は両者の関係をふまえ、当該二首を解釈する。なお第三句の訓みが問題であるが、ひとまず通訓「ミヤビヲ」のまま掲出した。

　春二月諸大夫等集左少辨巨勢宿奈麻呂朝臣家宴歌一首

海原の遠き渡りを　みやびをの【遊士之】遊びを見むとなづさひそ来し

右一首、書二白紙一懸二著屋壁一也。題云、蓬莱仙媛所レ化嚢蘰、為二風流秀才之士一矣。斯凡客不レ所㆓望見㆒哉。

（巻六・一〇一六）

引用のうち、傍線を附した歌中の「遊士」と左注の「風流秀才之士」とを対応関係にあるとするのが『講義』の見解で、とくに異論はない。つづけて波線部Fでは当該二首を参照し、この二首の初句「遊士」と結句「風流士」が「畢竟同義」であるから、一〇一六番歌の「遊士」も「風流士」の変字とみて、「ミヤビヲ」と訓むのが妥当とする。

漢語「遊士」は基本的に遊説者・使者の意[22]だから「風流」とは意味を異にしており、単独ではミヤビとかさなりそうにない[23]。字訓史をたどっても、「遊」をミヤビと訓む例は「風流」以上にとぼしく、皆無といっていい[24]。つまり、漢字「遊」とミヤビを直接対応させることは困難とみられ、だからこそ変字という考えにいたるのであろう。これも『童蒙抄』説を前提とする論理展開と見做せるが、『童蒙抄』説が自明でない以上、「遊士」を「ミヤビヲ」と訓む必然性はとぼしい。

そもそも、「風流士」をあてにして「遊士」を「ミヤビヲ」と訓むこと自体、正当な見方といえるであろうか。さきに一〇一六番歌を引いたが、『萬葉集』には「遊士」の表記をふくむうたがほかに二首あるので、これらも俎上に載せ、さらに検討をくわえたい。

（旋頭歌）

春日なる三笠の山に月の舟出づ　遊士之飲む酒坏に影に見えつつ

（巻七・一二九五）

櫻花歌一首　并短歌

娘子らがかざしのために　遊士之縵のためと　敷きませる国のはたてに　咲きにける桜の花のにほひはもあなに

（巻八・一四二九・赤人）

この二首も通例「ミヤビヲ」と訓まれるが、「遊士」が単独で使用されており、「風流士」（風流）とは併存していない。つまりこれらの「遊士」を「ミヤビヲ」と訓むためには、当該二首における「風流士」の変字意識を念頭におく必要がある。しかし、変字意識を歌群のそとにまで拡張することは、方法として妥当であろうか。巻七・八所収の右の二首の表記が、当該二首をふまえる保証はないはずである。

同様に一〇一六番歌に関しても、左注に「風流秀才之士」とあることは事実として、歌句としては「遊士」としかないのである。訓読に際しては、漢文で書かれた左注よりもうたの表記を優先する方が穏当であろう。また当該二首についても、初句「遊士」と結句「風流士」という掲出順を考慮すれば、初句「遊士」を優先し、この表記にふさわしい附訓を決定したうえで、「風流士」を変字と把握すべきではないか。

附言すれば、梅野も説くように『日本霊異記』などをのぞけば、「風流」は訓読された例自体が少ない。一方でかなり後世の例ではあるが、『左近権中将藤原宗通朝臣歌合』（寛治五年〔一〇九一〕）のように「ふりう」と仮名書きにする場合もあって、積極的には訓読されない、訓みの起点とするには不安がのこる漢語といえる。[25]

そこで、基本にたちかえって集中の「遊」がどう訓読されているかを確認する。うたの表記に使用された「遊」は四十五例あり、当面の問題となる「遊士」（五例）と音仮名の例をのぞくと二十四例みとめられる。[26] これらは以下の二首のように、アソブ・アソビと訓むのが通例である。

世間の遊びの道に【遊道尓】かなへるは　酔ひ泣きするにあるべかるらし　（巻三・三四七・旅人）

鴨鳥の遊ぶこの池に【遊此池尓】木の葉落ちて　浮きたる心我が思はなくに　（巻四・七一一・丹波大女娘子）

右の例のように、『萬葉集』ではアソブを「遊」の正訓として固定している。木村紀子が詳細に論じるとおり、[27] 両者の関係はきわめて緊密とみてよい。もうひとつの「士」についても集中の傾向は明瞭である。全体三十例から、やはり問題の「遊士」と「風流士」、さらに音仮名例も除くと集中十六例となる。[28]

……食す国を定めたまふと　鶏が鳴く東の国の　御軍士を【御軍士乎】召したまひて……

（巻二・一九九・人麻呂）

士やも【士也母】空しくあるべき　万代に語り継ぐべき名は立てずして
（巻六・九七八・憶良）

通例、前者は兵士の意で「ミイクサヲ」と、後者は憶良自身の名乗りで「ヲノコヤモ」と訓む。「士」には「遊」のように固定された正訓こそないが、どちらも男を対象とする点が共通していて、ほかの十四首をみても例外はない。『玉の小琴』の「此稱は男に限れり」という評言はあたっている。

さて、『萬葉集』の正訓意識からみて、「遊」はアソブ・アソビと訓むべきであろう。また固定的な正訓こそないものの、「士」は男をさす称だと判断できるから、「遊士」の訓みとしては「アソビヲ」が適切ということになる。[29] 元暦校本が当該二首の初句を「アソビヲ」と訓むのは、結果的には正鵠を得ていたのではないか。

そして結句「風流士」は、当該二首のみの特異な表記例で、「遊士」の変字としてのみ使用されている。「風流」自体に正訓をもとめがたいことをも考慮すれば、「遊士」と同様に「アソビヲ」と訓むのが、蓋然性のたかい見方であろう。むしろ、集中においてアソブに訓が固定され、明瞭な正訓意識が確認できる「遊」をふくむ表記の変字だからこそ、異例の表記である「風流士」がこころみられる事態となったのではないだろうか。

おわりに

以上、「漢字の訓の変遷」と訓字意識という論点を軸として、当該二首の「遊士」、「風流士」を検討し、あわせてミヤビと「風流」の語義の関係がかならずしも明瞭ではないことを述べた。くわえて、漢語と訓の対応という観点から検討した場合、元暦校本などにみえる「アソビヲ」にならうのが、結果的には妥当な訓読態度ではないかという結論をえた。

萬葉歌を訓読するに際しては、『萬葉集』の諸伝本はもちろん「勅撰集、私撰集、仮名書本、注釈書、歌学書、歌合判詞」など、各種資料を博捜すべきことを、夙に佐竹昭広が主張している。[30]佐竹自身が「引用に際しての改竄とか本文の流動は心すべき」と留意するように、資料批判を缺かすことはできないが、この見解を筆者は基本的に追認すべきと考えている。この点は、本書で何度も言及したとおりである。

そして、右の材料には古辞書や古訓点資料もくわえてよいであろうが、本章ではその古訓点資料――具体的には『遊仙窟』――の加点を、無批判に萬葉歌訓読の傍証とする見解に対して疑問があることを縷々述べてきた。古辞書や訓点資料などに萬葉歌にふさわしいと見做せる加点が存在したとしても、援用にあたっては、資料自体の成立年代はもちろん、伝本の書写年代なども注意をはらったうえでの慎重な判断がもとめられる。そうでなければ、論理の飛躍を招くおそれがあるだろう。本章では、訓決定の判断基準として「漢字の訓の変遷」に着目し、「遊仙窟の古訓」とはいっても、総じて採用するわけにはいかないことを確認した。

新大系が「東野炎……」（巻一・四八）を「ひむがしののにかぎろひの……」と訓む『萬葉考』の説について、「真淵の訓み方があまりにも見事」であるため通訓と見做されてきたと評しているが、当該二首の場合にも、「ミヤビヲ」の語感のよさが、通訓をささえている面もあるようにおもう。「アソビヲ」と訓むのが妥当か否かとは別に、「ミヤビヲ」という通訓には、もう少し懐疑の目が向けられてもよいのではないか。[31]この訓ありきですすんでいく議論にも、掣肘がくわえられてよいと考える。

当該二首の場合、発端の『童蒙抄』が『伊勢』の「いちはやきみやび」を論拠に訓を決定してしまったことが、そもそもの誤りであったろう。当該二首と『伊勢』初段の関係は、かならずしも自明ではないからである。次章では、この『伊勢』初段もふくめた平安時代のミヤビの側から、「風流」との関係を捉えかえしてみたい。

注

（1）当該歌群はもう一首（一二八番歌）つづくが、論旨とかかわらないので割愛した。
（2）厳密には、『代匠記精』が巻四・七二一番の歌第三句「風流無三」について、ミヤビナミを一案として提出しているのがはやい。
（3）ふたりの論争に関しては、両者の全集のほか、日野龍夫「本居宣長と上田秋成」（『著作集』二・ぺりかん社・二〇〇五、初出一九九四）、田中康二『本居宣長　文学と思想の巨人』（中央公論新社・二〇一四）などを参照した。
（4）実践女子大学山岸文庫蔵本（『実践女子大学別冊年報』〈第三号・一九九四〉に影印をおさめる）には、「風流」の箇所は残存していない。
（5）小助川貞次「遊仙窟　一巻　醍醐寺蔵（重要文化財）」（『訓点語辞典』東京堂出版・二〇〇一）
（6）藏中進「新撰字鏡と遊仙窟」（『萬葉』第二十九号・一九五八）
（7）工藤力男「万葉歌を読むための三つの視点」（『必携　万葉集を読むための基礎百科』（學燈社・二〇〇二）
（8）林望「遊仙窟の諸本につきて」（『東横国文学』第十三号・一九八一）
（9）それぞれ、築島裕ほか編『醍醐寺蔵本遊仙窟総索引』（汲古書院・一九九五）、貴重古典籍刊行会編『遊仙窟真福寺本』（貴重古典籍刊行会・一九五四）、陽明文庫編『中世国語資料』（思文閣出版・一九七六）による。
（10）東野治之編『金剛寺本遊仙窟』（塙書房・二〇〇〇）
（11）橋本不美男「出典索引」（『図書寮本類聚名義抄　解説索引編』勉誠社・一九七六）
（12）沖森卓也ほか編『日本辞書辞典』（おうふう・一九九六）
（13）白藤禮幸「「遊仙窟」古点本の訓の系統について――左右訓を手掛りに――」（『松村明教授古稀記念　国語研究論集』明治書院・一九八六）
（14）梅野きみ子「「みやび」考」（『えんとその周辺　平安文学の美的語彙の研究』笠間書院・一九七九、初出一九七四）
（15）仁平道明「「みやび」の構造についての試論――石川女郎と大伴田主の報贈歌を中心に――」（『和漢比較文学論考』武蔵野書院・二〇〇〇、初出一九九八）
（16）前掲（15）、高松寿夫「規範としての「ミヤビ」・「風流」――石川女郎・大伴田主「ミヤビヲ問答」の読解を通して――」（『上代和歌史の研究』新典社・二〇〇七、初出二〇〇一）は、当該二首の「風流」の語義に二面性をみとめず、謎かけ、ないしは典拠の差異が論争の眼目であるとの見方を提示する。しかし、老婆に扮した女郎が「自媒」を恥じ、「恨」によって贈歌をなしたという左注の大意を考慮すれば、謎かけとみるにはあたらないとおもうので、通説による。

(17) なお、接尾辞ブの添加による語形変化が一律の語義変化をみちびかないことは、東辻保和「接尾辞「がる」「ぶ・む」の対立――その意義論的考察――」（『國文學攷』第六十四号・一九七四）にくわしい。

(18) 上代の文献のうち『日本書紀』の伝本をみていくと、尊経閣文庫本などが「風姿」にミヤビの訓を附す。「風流」の類例とも考えられ、この点を重視する見方もある（河地修「「いちはやきみやび」と「なまめいたる女はらから」――『伊勢物語』の初発をめぐる問題――」『文学論藻』第八十八号・二〇一四）。しかし、『書紀』の古訓自体が平安時代（とくに院政期）以降の資料であり、『遊仙窟』とおなじく上代語と断定しえないので例示しなかった。参照、石塚晴通「圖書寮本日本書紀永治二年頃點（研究篇一）」（『北海道大学文学部紀要』第二十九巻第一号・一九八一）、安田尚道「日本語史はどのように可能か」（『文学・語学』第二〇〇号・二〇一一）。

(19) 築島編『東大寺諷誦文稿総索引』（汲古書院・二〇〇一）

(20) この用語の提唱者である高木市之助（「變字法に就て」『吉野の鮎』岩波書店・一九四一）は、主として記紀の歌謡における同一または類似の語句において「僅かに一二の異字を混へて変化の姿を求めようとする」表記法と定義する。この定義をふまえると、「遊士」と「風流士」の関係は変字ではないが、いまは慣用にならった。参照、今野真二「「変字（かえじ）法」と「変字（へんじ）法」と」（『国語文字史の研究』十二・二〇一一）。

(21) 類する記述は『童蒙抄』にもあるが、説明が詳細な『講義』による。

(22) 『大漢和辞典』による。

(23) 胡志昂「遊士と風流」（『古代日本漢詩文と中国文学』笠間書院・二〇一六、初出二〇〇四）は従来説をふまえつつも、「遊士」と「風流」とのあいだに接点をみとめる。氏の論考を参照すると、秦朝による統一以前には遊説者・使者の意味であった「遊士」の含意が、漢代以降に変遷し、この時代には立身出世を望む在野の学徒、魏晋にいたって陳思王（曹植）に随身するような文人の意で使用され、「風流」と接近するという。しかし、氏の説くところは「遊士」が文人の意であらわれることと、文人が「風流」をなすということのようである。両者の接近を指摘するが、重なりはみとめがたいし、「遊士」という熟語自体から、新編全集頭注①〜③（第三節参照）のような語義のふくらみを看取する許容ことはできない。当該二首を検討するにあたって、漢語「遊士」との関係を想定することは困難であるようにおもう。

（24）古辞書はもちろん、築島編『訓點語彙集成』（汲古書院・二〇〇七〜〇九）にも見いだせない。

（25）前掲（14）を参照。

（26）「遊」の訓表記例は以下のとおり。なお同一歌中に複数用例がある場合は、〔×〇〕として個数をしめした。後掲（28）もおなじ。巻二・一九六、巻三・二五七、三四七、巻四・五七一、七一一、巻六・九四八、九四九、九七三、九九五、巻七・一〇七六、一一〇四、巻八・一五九一、一六二九、巻九・一七二五、一七五三、一七九六、巻十・一八八〇、二一七三、巻十三・三三二四〔×二〕、巻十七・三九〇五、巻十九・四一五三、四一七四、四一八九。

（27）木村紀子「古代日本語の「あそぶ」」（『奈良大学紀要』第十三号・一九八四）

（28）「士」の訓表記例は以下のとおり。巻二・一九九〔×二〕、巻三・三六九、四四三、五七七、巻六・九七八、九八三（或云）、巻七・一三七二、巻九・一七五九、一八〇九〔×五〕、一八一一、巻十一・二五八〇。

（29）アソビヲはほとんど用例のない語で、中古の文献では「勅使右兵衛督藤原朝臣高経率二遊男廿人一。参二上下社一。皆着二青摺一。歌舞如レ例」（『政事要略』第二十八・下酉賀茂臨時祭事）という漢文中の例のほかに、「夕づく夜ひかりを見ずは　あそびをの山の端ちかく呼びぞ来にける」（榊原本『賀茂保憲女集』一一六）が目につく程度である。前者は藤原高経が賀茂臨時祭に派遣される際に「歌舞」をよくする男たちを率いたという例だから、「遊男」は楽人のことであろう。当該例とは異なる。後者は難解な例で、結句を提示したとおり「呼びぞ来にける」と解せば、女を誘う男のことを「遊び男」といったものと見做せる。月夜の出ない夜に男が女を呼び出すという情景は、「あしひきの山のしづくに妹待つと我立ち濡れぬ　山のしづくに」（『萬葉集』巻二・一〇七）のような、野外での逢瀬をおもわせる表現である。しかし、平安和歌の表現としては穏当でないためか、和歌大系（武田早苗）は「歌意不明」とし、渦巻恵『賀茂保憲女集新注』（青簡舎・二〇一五）は「あそびをの」を、「あそびをか（遊び岡）」という語が『公任集』に例のあることをふまえ校訂している。後者の説を採用すれば中古の仮名例は消失する。また、「あそびを」のまま解釈する場合でも、賀茂保憲女は『萬葉集』を享受したことが指摘されている（渦巻「賀茂保憲女集における万葉歌摂取」『日本古典文学の諸相』勉誠社・一九九七）から、次点本の訓を参照した可能性も否定できない。その場合は次点本の附訓に準じる例ということになる。いずれにせよアソビヲは語誌的に極めて不安定なことばということになるが、それは通説のミヤビヲも同様で、こちらは近世までの例が皆無である。『萬葉集』をのぞくと、真淵門の楫取魚彦等の作にみえる例がはやく（『和歌&俳諧ライブラリー』）、近世における『萬葉集』研究の成果にもとづく歌語と見做せる（参照、白石良夫『古語の謎書き替えられる読みと意味』中央公論新社・二〇一〇）。いずれにせよ、語誌をたどり、そこから意味を解析することの困難な即興的な造語とおぼしく、用例の有無から訓を決定することは困難であろう。

（30）佐竹昭広「萬葉集本文批判の一方法」（『萬葉集抜書』岩波現代文庫・二〇〇〇、初出一九五二）

（31）ミヤビヲ訓を疑う近時の論考に南ちよみ「『萬葉集』の「遊士」「風流士」の訓み」（『説話』第十二号・二〇一四）がある。南は『萬葉集』の古訓を尊重して当該二首を訓むべきと主張する。しかし、第二部第一章の注（31）で先行諸論の驥尾に附して指摘したように、古訓はあくまでも平安時代のことばであり、萬葉歌読解の成果である。古訓から本文の誤写を想定できるような例（前掲（30）参照）を別とすれば、参観すべき資料ではあっても、根拠と見做すべきではない。本文中で元暦校本の訓を採用することを「結果的には」とことわってきたのはそのような意味である。

〔補〕タハルと「風流」の関係

本章では、「遊」の正訓がアソブであるという事実を重視し、また「風流士」が「遊士」の変字と見做せるという点も考慮して、二句ともに「アソビヲ」と訓んだが、この改訓が結果的には元暦校本の附訓と一致することは上述のとおりである。古訓であることが訓決定の根拠になったわけではないので、この点にとくにこだわる必要はないのだが、いちおう周辺にも目をむけると、次点本の附訓には「タハレヲ」ともあり、むしろ『童蒙抄』以前には通訓であったことが知られる（第一節）。そして、本章の結論を補強するためには、この「タハレヲ」訓の是非も検証しておくべきかとおもう。

「タハレヲ」という語は『萬葉集』に確例を欠くが、動詞タハルは集中にあるので、上代語として認定すること自体にさほど問題はない。そのタハルはつぎの長歌の結句にみえる（反歌は省略した）。

　　上総の末の珠名娘子を詠む一首　并せて短歌

しなが鳥安房に継ぎたる　梓弓末の珠名は　胸別の広き我妹　腰細のすがる娘子の　その姿のきらぎらしきに　花のごと笑みて立てれば　玉桙の道行き人は　己が行く道は行かずて　呼ばなくに門に至りぬ　さし並ぶ隣の君は　あらかじめ己妻離れて　乞はなくに鍵さへ奉る　人皆のかく迷へれば　うちしなひ寄りてそ妹はたはれてありける【多波礼弖有家留】　（巻九・一七三八・高橋虫麻呂歌集）

巻九所収の虫麻呂の歌集に何首かみえる東国に素材をとった作のひとつで、肉感的で、性に奔放な美女を詠む。当該歌のねらいについては、たとえば『釋注』が「この歌を聴取した都人たちは、表立ってはふしだらな女がいるものだなどいう感想を洩らしながら、個々の内面では東国への憧憬をふくらませたのではなかろうか」と推測している。憧憬とまでいえるかどうかは不明であるが、教訓的な文句を詠みこんでいるわけではなく、珠名娘子をかならずしも否定的に捉えていないという指摘は肯われる。

ただし、このタハルということば自体に好意的なニュアンスがないことは、『新撰字鏡』が「嫋」を「布介留又多波留」と訓み、その字義を「過也、放逸也、戯也、私逸也」と説くことから察せられる。また、タハレヲ自体も「蕩子　文選詩云蕩子行不レ帰　漢語抄云蕩子　太波礼乎」（『和名類聚抄』）と説明されるとおり、「蕩子」、つまりは放蕩な男子への称であることがわかる。萬葉歌の例が東国の女を対象とすることも考慮すれば、『童蒙抄』の「たはれとは卑俗の人をいふ事にして、風流の字には甚だ表裏せり」（一一二六番歌語釈）という把握は穏当と見做せるし、『全注』が「現代語のタワムレルより性的放逸のニュアンスが強いと思われる」（一七三八番歌注）と指摘するのもあたっていよう。

この語義を「①個人の道徳的風格、②放縦不羈、③官能的な退廃性を帯びたなまめかしさ」（新編全集）という

「風流」のそれと照合してみると、②・③とはかさなるようであるが、①とは折りあわず、タハルと「風流」が対応するとは考えにくい。しかも、一二七番歌で田主は「風流士にはある」と宣言している。『伊勢』第六十三段ではあるまいし、まさか自身のことを「私はふしだらだ」と述べるとは考えにくい。なにより、それでは女郎に対する反論にもなるまい。また「風流秀才之士」（巻六・一〇一六左注）は漢文中の例だが、これもタハレ＝「風流」とみると不可解である。

また、漢字との対応と変字という点に着目すれば、くりかえすことになるが『萬葉集』において「遊」の正訓はアソブであってタハルではないし、後世の辞書や附訓資料にも「遊」をタハルと訓む例は見出しがたい。観智院本『名義抄』に「遊」をタハブルと訓む例はあるが、時代がくだるし語形も異なっているから、参観すべきではあるまい。「遊士」の訓としてタハレヲを採用すべき理由は皆無といってよい。

次点本が多く「タハレヲ」と訓むのは、平安時代における解釈と見做せる。どのような意図で附されたのか、精確には不明というほかない。しかし、やや時代のくだる例ではあるものの、『奥義抄』が「タハレヲ」を以下のように理解していることは、次点本の附訓意識を考えるにあたって参照されてよいようにおもう。

たはれをは遊士とかけり。好色と云ふ心也。をそとはきたなしと云ふ也。色ごのみときけどもわれをとゞめず、きたなき色ごのみなりとよめり。（歌学大系）

傍線部にあきらかなように、『奥義抄』は「好色」や「きたなき色ごのみ」という意味で「遊士」や「風流士」を把握している。「風流」の訓みとしてタハルを選択した加点者の脳裏にも、おそらく同趣の理解があったのではないだろうか。しかし、この理解では『萬葉集』における「風流」の多義性は顧慮されないことになり、「タハレヲ」は萬葉歌の訓みとして適切ではないと判断できる。

第五章　「みやび」と「風流」の間隙
――萬葉集と伊勢物語の非連続性――

はじめに

前章で検証した『萬葉集』の「風流」の訓みと密接にかかわる問題として、この集の「風流」と『伊勢物語』の「いちはやきみやび」を同義、ないしは類義とする見解がある。ひとまず両作品の著名な注釈書の一節をひき、端的な例として提示したい。前者は『萬葉集』巻二・一二六、一二七番歌（以下「当該二首」と呼称する）、後者は『伊勢』初段（以下「初段」と呼称する）についての言及である。

・伊勢物語（第一段）うゐかうふりの條の結末に「むかし人はかくいちはやきみやびをなんしける」とある、（『萬葉集』巻二・一二六、一二七番歌のミヤビは――筆者注）その「みやび」の意に近く用ゐられたもので、この相手はいちはやきみやびの出来ない、おそのみやびをだと罵つたのである。（『注釋』）

・（『伊勢』初段のミヤビの意味は――筆者注）結局、具体的には歌の贈答ということであろうが、歌には男女の交渉という意味合いが強くからまってくるから、現代風に直接的にいえば、恋愛というような意味合いになろうか。……前引『万葉集』巻二の贈答（当該二首をさす――筆者注）など、やはりここに最も近い例とすべきもののようである。（石田穣二『伊勢物語注釈稿』）[1]

前者は当該二首の側から初段を、後者は初段の側から当該二首を、それぞれ類例と認定する。いずれも「近く用ゐられたもの」（『注釋』）、「最も近い例」（『注釈稿』）とだけ述べるから、直接的な関係を想定するわけではないが[2]、つよい共通性を看取していることはたしかである。このような見解は近年になってはじめて提示されたものではない。はやく『童蒙抄』が「むかしは風流風雅の事をなすを、みやびをするといへり。すでにいせ物語の詞にもむかし人はかくみやびをなんしけるといへり。よつて風流士の三字をみやびとゝは訓ぜり」と両者を関連づけていたことは前章でふれた。この論法に疑問のあることも既述のとおりである。

ともあれ近世以来現代にいたるまで、当該二首と初段が緊密であることは幾度も論定されてきた。そして、そのつながりを保証するのは、いうまでもなくミヤビである。近時提唱されている、平安時代のミヤビには『萬葉集』的なミヤビとそうではないミヤビがあり、前者は『伊勢』を最後に消失するという諸田龍美の見解[3]などは、まさしくこの線にそっての論述とみていいだろう。

本章ではこういった先人の仕事に対して、当該二首と初段のあいだに接続をみとめることが本当に適切な把握であるのかどうか、そのみなおしを目的とする。とくに語誌と「字訓史」[4]の面から検討をおこなう。

一　「字訓史」による通説の再検討

『萬葉集』の当該二首については、本文と概要を前章で提示しているので、ここでは割愛し、さっそく本章の問題意識へと話をすすめたい。まずは根幹にあたる「風流」の訓読について再度確認しておく。当該二首の結句

「風流士」（および初句の「遊士」）は『童蒙抄』や『萬葉考』が「みやびと」と訓み、この説を『玉の小琴』も基本的に支持するものの、「士」が男への称であることから「みやびを」に修正し現在にいたっている。このことは前章で確認した。以上の通説に疑問のあることも、すでに論じたとおりである。蛇足ではあるが、前章の論旨をまとめておく。

①『童蒙抄』は、当該二首と初段の印象が似ているということを述べるのみで、具体的な訓読の論拠はしめさない。この説に依拠する『萬葉考』や『玉の小琴』も、あらたな論拠をくわえてはいない。

②近年の『萬葉集』研究では、『遊仙窟』の古訓に「風流」をミヤビと訓む例のあることが根拠とされる場合が多い（『全注』、『釋注』など）。しかし、『遊仙窟』の古訓をつぶさに検討していくと、平安中期以前にミヤビの訓を遡行させるだけの傍証をえることはできない。

③『遊仙窟』の古訓以外には、上代において「風流」をミヤビと訓むことを推定させるだけの材料はない。

右の三点をさらに簡潔にまとめれば、「上代文献において「風流」をミヤビと訓むことを保証する材料は存在しない」ということになる。そのうえで、筆者は「遊士」、「風流士」の訓みについては、「遊士」の正訓によるのが穏当と考え、巻二の現存最古写本である元暦校本の「アソビヲ」が、結果的には妥当な訓ではないかと前章で主張した。

とくに「風流」とミヤビの関係に話をしぼれば、『萬葉集』における両者のつながりは、たしかな文献的徴証にもとづくものではなく、あくまでも訓読に関する一案にすぎないということである。そして古注釈以降も、「風流」をミヤビと訓むことに関して、これを裏づけるような堅牢な論理は構築されていないとおぼしい。たとえば現在でも参照されることのある研究として、一九五一年の吉澤義則の論考がある。同論は、上代におけるミヤビと「風流」の関係を追究した貴重な成果であるが、その論法にはいささか難がある。

「風流」は、平安時代には、風雅の意味に用ひられた例は見られず、また、[A]「ミヤビ」と訓まれた例も見られないのである。……即ち[B]「風流」を「ミヤビ」と訓んだといふ事實は明かにされてゐない。……萬葉集なる「風流士」を、平安人が「ミヤビヲ」と訓まなかつたところを見ると、平安時代には、少くとも[C]「風流」の文字を「ミヤビ」と訓むことに、一定してはゐなかつたと考へるのが當然のやうに思はれる。……[D]萬葉時代に、「風流」の訓みかたが一定してゐなかつた（中略）ことも明らかであるし、かた〴〵、[E]「風流」を「ミヤビ」と訓んでも、「ミヤビ」と解くべき理由さへあれば、差支へないわけのやうに思はれるのである。(5)

半世紀以上まえの論考であるが、A・Bにおいて、平安時代には「風流」がミヤビとは訓まれていなかったという事実を明確におさえており、その点は追認できる。しかし、「訓まれた例も見られ」ず、「訓んだといふ事實は明かにされてゐない」のにもかかわらず、つづくCにおいて、「「風流」の文字を「ミヤビ」と訓むことに、一定してゐなかつた」と述べるのは、あきらかな論理の飛躍であろう。ミヤビと訓む実例がないのなら、「一定してゐな」いのではなく、「訓めない」とつづくのが順当なはずである。少なくとも「訓んだといふ保証はない」などとつづくべきであろう。

さらにDを経由して、Eで「「風流」を「ミヤビ」と訓んでも、「ミヤビ」と解くべき理由さへあれば、差支へない」と断ずるにいたっては、自身がA、Bでしめした事実を無視する如くである。この吉澤論の展開は、逆説的に「ミヤビ＝風流」が論証しがたいことを明示してしまっている。「風流」をミヤビと訓むことは傍証を欠き、また論理的に証明できているともいいがたい。

当該二首における「風流」の訓読にかかる難点がある以上、その成果を根拠に初段の「いちはやきみやび」を論じることは、足元のおぼつかない解釈となる危険性をはらむ。しかし、この点が『伊勢』の研究の側から留意されることは少ないように見受けられる。たとえば、石田が「「遊士」「風流士」は旧訓タハレヲ。ミヤビヲは『玉の小琴』以来の新訓の由」（『注釈稿』）と指摘するのは、この点にふれた希少な言説であるが、その指摘が当該二首の再検証にむすびつくことはない。「新訓の由」という慎重な留保は結局等閑に附されてしまう。だが、『萬葉集』における「風流」の訓読のあやうさは既述のとおりであるから、両者のつながりについても再検討すべき余地は少なくないといえる。

二　古今集真名序の「雅情」

　そもそも、漢字文献の用例を起点として、「いちはやきみやび」をふくめた、和語ミヤビのありかたや語義を位置づける方法自体に問題を感じる。漢字と和語が、訓みを媒介として接続されることは当然としても、もともとは別のことば（文字）である以上、無批判に同一視することはできないからだ。そして、ミヤビと「風流」の場合に、媒介たる訓みの固定が困難であることは、縷々述べてきたとおりである。

　問題点を浮き彫りにするため、もうすこし検討範囲をひろげてみよう。具体的な例として『古今和歌集』「真名序」の一節、「雖下風流如二野宰相一、雅情如中在納言上」のなかの「雅情」をとりあげる。「雅」をミヤビと訓むのは通例といってよく、ここは、その「雅情」と「風流」とが対句的に使用されているから、「風流」に対してミヤビの訓みを期待することも可能にみえる。事実、遠藤嘉基は「真名序」が「「風流」と「雅情」とを併立して考へてゐる」とみとめ、そこから「この眞名序にいふ「風流」の内容はまさにみやびである」[6]と認定する。ミヤビと「風流」の関係を検証する以上、看過できない例といっていい。しかも、延喜五年（九〇五）四月と[7]使用時期が明確なうえ、かつ『伊勢物語』とも成立時期が近似するから、これほど検討材料として適当な例もそうはない。

ただし検討にさきだつ問題として、この個所に「軽情」という本文異同があることにふれておく必要がある。『古今集』諸本を鳥瞰すると、「雅情」よりも「軽情」とする本の方が数の多いことは[8]、遠藤も危惧するとおりだからだ。とくに貞応二年本などの定家本が「軽情」とするため、近時の注釈書で「雅情」が採用されることは皆無といってよい。その意味では、俎上に載せるにあたってやや躊躇をおぼえる例である。

しかし、「定家本」＝「『古今集』の原本に忠実」と考え[9]、「雅情」を排除するのは早計であろう。定家はときに合理的に本文を校訂するのであるし、そもそも書写という行為自体が単純なコピーを意図したものではなく、解釈をふくむ行為であるといっていい[10]。転写段階でのミスも想定可能である。

また、「雅情」とする伝本は家長本、前田家本という清輔本系の二本と、『本朝文粋』所収の「真名序[11]」であり、本文的価値は定家本におとるものではない。さらに、伝寂蓮筆本や昭和切（俊成本）には、本文と書入で「雅情」と「軽情」が双方ともみえる。少なくとも平安時代後期には、どちらの文言も流通していたのである。

すると、どの伝本が最善本かと問うことはあまり生産的とはいえず、「軽情」も「雅情」も、ありうる『古今集』本文のヴァリエーションとしてみとめるほかなかろう。「雅情」も『古今集』本文のひとつとみて、以下では「雅」の訓みを問題としていく[12]。

さて、現在「雅」をミヤビと訓むのは常識であるが、この常識は平安時代前中期にまで遡行できるのだろうか。まず『類聚名義抄』をみると、観智院本・蓮成院本に「雅」の訓として「ミヤビカナリ」とある。これは「雅」とミヤビのつながりを証する例とみとめられる[13]。観智院本・蓮成院本は改編本系であるが、原本系（図書寮本）から語彙を継承している可能性は想定しうる。ただし、「雅」の場合はそもそも図書寮本に掲出されていない語のため、改編本系が編纂された十三世紀以前の漢字と訓の関係は明瞭でない。『名義抄』の例は院政期から鎌倉時代の訓読意識をさぐる材料としては妥当な資料であるが、この意識を十世紀前半への遡行できるかどうかは保証しかねる。

つぎに訓点資料に例をもとめると、前田家本『日本書紀』(雄略紀二年十月条)に、「温雅」を「ミヤヒカナル」と訓む例があるのが目につく。しかし、『書紀』の訓とはいっても前田家本の加点時期は十二世紀なかばまでくだるし、『書紀』の古訓であること自体も上代語への遡及を保証しない。(14)同加点を奈良時代や平安時代初期まで遡及させることには慎重でなければならない。『書紀』の上代語受容については、とくに「日本紀竟宴和歌」の仮名例をとおして、梅村玲美に「学習意識」の結果とする論証もなされており、(15)過度の期待は禁物である。

さらに上代文献以外をさぐっても、ふるい文献の例は意外に少ない。『法華経単字』保延二年(一一三六)点に「ミヤヒヤカ」、『大唐西域記』長寛元年(一一六三)点に「閑雅」を「ミヤヒカ」と訓む例が見出せる程度である。(16)十二世紀以前に「雅」をミヤビと訓んだ確実な例証をあげることは困難といってよい。

それでは、「雅」は今問題としている『古今集』の時代においては、通常どのように訓まれていたのであろうか。九世紀前半に成立した『東大寺諷誦文稿』では、この字をミサヲと訓む。「風流」の最古訓が興福寺本『日本霊異記』の訓注ミサヲ(上巻第十三縁など)であることは前章で指摘したとおりだが、「雅」も同様ということになる。すると、非定家本の本文に即して「真名序」に「風流」と「雅情」の対をみとめる場合でも、優先すべき訓はミヤビではなくミサヲと判断できる。

ほかに例をもとめると、奈良時代末の加点資料である『一切経音義』には「末曾伎」と、また平安時代初期の加点資料である『観彌勒上生兜率天経』には、「マサカ」という加点がある。「末曾伎(マソキ)」と「マサカ」は母音交換形であるから、(17)「ありのまま。真実。確実」(『古語大辞典』小学館)の意味をもつマサカナリも、奈良末平安初期の「雅」の訓みと認定できる。

つまり「字訓史」をふまえるかぎり、「雅」の古訓とみとめられるのはミサヲとマサカナリの二種であり、ミヤビはそうではない。そしてこの「字訓史」による検討は、漢字文献にミヤビの確例をもとめるかぎりにおいて、つねに意識しておくべきである。例証を缺く以上、「雅」も「風流」もミヤビと直結するとはいいきれない。

さらに、梅野きみ子がいうように、平安時代初期までの漢字文献に、ミヤビの確例はほとんど見出せないから、[18]「風流」や「雅」といった漢字を依拠し、和語ミヤビの意味を論定することには慎重でなければならない。ミヤビの範囲を無批判に拡大させず、確実な仮名例（和文の例、加点の例）にもとづいて検証すべきであろう。

三　平安時代前中期の「風流」と「いちはやきみやび」

ミヤビの範囲を拡散させるべきではない——この論点をさらに突き詰めていくと、初段のミヤビの解釈に、漢語「風流」の語義を援用する方法にも、[19]さほどの根拠はないように感じられる。奈良時代はもちろんのこと、平安時代前中期までくだっても、「風流」をミヤビと訓む文献はまず見出しがたいからである。[20]

既述のとおり興福寺本『霊異記』の訓注にはミサヲとあるが、『萬葉集』の伝本にも目をむけると、訓が附される歌句中の「風流」は三例ある。そのうち当該二首の結句「風流士」は、巻二の現存最古写本である元暦校本以来、古葉略類聚鈔の傍書訓「ヨシヒト」を除けば、次点本・新点本の別なく「タハレヲ」と訓まれる。もう一例は巻四・七二一番歌の第三句「風流無三」であるが、こちらもほぼ例外なく「ヨシヲナミ」と訓まれており（廣瀬本の訓右に「或スヘヲ」あり）、いずれもミヤビと訓まれることはない。タハレ・ヨシがどちらもかなり固定的な加点であることを考慮すると、これらは天暦古点にさかのぼる可能性も想定できる。そうであれば十世紀なかばの例となる。

また、当該二首は歌学書にも多く引用されているので、こちらも例示しておく。[21]

あそびをとわれはきけるを　やどかさずわれをかへせり　おそのたはれを
あそびをにわれはありけり　やどかさずかへせるわれこそあそびをにはあれ
（以上『綺語抄』三四二、四三）
たはれをとわれはきつるを　やどかさずわれをかへせり　をそのたはれを
（『奥義抄』三四七）
たはれをにわれはききつるを　やどかさずわれをかへせり　をそのたはれを
たはれをにわれはありけり　やどかさずかへせる我ぞたはれをにはある
（以上『袖中抄』九四五、四六）
たはれをとわれはきつるを　やどかさずわれをかへせり　おそのたはれを
（『和歌色葉』一一七）
たはれをとわれはきけるを　やどかさず我をかへせり　をそのたはれを
（『色葉和難集』三七三）

一見してわかるとおり、ミヤビの例はひとつもない。加点や歌学書における以上のような実例は、平安時代前中期において「風流」をミヤビと訓み、両者を関連づける見方がとぼしかったことを雄弁に物語る。奈良時代において「風流」がミヤビと訓まれたかどうかはそもそもの材料がとぼしく、最終的には判断しがたい面もあるが、ここまでの挙例によれば、平安時代前中期に関してはほぼ確定できよう。「いちはやきみやび」の解釈は、あくまでミヤビに即して考える方が妥当で、「風流」と関連づけるべきではあるまい。

『萬葉集』と『伊勢』の関係については、初段についての言及こそないが、制作時の直接的な資料として当該二首を想定する宮谷聡美や後藤幸良の論[22]があり、また、同物語に引用される萬葉歌への検討から、『萬葉集』（やその一部）が資料として利用された可能性を推測する渡辺泰宏、新沢典子、阪口和子らの見解もある[23]。いま、これらの先行研究の是非を逐一検討している余裕はないが、諸論の指摘するように、『伊勢』が『萬葉集』を直接享受した可能性はあるとしても、「風流」をミヤビと訓めない以上、「いちはやきみやび」という文言については、当該二首とかかわらないものとして検討する必要があるだろう。

それでは、以上の点をふまえて初段を検討する。短文であるので全文を掲げる。

むかし、男、初冠して、奈良の京、春日の里に、しるよしして、狩にいにけり。その里に、いとなまめいたる女はらから住みけり。この男、かいま見てけり。おもほえず、ふる里に、いとはしたなくてありければ、心地まどひにけり。男の着たりける狩衣の裾を切りて、歌を書きてやる。その男、信夫摺の狩衣をなむ、着たりける。

春日野の若紫のすりごろも しのぶの乱れかぎり知られず

となむ、おいづきて言ひやりける。ついでおもしろきこととも思ひけむ、

みちのくのしのぶもぢずり誰ゆゑに 乱れそめにしわれならなくに

といふ歌の心ばへなり。昔人は、かくいちはやきみやびをなむ、しける。(角川ソフィア文庫)(24)

傍線を附した「いちはやきみやび」が作者の評語であることは疑いない。問題は評語の意味である。現況の通説といってよいのは、情熱的な恋心という解釈であろう。「はげしい風流」(古典集成)、「情熱を込めた、風雅な振舞」(新編全集)といった訳出や、「一途の激しさ」(25)などの解説がこれにあたる。この「激しさ」が、「権力や制度や組織によって保証されるのではなく、むしろそれらへの背反、逸脱においてきわだつ」(26)という、政治性にまで踏みこんだミヤビの理解にもつながっていく。

これらの見方は、波線部の「女はらから」を「美人姉妹」(27)の意と解し、ふたりの女にうたを贈ったとする解釈にもとづく。こういった色好みの行動が、「はげしい」、「情熱を込めた」といった解釈につながるのであるが、この通説は、かならずしも的を射ていないのではないか。「女はらから」を「美人姉妹」とする通説のあやうさは、室伏信助のつぎのような理解に、端的にあらわれている。

『冷泉家流伊勢物語抄』に「みちのくの」の歌に注して「此哥は源氏左大臣とをる御河原院にすみけるに、妹をおもひかけてよめるといふ也」とあることから、その類想で「春日野の」の歌も贈先は姉妹ではなくて

「いもうと」として「女はらから」であるべきこと……そうとすれば四一段の「女はらから二人」との違いもはっきりし……[28]

とくに、初段の「女はらから」と、四一段「女はらから二人」との差異について述べている点は重要だろう。初段の「女はらから」が「美人姉妹」、つまりはふたりの女の意であるなら、四一段とおなじように「二人」とあるべきという見方は的確である。もっとも、室伏はこの初段の話題を近親婚とみて、「いちはやきみやび」を「はげしい恋情」というから、結果的には、従前の解釈とのあいだにそれほどの違いは生まれていない。

しかし、一方では「女はらから」について室伏と同様の解釈をしめしつつも、社会的規範からはずれる近親婚にあたるがために、「男」は「和歌を送って、未練を残しながら去っていった」と解する小松英雄の説もある。[29]初段には恋愛の成就をしめす文言はないので、この解釈も十分に通用する余地がある。

この解釈によれば、「男」は最終的には恋を断念するわけだから、「情熱を込めた、風雅な振舞」（新編全集）というような従来の解釈は後退することになる。「男の着たりける狩衣の裾を切りて、歌を書きてやる」という「男」の行為は、単純に風雅な行動と解することも十分に可能であろう。実際に『伊勢』全体の傾向をもふまえて、情熱的、好色といった意味をミヤビにみとめず、「都会的センス」、「情趣」などと評する梅野のような見方もあるのである。[30]

そもそも、『伊勢』において孤例であるミヤビを「解釈」することは、切り口如何によっては、いくらでも意味が変動してしまう危険性をはらんでおり、この段だけを対象としてミヤビの意味を確定することは困難である。「いちはやきみやび」の語義については、『伊勢』の主題をミヤビであると認定し、その認定の側から解釈される場合が少なくない。[31]しかし、解釈を先行させて語義を跡づける手法は、恣意におちいる危険をともないやすい。

石田のつぎの発言（角川ソフィア文庫「解説」）は、この点に即して示唆的である。

率直に言って、「あはれ」「をかし」「みやび」などの語に作品解明の指標を求める行き方に、筆者は理解しがたいものを感ずる。「みやび」の場合、この語は『伊勢物語』の中にこの一例しかみえない。これでは、手掛かりも何もあったものではない。

この指摘には、ひとつの単語、かつ孤例によって作品を解析することの困難さが端的にしめされている。この石田の言をミヤビの語義の認定にひきつけて考えるならば、「解釈」を急ぐのではなく、判断材料たりえる「手掛かり」をもとめることが重要な手順ということになるだろう。もう少し周辺のミヤビの例に目をくばってから、あらためてこの「いちはやきみやび」の解釈について考えなおしてみたい。

四　能宣集のミヤブとアテブ

「手掛かり」をもとめるため、『伊勢』以外のミヤビを俎上に載せるわけだが、秋山虔(32)や小松(33)がいうように、『源氏物語』にこそ形容動詞ミヤビカナリをふくめ十五例と比較的まとまった数の用例があるものの、八代集や『枕草子』には皆無であるなど、平安時代の仮名作品にミヤビの用例はそれほど多くない。また、ミヤビの解釈が困難であることは、このことばの語義、解釈に関する専論が相当数にのぼることに端的にしめされている(34)。ただし、意味の把握がある程度は容易と考えられる例もあるので、まずはそれらを検討しておこう。前者は『伊勢』に確実に先行する例、後者もおそらくは平安時代初期、遅くとも十世紀なかばまでの例である。

……菩薩（ヲ）求（メ）、薄信（ノ）〔之〕時（ニハ）誠（ヲ）覺樹（ニ）馳（セテ）〔而〕法（ノ）糧（ヲ）裹（ム）、云　女（ノ）衆ハ[F]窈《ミヤ》ヒタル〔之〕窕《ナコヤカ》ナル形（ヲ）現（スト）雖（モ）、[G]丈夫（ノ）志（ヲ）興（シ）……

（『諷誦文稿(35)』）

若き我は雅びも知らず　父が方母が方との神ぞ知るらむ　（「神楽歌」三三二）(36)

前者の『諷誦文稿』は前章でも掲出したが、あらためて文脈を確認すると、Fの「ミヤヒタル」とGの「ナコヤカナル」が「雖（モ）」をはさんで対となっている。Gが「丈夫（ノ）志」と心情を述べているのに対して、Fは「形」とあるから、ミヤビは外見を修飾することばとみてよい。また「なごやか」と並列にもちいられているので、意味は「優雅」、「しなやか」といったところであろう。

ふたつめの例は「神楽歌」中の「大宜」の一首で、「みやびも知らず」が、「上品なお作法なども存じません」（古典大系『古代歌謡集』）という意味であること、諸注一致した見解であり、とくに疑う理由もない(37)。仕草や所作にかかわる例である。

つぎに『伊勢』よりくだる十一世紀の例として、書陵部本（一五四・五四九）『輔親家集』三一番歌をとりあげる。

おなじ夜、神宮にまでつきたるに、鹿の鳴くを聞きて人々あはれがる

みやびたる声にもあるかな　鹿の声の深き山べにすまふものから

詞書からわかるように、伊勢神宮に到着した際に鹿鳴を聞いて詠んだ作である。ここのミヤビは外見や仕草などからは逸脱しているが、鹿の鳴く声の情趣のふかさに、神宮に到着した一行は「あはれがる」という反応をしめしている。とくに下二句「深き山べにすまふものから」(38)とあることをみると、都との対照が意識されているとおぼしい。「鹿の声」は地方にふさわしくない、都の優雅さ、上品さをそなえたものと認識されたのだろう。年代的に先行する『諷誦文稿』と比すと、ミヤビの範囲はひろがっている。

さらに、おそらく先行研究で指摘されたことはないが(39)、つぎの三類本（書陵部本（五一〇・一二）『能宣集』は、語義の認定という面からみると注目すべき例である。詳細は後述するが、十世紀後半の成立。大中臣能宣は輔親の親であるから、ちょうど『伊勢』と『輔親家集』の中間に位置している。

大原野の祭に詣でて侍るに、いとあやしき山里に、いとみやびたる人の、そこに住むべきにはあらぬが、
「いづくより、身にはなにわざしてものし給ふぞ」など問はすれば、言ひいだしたる

世の中をそむきにとてはこしかども　おう《ママ》き事はおほはらのやま　（一五六）

かへし

みをもかへをしほの山とおもひつつ　いかにさだめて人のいるらん　（一五七）

詞書によって状況を簡単に整理すれば、能宣が大原社に参詣した際、片田舎には似つかわしくない「みやびたる人」が住んでいたので、どこから来られて、なにを生業とされているのかと尋ね、うたを取りかわしたということになる。

まず「みやびたる人」がどのような人物かをおさえておくと、一五六番歌の初二句「世の中をそむきにとては」は一般的に法体であることをしめす表現だから、出家者とみるのは一応素直な解釈といってよい。注釈でも「みやびたる人」を尼と断定する場合がある[40]。しかし、詞書の「身にはなにわざしてものし給ふ」という作者の疑問をふまえれば、ひと目みてそれとわかる姿ではなかった可能性がたかい。遁世はしていても出家者というわけではなかったのだろう。

さて、このミヤビは、能宣と「みやびたる人」とのあいだでうたのやりとりがなされるまえの段階であらわれるから、外見や所作をさしていることは容易に推測できる。先述の『諷誦文稿』や「神楽歌」の例にちかい。さらにこの『能宣集』のミヤビに関しては、本文異同と関連する興味ぶかい事実をもうひとつ指摘しうる。

平安私家集の多くがそうであるように、『能宣集』にも複数の伝本が存するが、本集の伝本系統については三種に区分することが通説となっている。そして、その区分に際してかならずといっていいほど言及されるのが、一類本の序文にみえる「円融太上法皇の在位のすゑに勅ありて家集をめす。今上花山聖代また勅ありておなじき

集をめす」という文言である。

この序文によれば『能宣集』は自撰歌集であり、円融天皇の勅によって献上し、それからしばらくして、今度は花山天皇にも献上するという事態があったとわかる。そして現在の私家集研究では、三類本が円融太上法皇奏上本、一類本が花山天皇奏上本をつたえるものと認定されている。(41)「円融太上法皇の在位のすゑ」ということは、円融が退位する永観二年（九八四）八月二十七日(42)以前の、さほどさかのぼらぬ時分に三類本祖本は献上されたと判断できる。一方の一類本祖本は、三類本祖本献上以降、花山天皇が、『大鏡』などで知られる藤原兼家の陰謀によって出家に追いこまれる寛和二年（九八六）六月二十二日(43)までの成立と見做せるから、二系統の祖本はごく短期間に相次いで編纂されたらしい。

つまり『能宣集』は十世紀後半において二系統の存在が確認でき、しかも三類本を訂正したものが一類本であるという、現存諸本の関係をも明確にしめすことが可能な希有な私家集なのである。(44)この点を確認したうえで本文異同に注目すると、改編本といえる一類本は、問題の「みやびたる」の箇所を「あてびたる」に作っている。一類本の最古写本である西本願寺本(45)によって詞書をしめす。

　大原野に詣で侍り、山里のかすかなるに、あてびたる人の、そこに住むべきにもあらぬが侍りしかば、「いづこよりものしたる人ぞ」など問はせ侍りしかば、かく申せりし。

三類本と比較すると、文言は整理されているが話の筋自体に変化はない。「いとみやびたる人」と「あてびたる人」は類義の文句と考えられる。そして、右で検討した伝本関係を考慮すると、この箇所は能宣自身が「みやぶ」を「あてぶ」に訂正した可能性がたかい。(46)彼のなかでこの二語は融通可能であったと考えて差しつかえないだろう。もちろん、能宣の認識をそのままこの時代の通念と考えることには慎重でなければならないが、十世紀後半における確実な語用の例として、注目すべきといえる。

さて、「あてぶ」は「上品、高貴、優雅」といった意であり、とくにそのような仕草や所作をさすことば（『古語大辞典』小学館、『岩波古語辞典』など）である。右の語用をふまえると、ミヤビについても類義、ないしは同義ととらえるのが妥当であろう。すると、ここでも「はげしい恋情」といった含意をミヤビにみとめることはできず、むしろミヤビと「はげしい恋情」とは隔絶していると見做せる。

五　「いちはやきみやび」再考

さて、ここまで物語の例、とくに『源氏』の用例にほとんどふれずに検討をすすめてきた。それは同作品のミヤビに関する先行研究が、基本的には同一の傾向をしめし、あらためて特筆すべき面が少ないと考えるからである。このことは、初段のミヤビについてほかの用例と差別化すべきと積極的に提唱する諸田が、「『源氏物語』における〈みやび〉の用例からは、そうした〈はげしさ〉を汲み取ることは不可能なのである」(47)と明言する点に端的にしめされている。つまり、ミヤビの含意に「はげしい恋情」をみとめる論者にとっても、この初段は唯一の例証ということになる。

ただし問題の例として、小松が指摘する『源氏』「東屋」巻の一節があるので、検討しておきたい。浮舟が常陸介の実子でないと知った左近少将が、介の後見を期待して、実子の娘に乗りかえるくだりである。引用したのは左近少将の述懐で、実子をえらぶ理由を仲人に語っている。

もはら顔容貌のすぐれたらむ女の願ひもなし。品あてに艶ならむ女を願はば、やすく得つべし。されど、さびしう事うち合はぬ、みやび好める人の果て果ては、ものきよくもなく、人に人ともおぼえたらぬを見れば、すこし人にそしらるとも、なだらかにて世の中を過ぐさむことを願ふなり。（古典集成）

左近少将は、「顔容貌のすぐれたらむ女」や「品あてに艶ならむ女」ならば簡単に手に入れることができるが、自分は「人に誹らるとも、なだらかにて世の中を過ぐさむ」、つまりは常陸介の後見をあてにして、平穏無事に過ごしたいのだという。平穏無事に過ごすことができないのが、「みやび好める人」なのである。

小松はここのミヤビについて「打算を抜きにした直情的恋愛」と説明する。(48)「いちはやきみやび」の従来の解釈に近似し、内面にも踏みこんだ解釈である。しかし、この「みやび好める人」の前後の文章は、「心細くて万事不如意な、風雅を好む人の最後は」(49)と、あるいは「家運衰えて万事不如意な風雅を愛した人の行きつく果ては」（古典集成）、「貧しく不如意な暮しでいながら風流が第一の人の行きつくところは」（新編全集）などと解すのが一般的で、右の理解はかならずしも絶対的なものではない。

しかも、小松は『伊勢』初段の類例としてこの「東屋」のくだりを引用しており、両者の解釈は不可分となっている。小松が指摘する両者の密接な関係が、「東屋」の文章が『伊勢』をふまえて書かれたというような、直接的な享受の是非にまでむすびつくかは不明であるが、初段の解釈を不問として、「東屋」の解釈も固定できないことはたしかであろう。少なくとも、この例をもって情熱的、直情的なミヤビの確例があるとはいえまい。

結局は初段の解釈にいきつくわけであるが、「いちはやきみやび」を情熱的と解釈する場合、類例が皆無であることは既述のとおりだし、そのことは、従来の研究でも留意されている。「（ミヤビの例がすくないのは――筆者注）自ら顕在化するよりも、さまざまな美意識の基底にあって確固たる規範性が伝統的に保持されていたからである」(50)という説明などは、そのあたりの事情をよくあらわしている。用例にはあらわれないミヤビの意識が『伊勢』や『源氏』の時代にはあるというのである。

しかし、「顕在化」していないことば、つまり用例によらない語義の解釈は、どこまで有効性をもちうるだろうか。文字テキストたる文学作品の解釈において、一抹の不安を感じずにはいられない方法である。言及されにくい性質のことばが存在することはたしかとしても、(51) それがそのままミヤビの非在や、用例からは首肯しにくい語義を持ったミヤビの潜在を証明するわけではない。

そして、ミヤビのような抽象的な概念をしめすことばについて、「顕在化」した語から逸脱して、「規範性」を追究するとすれば、それは恣意というほかないのではないか。語義の検討に際して恣意を完全に捨て去ることはできないにしても、ミヤビについては、『諷誦文稿』や『能宣集』のようにかなり明瞭に語義を把握できる例が存する。そうである以上、『伊勢』のミヤビを特例とみとめ、ほかの用例とことさら弁別する理由がどれほどあるかは疑問である。『萬葉集』も先蹤とは見做しがたい以上、積極的に区別すべき根拠はとぼしいようにおもう。

そうであれば、すでに小松論に即して述べたように、「狩衣の裾を切りて、歌を書きてやる」というような、優雅な仕草や所作に対しての評言として「いちはやきみやび」を把握することが、もっとも穏当な語釈（解釈）といえよう。

おわりに

本章では、当該二首の「風流」と初段の「いちはやきみやび」につながりをみとめる『童蒙抄』以来の理解に対して、主として「字訓史」と語誌のふたつの方向から再検討をおこなった。種々の傍証をふまえて関係を再検討すると、当該二首の「風流」が平安時代にミヤビと同義であると考えられていた可能性はとぼしく、両者は区別して理解すべきという結論にいたった。

また、初段の「いちはやきみやび」に着目し、このミヤビに異例の語義をみとめる必然はかならずしもなく、むしろ平安時代前中期のミヤビの一斑として位置づける方が妥当であることを確認し、優雅な外見、あるいはそのような仕草や所作という意味にとどめておく方が妥当と推定した。

もちろん『萬葉集』と『伊勢』の文学史的なつながりについては、多角的な研究が蓄積されており、それ自体は価値のある、また興味ぶかいこころみでもある。しかし、ある単語――ここではミヤビ――が両者に共通する可能性があるという根拠でもって、直接的な関係を推定する論証方法は、かならずしも説得的でない。

再三述べてきたように、そもそも『萬葉集』の「風流」は平安時代前中期にミヤビとは把握されていなかった。(52)石田が『伊勢』のミヤビは孤語であって、とりあつかいには慎重でなければならないと注意を喚起していた点(53)にも、十分に留意する必要がある。少なくとも、「風流士」は平安時代において「ミヤビヲ」ではなかったのであるし、そのあやふやな例を先蹤に孤語の語義を決定するという手順には無理を感じる。

なお、石田はつづけて「一語一語の吟味」、「言葉の読解」の重要性についても繰り返し述べている。いずれもあたりまえのようであるが、ミヤビと「風流」の循環論法は、このもっとも基本的な問題意識を素通りしてしまっている感がないでもない。古典作品の分析に際してもっとも肝要であるはずのこの点を確認し、本章を終える。(54)

注

（1）石田穣二『伊勢物語注釈稿』（竹林舎・二〇〇四）

（2）ただし、石田は別に「この『伊勢物語』の「みやび」は、やはり直接的に『万葉集』巻二、石川女郎と大伴田主の贈答……の系譜を引くもの」（『新版　伊勢物語』角川書店・一九七九）ともいうから、少なくとも文庫本執筆の段階では直接的な関係を想定していたのであろう。

（3）諸田龍美「伊勢物語〈みやび〉再考――東アジア〈文化ダイナミクス〉の視点から――」（『伊勢物語　虚構の成立』竹林舎・二〇〇八）。なお、本章はミヤビと「風流」を別の概念とみるが、かりに両者を同一とみた場合でも、『萬葉集』の「風流」で好色、情熱的などと解せる例は当該二首以外にない。巻四・七二一番歌の「風流無三」などはあきらかに仕草や振舞の意で、従来の「いちはやきみやび」の理解とは合致しない。

(4)　工藤力男「万葉歌を読むための三つの視点」（『必携　万葉集を読むための基礎百科』學燈社・二〇〇二）

(5)　吉澤義則「萬葉集中の「風流」の訓義に就いて」（『白路』第六巻第八号・一九五一）。福沢健「石川女郎・大伴田主贈報歌と藤原京」（『中村学園大学・中村学園短期大学部研究紀要』第三十三号・二〇〇一）は、吉澤論をふまえ、「「風流」の訓は「みやび」以外に成立しがたい」と評する。しかし、「正訓字をどのように訓むかということは、究極的には決定不可能な問題」（蔦清行「萬葉集巻四、五七一「行毛不去毛」の訓詁」『京都大学國文學論叢』第三十三号・二〇一五）であるはずで、「〜以外に成立しがたい」という判断は追認できない。訓字表記の場合、訓詁の観点や文脈判断によって、より蓋然性がたかいと判断しうる訓みを定めるほかあるまい。

(6)　遠藤嘉基「風流攷」（『國語國文』第十巻第四号・一九四〇）。なお、遠藤がミヤビと「風流」を接続するのに「雅」という媒介を必要としたことも、平安時代における両者の関係を考えるうえでは注目してよいとおもう。

(7)　十五日、十八日で諸本異同がある。趣旨とかかわらないので指摘するにとどめる。

(8)　西下経一・滝澤貞夫編『校本古今集　新装ワイド版』（笠間書院・二〇〇七）

(9)　片桐洋一「平安時代における作品享受と本文」（『原典をめざして　古典文学のための書誌（新装普及版）』笠間書院・二〇〇八、初出一九七四）など。家入博徳『中世書写論　俊成・定家の書写と社会』（勉誠出版・二〇一〇）がコピーの意の「書写」と区別して「書記」という見方を提示している点も注目される

(10)　この点に関しては多くの指摘がなされているので、参照した論考として、加藤昌嘉『揺れ動く『源氏物語』』（勉誠出版・二〇一一）、小川陽子「写本の書写年代と物語の成立」（『古典籍研究ガイダンス　王朝文学をよむために』笠間書院・二〇一二）、片桐洋一『平安文学の本文は動く　写本の書誌学序説』（和泉書院・二〇一五）など近年の成果を掲示するにとどめる。

(11)　巻十二所収。鎌倉時代前期写の真福寺本にみえ、現存する「真名序」のなかでは比較的ふるい部類に属する。

(12)　より厳密に考えれば、そもそも「真名序」はどこまで訓読されることを期待して書かれた文章なのか、音読される可能性はないのかという問題もある。しかし、本章では漢字と仮名の対応のありかたを問題とするので、この点については等閑に附す。

(13)　黄雪蓮「『類聚名義抄』における『遊仙窟』の古訓――図書寮本・観智院本『類聚名義抄』古訓の継承関係に

ついて――」（『水門――言葉と歴史――』第二十四号・二〇一二）は観智院本が図書寮本の語彙を継承することを指摘する。仔細な語彙の検証にもとづく成果で追認すべきとおもうが、本文に述べたとおり、「雅」はそもそも図書寮本に掲載されておらず、漢字と訓の関係がどこまで遡及できるかは不明である。

（14）十二世紀なかばに附されたと考えられる前田家本の加点は年代が先行する岩崎本の加点と対立する。そのため、石塚晴通「日本書紀　前田育徳会蔵　四巻（国宝）」（『訓点語辞典』東京堂出版・二〇〇一）は『書紀』の加点が上代や平安時代初期には遡行しえないと指摘する。『書紀』の附訓のあつかいについては、安田尚道「日本語史はどのように可能か」（『文学・語学』第二〇〇号・二〇一一）にくわしい。

（15）梅村玲美「日本語資料としての「竟宴和歌」」（『日本紀竟宴和歌の研究――日本語史の資料として――』風間書房・二〇一〇）

（16）この「閑雅」については、「閑」も院政期以降ミヤビと訓まれる漢字であるから、いずれの字に比重があるのかも多少問題がある。

（17）築島裕編『訓点語彙集成』（汲古書院・二〇〇七～〇九）。訓点資料の検索は基本的に同書によった。

（18）梅野きみ子「「みやび」考」（『えんとその周辺　平安文学の美的語彙の研究』笠間書院・一九七九、初出一九七四）

（19）代表的かつ、よく参照される論に犬塚旦「みやび攷」（『王朝美的語詞の研究』笠間書院・一九七三、初出一九五七）がある。

（20）前田家本『書紀』に「風姿」をミヤビと訓む例がある。このあたりが嚆矢であろう。第四章注（18）および前掲（14）参照。

（21）以下の歌学書の引用はいずれも日本歌学大系による。『綺語抄』と『袖中抄』は別巻一、『奥義抄』は第一巻、『和歌色葉』は第三巻、『色葉和難集』は別巻二からそれぞれ引用した。『袖中抄』は橋本不美男・後藤祥子『袖中抄の校本と研究』（笠間書院・一九八五）も参照した。また、下って由阿『詞林采葉抄』も「義読」の一斑として「風流《ヨシ》」を提示している。なお七二一番歌については、渋谷虎雄編『古文献所収萬葉和歌集成　総索引』（おうふう・一九八八）と「和歌&俳諧ライブラリー」の検索によるかぎり、歌学書に引用された痕跡はない。

（22）宮谷聡美「『伊勢物語』六十三段「つくも髪」の性格」（『東京経営短期大学紀要』第十八号・二〇一〇）、後藤

幸良「『伊勢物語』第六十三段と和漢の文学」（『相模国文』第三十九号・二〇一二）

（23）渡辺泰宏「伊勢物語における万葉類歌――その典拠と採用の方法――」（『講座　平安文学論究』第十四輯・一九九九）、新沢典子「古今和歌六帖と万葉歌の異伝」（『日本文学』第五十七巻第一号・二〇〇八）、阪口和子「万葉集と伊勢物語」（前掲（3）『伊勢物語　虚構の成立』所収）。渡辺論は全体的には『萬葉集』からの直接引用に否定的な論旨だが、巻十二については直接引用を想定する。

（24）前掲（2）。なお、加藤洋介『伊勢物語校異集成』（和泉書院・二〇一六）によれば、「いちはやきみやび」をふくめて、前後の文章に大きな本文異同はない。伝慈鎮筆本静嘉堂文庫蔵（一〇五・三）本に「いちはやく」、天理図書館蔵（九一三・三二・イ一一五）本などに「みやひをなむしけり」、天理大学図書館蔵（九一三・三二・イ一一三）本に「みやひをなむしける」とある程度である。

（25）秋山虔「みやび」（『王朝語事典』東京大学出版会・二〇〇〇）

（26）前掲（25）

（27）前掲（3）

（28）室伏信助「伊勢物語の「初冠」章段の諸問題――「いちはやきみやび」――」（『王朝物語史の研究』角川書店・一九九五、初出一九八三）。室伏は、吉田達「「初段」を考える」（『伊勢物語・大和物語　その心とかたち』九州大学出版会・一九八八、初出一九八〇）を引くので、順序としてはそちらを引用すべきであるが、掲出の利便によって室伏論を引用した。

（29）小松英雄『伊勢物語の表現を掘り起こす《あづまくだり》の起承転結』（笠間書院・二〇一〇）。小松論は注（28）などの研究史をふまえず、独自の見解として提示する。

（30）前掲（18）

（31）野口元大「伊勢物語と〈みやび〉」（『一冊の講座　伊勢物語』有精堂・一九八三）、前掲（25）、大井田晴彦「伊勢物語における「みやび」――和漢比較の観点から――」（『JunCture　超域的日本文化研究』第三号・二〇一二）など。

（32）前掲（25）

（33）前掲（29）

（34）南ちよみ「《みやび》研究文献覚書」（『研究と資料』第五十八号、二〇〇七）によれば、ミヤビに関する論文は二百を超える。さらに、南の調査以降の論考（あるいはもれた論考）も、山本登朗「「いちはやきみやび」――伊勢物語の主人公と語り手――」（『王朝文学の本質と変容　散文編』和泉書院・二〇〇一）、胡志昂「遊士と風流」（『古代日本漢詩文と中国文学』笠間書院・二〇一六、初出二〇〇四）、飯田勇「〈みやび〉考――古代からの視点――」（『修辞論』おうふう・二〇〇八）、藤河家利昭「『伊勢物語』初段の「いちはやきみやび」――行動の表現としての歌――」（『国語国文学誌』第三十八号・二〇〇八）、鈴鹿千代乃「「いちはやきみやび」考」（『古代文芸論叢』おうふう・二〇〇九）、鈴木淳『江戸のみやび――当世謳歌と古代憧憬――』（岩波書店・二〇一〇）、李宇玲「奈良朝天平期における風流の受容」（『古代宮廷文学論――中日文化交流史の視点から――』勉誠出版・二〇一一）、鳥山紫織「『源氏物語』の「みやび」」（『國文學（関西大学）』第九十六・二〇一二）など少なくない。

（35）築島編『東大寺諷誦文稿総索引』（汲古書院・二〇〇一）

（36）日本古典文学大系『古代歌謡集』

（37）伝本によっては「みやびも」は「みなひと」とあり、その場合はミヤビの例ではなくなる。いまは伝本のヴァリエーションのひとつとして取りあげた。

（38）森野宗明「みやび」（『國文學　解釈と観賞』第四十二巻第一号・一九七七）は群書類従本を引く。その本文「深き山べにすさむものから」を採れば「みやび」との対照はより明確になるが、ここでは古写本の本文を優先する。

（39）管見の範囲のミヤビ論で『能宣集』に言及したものはない。

（40）増田繁夫『能宣集注釈』（貴重本刊行会・一九九五）

（41）久曾神『三十六人集』（塙書房・一九六〇）、島田良二「能宣集」（『平安前期私家集の研究』櫻楓社・一九六八）、橋本「解説」（『御所本三十六人集』新典社・一九七一）、桑原博史「解題」（『私家集大成』中古Ⅰ・明治書院・一九七三）、久保木哲夫「能宣集」（『日本古典文学大辞典』第六巻・岩波書店・一九八五）、村瀬敏夫「解題」（『新編国歌大観』第三巻・角川書店・一九八五）など。さらに、近時の解説である村瀬「解題」（『新編国歌大観』日本文学web図書館）、田中登「解題」（『新編私家集大成』日本文学web図書館）でもこの通説は支持されている。

（42）新訂増補国史大系『帝王編年記』

（43）前掲（42）。『日本紀略』では、翌二十三日とする。

（44）新藤協三「西本願寺本系能宣集成立考」（『三十六歌仙叢考』新典社・二〇〇四、初出一九八〇）は、現存する一類本に花山天皇出家後と考えられる詠歌が複数とられていることから、一類本が純粋な花山天皇奏上本の形態をつたえるものではなく、その改編本であることを証している。三類本と一類本の先後関係については通説を支持しているので、本章の趣旨とは抵触しない。

（45）前掲（41）久曽神によれば、天仁（一一〇八～〇九）から天永（一一一〇～一二）年間ごろの書写。

（46）三類本から一類本という諸本の変遷をふまえて、「あらためた」と述べた。もちろんそこまでは断言できないという見方もあるだろうが、その場合でも、ほぼ同様の展開をたどる伝本間で、「あてぶ」と「みやぶ」の異同がある以上、この二語は互換可能とみとめられよう。

（47）前掲（3）

（48）前掲（29）

（49）玉上琢彌『源氏物語評釋』第十一巻（角川書店・一九六八）

（50）前掲（25）

（51）たとえば、古田正幸「〈召人〉と『和泉式部日記（物語）』の女の差異」（『平安物語における侍女の研究』笠間書院・二〇一四、初出二〇一二）では、「召人」がその社会的立場のひくさから、語彙として「顕在化」しにくいと説く。ミヤビの場合、そのような理由を想定することは困難である。平安時代を「「みやび」の時代」と規定する岡崎義恵「みやびの傳統」（『文学』第十一巻第十一号・一九四三）の、「「みやび」はその具體的な姿において生活や藝術の中に實現された時代であるから、却つてこの語は稀にしか用ゐられていないのである」（傍点原文）という説明は、語義と概念規定の把握が混在している。中嶋尚「「東屋」巻について」（『平安中期物語文学研究』笠間書院・一九九六、初出一九七五）が述べるように、古語ミヤビの分析と「みやび」の概念規定は異なるレベルの問題として把握すべきだろう。

（52）かりに前章の結論が誤っていて、宣長が指摘するとおり、奈良時代において「風流士」が「ミヤビヲ」と訓まれるべきであったとしても、それは平安びとのあずかり知らぬことである。『霊異記』の訓注や次点本の附訓という同時代資料に即すかぎり、『伊勢』の時代に「風流」はミサヲやタハレ、あるいはマサカナリと訓まれたのであり、ミヤビと訓まれた痕跡はないのだから、現在の『萬葉集』研究と初段の解釈は連動させるべきでない。

この点は『萬葉集』と平安文学の関係を考える際に留意すべきであろう。たとえば「白雪の降りしく時は　み吉野の山下風に花ぞ散りける」（御所本『貫之集』二）の「山下風」は、「み吉野の山下風之寒けくに　はたや今夜も我がひとり寝む」（『萬葉集』巻一・七四）などの歌語を摂取した表現とおぼしい（新藤「貫之創始の和歌表現」（『東洋大学日本文学文化学会会報』第十七号・二〇〇九）が、新藤も指摘するとおり、『萬葉集』の現在の訓は「やまのあらしの」である（『萬葉考』の改訓）。『和名抄』の語釈に依拠するこの改訓には批判もある（乾善彦「略書の一側面——「山下風」の訓みをめぐって——」『漢字による日本語書記の史的研究』塙書房・二〇〇三、初出一九九六）が、ここで重要なのは『萬葉考』以前は、次点本以来一貫して「山下風」が「やましたかぜ」と訓まれていたという事実である。貫之が見た『萬葉集』が真名本・附訓本のいずれかは不明だが、附訓本であればその訓を摂取したこととなろうし、真名本の場合にも「山下風」という表記を「やましたかぜ」と読む蓋然性はたかい。平安時代の『萬葉集』享受を現在の研究水準によって捉えるべきではあるまい。以上のような視点に立つと、『萬葉集』と『伊勢』をミヤビによって接続する場合、確例「みやびたる（美也備多流）花」（巻五・八五二）との関係がまずは問われるべきとおもう。この例に情熱的、色好みといった意味はみとめがたいし、初段と関わるとも考えにくい。字訓への検討から、ミヤビが「慎ましやか」を含意するとみる佐藤陽「こころを解くわざ——『万葉集』巻十六・三八〇七番歌と左注の検討——」（『美夫君志』第九十二号・二〇一六）の指摘もふまえれば、少なくとも院政期以前において、ミヤビと風流の重なりを自明と考えることは困難ではないだろうか。

（53）前掲（2）

（54）元論文（『古代中世文学論考』第二十七集〔二〇一二年一二月〕所収）掲載後、高松寿夫「学会時評——・上代」（『アナホリッシュ國文學』第三号・二〇一三）の批判があった。氏は『伊勢』のミヤビに「激しさ」をみとめない拙稿の趣旨には賛同しつつも、『萬葉集』の「風流」の意味は「優雅な外見、あるいはそのような仕草や所作」という『伊勢』のミヤビと重なるものだから、通説どおり「風流士」をミヤビヲと訓んで差しつかえないと指摘する。直接は前章の元論文（『文学・語学』第二〇二号〔二〇一二年三月〕所収）への批判的言及と捉えてよいだろう。この点に関しては前章の注（16）でふれたとおり、石川女郎の「自媒」を恥じるという行動などに照らして、筆者は田主・女郎贈答歌の「風流」に好色の意がふくまれるとみるので、現時点で論旨の修正はおこなわない。今後さらに考察をふかめたい。

結論　本書のまとめと展望

はじめに

ここまで、伝来、本文校訂、訓読といったいくつかの観点から『萬葉集』とその校勘資料について論じてきた。その意図については序論でも述べているし、また本論中でも個々の論証に即してその意義を確認してきた。論の妥当性は論自体で語るべきものであり、論述内容に関するこれ以上の贅言は不要であろうとおもうから、以下では問題意識を整理し、今度の展望を述べることで本書の結論としたい。

一　平安朝文献の活用で拓けるもの

さて、『萬葉集』の風流を「みやび」と訓む『童蒙抄』や『玉の小琴』への批判を起点とし、『伊勢物語』初段の「いちはやきみやび」の語義を論じることで本論を閉じた。ふりかえれば平安時代の私家集である『赤人集』

を論じることから本書ははじまったわけで、『萬葉集』を表題にあげながら、平安朝文学への言及が少なくなかった。この点が本書の特徴ということになろう。基礎研究への従事を謳って「資料」をテーマのひとつに掲げたからには、これは必然的な流れであったようにおもう。

「必然的」とまでいう理由は、伝本のことを念頭においているためである。『萬葉集』を論じる際の最重要「資料」がこの集の伝本自体であることは言を俟たないが、平安時代以前にさかのぼるこの集の伝本が現存していない以上、『萬葉集』研究は例外なくここを起点とする必要がある。起点を重視するか否かは個々人の判断によるだろうが、資料をテーマに掲げる以上、距離をおくわけにはいかない。くわえて、現存伝本ではほぼ本文とセットになっている附訓[1]はまったき平安時代の産物だから、この時代の享受の一切を等閑に附して資料による研究を標榜することは不可能である。

また、萬葉歌の訓読に必要不可欠な『新撰字鏡』をはじめとする古辞書や、やはり参観される場合の多い『日本書紀』や『遊仙窟』の訓点なども、総じて平安時代以降の資料であり、これらを無視して『萬葉集』研究はなりたつまい。

本集の出典考証研究に先鞭をつけたのは契沖であろうが、彼自身が、「此書を證するには此書より先の書を以すべし」(『代匠記精』)と宣言しながら、「然れども日本紀などの二三部より外になければ爲む方なし」と「先の書」のとぼしさに言及するとともに「古語拾遺、續日本紀、懐風藻、菅家萬葉集、和名集等なり、類聚國史は、世に稀なる書にて見ざれば如何せむ」(『同』)と、平安時代以降の文献をも参照すべきと述べているあたりに、本書の考えてきた『萬葉集』研究のありようが、すでに明示されている。契沖は『萬葉集』の校勘資料として、はやくに『赤人集』を利用したひとでもあった(第二部第一章)。

もちろん『萬葉集』の表記が先行文献としての漢籍に支えられていることは、これも夙に契沖が指摘し、小島憲之が詳細に典拠を明示し明らめたとおりで、この方面の研究がもたらした知見は頗る多い。そこから一歩進んで、出典との関係を念頭におくことが、この集を読む際の基本姿勢にあたるという見方にも異論はない。『萬葉集』が様々な資料の集積であることは、表記の多様性や引用された先行歌集の存在からわかることである。このパッチワークのような作品を論じるためには、内部からの分析だけに終始してもさほど意味はなく、先行文献への検討を欠かすことができない。(2)(3)

「先の書」ではないものの、金石文や木簡などの出土資料が与えてくれる知見も有益である。人麻呂歌集の表記をめぐる論争の折に、工藤力男が「確かに仮名書きした七世紀の木簡が一枚出土したら決着する問題」と稿をまとめ、その発言がいささか予言めく結果となったことなどは、同時代資料の重要性を端的にしめしたといってよいだろう。(4)(5)

しかし、こういった方向からだけで『萬葉集』を充分に研究できるかといえば、研究史を鳥瞰するかぎりやはりむずかしいのではないか。資料批判は必要であるが、その点を充分に加味したうえであれば、契沖の顰にならって平安時代以降の資料も参照していくべきだとおもう。平安朝の漢文訓読研究の進捗も、この方向を後押ししよう。(6)

研究方法についても、さまざまな方向が考えられる。狭義の研究方法としては、平安時代の文献を校勘資料として利用する佐竹昭広の本文批評があり、この手法は一定の有効性を持つ。そのことは、『赤人集』を対象に本書で縷々述べてきたとおりである。『赤人集』以外の平安朝文献についても、資料批判をふまえ、活用への道を模索していきたい。(7)

また、広義には平安朝文学への展開を見据えた、文学史における『萬葉集』の位置づけという方向も――これまでもなされているがさらに――、後代文献とのかかわりで考えられるべき問題である。その把握の仕方もさまざまに試みられてよいだろう。直截な手法としては、うたことばの推移という点に着目して、『萬葉集』から『古今集』への和歌史の変遷と、その意味を検討する論考がある。[8]

ほかに、散文とのかかわりも考えられよう。たとえば『萬葉集』巻十六の冒頭数首に附随する物語的題詞に頻出する助辞が、歌物語の文体的特色のひとつである係助詞の「なむ」へと推移するという見取図を描いた阪倉篤義の研究はよく知られている。[9] この説の影響は大きく、伊藤博の「歌語り」[10]論が、高橋虫麻呂らの手になる伝説歌にも物語的要素が看取できることをみとめつつも、巻十六から歌物語へという文学史の潮流のなかには位置づけなかったのは、[11]阪倉説をふまえるからにほかならない。

しかし、妻争い譚の変遷という視点から『竹取物語』の文学的達成を論じる吉田幹生は、伝説歌と巻十六冒頭歌をいずれも『竹取』の先蹤においている。[12] もちろん、この物語の文章は「多分に漢文訓読文という書記中国語の翻訳文の体に援けられて、はじめて生まれえたものであることが明らか」[13]といわれる。『竹取』の原型が『今昔物語集』所収（巻三十一第三十三）のような漢文体であった可能性[14]も考慮すれば、表現だけではなく文体的にも唐代小説などの影響を被ることはたしかであろう。

だが、『竹取』が漢文に由来を持つことは、巻十六の竹取翁歌群（三七九一～〇二番歌）[15]との直接的な関係を想定するかは別として、単純ながらも物語的趣向によって漢文で書かれた同巻の題詞とのつながりを拒否するものではないだろうし、各作品のあつかう素材――ここでは妻争い――の共通性も重視されてよいとおもう。

こういった方面からの研究は、かならずしも『萬葉集』そのものを対象とするものではないが、文学作品がまったく社会から隔絶して存在しているはずはないのだから、文学史のなかの一斑として『萬葉集』を捉えることも、重要なことがらであろう。また、奈良時代から平安時代にいたる文藝世界のありようを考えることは、『萬葉集』自体の価値なり特徴なりの発見にもつながるはずである。

もっとも、上代文学と中古文学のはざまには、いわゆる国風暗黒時代という資料のとぼしい――というよりもほぼ皆無――の時代が横たわっている。その間隙をどのような手法で埋めていけばよいのかは、今後の大きな課題でもある。

二　貫之と萬葉集の研究史概観

以上のように課題を設定して、さらに自身の研究手法にてらして今後の方針を考えてみると、平安時代における『萬葉集』享受の研究にもっと踏みこんでいく必要があることを痛感する。一例として、紀貫之の名をあげよう。この集の享受史上における重要な位置をしめる人物の一人に、貫之の名をあげることは不当であるまい。『古今集』編纂の主幹をつとめたこの歌人がどのように『萬葉集』を受容したのかについても、議論がかまびすしいことは研究史がしめすとおりである。

その議論が『古今集』の「仮名序」を発端とすることも、よく知られている。「仮名序」は「ならの帝」と人麻呂の関係を「君も人も身を合はせたり」と述べ、赤人も同時代の人であるかのように記す。しかし、「ならの帝」から「年は百年余り、代は十つぎ」を経た「現代」が『古今集』が編纂された延喜五年（九〇五）であるなら、百年まえにあたる「ならの帝」は平城天皇ということになる。

この推定にもとづき、賀茂真淵が「古今集序考」[16]で、この帝の時代に人麻呂と赤人が活躍したとは考えられず、また貫之がそんな過誤をおかすはずがないと、「仮名序」の相当部分を削除したことは著名である。研究手法としては大いに問題があるが、この武断は貫之にとっては幸いであったかもしれない。

たとえば大久保正が「撰者を代表する立場にあつたと見られる貫之にしてなほ、人麿と赤人を「奈良の帝」と同時代の人とする如き、萬葉集の時代に対する浅薄な理解の持ち主であり、後の学者の誤る原因をなした」[17]と断言するように、後世『萬葉集』に関する貫之の知識には、疑義が寄せられるようになるからである。史実に即してみれば、たしかに貫之は「浅薄な理解」しか持ちあわせていないことになる。

しかしそう断言した大久保自身が、貫之が多くの萬葉歌を摂取して歌作をなしたことを指摘するように[18]、この歌人が『萬葉集』に無知であったとは考えられない。貫之が『萬葉集』を熟知していたであろうことは、水谷隆が貫之歌の萬葉摂取が伝誦性を持つうただけはなく、題詞にもおよんでいることをつきとめ[19]、また加藤幸一が貫之はたんに『萬葉集』の歌語を摂取するにとどまらず、家と旅を対比する萬葉羈旅歌の発想や[20]、歌群構成までをいかして作歌をなしていることを指摘する点[21]からも諒解されよう。

もっとも、『萬葉集』が天暦古点以前の段階でどのように流布していたのか判然としないこともあって、貫之は『萬葉集』自体を閲していないという説も根強い[22]。水谷は「貫之の手元にあったのは……類題別に編み直した『万葉集』であったのかもしれない」と、類纂本利用の可能性を示唆する。しかし、『萬葉集』を熟読し、その内容を十分に咀嚼しなければ類纂本を作ることは困難であろう。貫之以前に類纂本を編纂できるほど『萬葉集』が読みこまれる機会があったのなら、本集自体の享受を疑う必要はなくなるようにおもう。現存伝本の歌群構成にも享受はおよんでいるとする加藤の指摘も考慮すれば、貫之のみた萬葉歌の集積は、『萬葉集』自体と考えておくのが穏当であろう。

さらに『古今集』がその「仮名序」で「萬葉集に入らぬ古き歌」を採取したと宣言しながら、実際には十数首[23]の萬葉類歌をふくむことも、やはり貫之らの理解不足と考えるのが一般的であった。しかし、これも小川靖彦が「『萬葉集』を自らの時代の「和歌」の資源としていかに積極的に利用したかを示す痕」と見做すべきと論じた[24]ことを念頭におけば、いずれも萬葉歌そのものではないという認定のうえで、『古今集』に入集したと見做せる。

とすれば、貫之の『萬葉集』理解に疑念をさしはさむ余地はほとんどないことになる。

問題は、大久保が貫之の『萬葉集』理解を「浅薄」と判断する根拠となった「仮名序」の「ならの帝」と人麻呂、赤人に関する記述であろう。しかしこの難点は、その文章上の特色に注目した片桐洋一のつぎの指摘によって、解消可能なのではないだろうか。

> 『竹取物語』の「なむ」は、圧倒的に会話文に多く用いられていることから見て、文章語というよりも、口頭語に近い位相を占めるであると推察されるに加えて、物語の語り手が物語世界のことを享受者に直接語りかけて説明する草子地に用いられていることを併せ見れば、文章よりも「語り」にふさわしい語であったということになるのである。(25)

片桐は『竹取物語』において、係助詞「なむ」が会話文や草子地に頻出すること(26)をふまえ、「なむ」を「語り」のことばと認定する。そのうえで、「仮名序」の人麻呂と赤人に関するくだりに、「かの御時に、正三位柿本人麿なむ、歌の聖なりける」、「赤人は人麿が下に立たむこと難くなむありける」と「なむ」が利用されている理由を、「あたかも物語のように「ならの帝」「人麿」「赤人」についての伝承を熱を込めて語る部分に「なむ」が頻出していることがよく納得されて来るのである(27)」と述べる。

このとおりと断定してよいか、まだ当方の考えがいたらぬ点もあるが、前掲諸論が指摘する貫之の『萬葉集』享受に関する種々の徴証をかんがみれば、彼が人麻呂や赤人を平城天皇と同時代の人であったと勘違いしていたとは考えられず、また、真淵のように「仮名序」を「添削」するわけにはいかない以上、記述の記録（事実）的性格を疑う見方は問題解決にあたって有効であるとおもう。院政期の歌学書以来「ならの帝」の認定を中心に、このくだりをどうにか合理的に解釈しようとさまざまな論が立てられてきたわけだが、「仮名序」自体が事実を重視した文章ではなかったと考えるのであれば、疑問は氷解する。

そもそも、「仮名序」全体が事実を描くことを目的としておらず、醍醐天皇の御代を聖代として顕彰する意図によって和歌史を描いたプロパガンダ的性格を持つという工藤重矩や錦仁の指摘(28)も考慮するならば、「ならの帝」と人麻呂の関係を同序が「君も人も身を合はせたり」と述べるからといって、「萬葉集の時代に対する浅薄な理解」しか貫之が持ちあわせていなかったと考える必要はないであろう(29)。

そして、貫之の『萬葉集』理解を批判した大久保自身の貫之作歌への精緻な検証が、かえって通説をくつがえす前提となったことには注意をはらうべきだろう(30)。見通しを支えるものは、いつでも具体的な事実である。

三　新撰和歌の萬葉歌——引用と改作の問題

平安時代の文献を視野に入れて『萬葉集』を研究する場合には、まず『萬葉集』自体がこの時代に、どういった対象に、どのように受け取られていたのかという点をはっきりさせないと、論じ方があいまいとなる可能性がたかい。貫之の『萬葉集』享受に関する研究史の変転は、そのことをつよく感じさせる。そして、以上のように研究史を整理してくると、貫之が『萬葉集』を熟知していたことは疑いないようである。

この点を念頭におくと、この歌人の編になる『新撰和歌』に十二首(31)の萬葉歌が採られている点は注目できるだろう。この集の序文をみると「故抽下始レ自二弘仁一、至二于延長一。詞人之作、花実相兼上而已」とあり、嵯峨朝から醍醐朝の作歌を蒐集した旨を述べているので、『萬葉集』は撰集に利用されていないように受けとれる。

しかしこの十二首は、『新撰和歌』総歌数の八割弱（二八〇首）の採取元である『古今集』にはみえない。しかも貫之が『萬葉集』を熟知していたらしいことを考慮すれば、これらの萬葉歌は、『古今集』の萬葉歌とおなじく貫之の手で改作され、入集したとも考えうる。当の『古今集』が「萬葉集に入らぬ古き歌」を採取するといいつつ、「萬葉歌」を選んでいるのと、おなじ事情を看取してもよいのではないか。

しかも、貫之が『新撰和歌』撰集に際して、自身の規範意識などにもとづき元歌を改作する場合のあることは、水谷に指摘がある。(32) また阪口和子は『古今集』の雑歌が『新撰和歌』では恋歌とされるように、題を変更する場合もあることを例示する。(33) 両氏の挙例は『古今集』所収歌にかぎるが、貫之の撰集態度を示唆する指摘といってよい。とくに水谷の改作という指摘は重要で、撰集に際して萬葉歌も同様の経過をたどった可能性は十分に想定されてよいであろう。(34)

それでは、改作の実態とはどのようなものであろうか。数首例示して、両者の相違を確認しておきたい。あわせて次点本の附訓についても【　】内に掲出した（①は元暦校本、②〜⑤は類聚古集）。

①石上　零十方雨二　将レ關哉　妹似相武登　言義之鬼尾　（巻四・六六四）
【いそのかみふるともあめにさはれめや　いもにあはむといひてしものを】
いそのかみふるともあめにさはらめや　あはんといもにいひてしものを　（二六八）

②従二明日一者　春菜将レ採跡　標之野尓　昨日毛今日母　雪波布利管　（巻八・一四二七）
【あすからはわかなつまむとしめしのに　きのふもけふもゆきはふりつつ】
春たてばわかなつまんとしめし野に　きのふもけふも雪はふりつつ　（一三）

③宇能花毛　未レ開者　霍公鳥　佐保乃山邊　来鳴令レ響　（同・一四七七）
【うのはなもいまたさかねは　ほとゝきすさほのやまへにきなきとよます】
卯のはなもいまだちらぬに　郭公さほのかはらにきなきとよます　（一一九）

④秋露者　移尓有家里　水鳥乃　青羽乃山能　色付見者　（同・一五四三）
【しら《アキ》つゆはうつしなりけり　みつとりのあをはのやまのいろつくみれは】

あきの露うつしなればや　みづ鳥のあをばのやまのうつろひぬらん　（四〇）

⑤棹壮鹿之　朝立野邊乃　秋芽子尒　玉跡見左右　置有白露　（同・一五九八）

【さをしかのあさたつのへの　あきはきにたまとみるまておけるしらつゆ】

さをしかのあさたつをのの　秋はぎにたまと見るまでおける白露　（六〇）

①は第四句が問題で、「いも」と「あふ」が転倒している。歌意は問題ないが、萬葉歌の表記をそう訓むことは困難であろう。『古今集』の先行資料の残簡とも推定される『継色紙』(35)には「いもにあはむといひてしものを」（二〇）とあり萬葉歌に即した順序だが、後代の『拾遺抄』は『新撰和歌』にならう。②は第一部補説で指摘した例で、初句が大きく異なる。(36)『赤人集』、『古今和歌六帖』、『和漢朗詠集』は「はるたゝは」とし、いずれも『新撰和歌』にちかい。成立の順序や、『拾遺抄』と『朗詠集』の編者・藤原公任の貫之尊崇、とくに『新撰和歌』を公任が受容したらしいこと(37)などを考慮すれば、貫之に端を発する改変の可能性は決してひくくない。

以下の③〜⑤の傍線部をみても、『新撰和歌』の歌詞が『萬葉集』の漢字本文に即さない場合があることは明白である。この相違に関して念のため附言しておきたいのは、①・②もふくめて、いずれも訓読に苦労するような例ではないということである。①の結句「言義之」を「いひてし」、⑤の第四句「玉跡見左右」を「たまと見るまで」と訓むだけの力量をもつ人物——おそらく貫之——が、傍線部程度の漢字列を解読できないとは想定しにくい。(38)傍線部の諸例は、意図的な改作の結果としか考えられまい。(39)とくに「開者」（③第二句）を「ちらぬに」、「山邊」（③第四句）を「かはら」、「色付」（④結句）を「うつろひ」とする例は、漢字の意味するところから、わざと距離をおいて解釈しているようにすらみえる。

これらは、意識的な仕業と考えるべきであろう。③を例にとれば、このうたは『新撰和歌』で「さ月まつはな立花の香をかげば　昔の人の袖のかぞする」（一二七）という初夏の作のあとに排されているから、萬葉歌のまま第二句を「いまたさかねは」としては季節の推移にとぼしくなると判断し、やはり初夏の花である卯の花を「いまだちらぬに」とあらためたのではないか。④も二首前に「秋はぎの下葉いろづくけふよりや　ひとりある人のいねがてにする」（三八）とあって、すでに秋が「いろづく」様子を排しているので、「うつろひ」とすることで景の進行を意図したと見做せよう。

このような『新撰和歌』における萬葉歌改作のありようをみていくと、ひとくちに「萬葉歌を引用する」といっても、単純に引用ということばではくくりきれない、さまざまな享受のかたちがあり得たことが明瞭となってくる。『萬葉集』と萬葉歌の伝来に関しては、渋谷虎雄の網羅的な研究[40]をふまえ、さらに享受した作品ごとの、個々の事情の即した検証が欠かせないということになろう。

『新撰和歌』の編者である貫之の場合には、約九百首をおさめる『貫之集』[41]をはじめ多くの詠歌がのこされているため、『萬葉集』享受の実態をさぐることが比較的用意――調査は煩雑だが、そもそも調査可能な材料があるという意味で――であるといってよい。貫之の享受に関して、とりわけ多くの研究が蓄積されてきたのも、このような事情と無縁ではあるまい。しかし、貫之ほど材料に恵まれた歌人は、少なくとも平安時代中期まででは皆無である。『人麿集』以下の萬葉歌人私家集や『六帖』のように、萬葉歌を「引用」する歌集には、歌人との関係からは検証不可能なものも多い[42]。

しかし「引用」に関する内実の検証は、そこから派生するすべての研究の土台にあたるものであるから、かりに頼りない内部徴証であったとしても、検証をかさねていくほかない。それが『萬葉集』享受研究だけではなく、『萬葉集』にかかわる文学史研究の基本となるはずだからである。道は遠いが、この点が今後の研究目標となる。

おわりに

以上、序論で大枠をしめし、個別の問題を各論で考察し、本結論では今後の展望を整理した。まことにつたない内容であるが、自身の考えにもとづき調査・検討した諸問題について、現況の力のおよぶ範囲で述べきたったつもりである。誤認や過誤も少なくないはずだが、以上の点を確認しここで擱筆する。大方のご批正を仰ぎたい。

注

（1）長歌を中心に次点本――とくに平仮名訓本――無訓歌が存するほか、廣瀬本の四四二三番歌以降のように伝本形成とのかかわりで訓が附されていない箇所は希にあるが、原則として訓を持たない『萬葉集』は現存しない、ということである。第二部第四章などを参照のこと。

（2）小島憲之『上代日本文學と中國文學　出典論を中心とする比較文學的考察』中（塙書房・一九六四）

（3）西澤一光「解釈学の視点から見た『万葉集』の組織」（『上代文学』第一一四号・二〇一五）

（4）工藤力男「人麻呂の表記の陽と陰」（『日本語学の方法　工藤力男著述選』汲古書院・二〇〇五、初出一九九四）

（5）仮名書きの「歌木簡」に関しては、栄原永遠男『万葉歌木簡を追う』（和泉書院・二〇一一）にくわしい。

（6）築島裕編『訓點語彙集成』（汲古書院・二〇〇七〜〇九）、小林芳規『平安時代の佛書に基づく漢文訓讀史の研究』（汲古書院・二〇一一〜）などが代表的な業績であろう。

（7）佐竹昭広「萬葉集本文批判の一方法」（『萬葉集抜書』岩波書店・二〇〇〇、初出一九五二）、同「本文批評の方法と課題」（『萬葉集大成』第十一巻・平凡社・一九五五）

（8）この方面に関しては、比較的近時の成果にかぎっても、鈴木日出男『古代和歌史論』（東京大学出版会・一九九〇）、鈴木宏子『古今和歌集表現論』（笠間書院・二〇〇〇）、吉田幹生「〈あき〉の誕生――萬葉相聞歌から平安恋歌へ――」（『日本古代恋愛文学史』笠間書院・二〇一五、初出二〇一〇）、影山尚之「誇張的恋情表現の社会性――「千たび」、「千への一へ」、「心に乗る」――」（『國語と國文學』第九十二巻第六号・二〇一五）など、多くの研究がある。

（9）阪倉篤義「歌物語の文章――「なむ」の係り結びをめぐって――」（『國語國文』第二十二巻第六号・一九五三）

（10）伊藤博「歌語りの影」（『萬葉集の表現と方法』上・塙書房・一九七五、初出一九六二）以降の一連の論考を指す。

（11）伊藤「歌語りの世界」（前掲（10）所収、初出一九六二）

（12）吉田「『竹取物語』難題求婚譚の達成」（前掲（8）『日本古代恋愛文学史』、初出二〇〇三）。なおこの点に関しては、青木生子「源氏物語と万葉集」（『むらさき』第六輯・一九六七）に先蹤たる指摘がある。

（13）渡辺実『平安朝文章史』（筑摩書房・二〇〇〇、初出一九八一）

（14）『今昔』所収の竹取説話の位置づけについては諸説あるが、片桐洋一「竹取物語は中国種か」（『國文學　解釈と教材の研究』第二十二巻第十一号・一九七七）の推測を追認する。

（15）巻十六の題詞を創作と見做すべきことは、古橋信孝『物語文学の誕生　万葉集からの文学史』（角川学芸出版・二〇〇〇）にくわしい。また、『竹取』も民話から直に派生したものではないことは、益田勝実「説話におけるフィクションとフィクションの物語」（『國語と國文學』第三十四巻第六号・一九五九）を参照。

（16）『賀茂真淵全集』第十一巻（続群書類従完成会・一九九一）

（17）大久保正「古代萬葉集研究史稿（その二）――古点以前の萬葉研究――」（『北海道大学文学部紀要』第十号・一九六一）

（18）前掲（17）

（19）水谷隆「紀貫之に見られる万葉歌の利用について」（『和歌文学研究』第五十六号・一九八八）

（20）伊藤「家と旅」（『萬葉集の表現と方法』下・塙書房・一九七六、初出一九七三）

（21）加藤幸一「紀貫之の作品形成と『万葉集』」（『奥羽大学文学部紀要』第一号・一九八九）

（22）菊地靖彦「『万葉集』と紀貫之」（『萬葉集の世界とその展開』白帝社・一九九六）

（23）『古今集』の萬葉類歌の数については諸説あるが、小川靖彦「〈訓み〉を踏まえた萬葉集歌の改変――『古今和歌集』の「萬葉歌」をめぐって――」（『萬葉学史の研究〔第二刷〕』おうふう・二〇〇八、初出二〇〇六）が先行研究を詳細にまとめており、参考になる。

(24) 前掲（23）。なお『古今集』の萬葉歌については、約千百首のうち十数首と僅少であるため、鈴木宏子「紀貫之の恋歌」（『王朝和歌の想像力　古今集と源氏物語』笠間書院・二〇一二、初出同年）は、萬葉歌を排除した結果の残滓と理解する。

(25) 片桐「古今集仮名序の文章――その性格と成立――」（『古今和歌集以後』笠間書院・二〇〇〇、初出一九九三）

(26) 『源氏物語』においても、「なむ」が会話文に頻出する（全体の約八十三％）ことは、小田勝『実例詳解古典文法総覧』（和泉書院・二〇一五）に指摘がある。

(27) 前掲（25）

(28) 工藤重矩「「和歌を業とする者」の系譜㈠――古今集序の意識――」（『平安朝律令社会の文学』ぺりかん社・一九九三、初出一九九二）、錦仁「古今集と平安和歌」（『日本文学史　古代中世編』ミネルヴァ書房・二〇一三）

(29) 小川『万葉集と日本人　読み継がれる千二百年の歴史』（KADOKAWA・二〇一四）も、「仮名序」は「貫之は初めから歴史的事実を記すつもりはな」く、「自分たちが理想とする、「和歌」が最も繁栄した〈古代〉を生き生きとした筆致で創り上げた」ものと理解する。

(30) もちろん、宣長の「国歌八論　同斥非評」（『本居宣長全集』第二巻・一九六八）に貫之が『萬葉集』を読みこんでいた旨の記述のあることは注意すべきだが、貫之作歌に即する具体的な検証は大久保論を嚆矢とする。

(31) 渋谷虎雄『古文献所収萬葉和歌集成　平安・鎌倉期』（桜楓社・一九八二）による。二六四、三九六、六六四、一三五三、一三九四、一四二七、一四三五、一四七七、一五四三、一五九八、二二二一、二八六一（一書）の十二首。

(32) 水谷「紀貫之の新撰和歌編纂の意図――古今集からの歌句の改変――」（『國語國文』第六十四巻第十号・一九九五）

(33) 阪口和子「『新撰和歌』の雑歌」（『貫之から公任へ――三代集の表現――』和泉書院・二〇〇一）

(34) 貫之が当初から『古今集』以外の歌集も『新撰和歌』の撰集材料として考えていたことは、樋口芳麻呂「『新撰和歌』の成立――序を中心に――」（『平安・鎌倉時代秀歌撰の研究』（ひたく書房・一九八三、初出一九六七）が序の文脈に即して説明するとおりであろう。

(35) 久曾神昇「継色紙は続万葉集か」（『仮名古筆の内容的研究』ひたく書房・一九八〇、初出一九五三）

(36) 前掲（31）によれば「あすからは」とする伝本もあるが、古写本は多く「はるたて《た》は」に作る。杉谷寿郎「新撰和歌諸本の系統と性格」（『語文』第三十八号・一九七三）が指摘するとおり、「あすからは」は『和漢朗詠集』や『新古今和歌集』などを参照しての訂正本文である可能性がたかい。

(37) 阪口「『新撰和歌』と公任――『拾遺抄』四季部を中心に――」（前掲（33）所収、初出一九九一）

(38) 瑣末な指摘ではあるが、『新撰和歌』が⑤の「左右」を「まで」と訓む以上、『石山寺縁起絵巻』にみえる源順の読解説話は信憑性がとぼしいことになろう。

(39) 意図的改変という観点からすると、①の第四句のような語順を転倒させただけの異同は逆に不審である。前掲(32)は、『古今集』と『新撰和歌』の歌詞が相違する主たる要因を貫之の改作にもとめる一方、誤写の想定が必要な場合もあると指摘する。①の第四句などは、そのように考えるべきかもしれない。なお後考を期したい。

(40) 前掲（31）

(41) 歌仙歌集本系統（八九二首本）によった。

(42) 編纂事情が不明な場合が多いのは、ほとんどの私家集もおなじである。ただし多くの私家集の場合――誤りも多いとはいえ――、少なくとも名を冠した歌人の作を集めようとする意図で編集されたことはまちがいあるまい。島田良二「人麿集の本文とその成立――第一類本を中心に――」（『王朝和歌論考』風間書房・一九九九、初出一九九七）の説くように、『人麿集』の原形を一類本上巻と見做してよいのであれば（序論第三節参照）、この集についても、多く人麻呂歌を集めた歌集といちおう見做せる。とすれば、同集については他の私家集と同様に考えることもできるかもしれない。しかし、『赤人集』、『家持集』の場合、そのあたりの事情すら不透明である。

初出一覧

※既出論文については全体を改稿した。論旨・結論には、基本的に手をくわえていない。

序　論　本書の目的と構成
　書き下ろし

第一部　萬葉集抄本としてみた赤人集
　第一章　萬葉集伝来史上における赤人集の位置
　原題「『萬葉集』伝来史上における『赤人集』の位置」
　初出『古代中世文学論考』第三十集（二〇一四年十月）
　第二章　西本願寺本赤人集の成立――萬葉集巻十抄本からの展開を中心に――
　原題「平安時代中期における『萬葉集』伝来の一様相――西本願寺本『赤人集』の形態を徴証として――」
　初出『上代文学』第一一四号（二〇一五年四月）
　第三章　赤人集三系統の先後関係――萬葉集巻十抄本の変遷史――
　原題『赤人集』三系統の先後関係――『萬葉集』巻十抄本の変遷史――
　初出『國學院雜誌』第一一六巻第十号（二〇一五年十月）
　補　説　赤人集と古今和歌六帖――十世紀後半の萬葉歌の利用をめぐって――
　書き下ろし
　附　録　萬葉集巻十および赤人集三系統対校表
　原題「『萬葉集』巻十および『赤人集』三系統対校表」

初出『東洋大学大学院紀要』第四十九号（二〇一三年二月）

第二部　萬葉集の訓読と本文校訂

第一章　赤人集による萬葉集本文校訂の可能性
原題「仮名萬葉文献としてみた『赤人集』――『萬葉集』本文校訂の可能性をさぐる――」
初出『國語國文』第八十四巻第七号（二〇一五年七月）

第二章　萬葉集の本文校訂と古今和歌六帖の本文異同――佐竹昭広説の追認と再考――
原題「仮名文献による『萬葉集』本文校訂の可能性――佐竹昭広説の追認と再考――」
初出『日本文学文化』第十五号（二〇一六年二月）

第三章「御名部皇女奉和御歌」本文異同存疑――諸伝本の字形の傾向から――
原題「「御名部皇女奉和御歌」本文異同存疑――「嗣」と「副」の字形の傾向から――」
初出『萬葉』第二二九号（二〇一五年四月）

第四章　類聚古集と廣瀬本の関係――共通する缺陥本文をめぐって――
原題「『萬葉集』本文校訂に関する一問題――類聚古集と廣瀬本を中心に――」
初出『文学・語学』第二一三号（二〇一五年八月）

第五章「雪驪朝楽毛」の本文校訂と訓読――次点本の本文が対立する場合の一方法――
書き下ろし

第三部　萬葉集訓読の方法

第一章「戯嗤僧歌」の訓読と解釈――「馬繋」と「半甘」を中心に――
原題「『萬葉集』巻十六・三八四六番歌の訓読と解釈――「馬繋」と「半甘」を中心に――」

初出『上代文学』第一一〇号（二〇一三年四月）
第二章「献新田部皇子歌」訓読試論――「茂座」借訓説をめぐって――
原題「「献新田部皇子歌」訓読試論――「茂座」借訓説をめぐって――」
初出『美夫君志』第八十七号（二〇一三年十一月）
第三章「籠毛與　美籠母乳」の訓読再考――注釈史の対立を読み直す――
原題「「籠毛與　美籠母乳」の注釈史再考」
初出『美夫君志』第九十二号（二〇一六年三月）
第四章　萬葉集の「風流士」――字訓史との関係から――
原題「『萬葉集』の「風流士」――訓点史の再考から――」
初出『文学・語学』第二〇二号（二〇一二年三月）
第五章「みやび」と「風流」の間隙――萬葉集と伊勢物語の非連続性――
原題「「みやび」と「風流」の間隙――『萬葉集』と『伊勢物語』をめぐって――」
初出『古代中世文学論考』第二十七集（二〇一二年十二月）

結　論　本書のまとめと展望
書き下ろし

あとがき

序章にも記したとおり、本書は筆者の『萬葉集』に関する論文のうち、伝来・本文・訓読にかかわるものをまとめ一冊としたものである。原案は二〇一三年三月に東洋大学より博士（文学）を授与された学位論文「萬葉集訓読の資料論的研究」であるが、その後の研究の進展にともなって、内容にはかなりの変更をくわえている。

元来計画性にとぼしく、体系的な構想も得手ではない。むしろモノグラフこそが研究の根幹と考えていることもあって、自身の成果を一冊にまとめようとおもうこともほとんどなかった。ただ、蝸牛の歩みながら論文の発表をつづけ、時折、学界時評などでも取りあげていただき、ご批正を賜わるうちに、単発の論考だけではなく自身の考えや研究の意図も明示すべきであろうと考えるにいたった。既発表の論文に訂正なり附加なりをくわえる必要を感じていたことも、この考えを後押しした。

当方の研究の中核は『萬葉集』であるので、この歌集に関する論考をまとめようと計画し、近年はそのなかでも伝来や本文校訂、あるいは訓読といった基礎研究に従事しているから、これらを集成すれば一書の体をなすことができるだろうと結論し、本書の如き構成となった。既述のとおり、伝来・本文校訂に関する研究を基底とし、この点をふまえて訓読にも論を展開するというのが本書の方針である。意図したとおりの結果となったか否かは、読者諸賢のご批正にゆだねるほかない。各論の妥当性についても同様である。批判は学問の健全性を保証するものだから、教えを乞いたいと願っている。

さて、学位論文を原案とする本書の刊行にあたっては、とくに大学院時代にご指導くださった先生方に格別の謝意を申し述べたい。大久保廣行先生、坂詰力治先生、新藤協三先生、千艘秋男先生、菊地義裕先生に師事したが、わけても学位論文の主査でもある菊地先生には、大学入学以来、十六年の長きにわたってご指導をいただいており、感謝の念は筆舌に尽くしがたい。古典文学研究者の端くれとして、どうにか現在の私があるのも先生のお陰である。本書の執筆に際しても相談にうかがうことが多々あった。今度の刊行がわずかでも学恩におこたえする結果になればと祈念するばかりである。

また、本書は数年来の研究の成果であり、その間、直接お世話になった学内外の研究者は数多い。私淑の対象はそれこそ枚挙に暇ないが、いちいちの謝辞はかえって蕪辞をつらねる結果になるとおもうので、割愛をお許しいただきたい。ただ、大学院生時分以来、多年にわたって御厚情を賜っている上安広治さん、古田正幸さんのおふたりには、この場を借りて深謝申しあげる。とくに古田氏には拙論に様々なご批正を寄せていただくなど、たいへんお世話になったことを申し添えたい。

最後に、出版をお世話くださった笠間書院に御礼申しあげたい。刊行に際しては池田圭子社長、橋本孝編集長にご配意をいただき、実務に関しては編集の重光徹さんのお世話になった。慣れない作業に四苦八苦する当方を激励くださり、また種々ご教示いただいたこと、記して深謝する次第である。

なお、本書は東洋大学「平成二十八年度井上円了記念研究助成（刊行の助成）」を受けている。

二〇一六年十月

池原陽斉

著者略歴

池原　陽斉（いけはら・あきよし）

Ikehara Akiyoshi

1981年、東京都生まれ。2013年、東洋大学大学院博士後期課程修了。博士（文学）。上代文学専攻。2016年12月現在、東洋大学・日本体育大学非常勤講師。第33回上代文学会賞（2016年）、平成27年度「文学・語学」賞（2016年）受賞。

著書：
『老病死に関する万葉歌文集成』（共編、笠間書院・2007年）
『半井本保元物語：本文・校異・訓釈編』（共編、笠間書院・2010年）
『超域する異界』（共著、勉誠出版・2013年）
『萬葉写本学入門：上代文学研究法セミナー』（共著、笠間書院・2016年）
論文：
「三類本『人麿集』の萬葉歌：次点本的性格をめぐって」（『上代文学』第117号・2016年）、など。

萬葉集訓読の資料と方法

2016年（平成28）12月12日　初版第1刷発行

著　者　池　原　陽　斉

装　幀　笠間書院装幀室
発行者　池　田　圭　子

発行所　有限会社 **笠間書院**
〒101-0064　東京都千代田区猿楽町2-2-3
☎03-3295-1331　FAX03-3294-0996
振替00110-1-56002

ISBN978-4-305-70821-2　組版：ステラ　印刷／製本：新日本印刷
落丁・乱丁本はお取りかえいたします。　（本文用紙：中性紙使用）
出版目録は上記住所までご請求下さい。http://kasamashoin.jp/

人名索引

・古代から現代までの人名（神名もふくむ）をすべて立項した。歴史上の人物か否かでの区別はしていない。
・引用文中の例については立項しなかった。

●き

●く

●け

●こ

●さ

書名索引

・凡例に列記した萬葉集のテキスト及び注釈書と、近現代の研究書は立項しなかった。
・「萬葉集」の立項も煩雑になるので避け、当該項目では取りあげた伝本を掲出している。伝本の順序は基本的に年代順とした（書写年代が不明な伝本もあり厳密ではない）。
・章の題に書名がふくまれる場合、その章内にあらわれた当該書名の例は索引に反映していない。詳細は下記のとおり。
　※第１部及び第２部１章→赤人集／第１部補説及び第２部第２章→古今和歌六帖
　　第２部第４章→類聚古集、廣瀬本（定家本）／第３部第５章→伊勢物語
・引用文中の例については立項しなかった。

●み

●め

●も

●や

●ゆ

●よ

●ら

●る

●れ

●ろ

●わ

歌番号索引

・萬葉集は旧国歌大観、懐風藻と神楽歌は日本古典文学大系、以外の歌集は新編国歌大観の番号にそれぞれ依拠した。萬葉集のみ巻数もしめし、以外は歌番号のみを立項した。
・「赤人集」の項目は伝本の書写年代ごとに整理した。
・部分でも引用したうたは基本的にすべて立項した。ただし、詞書、左注、歌番号のみを掲出したものは省略した。
・第1部附録は索引に反省させなかった。
・第1部補説の流布本赤人集の歌番号はくわえなかった（書陵部本にほぼ等しいため）。
・各章の主題となるうたについては、章内の例を索引に反映させなかった。詳細は下記のとおり。
　※第2部第2章→1099番歌／第3章→77番歌／第5章→262番歌
　　第3部第1章→3846、47番歌／第2章→261番歌／第3章→1番歌／第4章→126、27番歌
・引用文中の例については立項しなかった。

萬葉集

●巻1

●巻2

●巻3

●巻4

●書陵部本

●陽明文庫本

その他